本书系毕节市社科联合基金项目（编号 BSLB202409）阶段性成果；国家社会科学基金重大项目编号（编号172DA258）阶段性成果。

本书获"毕节市社科联、贵州工程应用技术学院联合基金项目"资助，"川滇黔中华优秀传统文化研究中心"经费资助。

元代唱和诗研究

彭健 著

中国社会科学出版社

图书在版编目（CIP）数据

元代唱和诗研究 / 彭健著. -- 北京：中国社会科学出版社，2025. 6. -- ISBN 978-7-5227-5101-6

Ⅰ. I207.227.47

中国国家版本馆 CIP 数据核字第 2025JK0067 号

出 版 人	季为民
责任编辑	安　芳
责任校对	张爱华
责任印制	李寡寡

出　　版	中国社会科学出版社
社　　址	北京鼓楼西大街甲 158 号
邮　　编	100720
网　　址	http://www.csspw.cn
发 行 部	010-84083685
门 市 部	010-84029450
经　　销	新华书店及其他书店

印　　刷	北京明恒达印务有限公司
装　　订	廊坊市广阳区广增装订厂
版　　次	2025 年 6 月第 1 版
印　　次	2025 年 6 月第 1 次印刷

开　　本	710×1000　1/16
印　　张	20.5
字　　数	328 千字
定　　价	108.00 元

凡购买中国社会科学出版社图书，如有质量问题请与本社营销中心联系调换
电话：010-84083683
版权所有　侵权必究

序

　　诗歌唱和由来已久。上古时期,"帝庸作歌,皋陶赓载",为唱和之滥觞。诗歌唱和最初与音乐密切相关。《礼记·乐记》载:"倡和清浊,迭相为经。"唐人孔颖达疏称:"先发声者为倡,后应声者为和。"后来逐渐由音乐唱和转化为诗歌唱和。西汉武帝时期,有柏梁联句,号柏梁体;又有李陵、苏武赠答,号苏李体。及至东晋,陶渊明等始成诗歌唱和之体。降及南朝,"竟陵八友"相与唱和,而成永明之体。唐以前,诗歌唱和多和意不和韵;唐时和韵诗体兴,出现用韵、依韵、次韵(又称步韵)三种形态。至北宋苏轼、黄庭坚等人,次韵之风大盛,以才学、议论、学问为诗,终成宋调之典型。两宋之际,黄庭坚为诗家宗主,江西诗派"同作共和",影响所及延至南宋后期。

　　元代诗歌唱和在前人的基础上继续发展,群体唱和尤其突出。元初南宋移民汇集江南,书写家国之痛,摆脱了南宋江湖诗风的束缚。元中期,馆阁文人酬唱,崇尚雅正,始有宗唐之风。元后期,战乱四起,文士避乱江南,酬唱频繁,或尚隐逸,或主绮丽,其时以杨维桢为中心的乐府酬唱,则催生了铁崖诗派。元代蒙古人入主中原,蒙汉交融,相较于前代,其文学具有特殊性。元代上承唐宋,下启明清,研究清楚元代诗歌唱和,对于元代诗史嬗变、元代文人群体文学活动、元代文人群体心态等研究有着重要意义。彭健博士《元代唱和诗研究》一书的出版,解决了这一系列的问题,推进了元代诗学的研究。

　　《元代唱和诗研究》一书第一次全面、系统地考察了元代唱和诗歌。元代唱和文学研究目前已经有不少成果,或侧重于雅集唱和,或侧重于同题集咏,往往只涉及某一个小的方面。而全面系统考察元代唱和诗,则以此书为首次。本书共分五个章节：第一章探讨元代之前唱和诗的兴起与发展过程，梳理了唱和诗的发展进程及其阶段特征；第二章则从时间线索具体探讨元代唱和诗的演进；第三章考察元代唱和诗的存录及其特点，对于元代唱和诗集的考订尤见功力；第四章探讨元代唱和诗的创作形态，主要论述分题分韵、追和、和韵、联句、同题等创作形式及其诗学宗尚；第五章则考察元代唱和诗的文化意蕴，主要以元代科举唱和为例。由此，元代唱和诗的发展历程、存录特点、创作形态、文化意蕴等皆得到全面探讨。

择要而言，《元代唱和诗研究》一书主要集中解决了三大问题。

第一，考察了元代唱和诗的存录情况。本书经过统计指出："在有元一代留存的5000余位诗人的诗歌约13.2万首中，唱酬诗作至少5.6万余首，占元代诗歌总数的42.42%以上。"同时在前人基础上，本书考察了元代唱和集的存录情况，指出元代见存唱和诗集58种，并为每一本唱和诗集写了叙录。这些基础资料的整理不仅有助于总体把握元代唱和诗的创作情况，也为元代唱和诗的继续深化研究奠定了基础。

第二，考察了元代唱和诗的历史演进与诗史嬗变。本书第二章指出，元代前期，为多方汇流与唱和诗兴起时期；元代中期，为南北混一与馆阁主流唱和的形成时期；元代后期，为多方竞胜与地方唱和的崛起时期。这便大致勾勒出了元代主流诗坛的演变情况。本书并没有停留在对唱和活动的梳理呈现，而是同时总结了每个时期的诗歌内容、文人心态与诗歌风貌。本书指出，元代前期，诗歌内容多表达诗人的黍离之悲以及旧朝士人仕奉新朝的矛盾心理，诗风或激荡或平易；中期，馆阁文人群体唱和多粉饰太平、歌功颂圣，崇尚并追求雅正诗风；后期，地方唱和群体不断崛起，他们多追求个性化、诗意化的人生，形成不同于前中期的酬唱风貌。元代诗史的整体演进情况由此变得具体而生动。

第三，通过诗歌酬唱，细化探讨了元代文人群体的生活史与心灵史。历来的文学研究对于文人的生活史、心灵史的探讨十分欠缺。文学史的写作多强调个体作家的创作，强调历时性变化，而对于文学交往、文学空间的研究相对较少。然每个时代的文学成就，还与特定的时代背景，特定的文人群体和文学活动息息相关。《元代唱和诗研究》一书便试图还原文人群体的文学生活场景，挖掘文人群体心态，给我们呈现出一幅生动形象的文学场景。第二章元代中期的馆阁酬唱、元代后期的地方雅集酬唱；第五章对科举视域下元代唱和诗的考察，都表明馆阁修书、科举应试、地方雅集与士人生活密切相关，文士们的往来唱和构建了鲜活的元代文学群像，可见，以诗歌酬唱为视角便可以细化考察文人生活与文人心态。

除了内容上的突破，此书运用的研究方法也很新颖，应为表出。

首先是文献整理与文学批评相结合。程千帆先生在19世纪40年代曾提出"将考据和批评密切地结合起来"，后来又指出，古代文学研究要将"文艺学与文献学完美结合"。古代文学研究，应考据与批评并重，二者不可偏废。《元代唱和诗研究》一书便立足考据，同时深化批评。如第三章"元代唱和诗集考"全面考察了元代唱和诗集58种。附录部分则为"元代诗人唱和活动年表"，考订了元太宗七年（1235）到至正二十八年（1368）的诗歌唱和活动。这些都为元代诗学批评奠定了基础。当然，本书并不停留在文献考订层面，而是自觉深化文学批评。如第四章前两节考察了元代唱和诗的创作形态与诗学宗尚。第一节"元代分题分韵诗的创作机制及其诗学观念"通过全面梳理元代文人的分题分韵诗创作情况，进而考察了分题分韵的诗学观念；第二节"诗歌追和与元人诗学崇尚"通过全面梳理元代的追和诗，进而考察元人的诗学宗尚。

其次是定量分析与定性分析相结合。本书采取了定量分析方法，使得论证更具说服力。比如，本书统计元代唱酬诗作至少56000余首，占元代诗歌总数的42.42%以上。同时考订了现存的58种唱和诗集。在具体唱和诗歌上，也细致统计，得出元代留存126位诗人作追和诗1017首，追和对象涉及先唐、唐、宋金及本朝诗人诗作的结论。定性分析则是本书写作的主要方法。本书第一章"元前唱和诗的兴起和发展"，第二章"元代唱和诗的演进"，第三章"元代唱和诗的存录及特点"等皆主要采取定性分析的方法，加以归纳总结。两种方法的结合，使得本书论证更具说服力。

最后是文学社会学、文化学等方法的使用。诗歌酬唱不仅仅是文学行为，同时还是交际行为，与此相关的则有外交唱和、科举唱和、书画唱和。透过诗歌唱和有助于考察元代的文学与文化。比如第五章"元代唱和诗的文化意蕴"，便是从文化学、社会学的角度考察元代唱和诗。以元代科举考试制度影响下的文人唱和为考察对象，管窥元代的科举政策、科举礼仪和科举传统，揭示锁院期间考官生活、举子及第与落第心理。

当然，本书虽为元代唱和文学研究打下坚实的基础，却仍然有许多有待提升和深入的地方，如对元代唱和诗所反映的士人生存状态、艺文互动等问题，仍有进一步开拓的必要和空间，期待作者持续深入探讨，产出更多的学术成果。

总体而言，《元代唱和诗研究》一书全面系统地考察了元代唱和诗的演进过程、存录特点、创作形态与文化意蕴，文献功底扎实，理论探讨深入，具有重要的学术价值。

彭健的这本书，是在其博士学位论文基础上修订而成的。2020年，彭健考入上海大学，到我门下读博。他性格沉着、稳健、坚韧，在学术上具有敏锐的感知力和果决的执行力，敢想敢做，有识有恒。读博期间，表现优异，发表了很多高质量论文。他选择"元代唱和诗"作为博士学位论文题目，与我主持的国家社科基金重大项目"明清唱和诗词集整理与研究"相关。他在参与明清唱和诗词集提要写作等整理工作时，能够生发开来，一头扎进元代唱和诗歌的整理与研究中，可谓善于举一反三者也。几经寒暑，他如期完成了博士学位论文，并获得校内外评审专家的一致好评。我们知道，博士学位论文的写作需要承受许多难以想象的艰辛。他能交出这么优秀的成果，是吃苦耐劳、孜孜不倦换来的答报。而今他回到家乡工作，论文将由中国社会科学出版社出版，请作数语引首，我欣然应之。希望彭健继续努力，在元代唱和文学研究上深耕细作，同时拓展研究格局，为将来的学术生涯开辟更为宏阔的境界。

是为序。

姚 蓉

2024年11月30日

于上海大学

目　　录

引　言 …………………………………………………………… (1)
  一　选题缘起及研究意义 ……………………………………… (1)
  二　相关问题阐释 ……………………………………………… (3)
  三　相关成果举要 ……………………………………………… (5)
  四　研究思路及方法 …………………………………………… (13)

第一章　元前唱和诗的兴起和发展 ………………………… (15)
  第一节　先唐：唱和诗的萌芽与兴起 ………………………… (15)
  第二节　唐代：唱和诗的定型与兴盛 ………………………… (23)
  第三节　宋代：次韵唱和的盛行 ……………………………… (32)

第二章　元代唱和诗的演进 ………………………………… (36)
  第一节　元前期：多源汇流与元代唱和诗的兴起 …………… (37)
    一　成吉思汗时期的诗歌唱和 ……………………………… (37)
    二　北方入元金人的诗歌唱和 ……………………………… (46)
    三　南方入元宋人的诗歌唱和 ……………………………… (56)
  第二节　元中期：南北混一与馆阁唱和主流的形成 ………… (70)
    一　馆阁唱和主流形成的社会文化背景 …………………… (71)
    二　馆阁诗人群体及其诗歌唱酬 …………………………… (74)
  第三节　元后期：多元竞胜与地方唱和的崛起 ……………… (87)
    一　大都馆阁士人群的唱和 ………………………………… (88)
    二　地方唱和的崛起 ………………………………………… (94)

第三章　元代唱和诗的存录及特点：以唱和诗集为中心 ……… (114)
第一节　元代唱和诗的存录及特点 ……………………………… (114)
　　一　元代唱和诗繁盛的表现：唱和诗集数量多 ………… (114)
　　二　元代唱和诗的新品格 ………………………………… (127)
第二节　元代唱和诗集考 ………………………………………… (136)
　　一　元前期唱和诗集 ……………………………………… (137)
　　二　元中期唱和诗集 ……………………………………… (142)
　　三　元后期唱和诗集 ……………………………………… (148)

第四章　元代唱和诗的创作形态 ………………………………… (173)
第一节　元代分题分韵诗的创作机制及其诗学观念 …………… (174)
　　一　分赋传统与元人的分题分韵观念 …………………… (175)
　　二　分题分韵的创作规模与规则约束 …………………… (178)
　　三　"题""韵"选择的要素 ……………………………… (187)
　　四　题韵的来源与元人诗歌崇尚 ………………………… (191)
第二节　诗歌追和与元人诗学崇尚 ……………………………… (194)
　　一　元人追和诗创作与追和崇尚 ………………………… (196)
　　二　元人追和诗的创作动机 ……………………………… (201)
　　三　元代追和诗的诗学史意义 …………………………… (207)
第三节　和韵、联句、同题等主要创作方式 …………………… (214)
　　一　和韵 …………………………………………………… (214)
　　二　联句 …………………………………………………… (223)
　　三　同题 …………………………………………………… (231)

第五章　元代唱和诗的文化意蕴
　　　　——以元代科举视域下的文人唱和诗为例 ………… (237)
第一节　试官的锁院及唱和 ……………………………………… (238)
　　一　试官锁院概况 ………………………………………… (238)
　　二　锁院唱和诗 …………………………………………… (240)
第二节　科考进程中的其他唱酬 ………………………………… (245)
　　一　送人赴举酬唱 ………………………………………… (245)

二　祝贺及第唱和 …………………………………………（247）
　　三　落第唱和诗 ……………………………………………（250）
　第三节　延伸的科举活动：同年唱和与文人的科举模拟唱酬 …（252）
　　一　科举同年唱和 …………………………………………（252）
　　二　文人的科举模拟唱酬 …………………………………（257）

结　语 ……………………………………………………………（261）

附录　元代诗人唱和活动年表 …………………………………（266）

参考文献 …………………………………………………………（304）

后　记 ……………………………………………………………（319）

引　言

一　选题缘起及研究意义

王国维曾对中国古代文学的发展作如是评介："凡一代有一代之文学，楚之骚，汉之赋，六代之骈语，唐之诗，宋之词，元之曲，皆所谓一代之文学，而后世莫能继焉者也。"[①] 王氏独具慧眼地概括了古代中国不同时期最具代表性的文学体裁，有助于后学了解各朝各代的典型文学。然而，后学在继承和发微王氏这一概论时，亦容易造成对"楚骚""汉赋""六代骈语""唐诗""宋词""元曲"等一代之学外其他文学文体的忽略和遮蔽。如有汉一代，除却最盛行的赋体文学外，尚有史传、乐府、古诗等文学作品；有唐一朝，除最耀眼的唐诗外，传奇小说、赋、词以及各类骈散文章等同样值得关注；两宋时期，不仅词体创作蔚为大观，诗、散文、赋、小说等亦极具特色；至元一代，新兴的文学文体"曲"大放光彩，元诗、元文等文学作品篇什极盛，不容忽略。尤其是有元一代，元代政权享祚虽短，仅百余年即为明王朝取代。然其留存五千余位诗人的诗歌约十三万两千首[②]，数量虽不如《全宋诗》收录宋九千二百二十位诗人之二十五万五千五百九十三首诗作[③]，却远超以诗名世，诗家逾两千、篇近五万首的唐代诗歌。[④] 有元一代诗篇盈籍，诗人众多，且作者

---

① 王国维著，叶长海导读：《宋元戏曲史·自序》，上海古籍出版社1998年版，第1页。
② 参见杨镰主编《全元诗》第1册《凡例》，中华书局2013年版，第1页。此数据统计仅限于《全元诗》收录诗作数量，尚未包括后续学者陆续补遗之作。
③ 王兆鹏、齐晓玉：《宋代诗文词作者的层级与时空分布》，《中南民族大学学报》（人文社会科学版）2021年第12期，第158页。
④ 陈贻焮主编，陈铁民、彭庆生分册主编：《增订注释全唐诗》第1册《〈增订注释全唐诗〉序》，文化艺术出版社2001年版，第1页。

来自"北逾阴山，西极流沙，东尽辽左，南越海表"①之广阔疆域。不同文化背景的多民族诗人的碰撞与交融，造就了不同于前代且内容丰富多彩的元代诗歌。但囿于"元曲"等光环以及研究者对诗歌的研究历来首重先秦以迄唐宋、次重明清等因素的影响，遂致学界对元代文学的研究多侧重于对"元曲"的观照，而篇籍浩瀚、极具时代特色的"元诗"在近年来虽也渐次进入学人的研究视野，但其关注度远不及唐宋诗歌那般深入。就此而言，元诗还是一片亟待开拓并深入探讨的沃土。笔者不揣浅陋，拟以元代唱和诗为选题，希冀借助文人的唱和诗作，加深对元代文学与文化的认识。

因此，本书的开展和深入，具有以下几方面的研究价值和意义。

第一，有助于廓清元代唱和诗集、唱和诗作存佚情况，以此管窥元代唱和诗作的整体面貌。据考证，现今可见或部分见存的唐代唱和诗集32种，含唱和诗词合集2种。②和诗诗作至少2600多首，约占唐诗总数的1/20。③宋代见存唱和诗集16种，含唱和诗词合集1种。④就现存诗作而言，除却尚未系统、全面地整理之明清两代诗歌，元诗在数量上远超唐代诗歌，位于宋诗之后，其唱和诗集及唱和诗作数量如何？唱和诗有何特别之处？这些问题的解决，有利于加深对元代唱和诗作的认识和解读，并为唱和诗的深入研究提供基础性材料。

第二，有助于了解元代诗人的生存空间和文人心态。就长期浸润儒家文化的汉民族诗人来说，面对新兴的元代政权，一边是"夷夏大防"、民族气节等价值观念的钳制，另一边是对建立功业的渴慕或其他现实因素的影响，致使不同的文人有着不同的反应和抉择，或抗争或隐逸或顺应，情感态度、价值取向以及文人心态不尽相同。此外，元廷虽也施行科举考试制度选拔人才，却有针对蒙古人、汉人、色目人、南人之不同考试制度，不平等的科举考试导致部分读书人丧失了最重要的出路，文人生存空间被压缩，他们或游历名山大川，或隐匿山林乡野，所到之处，

---

① （明）宋濂等撰：《元史》卷五八《地理一》，中华书局1976年版，第1345页。
② 巩本栋：《唱和诗词研究——以唐宋为中心》，中华书局2013年版，第11—13页。
③ 赵以武：《唐代和诗的演变论略》，《社科纵横》1994年第4期，第78页。
④ 巩本栋：《唱和诗词研究——以唐宋为中心》，中华书局2013年版，第13—14页。

诗酒唱酬。凡此种种，都可借助时人的唱和诗作探寻一二。

第三，唱和诗是文人集团、诗派群体间诗人交流、沟通的主要媒介，具有诗风导向作用，借之不仅有助于探究元代文人集团、元代诗派的形成和发展，还可审视元代诗风的丕变过程。初期的元代诗坛，其来源主要有二：一是元朝仕宦诗人群体；二是宋金遗民诗人群体。尤其是宋金遗民诗人群体，诗人多、诗人身份复杂、地域分布广，诗人间此唱彼和、往来频繁，借助遗民诗人的唱酬赠答诗歌，可窥探元初的诗坛风貌。元中期政权平稳、国家相对繁荣，颇具盛世之势，这一时期引领诗坛的以馆阁诗人诗作为主。馆阁诗人的唱和诗作，总体上呈现出典雅平和之态，唱和内容多为宫廷风物、吟咏盛世之类。元后期"盛世渐衰，古音已渺"，元中期引领风骚的馆阁诗人群体逐渐式微，后期以杨维桢等为代表的铁崖诗派、以顾瑛等为代表并主持的"玉山雅集"等地方唱和渐次崛起，并引领一时诗歌风尚。这些都值得深入探讨。

第四，有助于了解元代多民族诗人之间的往来、多民族文化的碰撞与融合以及元代民族共同体的建构和形成。元代诗人民族构成复杂，涵盖汉、蒙古、契丹、女真、满等民族，如汉族诗人之虞集及揭傒斯、蒙古族之泰不华、契丹族之耶律楚材及耶律铸、雍古族之马祖常、回族之萨都剌（本答失蛮氏）、唐兀氏之余阙、葛逻禄氏之迺贤，等等。这些来自不同地域、不同民族的诗人，有着不同的语言、宗教信仰、习俗、礼仪、文学观念等，这在他们的文学交往活动中屡屡碰撞并相互渗透、吸收，形成独具特色的多元化的民族文学与文化。这些文学与文化记忆，多留存于时人的唱和诗作中，因而，对元代唱和诗作的分析和解读，有助于建构元代的文学文化生态，推动对元代文学文化的认识和研究。

二 相关问题阐释

本书的开展，先得明晰两点：一是元代文学史的起讫时间；二是"唱和诗"的定义问题。元代文学的下限时间，一般认为止于标志性事件，即至元二十八年（1368），朱元璋率领义军攻破元大都，建立明王朝，元皇族退居漠北，昭示元廷灭亡。元代文学的起始时间略有争议，归纳有四：一为成吉思汗元年（1206），成吉思汗铁木真统一蒙古各部，建立大蒙古国；二为窝阔台汗六年（1234），蒙古大军攻克蔡州，金朝灭亡；三为至元八年（1271），元世祖忽必烈以"大元"为国号，正式建立元王朝；四为至元十三年（1276），元军攻占临安，南宋政权覆灭，元王朝基本实现全国的统一。鉴于元前期诗人多为宋金两朝入元的遗民诗人，为避免因时段划分而割裂元代诗人的文学活动及元代文学发展的整体脉络，尽可能地维护有元一代文学生态的完整性，并遵循明清人研究元代文学，大抵始于金亡，终于明王朝建立的传统①，故将元代文学的起始时间上推至金的灭亡。即元代文学涵盖的时间大致起于蒙古王朝灭金（1234年），止于朱元璋攻破元大都（1368年），其间约一百三十四年。②当然，考虑到文学活动的连续性、延续性，在具体的探讨和行文过程中，对上述起讫时间略作延展。

　　对于"唱和诗"的界定，历来为研究者争论，且未形成统一的认识。事实上，"唱和"作为常用的文学表达，其生成、发展、定型以及兴盛等是一个动态的过程，这就使得唱和的内涵和外延不断拓展，因而不同时期对唱和的认识也不尽相同。检阅褚斌杰、赵以武、巩本栋、吕肖奂、姚蓉等学人对唱和诗的界定，其争议主要是唱和诗与赠答类诗歌的关系问题：赠答类诗歌是否属于唱和诗。笔者认为，对于唱和诗研究范畴的界定，不必拘束于诗题中的"和""和韵""依韵""次韵"等字样，可从更宽广的视野出发③，但须遵从"唱""和"之本意和属性，同时还要考虑到因唱和观念的扩大化而产生的联句、同题等诗作。即从广义上说，唱和诗指的是文人之间以诗歌进行酬答应和的文学创作，不仅包括一人首唱（赠），他人或自己和（答）作，形成唱和赠答的双向互动关系的诗作；还包含集体赋作、同题、联句等诗歌生产。当然，在具体研究进程中，尽可能以诗题标示"唱""和"字样的诗歌为主，以凸显本书研究对

---

① 邓绍基、杨镰主编：《中国文学家大辞典·辽金元卷·前言》，中华书局2006年版，第7页。
② 邓绍基主编《元代文学史》、袁行霈主编《中国文学史》皆遵循前人研究传统，将元代文学的起讫时间设为蒙古灭金至朱元璋攻破大都。参见邓绍基主编《元代文学史》，人民文学出版社1991年版，第1页；袁行霈主编：《中国文学史》第3卷《元代文学·绪论》，高等教育出版社2014年版，第189页。
③ 有学者从"关系本位"视域出发，从更宽广的视角定义唱和诗，即"除了独抒情志的孤吟或独吟诗歌，一切与人际关系相关的诗歌都是酬唱诗歌。换种说法，酬唱诗歌就是诗人之间各种关系的艺术或诗意书写，也就是既具有交流性而更具有交际性的诗歌"。参见吕肖奂、张剑《酬唱诗学的三重维度建构》，《北京大学学报》（哲学社会科学版）2012年第2期，第71页。

象"唱和诗"的特性。

三 相关成果举要

如前所述,"元诗"作为被忽略的一方瑰宝,在近年来虽也渐次进入学人的研究视野,并日渐成为学术热点,但仍有进一步深入的必要和开拓的空间。元代唱和诗的研究更是如此。据笔者所见,以"唱和"作为专题的文学研究正处于快速发展阶段,且相关成果主要集中于对唐宋诗词的研究。相关专著有陈钟琇《唐代和诗研究》(秀威资讯科技股份有限公司2008年版)、巩本栋《唱和诗词研究——以唐宋为中心》(中华书局2013年版)、岳娟娟《唐代唱和诗研究》(复旦大学出版社2014年版)、吴大顺《欧梅唱和与欧梅诗派研究》(陕西人民出版社2008年版)、吕肖奂《宋代唱酬诗歌论稿》(复旦大学出版社2021年版)、张明华《唐代分韵诗研究》(社会科学文献出版社2013年版)及《宋代分韵诗研究》(社会科学文献出版社2021年版)。唐前唱和诗研究的专著仅见赵以武《唱和诗研究》(甘肃文化出版社1997年版),明清唱和文学的研究专著有贾艳艳《明代阁臣诗歌唱和研究》(花木兰文化出版社2020年版)、刘东海《顺康词坛群体步韵唱和研究》(上海古籍出版社2013年版)两部。而与本书的研究范畴元代唱和诗研究相关的专著,仅见近年高邢生的《元代文人雅集与诗歌唱和研究》(花木兰文化出版社2021年版)。由此可见,以唱和文学为对象的专题性研究虽取得喜人的成绩,但相关研究极为不平衡,重唐宋而轻元明清,尤其是作为唐宋唱和文学延续和发展的元明清唱和,尚未引起足够的重视和关注,这也使得以"元代唱和诗"为对象的专门性研究大有可为。

检视近今人的研究成果,对于元代唱和诗的相关研究,主要见于元初遗民诗人群体、元代文人雅集、多族士人文学交往以及唱和诗专题等研究模块,兹列举代表性研究如下。

(一) 元初遗民诗人群体与唱和诗研究

蒙古并金灭宋,建立统一的元王朝,这对于宋、金遗民故老来说,是天翻地覆的社会变动。家国之恨与个人命运交织,外加元廷政治策略等因素的影响,"南宋遗民故老相与唱叹于荒江寂寞之滨,流风余韵久而弗替，遂成风会"①。遗民诗人或隐逸山林，或浪迹江湖，竞相诗词唱酬，促成遗民文学的繁盛，进而引发对遗民诗人群体与遗民文学的研究。从现有的研究成果来看，学界对遗民诗人群体的探讨主要集中于遗民诗人群体以及遗民文学两方面的研究。代表性成果有：徐儒宗《元初的遗民诗社——月泉吟社》（《文学遗产》1986年第6期）、王次澄《元初遗民诗人的桃花源——月泉吟社及其诗》（《河北学刊》1995年第6期）《宋元逸民诗论丛》（大安出版社2001年版）、欧阳光《宋元诗社研究丛稿》（广东高等教育出版社1998年版）《元初遗民诗社"汐社"考略》（《中山大学学报》1997年第1期）、周林《元初南宋遗民诗社"汐社"研究》（硕士学位论文，暨南大学，2011年）、陈小辉《宋代遗民诗词社团辑论》[《温州大学学报》（社会科学版）2016年第1期]、赵润金《东莞遗民诗社考辨》（《船山学刊》2009年第3期）、方勇《南宋遗民诗人群体研究》（人民出版社2000年版）、杨倩倩《宋元之际徽州遗民诗人研究》（硕士学位论文，云南民族大学，2018年）、陶然等《宋金遗民文学研究》（浙江大学出版社2014年版）、朱明玥《南宋遗民诗人诗作研究》（硕士学位论文，上海师范大学，2007年），等等。这些著述善于钩稽排比，论证精深，从不同角度对遗民诗社、遗民诗人群体以及遗民文学等进行讨论，为后来之学者了解和研究元初遗民诗人群体与遗民文学提供参考和研究范式。其中，徐儒宗是较早关注遗民诗人诗社的学者，其《元初的遗民诗社——月泉吟社》一文对月泉吟社的由来以及传世诗集《月泉吟社》作了介绍，认为《月泉吟社》唱酬诗所呈现的田园隐逸生活是诗人消极反抗爱国思想的体现，同时对《月泉吟社》诗艺术表现手法以及月泉吟社的影响等作了简要探讨。王次澄则持续开拓，其《元初遗民诗人的桃花源——月泉吟社及其诗》进一步探讨月泉吟社成立的意义、诗人身份、诗歌主题及艺术旨趣等，对月泉吟社的研究具有补充作用。

与着力于单个诗社研究不同，欧阳光《宋元诗社研究丛稿》对宋元时期的诗社作全面的考论，是宋元诗社研究的代表。其上编"元初的遗民诗社"一节对"月泉吟社""汐社""阴山诗社""越中诗社"等遗民

---

① （清）赵翼著，王树民校正：《廿二史札记校正》卷三十《元史》"元季风雅相尚"条，中华书局2013年版，第736页。

诗社作初步考论，并指出，元初遗民诗社虽然是对宋诗社的直接继承，但其产生的时代背景、活动内容以及组织形式等与宋代诗社极为不同。换言之，"元初的遗民诗社，从总体上说，已不再是文人墨客嘲风吟月、以诗会友的一般雅集聚会，而是具有浓厚政治色彩的文学团体"[①]，揭示了宋代诗社与元初遗民诗社的差异，凸显了元初遗民诗社鲜明的时代特色。不可否认的是，该书对诗人结社缘由、诗社成员、诗社活动形式等相关史实的翔实考证极具启迪意义，而对于诗社诗人唱和诗作，却少有涉及。

方勇《南宋遗民诗人群体研究》对南宋遗民诗人群体作综合考论，是遗民诗人群体研究的力作。该书论述了南宋遗民诗人群体形成的文化背景、群体形态、地域分布、群体类型、诗人心态、诗歌主题等，揭示了南宋遗民诗人群体的基本风貌和特征，对研究遗民诗人与遗民文学具有重要指导意义。书中第三章"群体网络的布局结构特征——从亚群体的地域分布说起"分别对"临安遗民诗人群""会稽、山阴群""浦阳群""严州群""江西群""福建群"等作了考证；第七章"追慕先秦汉魏与咏陶和陶"一节揭示了遗民诗人咏陶和陶背后的内涵和意义，是本书的重要参考。然而，此书对遗民诗人的其他唱和诗作，未作深入探讨。

陶然等《宋金遗民文学研究》作为宋元易代之际遗民文学研究的代表，以宋金遗民文人群体为研究对象，采用宏观和微观相结合的研究方法，从多个视角揭示宋金遗民文化心理与遗民文学，展现了宋金文学向元代文学转型的关捩。其第五章论述金元之际东平文人群时，有对东平文人群宴游唱和事迹的考论。第九章"宋元之际的遗民唱和——以临安为中心的考察"，分别就宋元之际临安唱和活动的变迁、唱和活动的社会功能、唱和活动的文学特质以及临安唱和群体考述展开论述。尤其"唱和活动的文学特质"一节，不仅揭示了临安遗民唱和诗词善用长题长序、注重群像塑造、好牵韵限题等文学特征，也对遗民诗人关于主导宋末诗坛之江西诗风和晚唐体两大倾向的态度作了讨论，肯定了遗民诗人对元初诗歌发展的重要作用。书中对遗民唱和的相关讨论对本书唱和诗的探

---

① 欧阳光：《宋元诗社研究丛稿》，广东高等教育出版社1998年重印版，第38页。

讨极具借鉴价值。

从上述研究著述来看，有关元初遗民诗人群体与文学的研究成果颇为丰硕，实为喜事。应当引起重视的是，学者在进行相关讨论时，虽也有关涉遗民诗人唱和诗作的探讨，但少有将唱酬诗作为诗歌类型之一进行专题讨论，更多是将其作为遗民诗社及其成员、遗民诗人群体以及诗人生平等史实考证的印证材料，遗民唱酬诗作未受到应有的重视，这也使得将宋金元遗民诗人的唱酬诗歌作为本书研究问题之一，有实践的可能及研究的价值和意义。

(二) 文人雅集与唱和诗研究

文人集会，自古以来就是中国文人酷爱的雅趣之事。早在两汉时期，即有梁孝王兔园集会，建安时期，建安诸子的西园游宴会、西晋金谷集会、东晋兰亭集会等，其后历经唐宋时期的发展，至元一代，文人雅集之风尤盛。有学者甚至认为，"真正的文人雅集直到元代才形成规模效应和深远影响"①，这也使得元代文人集会、文人群体成为学术研究的热点。相关代表性研究有：乔光辉《玉山草堂与元末文学演进》[《湖南文理学院学报》（社会科学版）2005年第1期]、张玉华《玉山草堂与元明之际东南的文士雅集》（《广西社会科学》2004年第10期）、杨镰《草堂雅集》（中华书局2008年版）《玉山名胜集》（中华书局2008年版）《顾瑛与玉山雅集》[《西南民族大学学报》（人文社科版）2008年第9期]、左东岭《玉山雅集与元明之际文人生命方式及其诗学意义》（《文学遗产》2009年第3期）、谷春侠《玉山雅集研究》（博士学位论文，中国社会科学院研究生院，2008年）、曾莹《文人雅集与诗歌风尚研究初探——从玉山雅集看元末诗风的衍变》（广东高等教育出版社2011年版）、刘季《玉山雅集与元末诗坛》（博士学位论文，南开大学，2012年）、刘季《玉山雅集诗歌创作中的崇杜倾向》[《内蒙古大学学报》（哲学社会科学版）2012年第3期]、牛贵琥及顾文若《论玉山雅集与元后期文士群体的追求》（《江西社会科学》2018年第8期）、王硕《从玉山雅集看元代文人休闲活动的精神取向》[《宁夏大学学报》（人文社会科学版）2021年第

---

① 黄仁生：《论顾瑛在元末文坛的作为与贡献》，《湖南文理学院学报》（社会科学版）2005年第1期，第30—36页。

1期]、高邢生《元代文人雅集与诗歌唱和研究》（花木兰文化出版社2021年版）、叶爱欣《"雪堂雅集"与元初馆阁诗人文学活动考》（《平顶山学院学报》2006年第6期）、查洪德《元代诗坛的雅集之风》（《安徽师范大学学报》（人文社会科学版）2013年第6期）、求芝蓉《元至元间文坛盛事"雪堂雅集"考》（《中国典籍与文化论丛》2020年第1期）、李茜茜《元末明初吴中文人群体研究》（博士学位论文，复旦大学，2014年）、唐朝辉《元代文人群体与诗歌流派》（西安交通大学出版社2017年版），等等。从不同角度对元代文人雅集进行探讨，为本书的开展提供研究基础。由上述成果不难看出，除却前文已提及的元初遗民诗人群体外，元代文人集会的研究成果主要集中于对元后期的文人集会与文人群体的相关探讨，这是由于雅集的规模、参与人数的多寡、留存诗作的数量及影响力的大小等因素决定的。尤其是元后期"玉山雅集"等集会，是大型文人雅集的代表。

当然，元中前期的小型文人集会，也受到学者的关注。叶爱欣《"雪堂雅集"与元初馆阁诗人文学活动考》介绍了"雪堂雅集"的生成背景。求芝蓉《元至元间文坛盛事"雪堂雅集"考》对"雪堂雅集"年代、参与人员以及其历史意义进行论述。查洪德《元代诗坛的雅集之风》一文则勾勒出元代文人雅集的总貌，前期以大都、杭州两地为中心，后期则以玉山雅集为代表，并对文人热衷于雅集的文化心理进行解读。

对于元后期文人雅集的研究，乔光辉《玉山草堂与元末文学演进》值得关注，乔氏对玉山草堂的建筑群、玉山主人顾瑛、文人即席赋诗等活动形式、艺术精神与成就以及玉山草堂覆没等进行考证，并肯定玉山集团不同形式的集会促进了文人之间的相互交流与切磋，极大地繁荣了当时文坛的创作。其中亦当包括文人往来之唱和诗作。囿于篇幅所限，作者未能对玉山草堂之唱酬诗作系统的研究。杨镰在整理《草堂雅集》《玉山名胜集》之基础上撰写《顾瑛与玉山雅集》一文，对顾瑛家世生平、草堂的景点、诗集版本与数量等作详细考证。文章认为，与顾瑛交游唱和以及参与玉山雅集者，多达百人，留存诗篇也在5000首以上。[1]

---

[1] 杨镰：《顾瑛与玉山雅集》，《西南民族大学学报》（人文社科版）2008年第9期，第136页。

同时指出,"顾瑛与玉山雅集研究,对元代吴中文学传承、元代文人群体形成与活动、元人著述的编辑与刊刻、元明诗的衔接与过渡,以及元明易代期间的文人生存状况与文学创作等内容,都有启示意义"[①]。

曾莹《文人雅集与诗歌风尚研究初探——从玉山雅集看元末诗风的衍变》是玉山雅集研究的又一力作,其书探讨了玉山雅集及其主人顾瑛、雅集之宾客构成及宾客心态、雅集诗歌唱酬形式、雅集与铁崖诗派的联系等。是本书撰写学习的重要对象。曾莹之后,高邢生《元代文人雅集与诗歌唱和研究》一书颇为关键,是少有对元代唱和诗进行专章论述的著述之一。该书第二章"元代文人唱和研究"分别从唱和诗词总集叙录、元人唱和的创作模式、主题类型以及文人唱和对元代诗坛的影响几方面介绍元代唱和诗。文章从宏观上探讨了元代唱和诗的创作特点,虽未能深入解读唱和诗作背后的社会文化背景,亦未能借助唱和诗呈现雅集文人的文化心理,却为本书元代唱和诗的研究提供借鉴。

由此可见,元代文人雅集虽是备受关注的学术热点,也取得显著的研究成绩,为本书的开展提供了行文思路和研究方法,却未出前文遗民诗人群体与文学研究之窠臼,对唱和诗的文本审视多是浮光掠影式的探讨,未能深入揭橥文本所蕴含的文人心理及社会文化变迁。唱和诗作的文本本位未能显现。

(三) 多族士人交往与唱和诗研究

元朝地域广阔,民族构成十分复杂。各民族在频繁交往中相互交流、切磋以至融合,形成了独具特色且繁富的多元民族文化,使得有元一代的艺术文化在中国历史中独树一帜。这也是元代文学与文化研究中极具特色且备受学人关注的领域,并由此产生众多研究成果,兹择其要者简述。

陈垣《元西域人华化考》(上海古籍出版社2000年版)是较早关注多族士人文化融合的著作,该书从儒学、佛老、文学、美术、礼俗、女学等方面考察了元代进入中原的西域各族人对中原文化的接受情况。萧启庆《元朝多族士人的雅集》(《中央文化研究所学报》1997年第6期)、

---

① 杨镰:《顾瑛与玉山雅集》,《西南民族大学学报》(人文社科版) 2008年第9期,第136页。

《元代多族士人网络中的师生关系》(《历史研究》2005年第1期)、《九州四海风雅同：元代多族士人圈的形成与发展》(台北：联经出版事业股份有限公司，2012年)诸文从不同层面探讨了多族士人的交往。《元朝多族士人的雅集》对文学之会、艺术之会、游览之会中的各族诗人及其身份进行考证；《元代多族士人圈的形成与发展》着眼于从同乡、婚姻、师生、同僚等的社会交往来探讨蒙古、色目士人群体的多族士人圈，其"文化互动"一节肯定了唱酬诗歌具有文化交流互动的作用，并简述了蒙古人泰不华、色目人廼贤、汉人许有壬、南人成廷珪的唱酬圈。

云峰《民族文化交融与元代诗歌研究》(内蒙古大学出版社2013年版)一书是多族文化交融与诗歌研究的代表作，共四编。第一编交代了元代少数民族对汉文化的学习，同时揭示了各民族间在政治、经济、婚姻习俗等方面的交往状况；第二编论述了蒙古族、回族、契丹、女真及维吾尔等少数民族诗人及其汉文诗歌创作；第三编是对元代诗歌中有关北部边疆自然风光及少数民族生活习俗等书写的探讨；第四编对玉山雅集、天庆寺雅集等多民族集会及马祖常、泰不华与萨都剌等的唱酬圈进行考论。

除云峰外，刘嘉伟是近年探讨多族士人交往活动的代表学者，先后发表《元大都多族士人圈的互动与元代清和诗风》(《文学评论》2011年第4期)、《元代多族士人圈中师生关系的新变》(《民族教育研究》2013年第6期)、《从刘仁本的交游窥探元代多族士人圈》(《民族文学研究》2013年第1期)、《诗僧来复在元末多族士人圈中的活动考论》(《五台山研究》2014年第3期)等成果，并在此基础上撰成《元代多族士人圈的文学活动与元诗风貌》(人民文学出版社2016年版)。其后，毕兆明《元代蒙古族汉文酬唱诗创作流变——以蒙汉民族文化融合为视角》(《文艺评论》2015年第8期)、高邢生《元代文人雅集与诗歌唱和研究》(花木兰文化出版社2021年版)等亦与本书颇为相关。高邢生《元代文人雅集与诗歌唱和研究》第三章"元代多民族士人的雅集唱和"，探讨了"延祐复科"对多民族师生关系、多民族的交友圈等的形成具有促进作用，同时以玉山雅集、天庆寺雅集等集会以及马祖常、泰不华、萨都剌、余阙、廼贤等多民族唱和为视角，论述了多民族唱和在题材内容的开拓和艺术风格的新变两方面对元诗风貌产生影响。这些对本书的开展皆具借鉴价值。

(四) 唱和诗专题研究

关于元代唱和诗的研究，除却前文梳理之附带于元初遗民诗人群体、元代文人雅集、多族士人文学交往等研究中外，尚有少量对唱和诗的专题探讨。如唐朝晖《元代唱和诗集与诗人群简论》(《求索》2009年第6期) 颇具总论性质，该文依时序勾勒出了元代前、中、晚期诗人群体与唱和诗集的关系，为后学了解元代的唱和诗集以及诗人群体全貌提供便利。值得注意的是，类此对元代唱和诗作宏观审视的研究不多，小规模的唱和专题反而逐渐受到关注。邓莹莹《贡奎馆阁唱和诗歌研究》(硕士学位论文，华中师范大学，2017年) 对贡奎馆阁中的唱和对象、唱和诗作类型、艺术风格及成因等作了简单介绍。唐朝晖《〈庚辛唱和诗〉与诗人群考论》[《重庆科技学院学报》(社会科学版) 2019年第2期] 论述了《庚辛唱和诗》的刊刻及编辑情况、唱和诗作产生的背景、参与人员以及诗集对后世的影响等。又贾秀云《元代儒学倡导者的悲歌——郝经〈和陶诗〉研究》(《晋阳学刊》2005年第2期)、王丽娜《论郝经的慕陶情结——兼论元代和陶诗》(硕士学位论文，山西大学，2007年)、王舜华及冯荣珍《郝经"和陶诗"的研究》(《名作欣赏》2009年第20期)、王倩《元初南方士人陶渊明接受研究——以和陶文人为中心》(硕士学位论文，西南大学，2019年) 等借助元初"和陶诗"审视元诗人的生存状态、心理态度以及文化人格。

近年来，蒙古早期耶律楚材与丘处机之诗歌唱和受到学者重视。王素敏《从西游同韵诗看耶律楚材、丘处机的文化情怀与审美追求》(《阴山学刊》2019年第5期) 分别从"以天下生民为己任"的政治理想、四海升平的悲悯情怀以及道养性、释修心的审美趣味来探讨二人唱和诗作的共同特点。左丹丹与余来明《丘处机、耶律楚材西行唱和的文化内蕴》(《贵州社会科学》2021年第5期) 一文颇有特色，该文揭示了丘处机与耶律楚材唱和诗中西域新奇、雄伟、蓬勃的地域特色，呈现了"以儒治民"与"以教救世"观念的碰撞与交流，并从文化视角对以二人为代表的儒道士子之生命体验与历史命运进行解读。这对本书的开展极具启迪意义。

对元代唱和诗的研究中，也有单就某一唱和文体进行讨论的成果。

杨镰《元诗史》（人民文学出版社 2003 年版）第十章"同题集咏"对月泉吟社"春日田园"诗、咏物诗、西湖竹枝词、宫词等同题集咏进行讨论，以此审视元代同题集咏唱和的竞赛性质及意义。其后，刘嘉伟《元人"拂郎献天马"同题集咏刍议》（《晋阳学刊》2016 年第 2 期）《元人"芦花被"同题集咏探析》[《中央民族大学学报》（哲学社会科学版）2015 年第 4 期]、《元代"三节堂"同题诗文集咏探析》（《西域研究》2021 年第 2 期）等文分别探讨了元代"拂郎献天马""芦花被""三节堂"同题集咏，如畏吾儿文士贯云石所作《芦花被诗》，因其政治、文化地位的影响，题咏持续时间较长，终元未止并延续到明清，成为不可忽略的文学现象。李文胜《元初诗歌与同题集咏》[《暨南学报》（哲学社会科学版）2014 年第 10 期]、《元末隐士群体的同题集咏与诗风变迁》[《励耘学刊》2020 第 1 期（总第 31 辑）]《元代咏事诗同题集咏析论》[《新疆大学学报》（哲学·人文社会科学版）2020 年第 2 期]等从不同角度讨论了同题唱和诗。其《元代咏事诗同题集咏析论》一文指出，元代咏事同题集咏主要以节妇和忠孝两类影响最大，具有记写真人真事、继承汉乐府反映现实的传统。考其原因，与理学影响下宣传舆论，维护社会秩序的需求相关。同时，同题集咏对元诗叙事结构和叙事能力均产生了重要影响。

综上所述，学界对元代唱和诗的研究，尚无全面系统深入的专题性探讨。除却少量以唱和诗为对象的探讨外，元代唱和诗的研究成果主要散见于元初遗民诗人群体、元代文人雅集、多族士人文学交往等研究中，且诗歌唱和多数是作为其他诸如遗民诗社、诗人群体以及诗人生平等史实考证的补充性材料，虽有关涉，亦仅仅是附带性的粗略讨论，研究重点及目的均未落脚于唱和诗歌。因此，笔者不揣浅陋，拟循着前人的研究路径，以元代唱和诗为研究选题，采用宏观与微观视角相结合，对地域广阔、民族构成复杂、文化多元的元代之唱和诗进行专题性探讨，具有研究的价值和意义。

四　研究思路及方法

本书拟以《全元诗》及其补遗诗作为统计对象，尽可能地钩稽有元一代的唱和诗，并以之作为基础材料展开研究。本书分为五章：第一章对元前唱和诗的兴起、成熟、定型等发展脉络进行简述，引出元代唱和风气的盛行以及唱和诗的繁盛；第二章从纵向上梳理元代唱和诗的演进历程；第三章以元代唱和诗集为中心，以此概括元代唱和诗的存录及特点；第四章对元代唱和诗的创作形态及其呈现的诗学观念作考察；第五章以科举唱和为例，对元代唱和诗呈现的文学文化意蕴进行考察。

鉴于上述研究思路的设定，本书的开展，拟采用文献研究法、归纳演绎法、诗史互证法、比较研究法、文学社会学研究法等方法。

第一，文献研究法。本书研究对象唱和诗，虽以杨镰《全元诗》所收诗歌为主，但研究的开展也需借助相关史传、笔记、政书等，如宋濂等《元史》、无名氏《元典章》、苏天爵《元朝名臣事略》、顾嗣立《元诗选》（初集、二集、三集）、陈邦瞻《元史纪事本末》、钱大昕《补元史艺文志》、魏源《元史新编》、李修生《全元文》等著述，全面排比、钩沉、辑佚、搜集整理、比较考辨相关史料，并细读研究。

第二，归纳演绎法。元代有关唱和活动、唱和参与者及唱和诗作等材料大多未能完整保存，部分散见于各种文献典籍中，在钩沉、整理及文本细读过程中，需要归纳和演绎相互结合，获取有用的信息。

第三，诗史互证法。诗歌是特定历史语境下的产物，通常与特定时期的政治、经济、军事、文化等关联，利用《全元诗》《全元文》等诗文总集与《元史》等史书、笔记文献，充分发挥诗文与史实的相互印证，有助于重构唱和场景，加深对唱和活动、唱和诗歌的研究。

第四，比较研究法。比较元初期、中期及后期的唱和诗，可了解唱和诗纵向上的发展变迁。同时，横向来看，同一时期不同环境下的同一诗人或相同环境下的不同诗人，因诗人心态等的不一，其审美心态不同，所作唱和诗歌亦不尽相同。这些都离不开比较研究法的运用。

第五，文学社会学研究法。唱和诗歌有别于诗人"独吟"式的抒情言志，是用来交往应酬、沟通人际关系的文学活动，是"诗可以群"的典范。因而，需要从社会学的视角来探讨唱和者的社会维度，重现唱和诗人群体、唱和活动、唱和诗歌及其生成的社会环境，借此解读诗人创作、唱和文学与社会历史发展的关系。

第一章

元前唱和诗的兴起和发展

　　元代唱和诗上承唐宋，下启明清，是中国古代唱和文学的重要单元和发展环节。元代唱和诗的繁盛以及酬唱风气的盛行，离不开元前诗人对酬唱诗的创作实践和艺术体例的探索。欲解读元代的唱和诗歌，须得追溯元前唱和文学的发展脉络，了解唱和诗体的演进历程。大概而言，唐前是唱和诗的萌芽与兴起阶段，此一时期的唱和文学历经"声相应"到"辞相应"的转变，并于魏晋六朝迎来对唱和诗体的重要尝试和运用。隋唐时期，在宫廷诗人及白居易、元稹等文人频繁唱酬的推动下，唱和诗日渐定型并呈兴盛之态，次韵、和韵、用韵、联句等主要唱和创作方式得以确立。宋代诗人循着唐人唱和诗学的研究之路进一步发展，逐渐形成以次韵唱和为主体的酬唱诗学。正是元前诗家在酬唱活动中对酬唱诗体的不断探索与实践下，诗歌唱酬日益成熟和普及，并成为士人间交往应酬、沟通人际关系、竞技炫博、相互师法的文学选择。这些都为元代唱和风气的盛行以及唱和诗的繁盛奠定了基础。

第一节　先唐：唱和诗的萌芽与兴起

　　唱和即倡和，又有唱酬、酬唱等称谓，指文人之间诗文的往来酬唱与赠答。唱和诗作为一类被广泛运用的诗体，其渊源与音乐相关。许慎《说文解字》云："唱，导也。从口昌声。""和，相应也。从口禾声。"[①]

[①]（汉）许慎撰：《说文解字》，中华书局1978年影印版，第32页。

《礼记·乐记》："倡和清浊，迭相为经。"① 唐人孔颖达疏为："先发声者为倡，后应声者为和。"② 唱和本源是指音乐上的发声与应和，"唱"为先导，"和"随"唱"发，二者是一种"声相应"、彼此呼应的关系。如《论语·述而》云："子与人歌而善，必使反之，而后和之。"③ 又宋玉《对楚王问》："客有歌于郢中者，其始曰《下里》《巴人》，国中属而和者数千人。其为《阳阿》《薤露》，国中属而和者数百人。其为《阳春》《白雪》，国中有属而和者，不过数十人。……是其曲弥高，其和弥寡。"④

事实上，在语言和文字诞生前，"声相应"的唱和多见于上古民众的日常生活和劳作场所，是先民重要的沟通交流方式。《淮南子·道应训》载："今夫举大木者，前呼邪许，后亦应之。此举重劝力之歌也，岂无郑、卫激楚之音哉？"⑤ 这种伴随生产劳动发展而来的劳动号子，有助于协调劳动者统一步伐、调节节奏、聚集力量，从而达到事半功倍的效果，具有"劝力"的作用，在今天的民间劳动场合仍然可见。巩本栋先生认为，"把这种前呼后应的劳动号子记录下来，应当说就是唱和与唱和诗词的最原始的状态和形式"⑥。当然，上古时期类似"邪许"之语，最初并无实质的内涵和意义，其产生和存在是为配合音乐咏唱而存在，更多是附带性的帮腔作用。

随着诗歌个体特征的发展以及情感宣泄的需要，诗歌逐渐脱离对音乐的依附而独立成体，"唱"导"和"随的音乐交流形式被诗体借鉴并延续下来，成为一种重要的诗歌创作和交流方式，"声相应"亦逐渐向对话式的"辞相应"过渡。如《尚书大传》载舜帝等"歌《卿云》"事迹即可印证：

---

① （汉）郑玄注，（唐）孔颖达疏：《礼记正义》卷三八《乐记第十九》，（清）阮元校刻十三经注疏，中华书局1982年影印版，第1536页。

② （汉）郑玄注，（唐）孔颖达疏：《礼记正义》卷三八《乐记第十九》，（清）阮元校刻十三经注疏本，中华书局1982年影印版，第1536页。

③ （魏）何晏等集解，（宋）邢昺疏：《论语注疏》卷七《述而第七》，（清）阮元校刻十三经注疏本，中华书局1982年影印版，第2484页。

④ （战国）宋玉著，吴广平编辑：《宋玉集》，岳麓书社2001年版，第88—89页。

⑤ （汉）刘安著，刘文典集解，冯逸、乔华点校：《淮南鸿烈集解》，中华书局1989年版，第380—381页。

⑥ 巩本栋：《关于唱和诗词研究的几个问题》，《江海学刊》2006年第3期，第161页。

帝乃倡之曰："卿云烂兮，糺缦缦兮。日月光华，旦复旦兮。"八伯咸进，稽首曰："明明上天，烂然星陈。日月光华，弘于一人。"帝乃载歌，旋持衡曰："日月有常，星辰有行。四时从经，万姓允诚。于予论乐，配天之灵。迁于贤圣，莫不咸听。鼚乎鼓之，轩乎舞之。菁华已竭，褰裳去之。"①

《卿云歌》相传为舜禅位于禹时与群臣互贺之作。舜帝首倡，渲染出祥瑞喜气的氛围；八伯据舜帝唱辞应和，引出禅让者和继位者两位圣人；舜帝接受八伯的和歌后，又继前作辞意赓和。显而易见，舜帝与八伯的唱和歌辞，已不同于早期音乐唱酬时的无意义符号，不仅具有一定的内涵和语意指向，辞意的"唱和"也更为明显，是对话式"辞相应"的典范之作。无独有偶，《尚书·虞书·益稷》载舜等又一诗作："（帝庸）乃歌曰：'股肱喜哉，元首起哉，百工熙哉。'……（皋陶）乃赓载歌曰：'元首明哉，股肱良哉，庶事康哉。'又歌曰：'元首丛脞哉，股肱惰哉，万事堕哉。'"②舜帝与皋陶的唱词均围绕"股肱""元首""百工"展开。舜帝歌唱臣工欢悦，君王奋发，诸事顺遂；皋陶赓歌顺承舜帝之意，同时指出国家发展与否，大臣"良"与"惰"，百事"康"与"堕"皆源于君王的"明"或"脞"。二人唱词辞意相应，具有劝诫讽谕之意。

《卿云歌》为舜帝与八伯共同完成，《赓歌》是舜帝与皋陶共同创作③。二诗单位创作均以"诗句"为主。换言之，这一时期唱和双方的唱辞虽有一定的意义指向，却还不具有独立的内涵和完整的意义表达，只有双方组合成唱和关系，诗歌的完整意义才显现出来。孔安国已明确这一点："帝歌归美股肱，义未足，故续歌。'先君后臣，众事乃安'，以成其义。"④唱和虽经历"声相应"到"辞相应"的转变，但双方唱词还不

---

① （清）皮锡瑞撰，吴仰湘编：《尚书大传疏证》卷二《虞夏传》，中华书局2015年版，第72—73页。
② （汉）孔安国传，（唐）孔颖达疏：《尚书正义》卷五《益稷第五》，（清）阮元校刻十三经注疏本，中华书局1982年影印版，第144页。
③ 后人将舜帝与八伯的相和歌集为一首诗歌，题名《卿云歌》；将舜帝与皋陶的赓歌集为《赓歌》。参见逯钦立辑校《先秦汉魏晋南北朝诗》，中华书局1983年版，第2—4页。
④ （汉）孔安国传，（唐）孔颖达疏：《尚书正义》卷五《益稷第五》，（清）阮元校刻十三经注疏本，中华书局1982年影印版，第144页。

是一首完整的诗歌,与后世唱和主流即唱和双方分别作一首或数首完整的诗作相互唱酬不同。不过,也应当看到,这种以"诗句"为单位的早期唱和极具文学价值和文学史意义:一是此类诗作可视为后世联句唱和诗的早期原型,为后世的联句创作提供文体范式和实践指导;二是促进了"声相应"到"辞相应"的唱和转变,赋予唱和辞独立的内涵和意义;三是开启了后世以完整诗歌为单位的主流唱和文体的发展之路。其价值恰如宋人杨亿所说:"唱和联句之起,其源远矣。自舜作《歌》,皋繇扬言赓载,及《柏梁》联句,颜延年有《和谢监玄晖》,谢监有《和伏武昌登孙权故城》等篇。梁何逊集中多联句,至唐朝文士唱和联句固多……"[①] 其意义可见一斑。

唱和双方以完整诗作为单位的唱酬,在《诗经》中业已存在。阴法鲁在探讨《诗经》的唱和形式时指出,《商颂》中《那》和《烈组》属于唱和——重唱。《那》和《烈组》本是祭祀、追述歌颂商汤祖先的乐歌,皆不分章。依照阴法鲁的推断,若将《那》《烈组》分别分作五章,每章四句,余皆"顾予烝尝,汤孙之将"两句,二诗在结构上基本相同。[②] 二诗的创作单位皆为完整的诗作,在形成唱和关系前,自身具有完整的内涵和意义。再如《穆天子传》卷三载穆天子于西王母处做客,与西王母饮于瑶池,继而相互唱和,"西王母为天子谣,曰:'白云在天,丘陵自出。道里悠远,山川间之。将子无死,尚能复来。'天子答之曰:'予归东土,和治诸夏。万民平均,吾顾见汝。比及三年,将复而野。'西王母又为天子吟曰:'徂彼西土,爰居其野。虎豹为群,于鹊与处。嘉命不迁,我惟帝女。彼何世民,又将去子。吹笙鼓簧,中心翔翔。世民之子,惟天之望。'"[③] 二人唱辞情真意切,哀怨缠绵,各具完整意义,均可独立成篇,逯钦立将之分别题为《白云谣》《穆天子谣》《西王母

[①] (宋)杨亿口述,黄鉴笔录,宋庠整理,李裕民辑校:《杨文公谈苑》,上海古籍出版社2012年版,第54页。

[②] 阴法鲁:《中国古代诗歌中的唱和形式》,载《阴法鲁学术论文集》,中华书局2008年版,第495页。

[③] 佚名撰,(晋)郭璞注,(清)洪颐煊校:《穆天子传》,商务印书馆1937年版,第15—16页。

吟》①。

至此，唱和历经早期音乐上的"声相应"到"辞相应"的转变。唱和词最初并无实际意义，仅作为音乐开唱帮腔之用，其后唱词逐渐由以"诗句"为单位发展到具有完整意义和内涵的诗作。这是唱和辞发展的一大转折。

"辞相应"的应和渐次成为诗人诗歌创作和文学交往的重要方式，在汉魏晋诗坛及其后的文人交往活动中日益普及。逯钦立《先秦汉魏晋南北朝诗》中即收录大量"辞相应"的赠答类诗歌，如汉魏之无名氏《客示桓麟诗》、桓麟《答客诗》、秦嘉《赠妇诗三首》、徐淑《答秦嘉》、蔡邕《答对元式诗》《答卜元嗣诗》、曹植《赠徐干诗》《赠丁仪诗》《赠王粲诗》《赠丁仪王粲诗》《赠丁翼诗》等；西晋陆机之《赠冯文罴诗》《赠顾交趾公真诗》《赠从兄车骑诗》《赠斥丘令冯文罴诗》《答张士然诗》《答贾谧诗》《答潘尼诗》等诗作，即是"辞相应"诗歌创作繁盛的表现。需要注意的是，"辞相应"的赠答类诗歌虽属广泛意义上的唱酬诗，却非后世普遍认同的诗题标示"和""奉和""和韵""次韵""用韵"等字样的主流唱和诗。后世认同的主流唱和诗歌样式，较早可追溯到东晋时期释慧远、张野、刘程之、"胡西曹"、陶渊明、"郭主簿"等人的唱和②。如名僧释慧远游览庐峰，有感而发，作《游庐山》③诗记游山之趣，刘程之、王乔之、张野等赋诗应和，成一时佳话。兹录众人诗作如下：

> 崇岩吐清气，幽岫栖神迹。希声奏群籁，响出山溜滴。有客独冥游，径然忘所适。挥手抚云门，灵关安足辟。流心叩玄扃，感至理弗隔。孰是腾九霄，不奋冲天翮。妙同趣自均，一悟超三益。
>
> ——释慧远《游庐山》④

---

① 逯钦立辑校：《先秦汉魏晋南北朝诗》，中华书局1983年版，第35、36、36页。
② 虞姬《和项王歌》诗题虽标示"和"，且是对项羽《垓下歌》的回应，但鉴于诗题乃明人冯惟讷所加，故不能视为主流意义上的"和"诗。
③ 关于诗题，宋人陈舜俞《庐山记》卷四、明杨慎《升庵诗话》卷十二均题为《游庐山》，明人冯惟讷《古诗纪》卷四十七题为《庐山东林杂诗》，注为"一作《游庐山》"，逯钦立题为《庐山东林杂诗》，据刘程之、王乔之、张野和诗诗题来看，《游庐山》当为原唱诗题。
④ 逯钦立辑校：《先秦汉魏晋南北朝诗》，中华书局1983年版，第1085页。

理神固超绝，涉粗罕不群。孰至消烟外，晓然与物分。冥冥玄谷里，响集自可闻。文峰无旷秀，交岭有通云。悟深婉中思，在要开冥欣。中岩拥微兴，□岫想幽闻。弱明反归鉴，暴怀傅灵薰。永陶津玄匠，落照俟虚斤。

——刘程之《奉和慧远游庐山诗》①

超游罕神遇，妙善自玄同。彻彼虚明域，暧然尘有封。众阜平寥廓，一岫独凌空。霄景凭岩落，清气与时雍。有标造神极，有客越其峰。长河濯茂楚，险雨列秋松。危步临绝冥，灵壑映万重。风泉调远气，遥响多喈嚖。迟丽既悠然，余盼觌九江。事属天人界，常闻清吹空。

——王乔之《奉和慧远游庐山诗》②

觌岭混太象，望崖莫由检。器远蕴其天，超步不阶渐。揭来越重垠，一举拔尘染。辽朗中大盼，回豁遐瞻慊。乘此摅莹心，可以忘遗玷。旷风被幽宅，妖涂故死灭。

——张野《奉和慧远游庐山诗》③

这一组诗以释慧远为首唱，刘程之、王乔之、张野应和。首先，就诗题而言，释慧远唱诗题为《游庐山》，刘程之、王乔之、张野依据原唱诗题作和，均作《奉和慧远游庐山诗》，唱、和诗题相互照应。其次，就诗歌体裁结构而言，唱、和双方诗作皆为完整的五言古体诗。释慧远唱诗五言十四句，刘程之和诗十六句，王乔之和诗二十句，张野和诗十二句，唱和诗歌结构不一。韵脚方面，释慧远《游庐山》通押"陌、锡"韵，韵字为"迹""滴""适""辟""隔""翮""益"，刘程之、王乔之、张野《奉和慧远游庐山诗》分别通押平声"文"韵、"冬、东、江"韵及"俭、屑"韵，韵字分别为"群""分""闻""云""欣""闻""薰""斤"、"同""封""空""雍""峰""松""重""嚖""江""空"、"检""渐""染""慊""玷""灭"，韵脚韵字各异。最后，就诗

---

① 逯钦立辑校：《先秦汉魏晋南北朝诗》，中华书局1983年版，第937页。
② 逯钦立辑校：《先秦汉魏晋南北朝诗》，中华书局1983年版，第938页。
③ 逯钦立辑校：《先秦汉魏晋南北朝诗》，中华书局1983年版，第938页。

歌内容而言，释慧远诗描述游庐峰途中的山川景色，密林幽邃，进而灵关顿开、神思意远；刘程之、王乔之、张野之诗皆和释慧远诗意，由述山川景致而致心境脱落尘埃，解悟佛理禅意。释慧远等人的唱和诗在诗题和内容方面有关联附和之意，是早期主流唱和的范式之作，对后世唱和诗创作形式的定型具有指导意义。但此阶段尚处于主流唱和诗体的早期发展阶段，唱和诗歌还未成熟，唱和诗歌呈现出诗体结构、韵脚韵字的自由不一，和意而不和韵等特点。

除释慧远等人外，时人及后来文士愈加重视发挥诗歌的文学交往功能，创作并留存了大量的唱和诗。如两晋诗坛的代表陶渊明亦常常与人赋诗唱酬，写下了《五月旦作和戴主簿》《和刘柴桑》《和郭主簿二首》《岁暮和张常侍》《和胡西曹示顾贼曹》等唱和诗作。陶渊明之后，宋、齐、梁、陈诸朝文士循着前人的诗学路径，继续投入到对唱和诗的探讨和写作实践中。如晋宋之际的谢灵运，宋之鲍照、江淹、颜延之，齐之王融、沈约、谢朓，梁之萧衍、萧统、萧纲、萧绎、庾肩吾，陈之阴铿、江总、陈叔宝等诗家对唱和诗的探索，推动了唱和诗的发展进程，开拓了唱和诗学的内涵。其中齐之沈约、谢朓、王融等以及梁代萧氏为中心的文学集团堪为代表。

一是沈约、谢朓、王融等人声律论的提出。据《梁书·庾肩吾传》载："齐永明中，文士王融、谢朓、沈约，文章始用四声，以为新变，至是转拘声韵，弥为丽靡，复逾往时。"[1] 沈约等人以为往昔词人，累千载而不悟，遂利用汉字发声的高低长短规律而定平上去入四声，同时依据一定的规则组合而发挥汉字和谐的音韵美，并由此总结出一套新的诗歌声律韵调，提升了诗歌的艺术层次。当然，沈约、谢朓、王融等对诗歌声律韵调规则的提出，一方面得益于日常生活中长期大量的唱和诗歌创作实践的启发和总结。沈约、谢朓、王融乐于与人唱酬。翻阅文集可知，沈约有《行园》（唱诗）、《咏池上梨花》（唱诗）、《酬谢宣城朓诗》《和竟陵王游仙诗二首》《和竟陵王抄书诗》《奉和竟陵王郡县名诗》《奉和竟陵王药名诗》《和陆慧晓百姓名诗》等，谢朓之《和别沈右率诸君诗》《和沈祭酒行园诗》《和池上梨花》《和王著作融八公山诗》《奉和竟陵王

---

[1] （唐）姚思廉撰：《梁书》卷四九《庾肩吾传》，中华书局1974年版，第690页。

同沈右率过刘先生墓诗》等，王融《奉和竟陵王郡县名诗》《和南海王殿下咏秋胡妻诗》《奉和秋夜长》《奉和纤纤诗》等酬唱诗歌。另一方面，沈约等人对四声的发展和运用也推动了对唱和诗艺术技巧的探讨，有助于唱和诗学的建构，进而促进唱和诗体的成熟和定型。

二是以萧氏父子为中心的文学集团对唱和诗的发展和运用。梁武帝萧衍及其子嗣萧统、萧纲、萧绎均是才华横溢、具有良好文学素养的帝王皇子。"四萧"身居皇权中心且酷爱诗文，常常招揽四方文士，设宴饮酌，组织诗文创作活动并留下大量的唱和诗作。如梁武帝萧衍作《登景阳楼》诗，柳恽作《从武帝登景阳楼诗》、任昉赋《奉和景阳山》和之；萧衍有《会三教》诗，萧纲、释智藏分别和以《和会三教诗》《和武帝三教》诗。又如简文帝萧纲《往虎窟山寺诗》，王囧、鲍至、王台卿、陆罩皆有《奉和往虎窟山寺诗》，孔焘亦有《往虎窟山寺诗》等诗酬酢；萧纲之《汉高庙赛神诗》，刘遵、刘孝仪、王台卿、徐陵均有《和简文帝赛汉高帝庙诗》，庾肩吾亦作《赛汉高庙诗》应和。梁武帝普通初年，昭明太子萧统于钟山开善寺讲经，首唱《钟山解讲诗》，萧子显、刘孝绰、陆倕及刘孝仪等均作诗奉和。再如梁元帝萧绎之《后园作回文诗》，萧纲、萧纶皆作《和湘东王后园回文诗》，庾信与萧祗分别有《和回文诗》等酬和。类似唱和活动及唱酬诗作不胜枚举，不再赘述。

值得注意的是，以"四萧"为中心的"文学集团"，身边集聚之臣僚诸如徐陵、任昉、庾肩吾、庾信等，无不是有梁一代以诗文著称的名家，这些人频繁的诗文唱酬，不仅沟通了君臣情谊，淬炼了作诗技艺，同时也促使诗歌唱酬风气的兴盛，唱和诗体也经由晋宋发展而来，并呈现出新的特点。

其一，唱和诗体结构日渐统一。如前文列举萧纲与王囧、鲍至、王台卿、孔焘、陆罩的《往虎窟山寺诗》唱酬，唱、和诗体皆为五言一十八句；萧纲与刘孝仪、王台卿、徐陵等人的《汉高庙赛神诗》唱和，所作诗歌均五言十句；昭明太子萧统等《钟山解讲诗》唱和，唱诗、和诗均为五言二十二句；梁元帝萧绎之《后园作回文诗》唱和，皆五言四句；萧衍之《会三教》诗，萧纲、释智藏之《和会三教诗》《和武帝三教》诗，皆五言三十句，唱和诗体结构同一。

其二，唱和体裁的革新。晋宋时期唱和诗作以五言古体为主，梁代时由五言扩大到四言、七言及杂言诸体,并渗人乐府、赋得体等领域。①

其三,唱和诗内容的扩大化。相较晋宋而言,齐梁时期唱和内容更加广阔,吟咏对象涉及天象、岁时、花草、禽兽、美人、闺情、器皿、怀古、离别等。

其四,唱和诗人的跨圈层。晋宋时期,唱和参与者多为一般士大夫阶层和文士群体,齐梁陈及其后的隋代,萧子良、萧子罕、萧衍、萧统、萧纲、萧绎、陈叔宝、杨广等帝王皇子的加入,形成了多层级、跨圈层的唱和诗人群体。正是唱和体裁的不断革新、唱和内容的扩大化以及唱和诗人圈层的扩展等加速了唱和风气的盛行,其后陈、隋等宫廷诗人对唱酬诗的持续开拓,不断推进对唱和诗学的探讨,为后世唱和诗体的发展、定型及兴盛奠定了基础。

第二节 唐代:唱和诗的定型与兴盛

唱和诗历经先唐尤其是晋、宋、齐、梁、陈、隋诗家的探索而取得了长足的发展。至唐立国,唐人在继承前人唱和诗学成就的基础上不断实践与总结,终于迎来了唱和诗体的成熟和定型,并给后世诗人的唱酬诗创作提供写作范式。大概而言,唱和诗体在唐代的发展可分为两个阶段,一是唐初宫廷诗人对唱和诗体的持续探讨和实践,确立了有别于齐梁轻艳纤弱的新体格律唱和诗;二是元稹、白居易等文人的频繁唱和及对唱和诗技艺的研讨与运用,共同推动了唱和诗的成熟与普及。

唐初期的文坛,是在艺术上有着不同追求的南北方并存的局面:南方重视声律辞藻;北方崇尚刚健质朴。《隋书·文学传序》云:"江左宫商发越,贵于清绮,河朔词义贞刚,重乎气质。气质则理胜其词,清绮则文过其意,理深者便于时用,文华者宜于咏歌,此其南北词人得失之大较也。若能掇彼清音,简兹累句,各去所短,合其两长,则文质彬彬,尽善尽美矣。"② 对于新兴的李唐王朝来说,如何取长补短,改造南方"贵于清绮"与北方"重乎气质"的艺术特色,促进南北艺术的合流,并

---

① 赵以武:《唱和诗研究》,甘肃文化出版社1997年版,第124页。
② (唐)魏征等撰:《隋书》卷七六《文学传序》,中华书局1982年版,第1730页。

由此建立文学话语权以引导文学风尚,从而为新兴的政权服务等是亟须解决的问题。这一重任的完成,必然依靠以唐太宗及其群臣为中心的宫廷诗人开展的诗文酬唱活动。宫廷诗人因其身处政治权力中心,易于形成"强势文化"[①]效应,因而其宫廷诗文活动往往具有引导文学风尚的重要作用,齐梁以来诗文崇尚声辞之美与缘情绮靡而流于轻艳纤弱的艺术追求即与齐梁君臣宫廷诗文酬唱有关。事实上,李唐统治者不仅深谙此理,还认为,宫廷诗歌(宫体诗)"意浅而繁,其文匿而彩,词尚轻险,情多哀思。格以延陵之听,盖亦亡国之音乎"[②],故于唐初即重视文化导向的建设。《唐会要》卷六四载:"武德四年十月,秦王既平天下,乃锐意经籍,于宫城之西开文学馆,以待四方之士。"[③]姚思廉、许敬宗、褚亮、虞世南、孔颖达、杜如晦、房玄龄等十八学士即是这一时期的代表。值得注意的是,唐初环绕在太宗周围,包括十八学士在内的宫廷诗人,或来自北方,或是南朝文士,艺术风格深受南北朝文学审美的影响。故而要汲取南北所长、彻底清除前朝文风的弊病,建立雅正的文学殊为不易。试看贞观时期太宗君臣的酬唱诗:

> 披襟眺沧海,凭轼玩春芳。积流横地纪,疏派引天潢。仙气凝三岭,和风扇八荒。拂潮云布色,穿浪日舒光。照岸花分彩,迷云雁断行。怀卑运深广,持满守灵长。有形非易测,无源讵可量。洪涛经变野,翠岛屡成桑。之罘思汉帝,碣石想秦皇。霓裳非本意,端拱且图王。

——李世民《春日望海》[④]

> 韩夷悠奉赆,凭险乱天常。乃神弘庙略,横海剪吞航。屯野清玄菟,腾笳振白狼。连云飞巨舰,编石架浮梁。周游临大壑,降望极遐荒。桃门通山拚,蓬渚降霓裳。惊涛舍蜃阙,骇浪掩晨光。青丘绚春组,丹谷耀华桑。长驱七萃卒,成功百战场。俄且旋戎辂,

---

① 关于"强势文化"概念的提出,详见戴伟华《地域文化与唐代诗歌》,中华书局2006年版。戴伟华:《强、弱势文化形态与唐代文学研究》,《中山大学学报》(社会科学版)2013年第6期。

② (唐)魏征等撰:《隋书》卷七六《文学传序》,中华书局1982年版,第1730页。

③ (宋)王溥撰:《唐会要》,上海古籍出版社1991年版,第1319页。

④ (清)彭定求等:《全唐诗》卷一,中华书局1979年版,第7页。

饮至肃岩廊。

——许敬宗《奉和春日望海》①

青丘横日域，碧海贯乾纲。奇怪储神府，朝宗擅谷王。灵官耀三岳，仙槎泛□□。蜃楼朝气上，鸡树早花芳。别岛春潮骏，连汀宿雾长。惊湍荡云色，杳浪倒霞光。宸行肃辽隧，降望临归塘。夹林朱鹭澈，分空翠凤翔。凭深体妫后，徒御叶周王。游圣霑玄泽，讵假濯沧浪。

——上官仪《五言春日侍宴望海应诏》②

除却许敬宗、上官仪外，岑文本、褚遂良、杨师道、高士廉、长孙无忌、刘洎等亦有诗奉和。从组诗来看，太宗君臣诗意象宏大，呈现出一种盛大的气象，这与太宗想要将北方质朴雄壮的诗风注入齐梁体格，以求改造齐梁诗歌轻艳纤弱品格的创作要求有关。遗憾的是，太宗诗作未能完全脱离南朝诗学旧貌，南朝尚雕琢辞藻、气格纤弱的特点在太宗其他诗作中更为明显，如太宗与许敬宗、上官仪等《过旧宅》唱酬，气格孱弱、读之滞涩不畅，偶有佳句而无佳篇，后人多以此诟病。陈鸿墀《全唐文纪事》卷五引郑毅夫语："唐太宗功业雄卓，然所为文章，纤靡浮艳，嫣然妇人小儿嬉笑之声，不与其功业称，甚矣淫辞之溺人也。"③明人钟惺、谭元春也认为"太宗诗终带陈隋滞响，读之不能畅人。取其艳而秀者，句有余而篇不足"④。作为一代雄主，锐意改革诗风的太宗诗文尚且如此，许敬宗、岑文本、上官仪等臣子的奉和诗有过之而无不及。许氏等人的和诗，虽亦试图融合南北诗风，但从他们过于富丽、浮艳的诗歌创作来看，也难免落于梁陈宫体诗歌余韵的窠臼。当然，也应注意到贞观君臣对唱酬诗体的贡献，就这一组诗而言，太宗唱诗与臣子和诗皆结构统一，且皆押"阳"韵。虽跟后世成熟的"次韵""和韵"等唱

---

① （清）彭定求等：《全唐诗》，中华书局1979年版，第463页。
② 陈尚君辑校：《全唐诗补编》，中华书局1992年版，第676页。
③ （宋）王应麟撰，（清）翁元圻等注，栾保群、田松青、吕宗力校点：《困学纪闻》卷十四，上海古籍出版社2008年版，第1590页。
④ （明）钟惺、（明）谭元春撰：《唐诗归》，见吴文治主编《明诗话全编》第7册，江苏古籍出版社1997年版，第7338页。

和诗体讲求同一韵部且韵字相同的用韵要求有所区别，却是唱和文学发展过程中不可或缺的环节。

及高宗李治即位，曾经活跃于贞观诗坛上的许敬宗、上官仪等诗人成为高宗时期宫廷诗坛的重要代表，贞观文场雅音正声风貌为之一变。太宗享位时，因感前朝亡国，多作文"意浅而繁，其文匿而彩，词尚轻险，情多哀思"所致，故对文场雅正风尚的引领教化作用尤为重视。及"高宗嗣位，薄于儒术，尤重文吏。于是醇醲日去。华竞日彰，犹火销膏而莫之觉也"①。高宗对文辞的酷爱，偏离了太宗改造梁陈宫体弊病的主张，致使龙朔宫廷诗坛对诗歌形式技巧及声辞之美的追求愈演愈烈，龙朔诗风亦愈加贵族典雅化。如高宗主导的宫廷唱和之作《守岁》：

今宵冬律尽，来朝丽景新。花余凝地雪，条含暖吹分。缓吐芽犹嫩，冰台已镂津。薄红梅色冷，浅绿柳轻春。送迎交两节，暄寒变一辰。②

许敬宗作《奉和守岁应制》：

玉琯移玄序，金奏赏彤闱。祥鸾歌里转，春燕舞前归。寿爵传三礼，灯枝丽九微。运广薰风积，恩深湛露晞。送寒终此夜，延宴待晨晖。③

这些唱和诗作虽对仗精工，文辞华美富丽，淡化了齐梁诗风的浮艳纤弱，却难免过度雕琢之虞，缺乏诗歌的圆美流转以及情思韵味。故稍后倡导刚健骨气、反对纤巧绮靡的四杰之一杨炯，在《王勃集序》中云："尝以龙朔初载，文场变体，争构纤微，竞为雕刻。糅之金玉龙凤，乱之朱紫青黄。影带以狥其功，假对以称其美。骨气都尽，刚健不闻，思革其弊，用光志业。"④尤其是上官仪，"本以词彩自达""好以绮错婉媚为

---

① （后晋）刘昫等：《旧唐书》卷一八九《儒学上》，中华书局1975年版，第4942页。
② （清）彭定求等：《全唐诗》卷二，中华书局1979年版，第22页。
③ （清）彭定求等：《全唐诗》卷八八二，中华书局1979年版，第9966页。
④ （清）董诰等：《全唐文》卷一九一，中华书局1983年版，第1931页。

本"①，认为"凡为文章，皆须对属。诚以事不孤立，必有匹配而成"⑥。他的部分诗作笔法精细，技巧纯熟，当时文人竞相模仿取法，一时为"上官体"。龙朔宫廷诗人在诗歌唱酬交流中切磋技艺，引领一时风尚，推动了唱和诗歌辞藻和格律的精妙化，为其后律诗的定型及唱和诗的成熟奠定了基础。

龙朔之后，经沈佺期、宋之问等宫廷诗人的努力，迎来了律诗的定型。元稹《唐故工部员外郎杜君墓系铭序》云："唐兴，官学大振，历世之文，能者互出。而又沈、宋之流，研练精切，稳顺声势，谓之为律诗。由是而后，文体之变极焉。"② 唐代律诗定型的完成，一般以沈佺期、宋之问、杜审言、李峤等人为标志。沈、宋等人皆通过以文辞为考察重点的科举进士及第而入朝为官，其间也频繁参与馆阁文人的诗歌唱酬活动。沈、宋等人的唱酬诗在内容上虽未出前期宫廷诗人的唱和桎梏，但在诗律诗艺方面却达到前所未有的高度，如"文章四友"之一的杜审言，其《和晋陵陆丞早春游望》："独有宦游人，偏惊物候新。云霞出海曙，梅柳渡江春。淑气催黄鸟，晴光转绿蘋。忽闻歌古调，归思欲沾巾。"③ 即被视为五律的早期代表作。据统计，在杜审言存世的28首律诗中，除一首失黏外，余皆符合近体诗的黏式律。④ 故胡应麟《诗薮》云："初唐无七言律，五言亦未超然。二体之妙，杜审言实为首倡。"⑤ 稍晚于杜审言、李峤之沈佺期与宋之问，继续投入到对律诗句式篇制、押韵定格的探讨和实践。沈佺期《奉和洛阳玩雪应制》《九日临渭亭侍宴应制得长字》《奉和圣制同皇太子游慈恩寺应制》等、宋之问《奉和梁王宴龙泓应教得微字》《奉和立春日侍宴内出剪彩花应制》等应制酬唱诗均是成熟的律诗。正是唐初诸如许敬宗、上官仪、沈佺期、宋之问等宫廷文士在唱酬切磋互动中对律诗字句、平仄、押韵、对仗等技艺的探讨和总结，终于完成了由永明四声律到唐诗平仄律的转化，确立了有别于齐梁唱酬诗体

---

① （后晋）刘昫等：《旧唐书》卷八〇《上官仪传》，中华书局1975年版，第2743页。
② （唐）元稹撰，冀勤点校：《元稹集（修订本）》，中华书局2015年版，第691页。
③ （清）彭定求等：《全唐诗》卷六二，中华书局1979年版，第733—734页。
④ 袁行霈主编：《中国文学史》第2卷《隋唐五代文学》，高等教育出版社1999年版，第190页。
⑤ （明）胡震亨：《唐音癸签》卷五，上海古籍出版社1981年版，第45页。

的新体格律唱和诗，唱和诗体基本成熟和定型。

　　初唐宫廷诗人对齐梁唱和诗歌的学习和改造，形成唐代唱和诗的新品格。其后盛、中、晚唐之王维、孟浩然、高适、李白、杜甫、刘长卿、贾岛、韩愈、孟郊、白居易、元稹、陆龟蒙、皮日休等亦都写下不少的酬唱诗歌，或从内容，或主题，或意境，或情感，或技巧等方面参与对唱和诗学的建构，共同推动了唐代唱和诗的兴盛。其中以白居易等文人为中心的频繁诗歌唱和以及有意识的竞技求新，促进了次韵、依韵、用韵等主流唱和诗的兴盛与普及，丰富了唱和诗歌的美学内涵。

　　白居易是中唐文坛的代表，其唱酬交流对象包括元稹、刘禹锡、张籍、白行简、令狐楚等诗人。白居易对诗歌唱酬的喜爱近乎痴迷，如长庆年间，白居易为杭州刺史，元稹官越州刺史，二人"小通则以诗相戒，小穷则以诗相勉。索居则以诗相慰，同居则以诗相娱"①。每有唱和，便将诗作放入竹筒传送，创造了文人诗文交往史上的"诗筒"佳话。当然，白居易与人唱酬，除却以诗歌相戒、相勉、相慰、相娱，交流思想、沟通情感外，亦有竞技炫技、争难斗巧的一面。如其《刘白唱和集解》云：

> 彭城刘梦得，诗豪者也，其锋森然，少敢当者。予不量力，往往犯之。夫合应者声同，交争者力敌，一往一复，欲罢不能。繇是每制一篇，先相视草，视竟则兴作，兴作则文成。一、二年来，日寻笔砚，同和赠答，不觉滋多。至太和三年春，以前纸墨所存者，凡一百三十八首。②

　　白居易与刘禹锡唱和，似乎是势均力敌，才力相当。这种情况下，若要技胜一筹，获得最终的胜利，作诗者需要别出心裁，在诗歌内容、韵律、平仄、遣词造句等方面努力求新。白居易《和微之诗二十三首序》云：

> 微之又以近作四十三首寄来，命仆继和，其间"瘀、絮"四百

---

① （唐）白居易著，谢思炜校注：《白居易文集校注》，中华书局2011年版，第327页。
② （唐）白居易著，谢思炜校注：《白居易文集校注》，中华书局2011年版，第1893页。

第一章　元前唱和诗的兴起和发展　/　29

字、"车、斜"二十篇者流，皆韵剧辞殚，瑰奇怪谲。又题云："奉烦只此一度，乞不见辞。"意欲定霸取威，置仆于穷地耳。大凡依次用韵，韵同而意殊；约体为文，文成而理胜。此足下素所长者，仆何有焉？今足下果用所长，过蒙见窘，然敌则气作，急则计生。四十二章，麾扫并毕，不知大敌以为如何？夫劚石破山，先观镵迹；发矢中的，兼听弦声。以足下来章，惟求相困，故老仆报语，不觉大夸。况曩者唱酬，近来因继，已十六卷，凡千余首矣。其为敌也，当今不见；其为多也，从古未闻。所谓"天下英雄，唯使与操耳"。戏及此者，亦欲三千里外一破愁颜，勿示他人以取笑诮。①

　　元、白为较一时长短，二人频繁唱酬，酬唱诗歌已十六卷，凡千余首，用力不可谓不深。元稹为定霸取威，作诗时便加大难度，其唱诗"韵剧辞殚"，瑰奇怪谲，白居易欲要争雄，必依据元稹来诗和意用韵，结果是或"意殊"或"理胜"，最终不得不"乞饶"。
　　以白居易为中心的唱和群体尤其是元白唱酬对依韵、用韵、次韵等唱酬创作方式的成熟和普及具有重要的推动作用，前彦对此已有关注。宋人严羽《沧浪诗话·诗评》："和韵最害人诗，古人酬唱不次韵，此风始盛于元白皮陆。"② 张表臣《珊瑚钩诗话》亦云："前人作诗，未始和韵。自唐白乐天为杭州刺史，元微之为浙东观察使，往来置邮筒相倡和，始依韵。"③ 王应麟《困学纪闻》引陆游《跋吕成叔和东坡尖叉韵诗》："唐始有用韵，谓同用此韵；后有依韵，然不以次；最后有次韵，自元、白至皮、陆，此体乃成。"④ 程大昌《考古编·古诗分韵》："唐世次韵，起元微之、白乐天二公。"⑤ 明徐师曾《文体明辨序说》："和韵诗有三体：一曰依韵……二曰次韵……三曰用韵……中唐以还，元白皮陆更相

---

① （唐）白居易著，谢思炜校注：《白居易诗集校注》，中华书局2006年版，第1721—1722页。
② （宋）严羽著，郭绍虞校释：《沧浪诗话校释》，人民文学出版社1983年版，第193—194页。
③ （宋）张表臣：《珊瑚钩诗话》，载（清）何文焕辑《历代诗话》，中华书局1981年版，第458页。
④ （宋）王应麟撰，（清）翁元圻等注，栾保群、田松青、吕宗力校点：《困学纪闻》卷十八，上海古籍出版社2008年版，第1925页。
⑤ （宋）程大昌：《考古编·古诗分韵》卷七，上海古籍出版社1992年版，第42页。

唱和，由是此体始盛。"① 清沈德潜《说诗晬语》："古人同作一诗，不必同韵，即同韵亦在一韵中，不必句句次韵也。自元白始创，而皮陆倡和，又加甚焉。"② 事实上，在元、白之前，次韵唱酬业已存在，明人胡震亨已留意到这一点。胡震亨《唐音癸签》卷四："至大历中，李端、卢纶《野寺病居》酬答，始有次韵。"③ 李端有《野寺病居喜卢纶见访》诗，卢纶作《酬李端公野寺病居见寄》次韵，二诗皆押侵韵，韵字依次为"深""林""心""寻"。然而，次韵诗的较早记录，可追溯到北魏时期谢氏《赠王肃》及陈留长公主《代答诗》，二诗依次以"丝""时"为韵字。严羽、张表臣、王应麟、沈德潜等论诗家将和韵、次韵归功于元、白二人，实是对元、白对唱和诗体开拓和普及之功的肯定。对此，清人赵翼《瓯北诗话》有过评介："大凡才人好名，必创前古所未有，而后可以传世。古来但有和诗，无和韵。唐人有和韵，尚无次韵；次韵实自元、白始。依次押韵，前后不差，此古所未有也。而且长篇累幅，多至百韵，少亦数十韵，争能斗巧，层出不穷。此又古所未有也。他人和韵，不过一二首，元白则多至十六卷，凡一千余篇，此又古所未有也。以此另成一格，推倒一世，自不能不传。盖元、白觑此一体，为历代所无，可从此出奇；自量才力，又为之而有余。故一往一来，彼此角胜，遂以之擅场。……盖唱先有意而后有词；和者，或不能别有新意，则不免稍形支绌也。然二人创此体后，次韵者固习以为常；而篇幅之长且多，终莫有及之者。至今犹推独步也。"④ 诚如是言。

元、白对唱和诗体的开拓主要有几点。

一是元、白和韵唱酬诗歌多至十六卷，凡一千余篇，是较早大量创作和韵、次韵唱和诗作的人。在元、白唱酬诗歌中，白居易次元稹诗26首，元稹次韵白居易诗55首。⑤

---

① （明）徐师曾著，于北山、罗根泽校点：《文体明辨序说》，人民文学出版社1962年版，第109页。

② （清）沈德潜著，霍松林、杜维沫校注：《说诗晬语》，人民文学出版社1979年版，第249页。

③ （明）胡震亨：《唐音癸签》卷四，上海古籍出版社1981年版，第25页。

④ （清）赵翼著，霍松林、胡主佑校点：《瓯北诗话》，人民文学出版社1963年版，第38—39页。

⑤ 卞孝萱：《唐代次韵诗为元稹首创考》，《晋阳学刊》1986年第4期，第95页。

二是对唱和诗体长篇体制的开创。百韵长律始见于杜甫《秋日夔府咏怀奉寄郑监李宾客一百韵》等，但频繁用于往来唱酬的要数元、白。元、白唱和诗少则数十韵，多则长篇累幅至百韵，如白居易《代书诗一百韵寄微之》《东南行一百韵寄通州元九侍御澧州李十一舍人果州崔二十二使君开州韦大员外庾三十二补阙杜十四拾遗李二十助教员外窦七校书》《渭村退居寄礼部崔侍郎翰林钱舍人诗一百韵》《和梦游春诗一百韵》、元稹《酬翰林白学士代书一百韵》《酬乐天东南行诗一百韵》等诗，在中国古代唱和文学史上都具重要意义。

三是对唱和风尚盛行的推动。元稹《白氏长庆集序》："予始与乐天同校秘书之名，多以诗章相赠答。会予遣掾江陵，乐天犹在翰林，寄予百韵律诗及杂体，前后数十章。是后各佐江、通，复相酬寄。巴、蜀、江、楚间洎长安中少年递相仿效，竞作新词，自谓为元和诗。予于平水市中，见村校诸童竞习诗，召而问之，皆对曰：'先生教我乐天、微之诗。'固亦不知予之为微之也。"[①] 白居易《余思未尽加为六韵重寄微之》有句："诗到元和体变新"[②]，自注："众称元白为千字律诗，或号元和格"[③]，可见二人酬唱诗歌自成一体，仿效者众多，引领中晚唐诗坛风尚。

四是元、白在往来唱酬中亦有对唱和诗体文辞声韵的建构。元稹《上令狐相公诗启》言："居易雅能为诗，就中爱驱驾文字，穷极声韵，或为千言，或为五百言律诗，以相投寄。小生自审不能过之，往往戏排旧韵，别创新词，名为次韵相酬，盖欲以难相挑耳。"[④] 白居易《与刘苏州书》亦自言："得隽之句，警策之篇，多因彼唱此和中得之。"[⑤] 元、白在诗歌唱酬活动中，常常以难相挑，逞才斗胜，在遣词造语、声律对仗、谋篇布局等方面苦心经营，积攒了丰富的创作经验，其后的皮日休、陆龟蒙等以及后世文士每每作诗唱酬，无不受益于此。

自此，在唐初宫廷诗人及中晚唐诗家尤其是元、白等文人的持续实践和开拓下，以次韵、依韵、用韵等为代表的主流唱和确立了自己的文

---

① （唐）元稹撰，冀勤点校：《元稹集》（修订本），中华书局 2015 年版，第 643—641 页。
② （唐）白居易著，谢思炜校注：《白居易诗集校注》，中华书局 2006 年版，第 1801 页。
③ （唐）白居易著，谢思炜校注：《白居易诗集校注》，中华书局 2006 年版，第 1801 页。
④ （唐）元稹撰，冀勤点校：《元稹集》（修订本），中华书局 2015 年版，第 727 页。
⑤ （唐）白居易著，谢思炜校注：《白居易文集校注》，中华书局 2011 年版，第 1877 页。

体规则，唱和诗体成熟、定型并成为文人普遍采用的文学交往方式。

第三节 宋代：次韵唱和的盛行

宋代是继唐代后诗歌发展的又一高峰，今留存的宋代诗歌数倍于唐诗。有宋一代，上至帝王将相、公卿士人，下及僧道闺秀、歌妓艺女、江湖浪子等皆能作诗。诗歌的重要功能之一是情感的互动与交流。在篇籍浩瀚的宋诗中，沟通情感的唱酬诗占比颇重，且宋人继承前人的酬唱创作方式，用韵、依韵、次韵、分题分韵、联句、同题等普遍见于宋人诗集，其中以次韵唱酬最为盛行。

次韵较早可追溯到北魏时期谢氏与陈留长公主的唱和。据杨炫之《洛阳伽蓝记》卷三载："（王）肃在江南之日，聘谢氏女为妻。及至京师，复尚公主。其后谢氏入道为尼，亦来奔肃。见肃尚主，谢作五言诗以赠之。其诗曰：'本为箔上蚕，今作机上丝。得路逐胜去，颇忆缠绵时。'公主代肃答谢云：'针是贯线物，目中恒任丝。得帛缝新去，何能衲故时。'肃甚有愧谢之色，遂造正觉寺以憩之。"[①] 二人唱和诗虽依次以"丝""时"为韵脚，但属偶然为之，未见大范围的创作，不具有普遍意义。此时尚处于唱和诗歌的早期发展阶段，唱和诗体还未成熟，后经唐代李端、卢纶、元稹、白居易、皮日休、陆龟蒙等人的实践与开拓而日益普及。

次韵唱酬备受宋代各层级士人的青睐。宋人陈岩肖《庚溪诗话》卷上载："太宗皇帝既辅艺祖皇帝创业垂统，暨登宝位，尤留意斯文。每进士及第，赐闻喜宴，必制诗赐之，其后累朝遵为故事。宰相李昉年老，罢政家居，每宴必宣赴坐。昉献诗曰：'微臣自愧头如雪，也向钧天侍玉皇。'上俯和曰：'珍重老臣纯不已，我惭寡昧继三皇。'时贤荣之。苏易简在翰林，一日召对赐酒，谓之曰：'君臣千载遇。'易简应声曰：'忠孝一生心。'吕端参知政事，上一日宴后苑，钓鱼，赐之诗，断句曰：'欲饵金钩殊未达，磻溪须问钓鱼人。'端续以进曰：'愚臣钩直难堪用，宜问濠梁结网人。'既而端遂拜相。君臣会遇，形于赓咏，此与唐虞赓载，

[①] （北魏）杨炫之：《洛阳伽蓝记》，上海古籍出版社1978年版，第146—147页。

事虽异而实同也。"① 作为权力核心的太宗皇帝赵匡义,与李昉、吕端等近侍臣子飨宴赓咏,常常以次韵为首,一般士人唱酬更是如此。由此可见宋人对次韵唱酬诗歌的喜爱以及次韵风气的盛行。

大概而言,宋人次韵唱和诗主要有以下几种。

一是同僚师友之间的次韵。诗人在日常生活中出于各种缘由或需要而频繁与不同圈层的文士次韵唱酬,留下了大量的次韵诗。这也是宋代次韵诗歌的主体。以苏、黄为例,据统计,在苏轼留存的2387首古今体诗中,写作于酬唱交往场域的诗作颇多,其中可以确认为次韵唱酬诗的不低于785首,约占其诗歌总数的33%。② 黄庭坚现存各类诗作1878首,其中次韵诗作566首,占比约为31%。③ 单就次韵唱和一类,苏、黄占比接近总数的三分之一,由此可见次韵唱和实已蔚然成风。故而近代陈声聪《兼于阁诗话·次韵之诗》言:"诗次韵,始于唐之元、白、皮、陆,而盛于宋之苏、黄。"④

二是诗人的自我次韵。宋人在与亲友同僚的日常次韵唱和外,还酷爱次和自己的诗作。如黄庭坚熙宁元年(1068)于叶县作《赵令许载酒见过》,后作《和答赵令同前韵》《赵令答诗约携山妓见访》两诗次韵,韵脚依次为"徊""枚""催""来";又《元师自荣州来追送余于泸之江安绵水驿因复用旧所赋此君轩诗韵赠之并简元师法弟周彦公》次韵《寄题荣州祖元大师此君轩》,韵脚依次为"泉""弦""镜""磬""君""云""秀""瘦""悦""传"。苏轼作《再过常山和昔年留别诗》次韵前作《留别雩泉》,韵脚依次为"新""人""亲""秦"。又作《正月二十日与潘郭二生出郊寻春忽记去年是日同至女王城作诗乃和前韵》次韵前作《余去金山五年而复至次旧诗韵赠宝觉长老》;《次前韵送刘景文》次韵《喜刘景文至》;《次前韵再送周正孺》次韵《送周正孺知东川》;《用前韵作雪诗留景文》次韵《聚星堂雪》,等等,不知凡几。

---

① (宋)陈岩肖:《庚溪诗话》,见丁福保《历代诗话续编》,中华书局2006年版,第162页。
② [日]内山精也著,朱刚、益西拉姆等译:《苏轼次韵诗考》,载《传媒与真相——苏轼及其周围士大夫的文学》,上海古籍出版社2005年版,第334页。
③ 高邢生:《黄庭坚次韵诗研究》,硕士学位论文,河北师范大学,2010年,第7页。
④ 陈声聪:《兼于阁诗话》,上海古籍出版社1985年版,第329页。

三是追次古人诗作。在次韵包括诗人自己的当世诗人外，宋人还常常追和前人尤其是古人的诗作。如郭祥正仰慕唐人风流，故作诗追和唐人，其《青山集》中收录《追和李白秋浦歌十七首》《追和李太白姑孰十咏》《追和李白宣州清溪》《追和李白郎官湖寄汉阳太守刘宜父》《追和韦应物庐山西涧瀑布下作》《追和李白金陵月下怀古》《追和杜牧之贵池亭》等次韵追和诗。又作为陶渊明经典化历程上的重要诗人苏轼，每每读陶诗自娱或排遣，自其元祐七年（1092）作《和陶饮酒二十首》始，前后共作《和陶归园田居六首》《和陶贫士七首》等次韵追和陶渊明诗126首，在助力陶诗经典化的同时也为后世和陶诗的创作提供范例，并逐渐掀起追和陶诗的文化浪潮。

宋人如此钟爱次韵唱酬，自然免不了逞才强赋、穷极技巧的弊病。对此，时人及后贤多有评论。如宋人严羽《沧浪诗话·诗评》说："和韵最害人诗，古人酬唱不次韵，此风始盛于元、白、皮、陆，而本朝诸贤乃以此而斗工，遂至往复有八九和者。"① 金末王若虚《滹南诗话》亦云："次韵实作者之大病也。诗道至宋人，已自衰弊，而又专以此相尚，才识如东坡，亦不免波荡而从之。集中次韵者几三之一，虽穷极技巧，倾动一时，而害于天全者多矣。使苏公而无此，其去古人何远哉！"②

宋人次韵和诗，常常是次韵后又和、再和、重和，反复数次叠韵以和。如苏轼作《次韵惠循二守相会》《又次韵二守许过新居》《又次韵二守同访新居》《循守临行出小鬟复用前韵》、饶节《法门复故圣恩深厚矣自此恐云巢不能久栖当为众一起承示佳句因用韵备载之》《复用前韵寄伯容兼其三子》《不愚兄再示佳句如璧亦重用来韵》《再次韵且召游山》《昨日一诗乃是见赠亦复次韵为报》《适承再示佳句亦强勉再成一首》《复用韵成一首特作狡狯尔勿诮吾作梦也想当一笑》《昨日承佳赠浮实甚矣谨再用韵酬赠》《再用韵戏作二庵图》《复用韵自咏倚松一首》等即是明证。

---

① （宋）严羽著，郭绍虞校释：《沧浪诗话校释》，人民文学出版社1983年版，第193—194页。

② （金）王若虚著，胡传志、李定干校注：《滹南遗老集校注》，辽海出版社2005年版，第456页。

宋人为了在次韵活动中拔得头彩，在韵脚被限制的情况下好叠韵、好险韵、穷极声律用字，却也一定程度上另辟蹊径，开拓了诗歌的表现空间，推进唱和诗学的建构和创新。缪钺在《论宋诗》中如是说："宋人喜押强韵，喜步韵，因难见巧，往往叠韵至四五次，在苏黄集中甚多。……诗句之有韵脚，犹屋楹之有础石，韵脚稳妥，则诗句劲健有力。而步韵及押险韵时，因受韵之限制，反可拨弃陈言，独创新意。此皆宋人之所喜也。"[①] 拨弃陈言而有创新，这是宋人好次韵唱酬以及次韵风气盛行对诗歌革新的贡献。

总之，唱和诗的成熟、定型与普及历经漫长的发展过程。唱和诗历经先秦"声相应"到"辞相应"的转变，至魏晋六朝诗家陶渊明、沈约、谢朓、王融、萧衍、萧统、萧纲、萧绎，以及唐宫廷诗人上官仪、沈佺期、宋之问与锐意唱酬的元稹、白居易等文士对唱和诗的持续探索和实践，促进了唱和诗辞藻和格律的精妙化，次韵、依韵、用韵等主流唱和诗体得以成熟、定型并确立自己的写作规则。宋代苏轼、黄庭坚等诗家频繁的唱和活动以及对唱和诗体的不断开拓和革新，进一步建构、丰富唱和诗歌的美学内涵。正是元前历代诗人对唱和文学的发展和推动，最终才迎来了有元一代唱和风气的盛行与唱和诗的繁荣。

---

① 缪钺：《论宋诗》，《缪钺全集》第 2 卷，河北教育出版社 2004 年版，第 160—161 页。

第二章

元代唱和诗的演进

唱和诗经元前尤其是唐、宋诗家的建构和发展而成熟、定型，至元成为文人士子日常生活交往应酬、沟通人际关系、交流思想普遍采用的方式，是士人生活的重要组成部分。元代唱和诗的演进历程，大致可分为前期、中期、后期三个时段：前期（约1206—1294）为铁木真建立蒙古汗国至元世祖忽必烈去世[①]；中期（约1295—1333）是成宗铁穆耳即位后，至元宁宗懿璘质班亡故；后期（约1334—1368）始于元顺帝妥懽帖睦尔承继大统后，至北撤退出中原终。前期国家经历由征伐混乱到统一，且元廷的本朝作家并不活跃，唱和主要以元初期耶律楚材等僚臣唱和以及宋金入元诗人群体唱酬为代表，尤其是遗民诗人因国灭家亡，面对新兴的元政权，他们或抗争或顺应或隐逸或入佛入道，借诗歌唱酬宣泄遗民情绪，诗歌内容多表达诗人的禾黍之悲、故国之痛以及旧朝遗民仕奉新朝的矛盾心理，诗风或激荡或平易。中期距元廷灭金已半个世纪有余，遗民群体渐次退出诗坛，其对皇元政权的抵触以及家国倾覆的悲伤情绪亦淡出学林，新政权逐渐被接纳且新一代诗人渐次登上并主导文坛，其中以馆阁士人为主流，他们的唱和多粉饰太平、歌功颂圣，崇尚并追求雅正诗风，引领一时风尚。元后期政治环境腐败，时局动荡，战争频繁，中期"雅正"的唱和主流被打破，以顾瑛为代表的"玉山雅集"、徐达左组织的"耕鱼轩"唱酬等地方唱和不断崛起，他们或斡旋于

[①] 本书虽遵循1234年视为元代文学的起始时间的主流观点，但鉴于文学活动的延续性以及蒙古汗国时期耶律楚材与丘处机等人的唱和，对元代唱和诗的演进历程具有重要的价值和意义，故而将元前期起始时间上推至蒙古汗国的建立。

时代洪流之中，或远离尘世，啸聚山林，饮酒唱酬，追求个性化、诗意化的人生，形成不同于前中期的酬唱风貌。

第一节　元前期：多源汇流与元代唱和诗的兴起

13世纪初，蒙古王铁木真平蒙古各部，建立蒙古汗国。其后，成吉思汗子孙遵循其"联宋灭金"的政策，逐步发动亡金灭宋的一统战争，并于至元八年（1271）建立皇元政权，国号为元。元代帝王不善文辞、不好诗文的特色，决定了元代唱和诗的兴起与唐宋诸朝由宫廷唱和引导一代诗歌发展的路径不同，唱和文柄旁落，唱和力量来源多源化。元代唱和诗的开端，得益于王朝统治者在立国征伐中重视文人的任用。成吉思汗时期，以耶律楚材、丘处机为首的文人酬唱，是蒙古时期诗歌唱和的代表，可视为元代唱和诗发展的序章。

随着金宋的相继灭亡，宋金入元诗人作为元前期南北方文坛的主要力量渐次登上舞台。北方唱和文坛以金入元诗人为主，这些诗人或入汉人世侯幕府，或出仕新朝，或隐逸不仕，他们的唱和诗虽与时代变局下家国情绪相关联，但对于亡国的现实，他们更能客观平静地看待，对故国的思念以及壮志难伸的苦闷是其酬唱诗普遍关注的主题，诗风平易而悲凉。南方唱和文坛以南宋遗民诗人为代表，南宋遗民诗人具有更强烈的抗拒意识，他们多不愿仕元，每每结社唱酬，铜驼荆棘之悲、神州沉沦之痛、对故国的思念及对山水田园隐逸生活的描述是其酬唱诗书写的主要内容。受华夷大防观念的影响，南宋遗民诗人在黍黎之悲、亡国之痛等情绪方面更加忧愤激烈，其酬唱诗也更为慷慨沉郁。宋金遗民诗人群体的交往唱酬，突破了宋末四灵、江湖诗派纤碎浅弱、清丽雅淡的诗歌风气，推动了元代唱和诗学的演进历程。

一　成吉思汗时期的诗歌唱和

铁木真是元代唱和诗兴起的重要助推者。12世纪时，蒙古高原各部落，以狩猎游牧为主要生活生产方式，各部落之间为争夺资源相互攻伐，战乱不断。宋嘉泰四年（金泰和四年，1204），铁木真横空出世，统一蒙古高原部落。元太祖元年（1206），蒙古王铁木真于斡难河（今鄂嫩河）

源成立大蒙古国，即位称汗，群臣尊为成吉思汗。成吉思汗统一蒙古部落后，随即开启对邻国的征战。元太祖九年（1214）春，蒙古大军围困金中都，同年五月，金宣宗被迫南迁汴京（今河南开封），令完颜福兴及参政抹撚尽忠等辅助太子守忠留守中都，史称"贞祐南渡"。① 次年（1215）六月，蒙古大军攻陷中都，改中都为燕京。中都贵为金国政治、经济、文化中心，汉文化氛围浓厚，大量的金国官员以及文人的遗留，对于以游牧为主，缺少定居经验，重攻城杀伐、弱于文治的蒙古帝国来说意义重大，这些人的加入不仅有助于蒙古政治文化制度的建设，同时也拉开了元早期唱酬文学的序章。

蒙古大军占领燕京后，以石抹明安为兵马元帅、王楫为宣抚使兼行尚书六部事驻守燕京。中都城破时，王楫即进言"国家以仁义取天下，不可失信于民，宜禁房掠，以慰民望"②。为解决城中百姓缺粮问题，王楫将军粮卖予百姓，解决居民生存问题，同时还建议将士兵抢夺的部分耕牛归还百姓，帮助农民耕种荒芜的土地。在王楫等人的一系列举措下，燕京逐步恢复生产，社会也稳定下来。在这一时期，耶律楚材、丘处机、王楫（字巨川）、孙周（字楚卿）、杨彪（字仲文）、师谓（字才卿）、李士谦（字子进）、刘中（字用之）、陈时可（字秀玉）、吴章（字德明）、赵中立（字正卿）、王锐（字威卿）、赵昉（字德松）、孙锡（字天锡）、王觏（字逢辰）、王真哉（字清甫）等元早期文人群体慢慢聚集③，他们赠答往来、诗酒唱酬。如丘处机西行赴邀，由山东昊天观入燕京，驻足燕京玉虚观，与燕京僧道、文士等往来，留下了《答宣抚王巨川》《跋阁立本太上过关图》《以偈示众》等诗。丘处机辞行之际，应众人请登元宝堂传戒，"时有数鹤自西北来，人皆仰之，焚简之际，一简飞空而灭，且有五鹤翔舞其上"④，确为祥瑞之兆。于是南塘老人张天度作赋，王楫首唱《瑞应鹤》诗，诸人应和并集为诗卷，耶律楚材观此诗卷后写下《观瑞鹤诗卷独子进治书无诗》。上述诗人群体虽是蒙古早期诗坛的重要参与

---

① （明）宋濂等撰：《元史》卷一《本纪第一》，中华书局2013年版，第17页。
② （明）宋濂等撰：《元史》卷一五三《王楫传》，中华书局2013年版，第3611页。
③ 辛梦霞：《元大都文坛前期诗文活动考论》，花木兰出版社2012年版，第28页。
④ （元）李志常撰，顾宏义、李文整理标校：《长春真人西游记》，上海书店出版社2013年版，第44—45页。

者，但若推选最具代表性的诗人，则非丘处机与耶律楚材莫属。尤其是二人跨越万里的西域诗歌唱酬，不仅是促进两种不同思想碰撞、交融的载体，也是沟通燕京文坛和西域文坛的重要纽带，更是元代早期唱和诗的典型，具有重要的文学文化意义。

丘处机（1148—1227），字通密，道号长春子，世称"长春真人"，登州栖霞（今属山东）人。丘处机19岁入道，拜王重阳为师，为道教全真派"北七真"之一。王重阳仙逝后，丘处机与丹阳子马钰、长真子谭处端等其他"六子"奔走四方传播教义。丘处机来到龙门山（今陕西陇县龙门洞），开创了全真龙门派，成为北方重要的道教首领，影响与日俱增。尤其是元太祖九年（1214）秋，丘处机成功招安山东杨安儿义军，名声更盛，宋、金均派遣使者召请，皆辞不受。元太祖十五年（1220），成吉思汗自乃蛮（今蒙古境内）派侍臣札八儿、刘仲禄持诏求之，面对成吉思汗的诏见，丘处机语其徒："天使来召我，我当往。"① 丘处机虽为方外之人，却有着敏锐的洞察力，对当时局势有着清醒的认识。其时蒙古军队势如破竹，占据了北方大部分地区，金国政治腐败，赵宋偏安一隅，衰败已成定局。故而当有人质疑丘处机舍宋、金，趋蒙古时，丘处机自言："我之行止，天也。非若辈所及知，当有留不住时，去也。"② 出于政治庇护以及全真道门发展的需要，73岁的丘处机响应"老氏西行，或化胡而成道"③ 的诏令，与尹志平、李志常等弟子一十八人整装出发，开启了遥远的西域之行，促成了与耶律楚材的天山唱酬。

耶律楚材（1190—1244），字晋卿，契丹人，号玉泉老人，号湛然居士。耶律楚材本为契丹贵胄，辽太祖耶律阿保机九世孙，其父耶律履官至金朝尚书右丞，自己也在留守期间被辟为左右司员外郎，及中都陷落，受到成吉思汗赏识而归顺蒙古。耶律楚材虽为契丹人，但其家族深受汉文化的浸润，耶律楚材秉承家学，自小学习汉学，"及长，博极群书，旁通天文、地理、律历、术数及释老、医卜之说，下笔为文，若宿

---

① （明）宋濂等撰：《元史》卷二○二《丘处机传》，中华书局2013年版，第4524页。
② （元）李志常撰，顾宏义、李文整理标校：《长春真人西游记》，上海书店出版社2013年版，第42页。
③ （元）铁木真：《召丘神仙手诏》，李修生主编：《全元文》第1册，江苏古籍出版社1998年版，第5页。

构者"①。耶律楚材有着强烈的入仕意识,认为"吾夫子之道治天下,以吾佛之教治一心,天下之能事毕矣"②。渊博的学识及经国之才为其受到成吉思汗器重、屡献国策奠定了基础。

耶律楚材与丘处机的西域唱酬,缘于成吉思汗的西征。元太祖十三年(1218)三月十六日,成吉思汗诏耶律楚材扈从西游,怀揣着"廊庙为三公"③的政治抱负的耶律楚材,"始发永安,过居庸,历武川,出云中之右,抵天山之北,涉大碛,逾沙漠"④,历经三月到达成吉思汗住所。自此,耶律楚材跟随成吉思汗用兵西域。明年(1219),花剌子模残杀蒙古商队及使者,成吉思汗盛怒,用兵之际,近臣刘仲禄"谓丘公行年三百,有保养长生之秘术,乃奏举之"⑤,遂下诏召丘处机西行。丘处机与燕京文士告别后,自居庸关出,一路艰辛跋涉,经宣德州、北度野狐岭、出明昌、入大沙陀、至鱼儿泊、过达撒麻耳干城等,终于在太祖十七年(1222)五月到达成吉思汗所在的大雪山(今阿富汗境内的兴都库什山脉)营帐,见到了一代天骄成吉思汗。对于成吉思汗所求的长生之药,丘处机言及"有卫生之道,而无长生之药"⑥。二人数次谈话,丘处机强调修生之道,应珍爱生命、减少杀戮;作善修福、远离声色;经略霸业,治国保民。⑦ 成吉思汗甚悦,称其为"神仙",直言"谆谆道诲,敬闻命矣。斯皆难行之事,然则敢不遵依仙命,勤而行之"⑧,遂命近臣录于简册,以便亲览。

耶律楚材、丘处机等人在西域邪米思干见面后,互为知己,留下了许多瑰丽的唱和诗篇。据耶律楚材《西游录》载:"予久去燕,然知音者

---

① (明)宋濂等撰:《元史》卷一四六《耶律楚材传》,中华书局2013年版,第3455页。
② (元)耶律楚材著,向达校注:《西游录》,中华书局2000年版,第14页。
③ (元)耶律楚材著,谢方点校:《湛然居士文集》,中华书局1986年版,第27页。
④ (元)耶律楚材著,向达校注:《西游录》,中华书局2000年版,第1页。
⑤ (元)耶律楚材著,向达校注:《西游录》,中华书局2000年版,第14页。
⑥ (元)李志常撰,顾宏义、李文整理标校:《长春真人西游记》,上海书店出版社2013年版,第62页。
⑦ (元)耶律楚材:《玄风庆会录》,李修生主编:《全元文》第1册,江苏古籍出版社1998年版,第266—271页。
⑧ (元)耶律楚材:《玄风庆会录》,李修生主编:《全元文》第1册,江苏古籍出版社1998年版,第271页。

鲜。特与丘公联句和诗，焚香煮茗，春游邃圃，夜话寒斋，此其常也。尔后时复书简往来者，人不能无情也。待以礼貌者，人而无礼，非所宜为也。"① 耶律楚材在异乡见到自中原远道而来的丘处机，内心欣喜与激动溢于言表，并以宾主礼相待，其间诗歌酬唱往来不绝。纵观两人的酬唱，或叙知音情谊之喜；或摹西域风物、景致之奇。如太祖十七年（1222）二月二日，丘处机同司天台判李公辈等游郭西园林，有《二月二日司天台判李公辈邀游郭西归作》② 诗：

　　阴山西下五千里，大石东过二十程。雨霁雪山遥惨淡，春分河府近清明。园林寂寂鸟无语，风日迟迟花有情。同志暂来闲睥睨，高吟归去待升平。③

耶律楚材和韵《壬午西域河中游春十首》，其一：

　　幽人呼我出东城，信马寻芳莫问程。春色未如华藏富，湖光不似道心明。土床设馔谈玄旨，石鼎烹茶唱道情。世路崎岖太尖险，随高逐下坦然平。④

其七：

　　四海从来皆弟兄，西行谁复叹行程。既蒙倾盖心相许，得遇知音眼便明。金玉满堂违素志，云霞千顷适高情。庙堂自有夔龙在，安用微生措治平。⑤

长期以来，释、道便有相互攻讦的不睦现象，丘处机听闻耶律楚材

---

① （元）耶律楚材著，向达校注：《西游录》，中华书局2000年版，第14页。
② 丘处机的西游诗歌，多存于李志常《长春真人西游记》，皆无诗题，后世诸家所拟诗题不尽相同，本文所列丘氏诗题，乃援引《全元诗》所拟。
③ （清）顾嗣立编：《元诗选二集》，中华书局1987年版，第1341页。
④ （元）耶律楚材著，谢方点校：《湛然居士文集》，中华书局1986年版，第95页。
⑤ （元）耶律楚材著，谢方点校：《湛然居士文集》，中华书局1986年版，第96页。

尊崇释教，尚忧虑与耶律氏不相契合，"岂意厚待如此，真通方之士也"①。对于丘处机的顾虑，耶律楚材以"三圣人教行于中国，岁远日深矣。其教门施设，尊卑之分，汉、唐以来，固有定论，岂待庸人俗士强为其高下乎"②回应，其后二人大谈玄旨、品香茗、唱道情，不仅"既蒙倾盖心相许，得遇知音眼便明"，甚至发出"异域逢君本不期，湛然深恨识君迟"③之慨叹。不仅如此，在耶律楚材、丘处机、王君玉等人的酬唱中，耶律楚材"用丘处机诗复游西郭二首韵"作《游河中西园和王君玉韵四首》之四："风云佳遇未能期，自是鱼龙上钓迟。岩穴潜藏难遁世，尘嚣俯仰且随时。百年富贵真堪叹，半纸功名未足奇。伴我琴书聊自适，生涯此外更何为。"④更是将自己"鱼龙上钓迟"却又"难遁世"的内心苦闷及政治上的失意向丘处机尽数吐露，足见二人情谊深厚，故而当丘处机出示沿途所作诗歌时，耶律楚材连作四十四首以和。

对西域自然景色的关注，是耶律楚材、丘处机等人酬唱诗歌的重要方面。耶律楚材、丘处机等人自幼生长于中土，当他们踏上西域这片广袤而又神奇的土地，立刻便被与中土不同的地貌风物所吸引，异域的奇异便成为了其诗学养料被记录下来。如丘处机在奔赴西域的行程中，"初在沙陀北，南望天际若银霞，问之左右，皆未详。师曰：'多是阴山。'翌日，过沙陀，遇樵者再问之，皆曰：'然。'于是途中作诗云：'高如云气白如沙，远望那知是眼花？渐见山头堆玉屑，远观日脚射银霞。横空一字长千里，照地连城及万家。从古至今当不坏，吟诗写向直南夸。'"⑤同是对八月阴山途中景致的吟咏，耶律楚材从不同角度展现了阴山的另一面，其《过阴山和人韵》其三记为："八月阴山雪满沙，清光凝目眩生花。插天绝壁喷晴月，擎海层峦吸翠霞。松桧丛中疏畎亩，藤萝深处有

---

① （元）耶律楚材著，向达校注：《西游录》，中华书局2000年版，第14页。
② （元）耶律楚材著，向达校注：《西游录》，中华书局2000年版，第14页。
③ 此句出自《游河中西园和王君玉韵四首》其三，用丘处机《复游郭西园林相接百余里虽中原莫能过但寂无鸟声耳遂成二篇以示同游》诗韵［（元）耶律楚材著，谢方点校：《湛然居士文集》，中华书局1986年版，第99页］。
④ （元）耶律楚材著，谢方点校：《湛然居士文集》，中华书局1986年版，第99页。
⑤ （元）李志常撰，顾宏义、李文整理标校：《长春真人西游记》，上海书店出版社2013年版，第54页。

人家。横空千里雄西域，江左名山不足夸。"① 丘处机从远处眺望，将阴山雪景及其延绵千里的山脉走向尽收眼底。耶律楚材诗歌韵意皆和，既展现了阴山绝壁高耸入云、霞光环绕、白雪满沙的雄奇壮阔，也有对阴山滋养下的松桧、畎亩、藤萝、农户等作细节描绘，并直言"横空千里"的阴山远非江南名山等可比拟。

又如丘处机《至阿里马城自金山至此以诗记其行》：

金山东畔阴山西，千岩万壑横深溪。溪边乱石当道卧，古今不许通轮蹄。前年军兴二太子，修道架桥彻溪水。今年吾道欲西行，车马喧阗复经此。银山铁壁千万重，争头竞角夸清雄。日出下观沧海近，月明上与天河通。参天松如笔管直，森森动有百余尺。万株相倚郁苍苍，一鸟不鸣空寂寂。羊肠孟门压太行，比斯大略犹寻常。双车上下苦敦擟，百骑前后多惊惶。天池海在山头上，百里镜空含万象。悬车束马西下山，四十八桥低万丈。河南海北山无穷，千变万化规模同。未若兹山太奇绝，磊落峭拔加神功。我来时当八九月，半山已上皆为雪。山前草木暖如春，山后衣衾冷如铁。②

耶律楚材《过阴山和人韵》之四以和：

阴山千里横东西，秋声浩浩鸣秋溪。猿猱鸿鹄不能过，天兵百万驰霜蹄。万顷松风落松子，郁郁苍苍映流水。天丁何事夸神威，天台罗浮移到此。云霞掩翳山重重，峰峦突兀何雄雄。古来天险阻西域，人烟不与中原通。细路萦纡斜复直，山角摩天不盈尺。溪风萧萧溪水寒，花落空山人影寂。四十八桥横雁行，胜游奇观真非常。临高俯视千万仞，令人凛凛生恐惶。百里镜湖山顶上，旦暮云烟浮气象。山南山北多幽绝，几派飞泉练千丈。大河西注波无穷，千溪万壑皆会同。君成绮语壮奇诞，造物缩手神无功。山高四更才吐月，

---

① （元）耶律楚材著，谢方点校：《湛然居士文集》，中华书局1986年版，第22—23页。
② 杨镰主编：《全元诗》第1册，中华书局2013年版，第52页。

八月山峰半埋雪。遥思山外屯边兵，西风冷彻征衣铁。①

二诗从不同角度记录了金山向西至阿里马城的奇绝景致。峭拔的山岭、笔直的参天松树、山头上的天池、旦暮云烟、溪流、飞泉、大河、沟壑、乱石、白雪、草木等构成了不同于中原的自然风光，令人惊叹、惶恐之余，也不禁感叹大自然的鬼斧神工及域外景致的神奇诡谲。此类给唱和诗注入了不一样的活力和色彩。

尽管二人西行的目的颇为相似，均是借助成吉思汗聘选贤才以安天下的机会，寻求政治上的依靠，但二人毕竟一儒一道，思想际遇不尽相同，其唱和诗的社会功用及其表现也不尽相同。丘处机唱和诗多以描写沿途景致为主，杂以道者无为的情思。耶律楚材却深受儒学入仕思想的影响，希冀借助成吉思汗大展宏图，其唱和诗中难免有美誉君主、赞颂王师的一面。如《和移剌子春见寄五首》（其二）：

生遇干戈我不辰，十年甘分作俘臣。施仁发政非无据，论道经邦自有人。圣世规模能法古，污俗习染得维新。英雄已入吾皇彀，从此无人更问津。②

耶律楚材极力称赞成吉思汗吸纳人才、施行仁政，社会风气为之一新。又如《再用前韵》：

……天兵饮马西河上，欲使西戎献驯象。……旌旗蔽空尘涨天，壮士如虹气千丈。秦皇汉武称兵穷，拍手一笑儿戏同。堙山陵海匪难事，剪斯群丑何无功……③

据《元朝秘史》载，成吉思汗曾对争夺大汗继承权的儿子们说："天

---

① （元）耶律楚材著，谢方点校：《湛然居士文集》，中华书局1986年版，第21—22页。
② （元）耶律楚材著，谢方点校：《湛然居士文集》，中华书局1986年版，第47页。
③ （元）耶律楚材著，谢方点校：《湛然居士文集》，中华书局1986年版，第24页。

下地土宽广，河水众多，你们尽可以各自去扩大营盘，征服邦国。"① 又曾训示部将说，男子最大的乐事，在于压服乱众、战胜敌人，将他们连根铲除，夺取他们所有的一切，骑其骏马，纳其美貌之妻妾。② 故而蒙古军队"凡攻大城，先击小郡，掠其人民，以供驱使。乃下令曰：'每一骑兵，必欲掠十人。'人足备，则每名需草或柴薪或土石若干，昼夜迫逐，缓者杀之。迫逐填塞其壕堑立平。或供鹅洞砲座等用，不惜数万人。以此攻城壁无不破者。其城一破，不问老幼、妍丑、贫富、逆顺皆诛之，略不少恕。凡诸临敌不用命者，虽贵必诛。凡破城守有所得，则以分数均之。自上及下，虽多寡每留一分，为成吉思皇帝献，余物则敷俵有差。"③ 耶律楚材颂扬成吉思汗率领的军队，宛如天兵一样旌旗蔽空、气势如虹，具有堙山陵海、剪斯群丑之能，即便善兵的秦皇汉武相较亦如儿戏一般，溢美之意不言而喻。如《和王巨川韵》："圣驾徂征率百工，貔貅亿万入关中。周秦气焰如云变，唐汉繁华扫地空。灞水尚存官柳绿，骊山惟有驿尘红。天兵一鼓长安克，千里威声震陕东。"④ 类似诗歌在后来窝阔台汗时期也较为常见，这是由耶律楚材文学侍从身份决定的，是丘处机酬唱诗歌中所没有的。

在丘处机与耶律楚材的西域唱和诗中，还有诗风交汇的一面，最明显的例子是耶律楚材对丘处机诗风的模拟学习。如丘处机西行至回纥城，作《至回纥城暇日出诗一篇》："二月经行十月终，西临回纥大城墉。塔高不见十三级，山厚已过千万重。秋日在郊犹放象，夏云无雨不从龙。嘉蔬麦饭葡萄酒，饱食安眠养素慵。"⑤ 耶律楚材作《河中春游有感五首》以和，其诗风近于原唱："异域河中春欲终，园林深密锁颓墉。东山雨过空青叠，西苑花残乱翠重。杷榄碧枝初着子，葡萄绿架已缠龙。等闲春晚芳菲歇，叶底翩翩困蝶慵。"⑥ 再如耶律楚材和诗《过金山和人韵

---

① 《元朝秘史》第255节，《四部丛刊》本，上海书店出版社1989年版。
② 参见［波斯］拉施特主编《史集》第一卷第二分册，余大钧、周建奇译，商务印书馆1983年版，第362页。
③ （宋）赵珙撰，李国强整理：《蒙鞑备录·军政》，大象出版社2019年版，第74页。
④ （元）耶律楚材著，谢方点校：《湛然居士文集》，中华书局1986年版，第45页。
⑤ 杨镰主编：《全元诗》第1册，中华书局2013年版，第53页。
⑥ （元）耶律楚材著，谢方点校：《湛然居士文集》，中华书局1986年版，第101页。

三绝》《游河中西园和王君玉韵四首》《过间居河四首》等，与丘处机原唱《因水草便以待铺牛驿骑数日乃行有诗三绝》《复游郭西园林相接百余里虽中原莫能过但寂无鸟声耳遂成二篇以示同游》《至鱼儿滦始有人烟聚落多以耕钓为业时已清明春色渺然凝冰未浮有诗》诗等，风格极其相似。耶律楚材难免"有意迎合丘处机的诗风，拉近二人的距离"①之嫌。耶律楚材曾对丘处机的诗歌书法表示欣赏，称其"清诗厌世光千古，逸笔惊人自一时。字老本来遵雅淡，吟成元不尚新奇。出伦诗笔服君妙，笑我区区亦强为"②，"彫镌冰玉诗尤健，挥扫龙蛇字愈奇。好字好诗独我得，不来赓和拟胡为"③。故而在唱酬中学习对方的诗风也不足为奇。尽管后来耶律楚材与丘处机不睦，在丘处机去世后编著的《西游录》中列举丘氏十宗罪，在整理个人诗文集时删除二人诗歌唱和的背景及与丘处机相关的信息，但不影响二人酬唱佳话的流传。

尽管成吉思汗时期的唱和尚处于元代酬唱文学的肇始阶段，与元中后期文人林立，唱和风尚大炽的繁盛景象无法比拟，却拉开了皇元早期唱和诗学的序幕，元代唱和诗歌由此发展。尤其是西行途中丘处机与耶律楚材的诗歌唱酬，堪称文学史上的文人交往佳话，二人的西域酬唱诗"和唐代的边塞诗相比，有更多更新的意境。特殊的历史环境为他们提供了特殊的创作题材，他们的诗篇是蒙古西征和中亚社会变迁的历史见证"④，具有流泽后世的文学与文化意义。

二 北方入元金人的诗歌唱和

成吉思汗时期，以耶律楚材和丘处机为代表的唱和拉开了元代唱和复兴的序幕，但彼时唱和诗人群体规模有限，唱和力量较为薄弱。其后，随着蒙古大将木华黎不断攻取金国土地，新的文人不断加入，唱和力量渐次壮大。成吉思汗去世后，其子窝阔台（元太宗）即大汗位。窝阔台遵循成吉思汗利用宋金世仇、连宋抗金的策略，发动灭金大战。元太宗

---

① 左丹丹、余来明：《丘处机、耶律楚材西行唱和的文化内蕴》，《贵州社会科学》2021年第5期，第50页。
② （元）耶律楚材著，谢方点校：《湛然居士文集》，中华书局1986年版，第99页。
③ （元）耶律楚材著，谢方点校：《湛然居士文集》，中华书局1986年版，第99页。
④ 陈高华：《元代文化史》，广东教育出版社2009年版，第12页。

四年（宋绍定五年、金天兴元年，1232），蒙古兵分三路攻金，金哀宗完颜守绪见汴京孤立无援，城破在即，遂率众去蔡州（今河南汝南）。次年（1233），蒙古与南宋达成灭金协定，合力围困蔡州。元太宗六年（宋端平元年、金天兴三年，1234）正月，在蒙古、宋军的猛烈攻击下，蔡州城破，金哀宗自缢，末帝完颜承麟被杀，金王朝灭亡。

金国的灭亡是蒙古发展道路上的重要事件，是元代唱和诗发展的重要节点，大量的金籍文人的入元，为元朝的建设和发展带来急需的人才。在蒙金长达24年的交战中，文人命运朝不保夕，几多生死。据《金史·后妃传》载，"及壬辰、癸巳岁，河南饥馑。大元兵围汴，加以大疫，汴城之民，死者百余万"①。疫疾与战祸的双重危害，致使死者百万，其中文人身亡者不在少数，"壬辰，汴梁破，前进士不殁于兵，不莩于野，不殒于沟壑者固少"②。亡金文人历经残酷战事，在劫后余生的短暂喜悦中，不得不面对宗庙倾覆、国灭家亡的社会现实，继而怀着悲痛的心情做出人生抉择，继续新的生活。他们或依附汉人世侯幕府，或出仕新朝，或隐逸不出，进而形成元初北方几大重要唱和诗人群体，是元初诗坛的唱和主力之一。其中入世侯幕府、出仕新朝是多数亡金诗人的选择。

一是汉人幕府唱和群体。元初北方的汉人世侯幕府，以东平严实幕府、保定张柔幕府、真定史天泽幕府最为有名。他们世袭罔替，周旋于蒙古、宋、金三方势力之间，即便是后来归顺元朝，仍具有强劲的经济、军事、文化等实力，尤其是在当时战争极其残酷和社会秩序极度混乱的情况下，具有维护地方稳定、减少战乱侵扰的重要作用。③他们乐善好施、广纳士人，为亡金士人诗歌唱酬提供了安定的庇护场所。严实（1182—1240），字武叔，泰安州长清（今属山东济南）人。严实略知诗书，为人豪放，喜交结施与。据《元朝名臣事略·宋子贞》载：

---

① （元）脱脱等撰：《金史》卷六十四《后妃下》，中华书局1975年版，第1533页。
② （元）张之翰：《张澹然先生文集序》，李修生主编：《全元文》第11册，江苏古籍出版社1998年版，第287页。
③ 陶然等：《宋金遗民文学研究》，浙江大学出版社2014年版，第4页。

东平行台严鲁公闻其名，招置幕府，为详议官，兼提举学校。……继而汴梁溃，饥民北徙，殍殣相望。公议作广厦，糜粥以食之，复以群聚多疫，人给米一斛，俾散居近境，所全活无虑万计。及士之流寓者，悉引见行台，周惠尤厚，荐名儒张特立、刘肃、李昶辈十余人，皆自羁旅拔之同行，与参谋议。四方闻义而来依者，馆无虚日，故东平人物视他镇为多。①

严实喜接寒素，故而"士子有不远千里来见者"②，即便是迁徙之民，则糜粥以食，散居近境，"置之衽席之上，以勤耕稼，以丰委积"③；对于前来投奔之士子，"公帑所积，尽于交聘、燕享、祭祀、宾客之奉，而未尝私贮之"④。据考证，大约依附严实幕府可考者有二十一人，他们大部分为秘书、参谋之类的幕僚官，其中宋子贞、张特立任详议官，徐世隆、王构、孟祺、阎复掌书记，参议张之纯，议书官张孔孙，左司员外郎刘肃，行台令刘震，行台掾张昉，校试官元好问；商挺、王磐、康晔、李谦诸儒延聘为教授、师者，张澄、李桢亦属教授之职；夹谷之奇、徐琰等则职掌不详，但未出秘书、参谋之类。⑤ 此外，名士杨奂等也多次来访东平。这些文人多饱学善诗之士，每每宴饮交游，皆有诗词唱酬，一时文脉颇盛。

真定史天泽幕府也是金籍诗人依附的重要机构。史天泽（1202—1275），字润甫，燕京永清（今属河北）人。史天泽虽为武将，却力戒杀伐，任人以贤，其曾向朝廷上奏治国安民之道："立省部以正纪纲，设监司以督诸路，沛恩泽以安反侧，退贪残以任贤能，颁奉秩以养廉，禁贿

---

① （元）苏天爵辑撰，姚景安点校：《元朝名臣事略·平章宋公》，中华书局1996年版，第200页。

② （元）元好问著，狄宝心校注：《元好问文编年校注·故河南路课税所长官兼廉访使杨公神道之碑》，中华书局2012年版，第1448页。

③ （金）元好问撰，周烈孙、王斌校注：《元遗山文集校补》卷第二十六《东平行台严公神道碑》，巴蜀书社2013年版，第935页。

④ （金）元好问撰，周烈孙、王斌校注：《元遗山文集校补》卷第二十六《东平行台严公神道碑》，巴蜀书社2013年版，第935页。

⑤ 王明荪：《元代的士人与政治》，台北：学生书局1992年版，第63—64页。

赂以防奸，庶能上下丕应，内外休息。"① 史天泽自己则"开诚心，布公道，集众思，广忠益，用人齐家，训励子侄"②，其属地真定境安民富，高视他郡。壬辰北渡后，名士多流离失所，得知史氏乐善好贤，偕来投奔。据王恽《开府仪同三司中书左丞相忠武史公家传》载，其时游依史氏幕府者，"若王滹南、元遗山、李敬斋、白枢判、曹南湖、刘房山、段继昌、徒单侍讲，公为料其生理，宾礼甚厚，暇则与之讲究经史，推明治道。其张颐斋、陈之纲、杨西庵、孙议事、张条山，擢用荐达至光显云"。③ 又如保定张柔（1190—1268），字德刚，易州定兴（今属河北）人。张柔"性喜宾客，每闲暇，辄引士大夫与之谈论，终日不倦。岁时赡给，或随其器能任使之"④，名士王鹗、郝经等皆入其幕府。他们在协助世侯发展地方经济、文化等的同时，组织并参与到地方文学文化的创作活动，为元初北方唱和诗学的发展做出重要贡献。

二是仕元文人酬唱群体。随着蒙古帝王尤其是元世祖忽必烈愈加重视人才的发掘和任用，越来越多的金籍文人踏入蒙古朝堂，成为元朝初期治国的栋梁。据《元史·世祖本纪》载，忽必烈尚在潜邸，便"思大有为于天下，延藩府旧臣及四方文学之士，问以治道"⑤。《元朝名臣事略·内翰王文康公》亦载：

> 上之在潜邸也，好访问前代帝王事迹，闻唐文皇为秦王时，广延四方文学之士，讲论治道，终致太平，喜而慕焉。岁甲辰，遣故平章政事赵璧、今礼部尚书许国祯首聘公于保州，从人望也。公自以亡国累臣，义不可再仕，辞疾者久之，已而就道。既至，上一见喜甚，赐之坐，呼状元而不名。朝夕接见，问对非一，凡圣经所谓修身齐家、治国平天下之道，无不陈于前，上为耸动。尝谕公曰：

---

① （明）宋濂等撰：《元史》卷一百五十五《史天泽传》，中华书局2013年版，第3660页。
② （元）王恽：《开府仪同三司中书左丞相忠武史公家传》，李修生主编：《全元文》第6册，江苏古籍出版社1998年版，第349页。
③ （元）苏天爵辑撰，姚景安点校：《元朝名臣事略·丞相史忠武王》，中华书局1996年版，第123页。
④ （元）苏天爵辑撰，姚景安点校：《元朝名臣事略·万户张忠武王》，中华书局1996年版，第100页。
⑤ （明）宋濂等撰：《元史》卷四《世祖本纪》，中华书局2013年版，第57页。

"我今虽未能即行,安知它日不能行之耶!"①

在忽必烈效仿秦王李世民大量招揽人才、礼遇金籍士人的影响下,士人奔走以告,相互举荐。如元定宗二年(1247),忽必烈问治国策略于史天泽的幕僚张德辉,张氏举荐了魏璠、元好问、李冶等二十余人②,张氏告假将还,又举荐了白华、郑显之、赵元德、李造之、高鸣、李槃、李涛等。再如王鹗,曾举荐杨奂、元好问等,朝廷成立翰林国史院后,又举"李冶及李昶、王磐、徐世隆、徒单公履、郝经、高鸣为学士,杨恕、孟攀麟为待制,王恽、雷膺为修撰,周砥、胡祗遹、孟祺、阎复、刘元为应奉。凡前金遗老,及当时鸿儒,搜挟殆尽"③。这些人中有不少是入汉人世侯幕府的转仕者,如徐世隆、孟祺、阎复、商挺、王磐、郝经、商挺、王鹗等金籍文人皆是,其中以东平严实幕府为最。故而虞集有言:"我国家龙兴朔方,金源氏将就亡绝。干戈蜂起,生民涂炭。中州豪杰起于齐鲁燕赵之间,据要害以御侮,立保障以生聚,以北向于王师。方是时,士大夫各趋所依以自存。若夫礼乐之器、文艺之学、人材所归,未有过于东鲁者矣。世祖皇帝建元启祚,政事文学之科,彬彬然为朝廷出者,东鲁之人居多焉。典诰之施于朝廷,文檄之行乎军旅,故实之讲乎郊庙,赫然有耀于邦家。"④即是对元初北方金籍文人在经济、政治、教育、文学文化等方面建设国家的重要贡献的肯定,其中便包括入元金人在政事之余,诗歌唱酬对元初文学的建构与复兴的功用。

三是隐逸遗民唱和群体。这类亡金遗民诗人,因"国家多故,职官往往不仕"⑤。他们无力更改宗社坍塌的社会巨变,也不愿入汉人世侯幕府,不仕奉新朝,故而或退居山林田园,或看破尘世,遁入道门,诗酒

---

① (元)苏天爵辑撰,姚景安点校:《元朝名臣事略》卷第十二《内翰王文康公》,中华书局1996年版,第238页。

② (明)宋濂等撰:《元史》卷一六三《张德辉传》,中华书局2013年版,第3824页。

③ (元)苏天爵辑撰,姚景安点校:《元朝名臣事略》卷第十二《内翰王文康公》,中华书局1996年版,第239页。

④ (元)虞集:《曹文贞公汉泉漫稿序》,《全元文》第26册,江苏古籍出版社1998年版,第106页。

⑤ (元)脱脱等撰:《金史·宣宗上》,中华书局1975年版,第312页。

唱酬，了却余生。代表诗人如隐逸山林的李俊民。李俊民（1176—1260），字用章，自号鹤鸣老人，泽州（今山西晋城西）人。自幼聪慧，能诗文，曾得名儒教导，学习程氏理学，"其于理学渊源，冥搜隐索，务有根据"①，未及入仕已颇具声名。金章宗承安五年（1200）以经义举进士，先后授应奉翰林文字、沁水县令等职。未几，因不满官场的黑暗即弃官归隐，回乡教授学子。金源南渡，李俊民从家乡迁出，先后隐居嵩山、移居怀州（今河南沁阳），后又隐于西山。蒙古灭金后，忽必烈"安车召之，延访无虚日"②，直言"朕求贤三十年，唯得窦汉卿及李俊民二人"③，欲以高官。俊民不受，恳赐还山，忽必烈遵从其意。

再如避居乡里的绛州稷山（今山西稷山）段克己、段成己兄弟。段克己（1196—1254），字复之，号遁庵，别号菊庄，金哀宗正大七年（1230）进士，段成己兄。段成己（1199—1279），字诚之，号菊轩，金哀宗正大元年（1224年）进士。段氏兄弟少负盛名，"心广而识超，气盛而才雄，其诗盖陶、杜兼而有之者也"④，虽为进士却未被重用，金末避乱于龙门山中（今山西河津黄河边）。段克己去世后，成己迁居晋宁（今山西临汾）北郭，后元世祖忽必烈招为平阳府儒学提举，拒辞不赴。另有元好问、曹之谦、麻革、杜英、杨弘道、张澄等金遗民诗人最终或退或隐、不仕元廷。这类遗民诗人在数量上虽无法与前两类比肩，却也是元初北方唱和群体中不容忽视的组成部分。

值得注意的是，金遗民诗人也同一般士人的日常唱和一样，其诗歌唱酬也多以宴饮、送别、纪游、咏物、赠答等为主题，不同的是，作为国亡家灭的亲历者，他们的唱和诗自然不可避免地与时代变局下家国情绪相关联。如李俊民《乱后寄兄二首》其一："长剑何人倚太行？毡裘入市似驱羊。怒降白起不仁赵，死守裴侯无负唐。可奈昆炎焚玉石，更堪蜀险化豺狼。紫荆犹是阶前树，风雨何时复对床？"其二："万井中原瞩汴梁，纵横大剑与长枪。昼烽夜火岂虚日，左触右蛮皆战场。丁鹤未归

---

① （明）黄宗羲著，夏瑰琦、洪波点校：《宋元学案》卷十四，浙江古籍出版社2012年版，第674页。
② （明）宋濂等撰：《元史》卷一五八《李俊民传》，中华书局2013年版，第3733页。
③ （明）宋濂等撰：《元史》卷一五八《窦默传》，中华书局2013年版，第3733页。
④ （元）吴澄：《二妙集序》，《全元文》第14册，江苏古籍出版社1998年版，第426页。

辽已冢,杜鹃犹在蜀堪王。此生不识连昌乐,目送孤鸿空断肠。"① 类此受动荡时局影响,关注时局、心系宗邦的情绪抒发在金遗民的唱和诗中较为普遍。

奇特的是,黍黎之悲以及亡国之痛在金遗民的唱和诗中表现得较为冷静,较少有哀恸怨怼的激烈情感,更多是表达对故国的思念以及壮志难伸的苦闷等,这与金遗民词中"铜驼荆棘之伤"多于"神州陆沉之痛"的情绪表现相类似②。其中不仕新朝的隐逸诗人群体的酬唱诗作尤具代表性。如李俊民《和子摺来韵》:

新年桃李似无情,回首繁华一梦惊。点检青毡非故物,等闲倾盖昧平生。雨中燕子还留客,风里杨花欲送行。试听东流桥下水,向人时作断肠声。③

诗人借"桃李""杨花""桥水"等意象,在对时光易逝、韶华难留的无力感叹中,抒发对故国繁华事物、青毡故物的怀念,略带个人感伤情绪。又曹之谦《送李郭二子还乡》:

丧乱身为客,淹留泪满衣。亦知生处乐,未卜有年归。祖帐临寒水,仙舟漾夕晖。春来一相送,肠断故山薇。④

亦是对个人丧乱为客的人生遭遇以及不知何处是吾乡的慨叹。黍黎之悲以及亡国之苦均表现得很客观冷静。

此外,书写壮志难伸的苦闷亦是金遗民诗人普遍存在的现象。如段克己《送李山人之燕》一诗:

与君把臂临黄河,缺壶声里度悲歌。玉缸酒半离筵起,千里东

---

① (金)李俊民著,吴广隆编审,马甫平点校:《庄靖集》,三晋出版社2006年版,第106—107页。
② 陶然等:《宋金遗民文学研究》,浙江大学出版社2014年版,第14页。
③ (清)顾嗣立编:《元诗选初集·甲集》,中华书局1987年版,第110页。
④ 杨镰主编:《全元诗》第2册,中华书局2013年版,第366页。

风射马耳。孰能忍饥学夷齐，看人鼻孔吹虹霓。莫道书生成事小，男儿盖棺事乃了。剑心雄壮未能伸，客舍萧条逢暮春。卢沟河上千株柳，满地杨花愁杀人。①

诗歌将诗人满腹经纶却又壮志难酬的愤懑与个人的失落愁绪呈现得淋漓尽致，亡国的痛苦情绪却未见展现。类此酬唱诗作在以段氏为代表的金遗民诗人中较为常见。又如元太宗十三年（1241），段氏兄弟隐居龙门，与诗社诸君宴集唱和于封仲坚别墅，段氏兄弟均有唱酬诗留存。段成己《辛丑清明后三日诗社诸君燕集于封仲坚别墅谈笑竟日宾主乐甚然以未得吾兄弟数语为不足既而遁庵兄有诗余独未也主人责负不已因赋以应命云》：

燕子归来人未归，平生事业与心违。天翻地覆春仍好，雨打风吹花又稀。淡抹平林烟冉冉，乱飘香雪絮霏霏。可怜光景诚虚掷，坐对虚尊到夕晖。

善恶人情已饱谙，岸纱宴坐看晴岚。折腰不是渊明懒，作吏元非叔夜堪。老去一筋犹有味，病来万事更何贪。从头悉读行年记，惭愧春风四十三。②

段克己作《和家弟诚之诗社燕之作》三首以和，其一：

胶胶世事久经谙，肯著红尘换翠岚。骐骥捕鼠非所任，干将补履岂其堪。老无成事唯多懒，少不如人何更贪。花下一杯谁伴我，清风明月便为三。③

其二：

欲归谁不遣君归，却恨归来事事违。烽火未休家信少，山州良

---

① 杨镰主编：《全元诗》第2册，中华书局2013年版，第270页。
② 杨镰主编：《全元诗》第2册，中华书局2013年版，第329页。
③ 杨镰主编：《全元诗》第2册，中华书局2013年版，第288页。

是故人稀。黄金入手还能散，白雪盈头不肯飞。试问春愁都几许，长江滚滚日晖晖。①

其三：

人皆笑我我忘机，我爱青山直得归。肯学班超谋肉食，更怜京兆泣牛衣。心非理义乌能悦，道胜纷华是故肥。独坐钩帘心语口，回头四十五年非。②

段氏兄弟金亡不入幕府，不仕皇元新朝，选择隐居生活，显然是与其为金朝士人的身份有关。彼时去金亡仅数年，亡国之痛的怨怼情感虽有所减缓，断不至于消失殆尽，但在其酬唱诗歌中，几乎没有杜甫"国破山河在，城春草木深"般椎心泣血之痛的情感表达；相反，从"回头四十五年非""平生事业与心违""却恨归来事事违""惭愧春风四十三"等句来看，诗人在回忆自己一生的经历并对自我现状进行审视时，对自己隐居不仕的人生抉择甚为怀疑，认为此举颇有虚度光阴导致功业未成之嫌，惭愧悔恨之意溢于言表。

元朝初期，遗民诗人对黍黎之悲以及亡国伤痛的家国情绪的表达是不必忌讳的，而他们的唱和诗对此却少有直观的记述，对亡国事实和经历表现得较为冷静。究其原因，是其华夷大防观念薄弱的影响所致。在元廷一统之前，北方各族经过战争与相互之间的融合，族群意识和民族观念已然不强，故而金元鼎革之际，大量的汉族士大夫、地方豪强等纷纷投靠蒙古即是明证。③尽管部分遗民诗人出于情感的制约不愿仕元，但其内心对蒙古灭金、一统北方的历史趋势及现实是认同的，这在他们的唱和诗中亦有体现。如房暤《赠赵山甫》云：

---

① 杨镰主编：《全元诗》第2册，中华书局2013年版，第288页。
② 杨镰主编：《全元诗》第2册，中华书局2013年版，第288页。
③ 萧启庆：《内北国而外中国：元朝的族群政策与族群关系》，《内北国而外中国：蒙元史研究》下册，中华书局2007年版，第472页。

寇盗连年剧猬毛，一身无处可奔逃。陈平自合西归汉，葛亮焉能北事曹。嗟我命兼才共薄，仰君名与德俱高。几时一笑沧浪畔，右手持杯左手螯。①

在战火纷飞的时局下，作者也希望能像陈平一样辅佐君王，匡扶社稷，一统天下，但出身金国的他"葛亮焉能北事曹"，弃金事元呢？房皞虽不愿仕元，但对于金亡元兴的社会演进是持认同态度的。其《和杨叔能之字韵》：

遭乱重相见，宽心不用悲。江山佳丽地，人物太平时。白蚁千家酒，黄花九日诗。鹿门不可隐，吾道欲安之。②

以"宽心不用悲"等语宽慰好友杨宏道，时房皞因避兵祸入宋地襄阳，面对金国大厦岌岌可危，即将倾覆的危急境况，诗人则沉浸在宋地"江山佳丽地，人物太平时"的美好环境中，由此可见诗人对金元更替的历史演进的认同。又李俊民《赠张仲一》"万里江山归一统，百年人事见清朝"③，对元廷政权的态度并无不同。

再如北方文章大家、文坛盟主元好问，本为金宣宗兴定五年（1221）进士，官至知制诰。作为金国臣子，元好问对金国具有很深的感情，在金亡后游离于遗民诗人以及元士大夫之间，诗歌唱酬不断却不愿入元做官。不唯如此，元好问还认为"国亡史兴，己所当为"④，奏请修史未成，后以"不可遂令一代之美泯而无闻"⑤，编撰金国君臣诗词总集《中州集》，又著《金源君臣言行录》等，意在以诗文存史。元好问虽心怀宗室且不曾仕元，却并不仇视灭金一统的蒙古政权。如蒙古大军攻破汴京城

---

① 杨镰主编：《全元诗》第2册，中华书局2013年版，第376页。
② 杨镰主编：《全元诗》第2册，中华书局2013年版，第375—376页。
③ 薛瑞兆编撰：《新编全金诗》，中华书局2021年版，第2474页。
④ （元）郝经著，田同旭校注：《郝经集校勘笺注》卷三十五《遗山先生墓铭》，三晋出版社2018年版，第2813页。
⑤ （元）郝经著，田同旭校注：《郝经集校勘笺注》卷三十五《遗山先生墓铭》，三晋出版社2018年版，第2813页。

后，元好问曾写信向蒙古中书令耶律楚材举荐了孔元措、冯璧、王纲、王鹗、王贲、李浩等金遗民文士五十四人①，其中大部分都被元廷任用。又如遗民士人李天翼，曾历金廷荥阳、长社、开封县令，入元后赴济南任官，诸君赋诗唱酬以赠别，面对当时部分遗民尚有"气节"之虞，元好问《送李辅之之官济南序》言："时则莫春三月，人则楚囚再期。鲁连之一箭空飞，季子之百金行尽。释射钩之怨，虽当三沐而三熏；动去国之魂，徒有九招而九散。"② 虽为劝导李天翼解怨释结，扫除内心的忧虑，实则亦是对自己及处于同样境地、心理的其他遗民诗人的劝诫。元好问不止一次劝导众人，其《送李辅之官青州》直言"晚节浮沉疑未害"③，言蒙古则为"汉家弦声雷破壁""九州之外更九州"④，华夷大防观念并不强烈，清人赵翼"无官未害餐周粟，有史深愁失楚弓"⑤ 的评介即是明证。这也是金遗民诗人的酬唱之作，在黍黎之悲、亡国之痛等情绪方面表现得较为平静，不似宋遗民诗人那般忧愤激烈的原因所在，其诗风也倾向平易而悲凉。

总之，金籍诗人入元后，填补了元初北方文人的空缺，是元初北方唱和的主要构成力量，与南方宋遗民诗人一起推动元初唱和的复兴，为元代文学文化的发展以及多民族诗人交友圈的扩大打下了坚实的基础。

三 南方入元宋人的诗歌唱和

在蒙古大军联合赵宋灭金，一统北方后，大量金朝诗人的入元，担负起北方文学与文化建设的重任，他们的往来赠答，诗酒唱酬促进了元

---

① （元）元好问著，狄宝心校注：《元好问文编年校注》卷四《癸巳岁寄中书耶律公书》，中华书局2012年版，第307—311页。

② （元）元好问著，狄宝心校注：《元好问文编年校注》卷四《送李辅之之官济南序》，中华书局2012年版，第351页。

③ （元）元好问著，狄宝心校注：《元好问诗编年校注》卷四，中华书局2012年版，第716页。

④ （元）元好问著，狄宝心校注：《元好问诗编年校注》卷五《刘时举节制云南》，中华书局2012年版，第1724页。

⑤ （清）赵翼著，霍松林、胡主佑校点：《瓯北诗话》，人民文学出版社1963年版，第122页。

代北方唱和文学的复兴与繁荣。与此同时，北方蒙古与南方赵宋的一统大战影响着南方士人的生活状态和人生走向。元太宗七年（宋理宗端平二年，1235）六月，窝阔台汗灭金后，以宋军背盟为由，在东起淮河，西至四川的上千里战线上，分三路大军直取宋地，发起对宋的灭国战争。蒙古大军遭到南宋军民的强烈反抗，战况异常惨烈，双方均伤亡惨重。元世祖至元十三年（宋恭宗德祐二年，1276），元军攻入南宋都城临安（今杭州），五岁宋恭帝赵㬎、太皇太后谢道清及群臣被俘，赵宋名存实亡。临安城破之际，张世杰、陆秀夫、文天祥等南宋旧臣携赵宋王朝血脉益王赵昰、广王赵昺建立流亡政权，持续抗元。至元十六年（宋卫王祥兴二年，1279）二月，元军于广州崖山外海大败宋军，陆秀夫背负宋末帝赵昺跳海而亡，宋朝灭亡。历经46年的蒙宋战争，元廷虽然在政治上、军事上一统中国，但在旧政权覆灭、新政权建立的过程中，宋遗民经历战祸之苦，面对故国山河破碎、社稷倾覆的社会巨变，神州陆沉的复杂情绪便通过彼此间的反复酬唱表达出来，进而推动元初南方唱和诗学的繁荣与复兴。

（一）入元宋人去向及酬唱群体的兴起

"国家不幸诗家幸"，战后的宋遗民掀起诗歌酬唱的高潮。与北方亡金士人多入汉人世侯幕府、仕奉元廷不同，同样有着家亡国灭的不幸遭遇的入元宋诗人，因受华夷大防思想意识和崇尚名节的价值观念的影响，他们在仕与隐的人生抉择以及诗家体验和情绪表现上不尽相同。他们之中除方回、赵孟頫、张伯淳等少数入元做官外，其他如戴表元、方夔、黄庚、林景熙、杨公远、翁森、于石、方凤、周密、汪元量、朱思本、邓光荐、文天祥、陈文龙、谢翱、刘麟瑞、谢枋得等多数遗民激烈悲啼、抗节不屈，他们之中多数"彷徨、徙倚于残山剩水间，孤愤激烈，悲鸣长号，若无所容其身者，苟可容，力就白刃以不辞，环而视之，非不自知其身沧海之一粟也，而纲常系焉，故宁为管宁陶潜之贫贱而不悔者"①。他们往返流连于山水之间，唱酬不歇，以诗歌作为抒发、交流情感的纽带，一时风尚盛行，诗学繁盛。清人赵翼对此评介："盖自南宋遗民故老，相与唱叹于荒江寂寞之滨，流风余韵，

---

① （明）程敏政：《宋遗民录·宋遗民录序》，明嘉靖二年至四年程威等刻本。

宋遗民诗人酬唱之盛，尤以诗社诗人群体的林立最为瞩目。明人田汝成曾说："元时豪杰不乐进取者，率托情于诗酒，其时杭州有清吟社、白云社、孤山社、武林社、武林九友会，儒雅云集，分曹比偶，相欢切磋，何其盛也。"② 杭州确为元初南方诗人群体集会的重要城市，这一方面是因为杭州为南宋旧都，自古文脉昌盛，文士云集，南宋虽然灭亡，这里却成为了宋遗民诗人的汇聚之地。另一方面，早在唐代，与天堂媲美的杭州便有"杭土丽且康，苏民富而庶"③ 的美誉，杭州发达的经济基础为遗民文人的结社奠定了基础。遗民诗人因此得以集会唱酬。据宋末吴自牧记临安风物的《梦粱录》卷十九载，宋时已有"行都缙绅之士及四方寓流儒人，寄兴适情，赋咏脍炙人口，流传四方，非其他社集之比"④ 的西湖诗社，其中是否有遗民诗人参与不得而知，但元初确有"西湖诗社"。遗民诗人汪元量入元后，著有《疏影》词，其序："西湖社友赋红梅，分韵得落字。"⑤ 又《瑞鹤仙·暗香》序："西湖社友有千叶红梅，照水可爱。问之自来，乃旧内有此种。枝如柳梢，开花繁艳，兵后流落人间。对花泫然承睑而赋。"⑥ 西湖诗社外，杭州还有连文凤等人的杭清吟社，赵必拆及化名"仙村人"等的古杭白云社，全璧、白珽等的孤山社，周㻶、陈必曾、汪元量、黄庚、何景福等的武林社以及梁相、释了慧等遗民的武林九友会⑦，等等。另有如至元二十三年（1286）三月三日，戴表元、张楧、周密、仇远、白珽、曹良史、王沂孙等十四人于杭州杨氏池塘修兰亭故事、共宴曲水者⑧，类似杭州遗民诗人群体的唱和不可胜数。

---

① （清）赵翼著，王树民校证：《廿二史札记校证》卷三十《元季风雅相尚》，中华书局2013年版，第705页。
② （明）田汝成撰，陈志明校：《西湖游览志余》，东方出版社2012年版，第400页。
③ （唐）白居易撰，谢思炜校注：《白居易诗集校注》卷第二十二《和三月三十日四十韵》，中华书局2006年版，第1734页。
④ （宋）吴自牧著，符均、张社国校注：《梦粱录》，三秦出版社2004年版，第296页。
⑤ 杨镰主编：《全元词》，中华书局2019年版，第466页。
⑥ 杨镰主编：《全元词》，中华书局2019年版，第465页。
⑦ 方勇：《南宋遗民诗人群体研究》，人民出版社2000年版，第63—64页。
⑧ （元）戴表元：《剡源集》卷一〇，浙江古籍出版社2014年版，第223页。

当然，遗民诗人结社并未限于南宋旧都，杭州以外的南方地域也是遗民诗人荟萃之地。如吴渭、方凤、谢翱等于浙江金华浦江月泉结月泉吟社，所涉社员达两千多人，其中多以遗民诗人为主，所赋《春日田园杂兴》诗堪为佳话，是遗民酬唱诗歌的代表。谢翱、方凤、吴思齐、王英孙、唐珏、王易简、林景熙、郑朴翁等以"期晚而信，盖取诸潮汐"①为意，于浙江绍兴成立汐社，其间汐社盟主谢翱率社员游览"雁山、鼎湖、蛟门、候涛、沃洲、天姥、野霞、碧鸡、四明、金华洞天，探幽发奇，所至即以游录述"②，他们的酬唱赋咏多昔日贤者诗文所未及，将之与人，获者皆视为得异宝而归。尤其是谢翱、方凤与吴思齐，故老评骘："无月不游，游辄连日夜。或酒酣气郁时，每扶携望天末恸哭，至失声而后返。夫以气节不群之士，相遇于残山剩水间，奈之何而弗悲。"③令人动容。结社于越中的还有王英孙、唐珏、王沂孙、周密、王易简、冯应瑞、唐艺孙、吕同老、李彭老、李居仁、陈恕可、赵汝钠、张炎、仇远等十四人的吟社，黄庚等为代表的越中诗社以及山阴诗社等，亦多酬唱诗篇。④另浙江地域还有以胡三省、舒岳祥、刘庄孙、戴表元等为代表的台州、庆元遗民唱和群体，以方逢辰、何梦桂、汪斗建、孙潼发、魏新之等为代表的严州诗人群体⑤，也是元初遗民酬唱诗学建构的重要力量。

此外，江西、福建、东莞也多遗民唱和群体。自宋以来，江西涌现出晏殊、王安石、欧阳修、曾巩、黄庭坚、朱熹、陆九渊、汪藻、曾几、杨万里、姜夔等文人学者，具有很深的文学文化底蕴。皇元一统后，江西籍诗人多忠节不仕元。清人沈雄编纂《宋词话》时援引《松筠录》云：

> 宋季高节，盖推庐陵、吉水、涂川，亦同一派，如邓剡字光荐，刘会孟号须溪，蒋捷号竹山，俱以词鸣一时者。更如危复之于至元

---

① （元）方凤：《谢君翱行状》，李修生主编：《全元文》第10册，江苏古籍出版社1998年版，第670页。
② （元）方凤：《谢君翱行状》，李修生主编：《全元文》第10册，江苏古籍出版社1998年版，第670页。
③ （明）宋濂著，吴蓓点校：《宋濂全集》，浙江古籍出版社2014年版，第2246页。
④ 方勇：《南宋遗民诗人群体研究》，人民出版社2000年版，第66—69页。
⑤ 参方勇《南宋遗民诗人群体研究》，人民出版社2000年版，第70—71、85—87页。

中，累征不仕，隐紫霞山，卒谥贞白。赵文自号青山，连辟不起，与刘将孙为友，结青山社。王学文号竹涧，与汪水云为友，不知所之。至若彭巽吾名元逊，罗壶秋名志仁，颜吟竹名子俞，吴山庭名元可，萧竹屋名允之，曾鸥江名允元，王山樵名从叔，萧吟所名汉杰，尹碉民名济翁，刘云闲名天迪，周晴川名玉晨，皆忠节自苦，没齿无怨者。必欲屈抑之为元人，不过以词章阐扬之，则亦不幸甚矣。①

上述评介虽针对词人词作而言，但这些词人亦多能诗者。如江西庐陵之邓剡、赵文、罗椅、刘辰翁等皆是遗民唱和群体中的代表性诗人。又如世祖至元二十三年（1286），熊升、陈焕等于江西丰城龙泽山共倡诗社，诗歌唱酬不断。据赵文《熊刚申墓志铭》载："丙戌，与尧峰倡诗会，岁时会龙泽徐孺子论书处，一会至二百人，衣冠甚盛，觞咏率数日乃罢，饮食费皆我乎出。邻郡闻之，争求其韵赓和，愿入社，其风流倾动一时。"② 与会至二百人，竞相赓和其韵，足见颇具影响。再如福建建阳、崇安唱和群体，以熊禾、陈普、丘葵、韩信同、黄镇成、赵必晔、刘边等为代表。③ 其中熊禾，字去非，又字位辛，号勿轩，一号退斋。幼志于濂、洛之学，后从朱熹门人辅广游，入元隐居不仕，创立云谷书院，后归武夷山，筑鳌峰书堂，四方往来、从学切磋者甚众，每有别离，"山中诸友，各有赠诗"④。今熊禾留存《送洛阳靳都事》《别福清诸友》《茶荔谣（和詹无咎）》《乙酉端午联句》《游南园次傍花随柳句》《咏盆梅（和无咎）》等酬唱诗作。又有以赵必璩、赵东山、何文秀、李春叟等为代表的东莞诗人群体，也是宋遗民诗人酬唱中的重要力量。值得注意的是，这些遗民诗人群体并非局限于某一地域或某一身份，他们之间相互往来、渗透，交游唱酬。如汐社盟主谢翱，本为福建福安县樟南坂（今属福安市）人，曾于绍兴主持汐社，"甲午（至元三十一年甲午，1294）

---

① （清）沈雄撰：《古今词话·宋词话》，凤凰出版社2019年版，第196页。
② 李修生主编：《全元文》第10册，江苏古籍出版社1998年版，第159页。
③ 方勇：《南宋遗民诗人群体研究》，人民出版社2000年版，第95—96页。
④ （元）熊禾：《送胡庭芳后序》，李修生主编：《全元文》第18册，江苏古籍出版社1998年版，第520页。

寓杭，刘氏妻以女，至是买屋西湖，日与能文词者往还"①，其汐社至少在金华、会稽、桐庐三个地方举行过活动②。又月泉吟社于浙江金华举行诗歌活动，参与者跨越江苏、福建、浙江、广西、江西等地域，其中汐社元老谢翱、方凤、吴思齐为评审员，连文凤为杭清吟社成员，赵必𤩽及"仙村人"属于白云社，全璧及化名为唐楚友的白珽等属孤山社社员，梁相等武林九友会成员也皆参与。他们频繁的诗社活动及诗文互动，掀起诗歌唱酬的热潮，一起建构并推动元初南方唱和诗歌的繁荣。

（二）类型化的主题表达

入元宋诗人尤其是遗民诗人诗文活动频繁发生的基础，源于诗人在经历家国沦丧的惨痛遭遇后情感抒发和宣泄的需要，他们不仅借助诗歌唱酬寻求心灵宽慰与寄托，同时也通过酬唱诗歌关注时事、反思历史，达到以诗存史的目的。值得注意的是，宋遗民诗人群体虽广布江苏、浙江、江西、福建诸省，但在宗国覆灭的现实背景下，他们的酬唱诗歌在主题和情感等方面呈现出类型化倾向，具有强烈的群体意识。

首先，铜驼荆棘之悲、神州沉沦之痛及故国思念是宋遗民唱和诗中常见的书写主题。如熊禾《送洛阳靳都事》：

> 铜驼巷陌棘风凉，尚记东都旧帝乡。甲马营空云气远，杜鹃声老洛园荒。天开地辟人才出，风起云飞汗竹香。倘得行窝容我老，春风借地种姚黄。③

诗人在通过"杜鹃声老"、洛园荒芜等意象抒发铜驼荆棘之悲的同时，也借助对东都旧帝的眷念表达对南宋王朝的思念。汪元量《送琴师毛敏仲北行》其一："西塞山前日落处，北关门外雨来天。南人堕泪北人笑，臣甫低头拜杜鹃。"④《答林石田》："南朝千古伤心事，每阅陈编泪

---

① （元）方凤：《谢君翱行状》，李修生主编：《全元文》第10册，江苏古籍出版社1998年版，第670页。
② 欧阳光：《宋元诗社研究丛稿》，广东高等教育出版社1998年重印版，第53页。
③ 杨镰主编：《全元诗》第16册，中华书局2013年版，第235页。
④ （元）汪元量著，胡才甫校注：《汪元量集校注》，浙江古籍出版社2012年版，第53页。

满襟。我更伤心成野史，人看野史更伤心。"① 又《黄金台和吴实堂韵》："把酒上金台，伤心泪落杯。君臣难再得，天地不重来。古木巢苍鹘，残碑枕碧苔。倚阑休北望，万里起黄埃。"②"南人堕泪""杜鹃""泪满襟""残碑""古木""碧苔"等，无不昭示诗人对家国沦落后的椎心泣血之痛，满目伤感，催人泪下。再如林景熙《书陆放翁诗卷后》："天宝诗人诗有史，杜鹃再拜泪如水。龟堂一老旗鼓雄，劲气往往摩其垒。轻裘骏马成都花，冰瓯雪碗建溪茶。承平麾节半海宇，归来镜曲盟鸥沙。诗墨淋漓不负酒，但恨未饮月氏首。床头孤剑空有声，坐看中原落人手。青山一发愁蒙蒙，干戈况满天南东。来孙却见九州同，家祭如何告乃翁。"③中原旁落，神州易主，亡国的悲伤与无奈始终笼罩着这群失去家园的遗民诗人。

其次，隐逸主题及生命之叹也是宋遗民关注的重要方面。宋遗民诗人入元后，多不出仕，每每隐逸，流连于山水田园之间，往来酬唱之作也多呈现山光水色以及田园风光，隐逸主题成为他们共同关注的话题。如吴渭等月泉吟社以《春日田园杂兴》为题的诗歌活动，即是隐逸主题的代表。兹择录数首如下，以便观览：

雨后散幽步，村村社鼓鸣。阴晴虽不定，天地自分明。柳处风无力，蛙时水有声。几朝寒食近，吾事及躬耕。

——白珽《春日田园杂兴》④

暄和春景好供诗，日暖风轻土脉肥。白鹭时窥秧刺刺，黄莺频说柳依依。几回野水闻姑恶，数树春英叫姊归。物态满前看不足，等闲吟咏对斜晖。

——俞自得《春日田园杂兴》⑤

倦游归隐白云乡，芳草庭闲昼日长。晋氏衣冠门外柳，齿人风

---

① （元）汪元量著，胡才甫校注：《汪元量集校注》，浙江古籍出版社2012年版，第56页。
② （元）汪元量著，胡才甫校注：《汪元量集校注》，浙江古籍出版社2012年版，第138页。
③ 杨镰主编：《全元诗》第10册，中华书局2013年版，第452页。
④ （元）白珽撰，金少华点校：《湛渊遗稿》，浙江古籍出版社2019年版，第16页。
⑤ 杨镰主编：《全元诗》第13册，中华书局2013年版，第382页。

俗屋边桑。青林伐鼓村村社，绿水平畴处处秧。未分东风欺老眼，一编牛背卧斜阳。

——全璧《春日田园杂兴》①

野水浑边戏乳鹅，疏篱缺处晒耕蓑。草青随意牛羊卧，门静无人燕雀多。夫倦倚犁需妇饁，翁欢击壤和孙歌。新来别有营生计，又喜巡檐住蜜窠。

——吴瑀《春日田园杂兴》②

家山万象春归好，诗笔拈来感物情。泉脉动时毋待灌，土膏起处正宜耕。无穷怀抱风和畅，不尽形容雨发生。试问封侯万里客，何如守拙晋渊明？

——朱释老《春日田园杂兴》③

绕畦晴绿弄潺湲，倚杖东风却黯然。往梦更谁怜秀麦，闲愁空自托啼鹃。犁锄相踵地力尽，花柳无私春色偏。白发老农犹健在，一蓑牛背听鸣泉。

——方德麟《春日田园杂兴》④

上述诗歌皆以田园山水为描摹对象，叙述春日农村青草、繁花、杨柳、溪流、房屋、桑树、夕阳、白鹭、黄莺等物事，青草绿波，牛羊遍地，燕雀满堂，野水浑边戏乳鹅，白发老农，犁锄躬耕，一幅宁静安详、闲适自得的田园山水图，这样的隐逸生活，"试问封侯万里客，何如守拙晋渊明？"他们放浪于山水田园之间，借此与元朝政治保持距离，以此隐逸消极的方式表明反抗的态度，这也是他们的无奈之举。

也应看到，宋遗民诗人的隐逸诗作，不仅展现亡国士子的生活志趣和人生追求，是了解遗民诗人内心的另一面镜子，同时其诗歌也颇有独到之处，深受读者好评。如前文援引化名唐楚友的白珽，其诗歌列于月泉吟社两千多位之第十八名，谢翱等评其"前联不束于题，而'柳处'、

---

① 杨镰主编：《全元诗》第13册，中华书局2013年版，第354页。
② 杨镰主编：《全元诗》第13册，中华书局2013年版，第366页。
③ 杨镰主编：《全元诗》第13册，中华书局2013年版，第378页。
④ 杨镰主编：《全元诗》第13册，中华书局2013年版，第356页。

'蛙时'一联,题意俱足,格调甚高,结亦不浮"①,更认为"其楚波之及于晋,有尧风而谓之唐"②。俞自得,位于月泉吟社第四十二名,其评语:"语新而对巧,所谓多识于鸟兽草木之名,但末二句不过敷衍起句耳。"③ 全璧,月泉吟社第九名,其诗"见趣高,格调别,观前题八字及末句语,可想其人"④。吴瑀,化名天目山人,月泉吟社第二十三名,该诗"全篇是杂兴本色,而田园参贯其中,且无一语尘腐"⑤。朱释老,月泉吟社第三十八名,朱诗"前联说田园,轻快,第二句体贴'兴'字,五六带春景,体贴'杂兴'二字,更工,然而气格不高亦坐此"⑥。方德麟,月泉吟社第十一名,送诗赏劄云:"执事望耸东安,群称北冀。晴畦自绕,鹃声谩寄于闲愁;春色虽偏,牛背独夸于老健。细观妙格,知出清芬。"⑦ 足见遗民隐逸类酬唱诗的精彩之处。

当然,这种处于隐逸的生活状态,带来的是生活物质的匮乏,这便使得贫瘠孤苦成为遗民群体面对的现实问题。仇远在酬唱诗中多次感叹晚年生活的窘迫,其《和子野四首》之一:"旅食无生计,卑栖奈若何。饭惟供脱粟,衣未补香莎。户外履常满,床头金不多。老为文学掾,一似旧恩科。"⑧ 之二:"穷冬霜霰集,行路古今难。举眼看浮世,何人耐岁寒。弃瓢将止酒,脱冕拟休官。一室能容膝,吾生亦易安。"⑨ 之三:"亨涂即畏涂,暮境欲何如。索米多贫士,钞诗欠小胥。自缘乡梦熟,顿与世情疏。会约逃名者,山间倒跨驴。"⑩ 之四:"诡遇非吾事,支离笑我身。文章宁可拙,仕宦岂宜贫。乡故多新鬼,年荒少佚民。休嗟华黍废,阳谷易回春。"⑪ 生活的逼仄窘迫以及贫士的人生之叹展露无遗。又杨公

---

① (元)白珽撰,金少华点校:《湛渊遗稿》,浙江古籍出版社2019年版,第16页。
② 陈衍辑撰,李梦生校点:《元诗纪事》,上海古籍出版社1987年版,第130页。
③ 杨镰主编:《全元诗》第13册,中华书局2013年版,第382页。
④ 杨镰主编:《全元诗》第13册,中华书局2013年版,第354页。
⑤ 杨镰主编:《全元诗》第13册,中华书局2013年版,第366页。
⑥ 杨镰主编:《全元诗》第13册,中华书局2013年版,第378页。
⑦ 陈衍辑撰,李梦生校点:《元诗纪事》,上海古籍出版社1987年版,第98—99页。
⑧ 杨镰主编:《全元诗》第13册,中华书局2013年版,第171页。
⑨ 杨镰主编:《全元诗》第13册,中华书局2013年版,第171页。
⑩ 杨镰主编:《全元诗》第13册,中华书局2013年版,第171—172页。
⑪ 杨镰主编:《全元诗》第13册,中华书局2013年版,第172页。

远《连日雪次黄仲宣韵二首》其一："谁知预作丰年瑞，不疗贫家眼下饥。"①《次程南仲韵五首》其二："贫将入骨谁怜我，富欲掀天命属渠。"② 方回《次韵志归十首》之三："痴与狂皆有，贫兼病亦应。"③《次韵谢李寅之鄂渚见寄》："儿大知书聊慰意，家贫食粥亦随时。"④ 这些都是宋遗民诗人不得不面对的社会现实。

（三）慷慨沉郁诗风的呈现

与金籍入元诗人的酬唱诗相比，宋籍文人唱和诗体现出的志节意识及华夷大防观念要浓厚激烈得多，尤其是宋遗民的酬唱诗显得更加慷慨沉郁、悲壮低徊。这可从以下诗人的酬唱诗中探寻一二。

首先是孤臣义士型的遗民诗人唱和。这类遗民诗人不惧蒙古政权的威慑，反抗最为直接、激烈，代表诗人有谢枋得、邓光荐、文天祥、陈文龙、谢翱、刘麟瑞等。如信州弋阳（今江西弋阳县）人谢枋得（1226—1289），字君直，号叠山，别号依斋。谢枋得自幼聪慧，南宋宝祐四年（1256）与文天祥同科进士，史载其"性好直言，一与人论古今治乱国家事，必掀髯抵几，跳跃自奋，以忠义自任"⑤。蒙宋战争中，谢枋得曾以江东制置使率军抗元，因寡不敌众而失败，其妻与次女亦亡于战祸，宋亡后不愿仕元，隐姓埋名流亡福建。谢枋得多次受到朝廷征聘。至元二十三年（1286），行御史台侍御史程钜夫向朝廷举荐宋遗士二十余人，谢枋得位列其首，以"上有尧、舜，下有巢、由，枋得名姓不祥，不敢赴诏"⑥ 为由，拒辞不受。其后江浙行省丞相蒙古台、江西行省左丞管如德受命征召，谢枋得固守初心，皆不从。至元二十五年（1288）冬，福建行省参政魏天佑复领皇命，再次征聘，谢枋得被迫远赴大都。明年（1289）至京师，绝食而死。谢枋得可谓是反抗型亡宋遗民诗人的典型。他认为华夷有别，固守忠臣不仕二朝的传统，这在其与友朋的唱和诗中多次体现。其《和詹苍崖韵》：

---

① 杨镰主编：《全元诗》第7册，中华书局2013年版，第272页。
② 杨镰主编：《全元诗》第7册，中华书局2013年版，第273页。
③ 杨镰主编：《全元诗》第6册，中华书局2013年版，第79页。
④ 杨镰主编：《全元诗》第6册，中华书局2013年版，第14页。
⑤ （元）脱脱等撰：《宋史》卷四二五《谢枋得传》，中华书局1986年版，第12687页。
⑥ （元）脱脱等撰：《宋史》卷四二五《谢枋得传》，中华书局1986年版，第12689页。

八闽英杰盛如林,安得三忠存至今。旧俗风流千载事,精忠大义一般心。早知平陆风波恶,何必巅崖云雾深。此日脊梁非铁硬,小颜拳爪定相侵。①

诗歌表明自己当学精忠大义、做忠臣豪杰的心迹。其《上程雪楼御史书》云:"大元制世,民物一新;宋室孤臣,只欠一死。某所以不死者,以九十三岁之母在堂耳。罪大恶极,获谴于天,天不勤厥命,而夺其所恃以为命,先妣以今年二月二十六日考终于正寝。某自今无意人间事矣。"② 在谢枋得看来,赵宋王朝灭亡,自己亦当殉国而去,他之所以不死,是出于家里老母无人照顾。谢枋得《上丞相刘忠斋书》援引司马迁"人莫不有一死,或重于泰山,或轻于鸿毛"之语明志,"虽死之日,犹生之年。感恩戴德,天实临之"③。当魏天佑领命强迫其北上时,谢氏直言:"今吾年六十余矣,所欠一死耳,岂复有它志哉。"④ 故而在与儿子、好友的诗歌酬答中交代了生命的走向和最后的终点。其《崇真院绝粒偶书付儿熙之定之并呈张苍峰刘洞斋华甫》:"西汉有臣龚胜卒,闭口不食十四日。我今半月忍渴饥,求死不死更无术。精神常与天往来,不知饮食为何物。若非功行积未成,便是业债偿未毕。太清群仙宴会多,凤箫龙笛鸣瑶瑟。岂无道兄相提携,骑龙直上寥天一。"⑤ 又《和曹东谷韵》:"万古纲常担上肩,脊梁铁硬对皇天。人生芳秽有千载,世上荣枯无百年。此日识公知有道,何时与我咏游仙。不为苏武即龚胜,万一因行拜杜鹃。"⑥ 以谢枋得为代表的宋遗民诗人对清高耿介、以身守节的人

---

① (宋)谢枋得:《叠山集》卷二,《景印文渊阁四库全书》集部第1184册,台湾商务印书馆1989年版,第850页。

② 曾枣庄、刘琳主编:《全宋文》第355册,上海辞书出版社、安徽教育出版社2006年版,第48—49页。

③ 曾枣庄、刘琳主编:《全宋文》第355册,上海辞书出版社、安徽教育出版社2006年版,第56页。

④ (元)脱脱等撰:《宋史》卷四二五《谢枋得传》,中华书局1986年版,第12689页。

⑤ (清)吴之振等选,(清)管庭芬、(清)蒋光煦补:《宋诗钞·叠山集钞》,中华书局1986年版,第3674页。

⑥ (宋)谢枋得:《叠山集》卷二,《景印文渊阁四库全书》集部第1184册,台湾商务印书馆1989年版,第850页。

生追求较亡金遗民表现得更为激烈，这也使得他们的酬唱诗也多抒发胸中不平之气，慷慨激昂、富有悲壮凄凉之气。这与传统文人将诗歌唱酬作为日常消遣的文字游戏之功用颇为不同。

其次是为儒学教授、书院山长等不受重视的学官诗人的唱酬。①

据《元史·选举一》载："（至元）二十三年二月，帝御德兴府行官，诏江南学校旧有学田，复给之以养士。二十八年，令江南诸路学及各县学内，设立小学，选老成之士教之。……其他先儒过化之地，名贤经行之所，与好事之家出钱粟赡学者，并立为书院。凡师儒之命于朝廷者，曰教授，路府上中州置之。命于礼部及行省及宣慰司者，曰学正、山长、学录、教谕，路州县及书院置之。路设教授、学正、学录各一员，散府上中州设教授一员，下州设学正一员，县设教谕一员，书院设山长一员。中原州县学正、山长、学录、教谕，并受礼部付身。各省所属州县学正、山长、学录、教谕，并受行省及宣慰司札付。"② 大量儒学学官的招聘，给"书生不用世，什九隐儒官。抱璞岂不佳，居贫良独难"③ 的遗民提供生存空间，部分遗民诗人或出于维持生计的需要，或秉承"为天地立志，为生民立道，为去圣继绝学，为万世开太平"④ 的历史传统，传承并弘扬华夏文化，他们纷纷出为学正、山长、学录、教谕等学官，代表性诗人有仇远、戴表元、黄庚、白珽、翁森、刘应龟、胡炳文、王义山等亡宋遗民。这些遗民虽为元朝学官，实则皆是一些不受重视的闲散职务，与位居权力中心、手握权柄的官吏有着本质的区别，故而后世研究者亦将他们视为"隐于学官"的隐逸型遗民诗人。

---

① 对于宋遗民的界定，学界认为"仅仅以是否出仕新朝作为惟一的衡量标准"，未免失之笼统和武断，而应主要取决士人在内心深处是否怀有较为强烈的遗民意识，其出仕低职学官的经历并不影响其遗民身份。如刘荣平："虽出仕学官一类的低职而心系故国者，仍可归为遗民之列，主要是察其心迹。"方勇："出仕新朝者，有些不过是山长、教谕、教授、学正之类的学官而已，是不能跟直接参与机要、统治百姓的朝官混为一谈的。……出任学官是并不妨害其仍作为遗民的本质属性的。"参刘荣平《〈名儒草堂诗余〉析论》，《集美大学学报》2003年第1期，第112页；方勇：《南宋遗民诗人群体研究·导言》，人民出版社2000年版，第2—5页。

② （明）宋濂等撰：《元史》卷八十一《选举一·学校》，中华书局2013年版，第2032—2033页。

③ （元）戴表元著，陆晓东、黄天美点校：《剡源集》卷二十七《送陈养晦赴松阳校官》，浙江古籍出版社2014年版，第554页。

④ （宋）张载著，章锡琛点校：《张载集·张子语录》，中华书局1978年版，第320页。

尽管如此，在这类诗人的酬唱诗中亦多对学官经历的关注和反思。如钱塘（今浙江杭州）人仇远，其《和金沙蒋文海韵》之一：

> 干禄非良图，好遁实素抱。昔为驾鳌松，今作出山草。茫茫海岳隔，冉冉齿发老。渊明书甲子，拾遗历天宝。迷涂谅未远，贵在知几早。①

仇远入元后并未任官，仅大德九年（1305）被征召为不受重视的溧阳教授，时仇远已经58岁，不久罢归，优游湖山以终。仇远认为"干禄非良图，好遯实素抱"，对于溧阳教授的经历深以为耻，悔不当初，自言为人当学"书甲子"的陶潜和"历天宝"的杜甫。据《宋书·陶潜传》载，陶潜"自高祖王业渐隆，不复肯仕。所著文章，皆题其年月，义熙以前，则书晋氏年号，自永初以来唯云甲子而已"②。陶潜著于晋代的诗文皆题晋氏年号，刘宋后所写诗文，只题甲子，不著刘宋年号，意在表明对晋室的忠诚。杜甫在"安史之乱"中落入叛军之手，被押解到长安，在人身安全受到威胁的情况下，仍心系唐皇，拒绝叛军的威逼利诱，历经艰辛逃出长安，至凤翔拜见唐肃宗，肃宗得知其经历及忠心，授官左拾遗。陶潜、杜甫的不幸遭遇以及个人忠贞的人格魅力不断勉励着仇远等遗民诗人，对于出为元廷教授的经历，仇远也认为，"迷涂谅未远，贵在知几早"，以迷途知返为时未晚宽慰自己。事实上，仇远内心未能完全摆脱这段不光彩的过往，他在与友朋的诗歌交往中反复述说此事，其《予久客思归以秋光都似宦情薄山色不如归意浓为韵言志约金溧诸友共赋寄钱唐亲旧》：

> 未仕每愿仕，既仕复思归。了知归来是，宜悟求仕非。干禄本为贫，元非慕轻肥。已昧好为戒，复贻素餐讥。时艰士失业，十家九寒饥。岂无禹稷思，力薄愿乃违。吾门可罗雀，载酒人来稀。下

---

① 杨镰主编：《全元诗》第13册，中华书局2013年版，第141页。
② （南朝梁）沈约撰，中华书局编辑部点校：《宋书》卷九十三《陶潜传》，中华书局1974年版，第2288—2289页。

考劣已书，归心痴如飞。眷言长途马，老矣思脱鞿。昼短歌意长，式微兮式微。①

作者称自己"既仕"乃不智行为，最后得出"了知归来是""求仕非"的反思，此后应当"已昧好为戒，复贻素餐讥"，以免重蹈覆辙。可见"失节"的不光彩经历对于宋遗民诗人的影响之大。

最后是仕元宋诗人的唱和。这类诗人不同于前文的孤臣义士型以及隐逸型遗民，他们出为元廷官吏，其酬唱诗也有对仕元失节的无奈和反思。如徽州歙县（今属安徽）人方回（1227—1307），字万里，号虚谷，别号紫阳山人。南宋景定三年（1262）进士，后出任严州（今属浙江省）知府。元军南攻，方回向宋廷表忠心，高唱死守封疆之论，待元兵至，方回率郡降元，得任嘉议大夫、建德路总管兼府尹之职，不久解职。方回这一事件影响较大，不仅其他遗民诗人訾议其人品气节，他自己也陷入自我矛盾、怀疑、自责、内疚之中。方回早年在与丘子正、徐琬、阎复、卢挚等人的诗歌酬唱中美誉元廷"九万里迅扶摇风，今日朝廷贞观同"②，晚年以"勇锐伤轻脱，愚冥昧险艰。全城保生齿，终觉愧衰颜"③来宽慰自己，但最终还是未能摆脱华夷大防观念的影响。对于投元并为元官的经历，方回一再向友朋倾诉，其《送男存心如燕二月二十五日夜走笔古体》："大物既归周，裸士来殷商。""苟生内自愧，一思汗如浆。"④矛盾、悔恨之意流露无疑。其《桃源行》又说："羞杀人间浅丈夫，反君事讐如犬彘。我来山中觅余春，千古义气犹如新。楚人安肯为秦臣，纵未亡秦亦避秦。"⑤"余虽为太守七年，于兹境与心违，事随影瘵，未尝有一日之乐也。"⑥其内心的凄楚悔恨可想而知。正是有着比金遗民诗人更为强烈的华夷大防观念，宋遗民诗人在黍黎之悲、亡国之痛等情绪方面更加忧愤激烈，其酬唱诗也更为慷慨沉郁、悲壮低徊，感人

---

① 杨镰主编：《全元诗》第13册，中华书局2013年版，第153页。
② 杨镰主编：《全元诗》第6册，中华书局2013年版，第439页。
③ 杨镰主编：《全元诗》第6册，中华书局2013年版，第190页。
④ 杨镰主编：《全元诗》第6册，中华书局2013年版，第476页。
⑤ 杨镰主编：《全元诗》第6册，中华书局2013年版，第570页。
⑥ 杨镰主编：《全元诗》第6册，中华书局2013年版，第571页。

肺腑。这对宋末四灵、江湖诗派诗人纤碎浅弱、清空淡雅诗风的革新具有不可估量的作用，故而清人钱谦益如是说："唐之诗人宋而衰。宋之亡也，其诗称盛。……古今之诗莫变于此时，亦莫盛于此时。"① 可谓深中肯綮。

综上可知，元初唱和诗的复兴源于唱和力量的多源汇流，自耶律楚材、丘处机启其序章，宋金入元文人接踵登场而繁盛。尤其是宋金遗民诗人频繁的诗歌唱酬，多述黍离麦秀之悲，诗歌慷慨沉郁，这无疑拓宽了酬唱诗的表现领域，促进了元代唱和诗学的建构和发展，对元中后期酬唱诗学的演进产生重要影响。同时也应看到，元初酬唱诗学发展的主体，其诗人皆自宋金入元而来，故而酬唱诗风未能完全摆脱宋金诗人的流弊，这一切的改造，则要待中后期诗人来完成。

第二节　元中期：南北混一与馆阁唱和主流的形成

宋金诗人的涌入及频繁的唱酬而致元初唱和诗学的复兴，彼时北方以金遗民诗人为主体，南方以宋遗民诗人群体为要，南北诗风不一，且唱酬主力多为在野诗人。及世祖忽必烈亡故，成宗铁穆耳即位，元代进入成宗、武宗、仁宗、文宗等掌权的中期。历经前期数位君王的励精图治，这一时期经济得以发展，社会相对稳定，遗民诗人群体也在历史车轮的前进中渐次退出诗坛，其对蒙古政权的抵触以及家国倾覆的悲伤情绪亦淡出学林，元政权逐渐被接纳。随着儒学的抬头以及科举取士制度等的恢复，扩大了士人入朝为官的路径，大量来自天南地北的士人先后进入元朝宫廷，在协助帝王处理政务之余进行诗歌创作，逐渐形成以馆阁士人为主流的酬唱群体。唱酬主力也由前期的在野诗人变为在朝士人，元代唱和诗的发展也进入中期。中期的唱和诗一改元初遗民唱和宣泄禾黍之悲、故国之痛等亡国情绪，以粉饰太平、歌功颂圣、鸣国家之盛为主要内容，崇尚并追求雅正诗风，强调风雅复兴。这种盛世下的唱和诗

---

① （清）钱谦益著，（清）钱曾兼注，钱仲联标校：《钱牧斋全集伍：牧斋有学集》，上海古籍出版社2003年版，第800—801页。

风席卷并引领着全国,元初南北多源的诗风也得以融合。

一 馆阁唱和主流形成的社会文化背景

元中期馆阁士人主导唱和诗坛,倡导风雅复兴并引领全国诗歌唱酬风尚,得益于前期遗民诗人群体的退却、以程朱理学为主要内容的新儒学的传播以及科举取士制度的恢复等几方面的助力。

一是前期遗民唱和主力淡出学林。至元三十一年(1294)正月二十二日,元世祖忽必烈逝世,成宗铁穆耳继承大统,翌年(1295)改年号元贞,开启元王朝的新局面。彼时距金亡已六十余年,距宋都城临安被破也将近二十年,昔日活跃于元前期的唱和诗人群体已渐渐落幕,如金遗民元好问、李俊民、段克己、段成己、曹之谦、麻革、杜英、杨弘道、张澄、商挺等代表性诗人均已亡故,胡衹遹也于是年病逝。宋遗民诗人如谢翱、谢枋得等也已谢世,其他如汪元量、戴表元、方回、仇远、方凤、刘辰翁等诗人虽尚存世,但也纷纷迈入晚年,亡国之初酬唱诗中蕴含的黍离麦秀之悲以及忧愤激烈的遗民情绪亦在岁月的流逝中渐渐趋于平和。新一代诗人在元新兴的文化土壤中缓慢成长,他们较少受到华夷大防民族观念的钳制,以包容的思想、崭新的面貌登上唱和诗坛,遗民诗人逐渐失去唱和领域的主导地位,唱和诗歌迎来了新的发展时代。

二是儒学逐渐受到重视并居于正统。元中期馆阁雅正酬唱诗风的形成,还离不开以程朱理学为基本内容的新儒学的影响。元初期,为学习和推行汉文化,掌权者即任用耶律楚材、郝经、姚枢、许衡等儒臣治理国家。如耶律楚材为成吉思汗、窝阔台汗时期的重臣,他为实施"以儒治国"的文治方案,采取一系列举措推广和传播儒学。他曾寻觅孔子五十一世孙孔元措,奏请太宗窝阔台"袭封衍圣公,付以林庙地"[①],同时"命收太常礼乐生,及召名儒梁陟、王万庆、赵著等,使直释九经,进讲东宫。又率大臣子孙,执经解义,俾知圣人之道[②]。此外,他还以"制器者必用良工,守成者必用儒臣。儒臣之事业,非积数十年,殆未易成

---

① (明)宋濂等撰:《元史》卷一四六《耶律楚材传》,中华书局2013年版,第3459页。
② (明)宋濂等撰:《元史》卷一四六《耶律楚材传》,中华书局2013年版,第3459页。

也"① 向朝廷进言，随后促成了元廷对儒者的一次重要选拔考试，史称"戊戌选试"。这次考试汲取了大量的儒学人才，为皇元儒学的发展奠定了基础。元世祖忽必烈也是重视儒学治国思想的一代雄主，注重儒学人才的任用。如世祖中统改元，变年号"中统"为"至元"，即是取《易经》"至哉坤元"之义，其后，又依《易经》"大哉乾元"，改"大蒙古国"国号为"大元"，建立元朝。忽必烈更是被张德辉与元好问等儒士请为"儒教大宗师"②。同时，忽必烈还设立国子学，以大儒许衡为国子祭酒，"增置司业、博士、助教各一员，选随朝百官近侍蒙古、汉人子孙及俊秀者充生徒"③，以儒学培育人才。尤其是表章程朱理学的许衡，培养了大批蒙古、汉人儒学人才，"数十年间彬彬然，号称名卿士大夫者，皆出其门下矣"④，一代大家姚燧等即出于其门下。正是前彦对儒学理政的重视和实践，为元中期儒学正统地位的确立奠定了基础。

及成宗铁穆耳摄大统，延续忽必烈雅重儒术的治国方略，对儒学和儒士也多加尊崇，即位之初即诏令崇奉孔子，曲阜林庙，上都、大都诸路府州县邑设庙学、书院，优恤养赡儒士，以求宣明教化。⑤ 对于通晓经术的儒吏，各路府严加考核，并予岁廪。武宗海山加封孔子尊号"大成至圣文宣王"，祀以太牢，并赐王公贵族蒙古字版《孝经》，召平民学习孔子之微言大义。⑥ 再如元仁宗爱育黎拔力八达，宋濂等称其"天性慈孝，聪明恭俭，通达儒术，妙悟释典"⑦。仁宗自幼熟读儒家典籍，深谙"修身治国，儒道为切"⑧ 的治国教化之道。登位之初就以先儒周敦颐、程颢、程颐、张载、邵雍、司马光、朱熹、张栻、吕祖谦及时儒许衡从

---

① （明）宋濂等撰：《元史》卷一四六《耶律楚材传》，中华书局2013年版，第3461页。
② （明）宋濂等撰：《元史》卷一六三《张德辉传》，中华书局2013年版，第3825页。
③ （明）宋濂等撰：《元史》卷七《世祖本纪》，中华书局2013年版，第134—135页。
④ （元）许衡撰，许红霞点校：《许衡集·附录后·名儒论赞》，中华书局2019年版，第510页。
⑤ （元）铁穆耳：《勉励学校诏》，李修生主编：《全元文》第52册，江苏古籍出版社1998年版，第224页。
⑥ （清）魏源撰，魏源全集编辑委员会编校：《元史新编》卷八《武宗本纪》，岳麓书社2004年版，第202—203页。
⑦ （明）宋濂等撰：《元史》卷二六《仁宗本纪》，中华书局2013年版，第594页。
⑧ （明）宋濂等撰：《元史》卷二六《仁宗本纪》，中华书局2013年版，第594页。

祀①，其后又诏"春秋释奠于先圣，以颜子、曾子、子思、孟子配享。封孟子父为邾国公，母为邾国宣献夫人"②，以此提高儒学的地位。同时仁宗还于皇庆二年（1313）恢复"举人宜以德行为首，试艺则以经术为先，词章次之"③的科举考试制度，以儒家经典"四书""五经"以及南宋理学家朱熹的《四书章句集注》等注疏为考试内容，儒经典籍成为士子必读的经典，儒学风尚盛行如此。正是这种儒学背景的渲染下，为馆阁诗人受儒家文艺思想的影响以及雅正酬唱诗风的形成提供了可能。

三是科举取士制度的恢复促进文人的南北往来。元中期馆阁士人酬唱主流的形成，还离不开科举考试的影响。恰如前文所述，科举考试作为读书人入仕的最重要途径，其考试内容具有导向性作用，以儒家经典为考查对象必然促使士子熟读、研讨儒学典籍，这对元中期馆阁士人唱和诗学思想儒学化的建构是颇为关键的。此外，元初科举不盛，朝廷选拔官吏主要通过世袭、恩荫、举荐等方式进行，虽也选拔了不少南北方的能人异士，但仕进之路有限，这对于绝大多数非贵族籍士子来说，仕进之路已然断绝。故而他们多放浪形骸之外，或漂泊江湖，或隐匿坊间，或沉溺于山林水色，尽发平生豪气而为诗，一时百花齐放、诗学大盛。但这也容易造成不同地域间诗人的往来断绝，不利于诗人间的交流切磋、诗学的融合，这也是元前期北方以金遗民唱和群体为主，南方以宋遗民诗人群体为尊的多元化唱和文坛格局的真实写照。至元中期科举考试的恢复，给天下读书人提供了入仕的途径。如延祐二年（1315）取士，赵孟頫、元明善、赵世延为廷对读卷官，进士及第者蒙古人护都答儿，色目人马祖常，回回人哈八石，汉人许有壬、黄溍、欧阳玄、王沂、张启岩、王士元、杨宗瑞、干文传、杨景行等，皆先后进入馆阁，成为馆阁酬唱群体中的重要力量。④科举取士促使来自天南地北、多民族的士人通过选拔齐聚大都，他们日以诗酒交流，南北迥异的诗风在碰撞、消解中慢慢融合、逐渐形成盛世诗风的典范并引领全国。同时，科举备考还能

---

① （明）宋濂等撰：《元史》卷二六《仁宗本纪》，中华书局2013年版，第558页。
② （明）宋濂等撰：《元史》卷七六《祭祀五·宣圣》，中华书局2013年版，第1892—1893页。
③ （明）宋濂等撰：《元史》卷八一《选举一》，中华书局2013年版，第2018页。
④ 余来明：《元代科举与文学》，武汉大学出版社2013年版，第319—336页。

提高士人的文学素养，如元人李翀《日闻录》载："至正年间，淮东有一路总管在任，省札行下，'辨验收差课程钱谷'，唤该吏，怒曰：'省札云便检钱，许多钞在库，如何不便检？'错以'辨验'为'便检'也。又，一县令修理谯楼，读'谯'为'焦'，又读'羁管'为'霸管'，又以首领官只管祗候，至今以为笑谈。唐萧炅为户部侍郎，素不学，一日在中书读'伏腊'为'伏猎'。严挺之讥之曰：'中书岂容伏猎侍郎耶？'一语之失，载诸史册，千古之耻。"① 文中部分官员为举荐、恩荫而来，文学素养堪忧。经由科举考试选拔而进入元廷馆阁的士人，自然不易闹出官员的不识字笑话。这些都为馆阁群体开展诗歌唱酬，融合南北诗风并引领一时酬唱风尚提供了条件。

二 馆阁诗人群体及其诗歌唱酬

元中期的唱和诗坛，是以出入翰林国史院、集贤院、奎章阁学士院等中央文馆机构的馆阁文士群体为代表，他们雄踞元代中期的唱酬诗坛，影响着天下诗学风气。然而，馆阁诗人酬唱群体主流地位的形成，历经了漫长的发展过程。早在元前期，耶律楚材、王鹗、刘秉忠、徐世隆、王磐、雷膺、刘因、许衡等在朝文人虽先后致力于京师文坛的建构，但为在野遗民诗人的浩大声势所掩盖。随着遗民诗人的势衰、新的士人不断涌入以及馆阁文人社会文化底蕴的不断积累，以姚燧、赵孟頫、虞集、杨载、范梈和揭傒斯等为代表的在朝诗人持续地建构，终于迎来承载"盛世"时代记忆的酬唱诗学。其中成宗、仁宗、文宗时期是元中期馆阁诗人酬唱诗歌发展的重要节点。

（一）成宗至武宗时期以姚燧为代表的馆阁酬唱

成宗、武宗时期是馆阁唱和发展的第一阶段，以姚燧等馆阁诗人酬唱群体为代表。成宗铁穆耳初登大位，采取一系列举措巩固王权，其中文化举措之一，诏"翰林国史院修世祖实录，以完泽监修国史"②，检阅

---

① （元）李翀撰：《日闻录》，《景印文渊阁四库全书》子部第866册，台北：商务印书馆1989年版，第422—423页。

② （明）宋濂等撰：《元史》卷一八《成宗本纪》，中华书局2013年版，第385页。

官姚燧与侍读高道凝"究核故事"①，负责总裁。此次《世祖实录》修撰时间不长，始于至元三十一年（1294）六月，至次年（元贞元年，1295）五月，翰林承旨董文用等进《世祖实录》。在这次修史活动中，参与者除姚燧、完泽（土别燕氏）、高道凝外，还有张九思、李之绍、李孟、赵孟頫、张升、姚遂、王构、王恽、申屠致远等馆阁文士。他们之中多数在世祖朝既为翰林院文士，且能诗善文，常常聚集并诗酒唱酬。最具代表性的要数至元后期在大都城南天庆寺举行的雪堂雅集。据姚燧《跋雪堂雅集后》载：

> 释统仁公见示《雪堂雅集》二帙，因最其目序四、诗十有九、跋一、真赞十七、送丰州行诗九，凡五十篇。有一人再三作者，去其繁，复得二十有七人。②

这次集会活动参与者有商挺、胡祇遹、王恽、赵孟頫、徐世隆、张九思、燕公楠、王构、王磐、李谦、周砥、宋渤、张孔孙、夹谷之奇、马绍、徐琰、阎复、张斯立、雷膺、杨镇、董文用、崔瑄、王博文、刘好礼、刘宣、张之翰、宋衟、李槃二十八人，聚集彼时大都文坛的代表性力量，留下了王恽《题雪堂雅集图》、胡祇遹《题雪堂和尚雅集图》等诗。这一时期的姚燧虽历翰林学士等职，与上述馆阁士人多有诗文往来，但影响有限，随着元贞修史为检阅官，总裁修史事宜，其影响与日俱增。如元贞修《世祖实录》，李之绍欲充史职，为翰林国史院编修官，姚燧以"翰林应酬之文，积十余事"③试其材，后予以通过。后经成宗大德至武宗至大二年（1309），姚燧先后历官太子宾客、承旨学士、太子少傅、荣禄大夫、翰林学士承旨、知制诰兼修国史等职。④姚遂仕途显达并身居高位，逐渐主导其时馆阁诗人群体，在文坛上迎来属于自己的时代。

姚燧主导翰林国史院期间，与馆阁士人展开诗歌唱酬，时值"中外

---

① （明）宋濂等撰：《元史》卷一七四《姚燧传》，中华书局2013年版，第4058页。
② （元）姚燧著，查洪德编辑点校：《姚燧集》，人民文学出版社2011年版，第473页。
③ （明）宋濂等撰：《元史》卷一六四《李之绍传》，中华书局2013年版，第3862页。
④ （明）宋濂等撰：《元史》卷一七四《姚燧传》，中华书局2013年版，第4058页。

无事。中朝公卿大夫士,敦尚忠厚,雅好文学,四方名胜萃焉"①,留下了姚燧《寄徐中丞容斋》《次齐彦提刑和余肖斋梅诗韵》、程钜夫《寄牧庵参政》、王恽《和仲常牡丹诗》、陈宜甫《昭君出塞图为姚承旨赋》《用阎子静承旨赠行韵奉寄》等酬唱诗,这对姚燧复古诗学观念的实践和传播提供了便利。在元前期的馆阁文坛上,唱酬主力商挺、胡祗遹、王恽、徐世隆、张九思、燕公楠、王构、王磐等多数为北方文人,他们或是金籍入元文人,或如阎复、李谦等,曾从学于元好问等金人。而彼时的北方文学环境,受北宋文人影响颇盛,赵翼《瓯北诗话》如是言:"宋南渡后,北宋人著述,有流播在金源者,苏东坡、黄山谷最盛。南宋人涛文,则罕有传至中原者,疆域所限,固不能即时流通。"②明人王世贞《艺苑卮言》卷四也称:"宇文太学虚中、蔡丞相伯坚、蔡太常珪、党承旨怀英、赵尚书秉文、王内翰庭筠,其所制乐府,大旨不出苏、黄之外,要之直于宋而伤浅,质于元而少情也。"③尽管元初一代文宗元好问追求清新自然、刚健质朴,反对晦涩雕琢的文风,但也未能完全摆脱宋人习气的影响。这种风气笼罩着元前期的馆阁文坛。恰如虞集言:"国初,中州袭赵礼部、元裕之之遗风,宗尚眉山之体。"④欧阳玄亦云:"宋之习近骩骳,金之习尚号呼。南北混一之初,犹或守其故习。"⑤面对这一现状,姚燧倡复古风气,"求古人之近似,惟唐文畅"⑥,追求"淡丽而不谀,奥雅而雄深"⑦的古雅文风对矫正其时诗风有着积极意义。如其《次探梅韵》:

---

① (元)虞集:《为从子旦题所藏予昔年在京写冬窝赋手卷后》,李修生主编:《全元文》第26册,江苏古籍出版社1998年版,第371页。

② (清)赵翼著,霍松林、胡主佑校点:《瓯北诗话》,人民文学出版社1963年版,第180页。

③ (明)王世贞著,罗仲鼎校注:《艺苑卮言校注》,齐鲁书社1992年版,第227页。

④ (元)虞集:《傅与砺诗集序》,李修生主编:《全元文》第26册,江苏古籍出版社1998年版,第265页。

⑤ (元)欧阳玄:《此山诗集序》,李修生主编:《全元文》第34册,江苏古籍出版社1998年版,第447页。

⑥ (元)姚燧著,查洪德编辑点校:《姚燧集》,人民文学出版社2011年版,第473页。

⑦ (元)姚燧:《冯氏三世遗文序》,《全元文》第9册,江苏古籍出版社1998年版,第391页。

山头落日高三丈，我醉思归马先上。来及城门市已灯，才下雕鞍路迷丧。行人笑指骈肩胲，不见使君荒郊杯。百步一止歌吹发，清切惊落千林梅。是邦能诗轮指几，横槊吾犹骁健比。夜深却怕醉尉逢，不识将军陇西李。近闻北涉汉江波，千钱籴谷载一驼。吾侪寄公不喜乐，其如负此时平何。①

另外，姚燧《杨丞彦先见和复次二首》《同柳山和尚登落星寺》诗等，皆纵横开阖、豪而不宕、春容盛大，深受唐人文风影响。清人顾嗣立转引张养浩语："时元宅天下已百余年，倡鸣古文，群推牧庵一人，拟诸唐之昌黎、宋之庐陵云。"② 姚燧这种文风还对时人产生重要影响。其时诗文服膺于姚燧者颇盛，求其诗文者络绎不绝，得之如获至宝。据史载，"当时孝子顺孙，欲发挥其先德，必得燧文，始可传信；其不得者，每为愧耻。故三十年间，国朝名臣世勋、显行盛德，皆燧所书"③。高丽沈阳王父子为求其诗文，不惜请旨于皇帝方得如愿。可以说，姚燧是成宗、武宗时期唱和主流的代表，其对元初馆阁酬唱诗坛延续宋末弊习风气的革新，推进了元代盛世诗风的形成进程，故而学人称这一时期已有颂赞盛世的平易雅正诗文风气的萌芽迹象④。

（二）仁宗时期以赵孟頫、袁桷等为代表的馆阁唱和

在世祖至元后期，以赵孟頫、袁桷等为代表的南方诗人在京都崭露头角，文坛主力姚燧等人离世后，赵、袁等逐渐主导仁宗爱育黎拔力八达时期的馆阁诗坛。又皇庆二年（1313）科举考试选拔制度的恢复，促进大量的南人北上求取功名并进入元廷馆阁，京都文坛主体逐渐由北人向南人转变，诗学风貌也随之改变。这一时期形成以赵孟頫、袁桷为中心，虞集、邓文原、贡奎、张养浩、马祖常等后学相随的文人集体，尤其是赵孟頫对仁宗朝的诗歌酬唱贡献尤多。顾嗣立曾言："元诗承宋、金之际，西北倡自元遗山，而郝陵川、刘静修之徒继之，至中统、至元而

---

① 杨镰主编：《全元诗》第9册，中华书局2013年版，第160—161页。
② （清）顾嗣立编：《元诗选二集》，中华书局1987年版，第187页。
③ （明）宋濂等撰：《元史》卷一七四《姚燧传》，中华书局2013年版，第4059—4060页。
④ 杨亮：《混一风雅：元代翰林国史院与元诗风尚》，社会科学文献出版社2022年版，第278页。

大盛。然粗豪之习，时所不免。东南倡自赵松雪，而袁清容、邓善之、贡云林辈从而和之。时际承平，尽洗宋、金余习，而诗学为之一变。"①由此推动了有元一代盛世唱酬诗新风貌的形成。

赵孟頫（1254—1322），字子昂，号松雪道人，又号水晶宫道人、鸥波、孟俯等，吴兴（今浙江湖州市）人。工诗擅文，通音律书画，晓金石，畅佛、老之学。赵孟頫本为宋太祖赵匡胤十一世孙，宋末曾任真州司户参军，宋亡后屡荐不仕。至元二十三年，赵孟頫受到行台侍御史程钜夫举荐北上大都，深受世祖、武宗、仁宗、英宗宠遇，予以要职，先后任兵部郎中、集贤直学士、同知济南路总管府事、集贤直学士、江浙儒学提举、翰林侍读学士等职，曾与姚燧等阁臣修史。赵孟頫文坛盟主地位的奠定，离不开仁宗皇帝的青睐。帝在东宫时，便知其名，延祐初，拜其翰林学士承旨、荣禄大夫等，"帝尝与侍臣论文学之士，以孟頫比唐李白、宋苏子瞻。又尝称孟頫操履纯正，博学多闻，书画绝伦，旁通佛、老之旨，皆人所不及"②。仁宗皇帝如此高的评介，对赵孟頫文坛地位的确立及其文风的流播都有重要的促进作用。

与赵孟頫供职馆阁的另一代表诗人，袁桷（1266—1327），字伯长，号清容居士，庆元鄞县（今属浙江宁波）人。初为丽泽书院山长，成宗大德年间被荐为翰林国史院检阅官，仁宗延祐年间历集贤直学士、知制诰同修国史等职。袁桷喜蓄典籍，学识宏富，文章宏丽开阔，诗词俊逸，工于书法，师从戴表元，承继"剡源诗律雅秀，力变宋季余习"③的诗学使命，后又师事王应麟，是赵孟頫诗风革新群体的重要参与者和得力助手。赵孟頫、袁桷虽是来自南方的文士，早年也曾与南方文人交游唱酬，但其诗歌较少受元初宋习诗风的影响。宋末元初的南方诗坛集聚江湖、江西、四灵诗派，江湖诗派学晚唐诗人，但往往率意而作，致使诗歌取境狭窄，粗糙平直而含蓄不足；四灵诗派善用白描、忌用典，诗风平和冲淡，却流于琐细浅薄。他们皆反对江西诗派堆砌典故，以学问为师的

---

① （清）顾嗣立：《寒厅诗话》，丁福保编、郭绍虞点校：《清诗话》上册，上海古籍出版社1978年版，第83页。
② （明）宋濂等撰：《元史》卷一七二《赵孟頫传》，中华书局2013年版，第4022页。
③ （清）顾嗣立编：《元诗选初级》，中华书局1987年版，第248页。

诗歌崇尚。元初方回延续江西诗派宗杜甫、黄庭坚、陈师道、陈与义"一祖三宗"之学,讲求诗歌"无一字无来处""点铁成金""夺胎换骨",以此回应江湖、四灵琐碎浅薄的遗风。

为破除宋、金余习影响下的诗坛,赵孟𫖯直言:

> 词章之于世,不为无所益,今之诗犹古之诗也,苟为无补,则圣人何取焉?繇是可以观民风,可以观世道,可以知人,可以多识草木鸟兽之名。①

诗歌当具有观风移俗,补阙时政的社会功用,这显然是对儒家"经夫妇,成孝敬,厚人伦,美教化,移风俗"②的诗教观的延续。赵孟𫖯认为,作诗须有所寄兴,"夫鸟兽草木,皆所寄兴;风云月露,非止于咏物"③,因而赵孟𫖯学诗,取盛唐汉魏晋,上追风骚。其在《第一山人文集叙》言:"文不苟作,字不苟置,意深而气直,涵泳《书》《易》,出入《骚》《选》,宜可以名世传后。"④赵孟𫖯直抵诗学之根本。如其《和子俊感秋五首》之二:

> 明月照北林,翩翩栖鸟翻。虚室当静夜,幸绝人事喧。念子已独寐,无人相与言。吾生性坦率,与世无竞奔。空怀丘壑志,耿耿固长存。何由持此意,往与严郑论。⑤

诗歌含蓄深情、淳厚自然、意深气直,得汉魏晋唐诗之精神。戴表

---

① (元)赵孟𫖯撰,钱伟彊点校:《赵孟𫖯集》卷第六,浙江古籍出版社2012年版,第174页。
② (汉)毛亨传,(汉)郑玄笺,(唐)陆德明音义,孔祥军点校:《毛诗传笺·卷第一·关雎》,中华书局2018年版,第1页。
③ (元)赵孟𫖯撰,钱伟彊点校:《赵孟𫖯集》卷第六,浙江古籍出版社2012年版,第172页。
④ (元)赵孟𫖯撰,钱伟彊点校:《赵孟𫖯集》卷第六,浙江古籍出版社2012年版,第177页。
⑤ (元)赵孟𫖯撰,钱伟彊点校:《赵孟𫖯集》卷第二,浙江古籍出版社2012年版,第9页。

元在《赵子昂诗文集序》中称:"子昂古赋,凌厉顿迅,在楚、汉之间;古诗沉涵鲍、谢;自余诸作,犹傲睨高适、李翱。"① 其《和子俊感秋五首》其三"披衣步中庭,仰视河汉白。寓形天地内,聊复度朝夕"②,诗的意境宛然阮籍《咏怀》的再现③。其七律更是为人称道,"讲究声调,进退从容,文质彬彬,用功极深,本质极厚,完全脱去宋季诗人之粗犷率放"④。

赵孟頫这种学古的诗风很快在馆阁文士中蔓延开来,这在其与文馆文士的诗歌交往中呈现出来。如赵孟頫与得力助手袁桷、柳贯等诗歌唱酬:

> 天阙虚无里,城低纳远山。白榆迷雁塞,青草补龙湾。市簇家家近,官清日日闲。重游深问俗,渐恨鬓毛斑。
> ——袁桷(唱诗)《上京杂咏十首》(其三)⑤
> 晓日夹云树,春风吹雪山。飞鹰玄兔碛,饮马白狼湾。宝带吴钩迥,金矛汉节闲。将军万里外,不怕二毛斑。
> ——赵孟頫《次袁学士上都诗韵》⑥
> 昔建寰中业,初开徼外山。雉城平兀兀,沙水净湾湾。朱夏宸游正,清秋武卫闲。叨陪文学乘,空愧鬓毛斑。
> ——柳贯《同杨仲礼和袁集贤上都诗十首》(其三)⑦

赵孟頫、柳贯次韵袁桷诗,意韵皆和,三诗从不同角度展现了上都的景致。袁诗借上都城池、远山、白榆、青草、市集等意象描绘出一幅

---

① (元)戴表元著,陆晓东、黄天美点校:《剡源集》卷七,浙江古籍出版社2014年版,第554页。
② (元)赵孟頫撰,钱伟彊点校:《赵孟頫集》卷第二,浙江古籍出版社2012年版,第9页。
③ 叶爱欣:《元初诗坛风尚及赵孟頫诗歌的补阙之功》,《中州学刊》2005年第5期,第202页。
④ 戴丽珠:《赵孟頫文学与艺术研究》,学海出版社1986年版,第100页。
⑤ (元)袁桷著,杨亮校注:《袁桷集校注》,中华书局2012年版,第823页。
⑥ (元)赵孟頫撰,钱伟彊点校:《赵孟頫集》,浙江古籍出版社2012年版,第298页。
⑦ (元)柳贯著,魏崇武、钟彦飞点校:《柳贯集》,浙江古籍出版社2014年版,第84页。

闲静平和的生活画面，抒发的却是时光易逝下侍从文人虚度光阴、鬓毛渐白的无奈。赵诗呈现了上都的晓日、云树、春风、雪山、白兔、飞鹰、城郭等祥和景致，以如此太平盛世，自可垂手而治，又何惧鬓毛斑白来宽慰袁桷。柳贯和诗以上都"雉城""溪流""清秋"等引出"叨陪文学乘，空愧鬓毛斑"，颇有英雄无用武之地的同病相怜之情。三人的诗歌隽永秀雅，与元初宋金入元诗人诗风大相径庭。尤其是赵孟頫、袁桷诗歌，感情沉稳平和，意境深沉绵远，表达婉转含蓄，延续了《诗经》"乐而不淫，哀而不伤"的诗歌表达方式，一变金习粗疏豪放，宋习四灵纤碎浅弱、江西奇崛峭硬诗风的余绪，促进了南北诗风的融合。

另外，邓文原、马祖常、陈宜甫、王士熙、虞集等馆阁士人与赵孟頫、袁桷等有着师友之谊，他们频繁的唱酬还推动了汉魏晋唐诗学的传播。如赵孟頫有《和邓善之九月雪》"季秋惊见燕山雪，远客淹留愁病身。憔悴自伤黄菊晚，横斜空忆野梅春。苍松翠柏争擎重，绀殿红楼迥绝尘。想得江南犹未冷，嫩橙清酒政尝新"① 等诗歌，袁桷《次韵善之杂兴三首》《次韵马伯庸春思兼简继学二首》《次韵虞伯生题祝丹阳道士摹九歌图》《送虞伯生降香还蜀省墓二首》、马祖常《春思调王修撰袁待制》《再用韵奉继学》、陈宜甫《和吏部赵子昂久雨见寄》、虞集《李伯时九歌图》《次韵竹枝歌答袁伯长三首》《兴庆宫朝退次韵袁伯长见贻是日上加尊号礼成告谢集即东出奉祠斋宫》等唱和诗即为确证，这些诗人皆受益于赵孟頫、袁桷。欧阳玄《罗舜美诗序》评介说："我元延祐以来，弥文日盛。京师诸名公，咸宗魏、晋、唐，一去金宋季世之弊，而趋于雅正，诗丕变而近于古。"② 其后之"元诗四大家"虞集、杨载、范梈和揭傒斯等，也多与赵孟頫等诗文往来，他们婉约雍容、典雅平和诗风的追求和形成，离不开赵孟頫等人的先导之路的影响。

（三）至治至至顺以虞集等为代表的唱和

元中期馆阁酬唱诗坛，历经姚燧、赵孟頫、袁桷等诗家的改革和发展，终于迎来最具时代风貌的诗歌唱酬。顾嗣立如此概括："延祐、天历

---

① （元）赵孟頫撰，钱伟彊点校：《赵孟頫集》卷第四，浙江古籍出版社2012年版，第108页。

② （元）欧阳玄著，陈书良、刘娟点校：《欧阳玄集》，岳麓书社2010年版，第87页。

之间，风气日开，赫然鸣其治平者，有虞、杨、范、揭，一以唐为宗，而趋于雅，推一代之极盛。"① 这一时期，南北诗风混一，酬唱诗歌典雅精切，诗境平和恬淡，多鸣太平之盛，形成不同于元诗坛前期宋、金入元诗人主导下的诗歌风貌，宋、金诗风余习荡然无存。

　　英宗至治以降的京都文坛，得益并延续了延祐诗坛诗家的深耕不辍。这一时期，诗坛主导虞集、杨载、范梈、揭傒斯、贡师泰、马祖常、欧阳玄、吴澄等皆出入于延祐馆阁，且皆受到前代文坛盟主赵孟頫的指导，他们中的多数是至治后文坛的中坚力量。英宗在位期间，重视以儒治国，"士大夫遭摈弃者，咸以所长收叙。文学之臣则待以不次之除，格内降待铨者六七百人"②，儒林、文士受到提拔优待，这都为馆阁诗坛的持续兴盛注入了鲜活的血液。泰定帝当政后，采纳江浙行省左丞赵简的建议，确立经筵制度，为皇帝讲解儒家经典及治国之道，尽管取得的效果不如预期的理想，"于是四年矣，未闻一政事之行，一议论之出，显有取于经筵者，将无虚文乎"③，泰定帝治国虽未取法于经筵讲学，但经筵制度的施行和开展，扩宽了儒士进入核心机构的路径，"凡与是选，莫不以为荣遇。而列其姓名者，不特荣遇而已，抑将励其倾竭忠诚，以格天心，勿使后之观者指而议曰：'某但荣遇耳'"④，天下儒士无不欢欣雀跃，广为盛传。经筵制度不仅促使大批儒学人才齐聚京都，如赵简、曹元用、虞集、吴澄、邓文原、忽都鲁都儿迷失、张起岩、张珪等皆担任过经筵官，讲授己学，也为馆阁士人的诗歌创作和交流提供了机会和场所。如胡助诗赞"圣心资启沃，旷典开经筵。大臣领其职，诸儒进翩翩。讲陈尧舜道，庶使皇风宣。恭惟帝王学，继统垂万年。方将耀稽古，宠遇光属联"⑤ 等便是此一制度下的产物。

---

　　① （清）顾嗣立：《寒厅诗话》，丁福保编、郭绍虞点校：《清诗话》上册，上海古籍出版社1978年版，第83页。
　　② （元）黄溍著，王颋点校：《黄溍集》卷二九《中书右丞相赠孚道志仁清忠一德功臣太师开府仪同三司上柱国追封郢王谥文忠神道碑》，浙江古籍出版社2013年版，第1068页。
　　③ （元）虞集：《书赵学士经筵奏议后》，李修生主编：《全元文》第26册，江苏古籍出版社1998年版，第324页。
　　④ （元）许有壬：《勅赐经筵题名碑》，李修生主编：《全元文》第38册，江苏古籍出版社1998年版，第316页。
　　⑤ 杨镰主编：《全元诗》第29册，中华书局2013年版，第2页。

至治至顺间馆阁活动之盛，以文宗执掌江山时期为最。天历元年（1328）九月，文宗图帖睦尔继承帝位，进一步推动馆阁文学文化的发展。文宗颇有文学艺术素养，是元代诸帝王中少有能创作汉诗文的皇帝，留下《青梅诗》《望九华》《登金山》《自集庆路入正大统途中偶吟》等诗，其绘画亦颇有可取之处，被画家房大年誉为"意匠经营，格法遒整，虽积学专工所莫能及"①。文宗不仅对汉文化充满浓烈的兴趣，出于"备燕闲之居，将以渊潜遐思，缉熙典学"②的需要，还于天历二年（1329）二月在大都设立奎章阁学士院，修纂、翻译、整理各类典籍。文宗设立奎章阁后，广收天下英才于其中，一时群英荟萃。据《元史·谢端传》载：

> 文宗建奎章阁，搜罗中外才俊置其中，尝语阿荣曰："当今文学之士，朕惟未识谢端。"③

当此时，馆阁中既有柯九思、虞集、揭傒斯、欧阳玄、许有壬、苏天爵、陈旅等汉人文士，也有蒙古人康里巎巎及赵世延、色目人马祖常等多民族儒雅之士，涵盖文学、儒士、史学、书法、绘画等领域的专门人才。他们齐聚一堂，从事各种文学艺术活动，推动了馆阁诗歌酬唱高潮的到来。

在众多馆阁诗人中，虞集是主导馆阁文坛的重要代表。虞集（1272—1348），字伯生，号道园，世称邵庵先生、青城樵者、芝亭老人等，祖籍成都，临川崇仁（今江西省崇仁县）人。虞集学识渊博、精于理学，诗文俱称大家，与杨载、范梈、揭傒斯齐名，"元诗四大家"之一，为元代中期文坛宗主。虞集一生历世祖、成宗、武宗、仁宗、英宗、泰定、文宗、惠宗等朝，任过集贤殿修撰、翰林待制兼国史编修、奎章阁侍书学士、翰林侍讲学士等职，是元中期唱和诗学史的重要构建者。

---

① （元）释大䜣：《恭题文宗皇帝御画万岁山图》，《全元文》第35册，江苏古籍出版社1998年版，第411页。
② （元）虞集：《奎章阁记应制》，《全元文》第26册，江苏古籍出版社1998年版，第437页。
③ （明）宋濂等撰：《元史》卷一八二《谢端传》，中华书局2013年版，第4270页。

欧阳玄《雍虞公文集序》言：

> 皇元混一之初，金、宋旧儒，布列馆阁，然其文气，高者崛强，下者委靡，时见旧习。承平日久，四方俊彦萃于京师，笙镛相宣，风雅迭唱，治世之音，日益以盛矣。于时雍虞公方回翔胄监、容台间，吾侪有识之士见其著作，法度谨严，辞指精覈，即以他日斯文之任归之。至治、天历，公仕显融，文亦优裕，一时宗庙朝廷之典册，公卿大夫之碑版，咸出公手，粹然自成一家之言。①

虞集自成宗大德年间既为国子博士，久居京师，出入馆阁，与致力整治宋金余习的赵孟頫、袁桷等前辈诗家诗文唱酬，并取法为师，至英宗至治后逐渐主盟京都酬唱文坛，成一时风尚。兹择其诗歌如下：

> 化国多长日，高人侍紫宸。观书从上相，属笔念生民。云汉文章备，风雷号令新。惟应青简在，能载古风淳。
>
> 御翰龙池晓，缮经鹫殿阴。云依清静叶，月印妙明心。千载堂堂去，诸天肃肃临。朱弦谁为鼓？至治有遗音。
>
> ——《次韵筠轩司徒足成旦公所藏英宗御题之句元题曰日光照吾民月色清我心又题琴曰至治之音二首》②
>
> 黄金铸为鸭，焚兰夕殿中。窈窕转斜月，逶迤动微风。绮席列珠树，华灯连玉虹。无眠待顾问，不知清夜终。
>
> ——《同阁学士赋金鸭烧香》③
>
> 月下白玉阶，露生黄金井。疏条栖鹊寒，衰蕙流萤冷。恋阙感时康，怀归觉宵永。晨钟禁中来，白发聊自整。
>
> ——《退直同柯敬仲博士赋》④

---

① 李修生主编：《全元文》第34册，江苏古籍出版社1998年版，第456页。
② （清）顾嗣立编：《元诗选初集》，中华书局1987年版，第868—869页。
③ （清）顾嗣立编：《元诗选初集·丁集》，中华书局1987年版，第848页。
④ （清）顾嗣立编：《元诗选初集·丁集》，中华书局1987年版，第848页。

不难见出，虞集的馆阁酬唱诗，典雅精切，深沉含蓄。其"朱弦谁为鼓？至治有遗音""惟应青简在，能载古风淳"等虽多述国家之太平盛世，难免有粉饰太平、歌功颂圣之虞，但亦难掩虞集得汉魏晋唐之遗风，追求雅正诗风的诗学崇尚。又如《次韵东山凤栖别墅四时词》《送袁伯长扈从上京》《兴庆宫朝退次韵袁伯长见贻是日上加尊号礼成告谢集即东出奉祠斋宫》《戏作试问堂前石五首》《代石答五首》等酬唱诗也是温柔敦厚，雄深典丽的诗歌典范。钱基博评介虞诗："五言古襟怀冲旷，辞笔轩爽，而出以游仙，发其逸趣，欲攀陈子昂，上参郭璞。七言古朗丽而出以驰骤，倘恍而不害现实，俊迈跌宕，具体李白。五言律意趣清真，妙能秀润，王维之遗音也。七言格律，律深严，绰有变化，杜陵之矩矱也。其诗颇以唐音之柔厚，而欲湔宋诗之伧野。"① 足见一斑。

值得注意的是，并非虞集酬唱诗鸣太平之盛，这一时期的诗人身处太平盛世，内心洋溢着家国强盛的自豪，其文学艺术均呈现出大国气象、太平圣治的风貌。如至顺元年（1330）虞集、赵世延同任总裁，礼部尚书马祖常、国子司业杨宗瑞、翰林修撰谢端、应奉苏天爵、太常李好文、国子助教陈旅、前詹事院照磨宋褧、通事舍人王士点等奎章阁学士修撰《经世大典》，目的之一是辑典章"以示治平之永则"②。戴良《皇元风雅序》亦云："盖方是时，祖宗以深仁厚德，涵养天下垂五六十年之久，而戴白之老、垂髫之童，相与欢呼鼓舞于闾巷间，熙熙然有非汉、唐、宋之所可及。故一时作者，悉皆餐淳茹和，以鸣太平之盛治。其格调固拟诸汉唐，理趣固资诸宋氏，至于陈政之大、施教之远，则能优入乎周德之未衰，盖至是而本朝之盛极矣。"③ 其时馆阁诗人的诗歌唱酬自然也难以免俗，涵淳茹和的雅正是普遍的诗歌风格，"鸣太平之盛治"成为了诗歌吟咏的主要方面。如泰定元年（1324），虞集、李术鲁翀、曹元用、袁桷等同为礼部考试官，期间赋诗唱和。袁桷有《早朝兴圣宫次韵》《用早朝韵酬伯生试院见怀》、虞集《用退朝韵奉怀伯长试院久别》《兴圣宫朝

---

① 钱基博：《中国文学史》，中华书局1993年版，第749页。
② （元）赵世延等撰，周少川等辑校：《经世大典辑校·总序》，中华书局2020年版，第1页。
③ 丁放：《元代诗论校释》，中华书局2020年版，第844页。

退次韵袁伯长见贻是日上加尊号礼成告谢集即东出奉祠斋宫》、杨载《次韵伯长待制》诗等，均典雅峻洁，雍容和顺，用意含蓄深远。再如马祖常在《恭赞〈御制奎章阁记〉》四言诗中咏道："皇帝明圣，受天之命。抚御四海，民物遂性。物性既遂，泰和雍熙。雨阳咸宜，于于施施。清燕暇逸，不游不田。刻文垂训，万世是传。贱臣荷宠，天光临门。宝藏私家，以遗子孙。臣拜稽首，维圣作宪。羲画禹畴，法天行健。有义有文，于昭日星。岂惟修辞，大同于经。嗟臣蝼蚁，待罪风纪。瘝官逭罚，幸不诃鄙。乃重受锡，天德何报？糜躯御忠，罔极覆焘。"① 又《龙虎台应制》："龙虎台高秋意多，翠华来日似鸾坡。天将山海为城堑，人倚云霞作绮罗。周穆故惭黄竹赋，汉高空奏大风歌。两京巡省非行幸，要使苍生乐至和。"② 均是盛世追求雅正诗风，风雅复兴的典型所在。

当然，以虞集等为代表的馆阁唱酬，鸣国家之繁盛、美君王之贤德以协治世之音，这无疑改变了元前期宋金遗民酬唱诗人多发黍离之悲、幽怨沉郁的亡国情绪，推动了元代诗学的风雅复兴。如蒋易《皇元风雅》选元一代的诗家诗作，赵孟頫、杨载、范梈、虞集等馆阁诗人入选诗作位列前茅，皆"典丽有则，诚可继盛唐之绝响矣"③。蒋易自述选诗标准及编撰目的：

> 择其温柔敦厚，雄深典丽，足以歌咏太平之盛，或意思闲适，辞旨冲淡，足以消融贪鄙之心，或风刺怨诽而不过于讽，或清新俊逸而不流于靡，可以兴，可以戒者，然后存之。盖一约之于义礼之中而不失性情之正，庶乎观风俗、考政治者或有取焉。④

强调诗歌中正平和，雅而不虐，风刺怨诽皆不能过，发挥诗歌的诗教功能。故而"凡学士大夫之咏歌帝载，黼黻王度者，固已烜耀众目，

---

① 李修生主编：《全元文》第32册，江苏古籍出版社1998年版，第441页。
② 杨镰主编：《全元诗》第29册，中华书局2013年版，第340页。
③ （元）蒋易：《题皇元风雅集后》，李修生主编：《全元文》第48册，江苏古籍出版社1998年版，第135页。
④ （元）蒋易：《皇元风雅》，李修生主编：《全元文》第48册，第134页。

如五纬之丽天"① 者，尽皆收录。又，戴良《序》云：

> 唐诗主性情，故于《风》《雅》为犹近；宋诗主议论，则其去《风》《雅》远矣。然能得夫《风》《雅》之正声，以一扫宋人之积弊，其惟我朝乎？我朝舆地之广，旷古所未有。学士大夫乘其雄浑之气以为诗者，固未易一二数，然自姚、卢、刘、赵诸先达以来，若范公德机、虞公伯生、揭公曼硕、杨公仲弘，以及马公伯庸、萨公天锡、余公廷心，皆其卓卓然者也。至于岩穴之隐人，江湖之羁客，殆又不可以数计。②

"风雅"之正远追汉魏盛唐。事实上，元中期的馆阁诗人，在实际的酬唱诗歌创作中，并未对儒家传统诗学全盘接受，而是有意识地对其进行了继承和扬弃，对"风雅"在很大成分上是他们抽去了诗的"风雅"传统中的"美刺"的讽喻特质，而只以诗为"治世之音"③。即便是以"俾颂乎祖宗之成训，毋忘乎创业之艰难，而守成之不易也。又俾陈夫内圣外王之道，兴亡得失之故，而以自儆焉"④ 为宗旨的奎章阁馆阁诗人，其诗歌唱酬亦未能出"颂而不讽"的窠臼。这在元中期及后来烽烟四起的顺帝时期，馆阁士人仍以"圣天子盛德之至，垂拱无为，所以致今日太平极治者"⑤ 为唱酬主题，极力铺张扬厉如出一辙。这也是元中期馆阁酬唱诗的不足之处。

第三节 元后期：多元竞胜与地方唱和的崛起

元顺帝妥懽帖睦尔承继大统，元朝历史进入最后的发展阶段。元后

---

① 丁放：《元代诗论校释》，中华书局2020年版，第844页。
② 丁放：《元代诗论校释》，中华书局2020年版，第844页。
③ 傅璇琮、蒋寅总编，张晶主编：《中国古代文学通论·辽金元卷》第2版，辽宁人民出版社2016年版，第68—69页。
④ （元）虞集：《奎章阁记应制》，《全元文》第26册，江苏古籍出版社1998年版，第437页。
⑤ （明）王祎著，颜庆余点校：《王祎集·上京大宴诗序》，浙江古籍出版社2016年版，第163页。

期政治腐败堕落，天灾肆虐，社会矛盾逐渐激化。韩山童、刘福通、方国珍、徐寿辉、郭子兴、明玉珍、朱元璋、张士诚、陈友谅等纷纷揭竿而起，反对元廷。各地起义军之间为争夺利益也相互攻伐，一时局势动荡，战争频繁。在此背景影响下，文士往往安居一隅，诗酒酬唱以度日，致使元后期唱和诗的发展呈现多元竞胜、百花齐放的特点。北方大都文坛仍以馆阁士人为主导，诗歌未出中期鸣盛世君德之阃阈，且对全国诗歌风尚的影响逐渐减弱。南方因各地起义军割据势力的影响，各地唱酬团体纷纷崛起，最具代表性的有顾瑛领导的玉山唱酬群体、吴县徐达左及其"耕渔轩"唱和、余姚刘仁本为主导的文人酬唱群体以及嘉兴缪思恭为首的文人集团等，诗人间往来不绝，酬唱活动频繁而多彩。他们或吟咏山林水色、田园景致，或书写宴集娱乐，或记录战乱兵祸等，共同谱写元后期唱和文学的辉煌及促进元末文坛格局的形成，对元末明初文坛的建构和走向均有重要的影响。

一　大都馆阁士人群的唱和

元后期的北方文坛，仍以馆阁诗人为代表力量。这一时期，活跃于元中期馆阁酬唱圈的虞集、马祖常、柳贯、吴澄等精英文人虽渐次退出大都文坛，但受其培养的馆阁诗人[①]贡师泰、苏天爵等以及新士人的不断加入，成为大都文坛文学活动的中坚力量。尤其是至元六年（1340），元顺帝废除中书右丞相伯颜"势焰薰灼"的专政后，"图治之意甚切"[②]，采取一系列措施革除旧政，拯救时弊。举措之一是任用脱脱等贤能，并改奎章阁为宣文阁，恢复中断的科举考试制度，大量吸收文儒学士进入馆阁。据汪克宽《宣文阁赋序》载：

皇帝九年，制作宣文阁于大明殿之西北。皇上万几之暇，御阁阅经史，以左右儒臣为经筵官，日侍讲读。兹阁深列紫御，杰出青

[①] 如元后期馆阁诗人代表贡师泰，"在朝又得与虞、揭、欧、马诸名贤游"。详见（元）程文《贡泰甫东轩集序》，（元）贡奎、（元）贡师泰、（元）贡性之著，邱居里、赵文友点校：《贡氏三家集》，吉林文史出版社2010年版，第168页。

[②] （明）宋濂等撰：《元史》卷一八三《苏天爵传》，中华书局2013年版，第4226页。

霄。朝野传诵，瞻望踊跃。布衣微臣，欣幸睿圣崇文致治之隆，旷古莫及，敢竭蚁忱赞扬之私。①

顺帝重视文治，阅览典籍，御馆问道，缉熙典学，一时儒臣、文士、布衣齐聚，扩宽了士人进入馆阁的道路。彼时馆阁不仅有贡师泰、危素、周伯琦、王沂、朵儿直班、铁木尔塔识、答禄与权、李黼、归旸、王时可、樊执敬、杨俊民、宝格等文儒学士，陈基、王余庆、郑深、郑涛、董立、董钥、麦文贵等布衣出身也受到尊重和赏识②，来自不同地域、民族以及拥有不同文化信仰的鸿儒硕彦融入馆阁，为馆阁多元丰富的文学文化活动奠定了基础。

当然，元后期的馆阁士人群规模远不止于此，最具代表的是至正三年（1343）顺帝诏令丞相脱脱和阿鲁图先后主持修宋、辽、金三史，参与文儒数量颇为宏大。顺帝《修三史诏》云："交翰林国史院分局纂修，职专其事。集贤、秘书、崇文并内外诸衙门里，著文学博雅、才德修洁，堪充的人每斟酌区用。"③ 此次修史活动以"位望老成，长于史才，为众所推服的人交做总裁官"④，遴选"文学博雅、才德修洁"的文臣充史官，可以说齐聚了元后期大都集贤院、秘书监、崇文馆等文学才德拔尖的馆阁士人。据欧阳玄《进宋史表》载，其时修《宋史》者涉及43人，以阿鲁图、别儿怯不华领事，脱脱为都总裁；帖穆尔达识、御史大夫贺惟一、翰林学士承旨张起岩、欧阳玄、治书御史李好文、礼部尚书王沂、崇文大监杨宗瑞为总裁官；平章政事纳麟、伯颜、翰林学士承旨达实帖木尔、左丞董守简、参议全岳柱、拜住、陈思谦、郎中斡栾、孔思立等协助董治；史官工部侍郎斡玉伦徒、秘书卿泰不华、大常签院杜秉彝、翰林直学士宋褧、国子司业王思诚、汪泽民、集贤待制干文传、翰林待制张瑾、贡师道、宣文阁鉴书博士麦文贵、监察御史余阙、大常博士李齐、翰林修撰刘文、大医院都事贾鲁、国子助教冯福可、大庙署令陈祖仁、西台御史赵中、翰林应奉王仪、余贞、秘书著作左郎谭恺、翰林编

---

① 李修生主编：《全元文》第52册，江苏古籍出版社1998年版，第90页。
② 聂辽亮、邱江宁：《宣文阁文人群与元末文坛格局》，《古代文学理论研究》2022年第2期（总第55辑），第434页。
③ 李修生主编：《全元文》第55册，江苏古籍出版社1998年版，第49页。
④ 李修生主编：《全元文》第55册，江苏古籍出版社1998年版，第49页。

修张翥、国子助教吴当、经筵检讨危素编劘分局，汇粹为书。① 其中，欧阳玄、汪泽民、余阙、张翥、宋褧、泰不华、危素等文名籍甚，为一时风雅之士。这些文士出入馆阁期间，既有作为阁臣本职工作的通力合作，也有文学艺术、思想情感等的互动交流，其间留下了多样的文学作品和艺术创作，诗歌酬唱即是其中代表性成果之一。

元后期馆阁士人的诗歌唱酬，或以宴饮、送别、咏物、题画等为主题，或即事即景赋诗唱酬，但诗人受馆阁身份的制约，其诗歌唱酬仍未脱离元中期馆阁诗人担负的书写帝国强盛、鸣天子仁德的吟咏重任。如顺帝至正九年（1349）六月二十八日，贡师泰等文人于上京参加宴饮并作诗唱酬。此次活动由宣文阁授经郎贡师泰首唱，樊执敬、王祎、周伯琦等馆阁文人赓和。对于这次唱和活动的主题，王祎《上京大宴诗序》已然说明：

> 肆今天子在位日久，文恬武嬉，礼顺乐畅，益用励精太平，润色丕业，于是彝典有光于前者矣。然则铺张扬厉，形诸颂歌，以焯其文物声容之烜赫，固有不可阙者。此一时馆阁诸公赓唱之诗所为作也。故观是诗，足以验今日太平极治之象，而人才之众，悉能鸣国家之盛，以协治世之音，祖宗作人之效亦于斯见矣。……今赓唱诸诗，其所铺张扬厉，亦不过模写瞻视之所及，而圣天子盛德之至，垂拱无为，所以致今日太平极治者，隐然自见，岂非《小雅》诗人之意欤！②

从序文不难见出，这时期的馆阁士人仍身处大元盛世的美好梦想之中，其诗歌主张"润色丕业""形诸颂歌，以焯其文物声容之烜赫"，以验太平极治之象。贡师泰等阁臣的酬唱诗正是对这一主题的阐释，其《上京大宴和樊时中侍御》：

---

① （元）欧阳玄撰，陈书良、刘娟点校：《欧阳玄集》卷之十三，岳麓书社2010年版，第195—196页。

② （明）王祎著，颜庆余整理：《王祎集》卷之六，浙江古籍出版社2016年版，第162—163页。

一元开大统，四海会时髦。畿甸包幽蓟，天门启应皋。群黎皆属望，百辟尽勤劳。蕃国来琛献，边陲绝绎骚。剑韬龙尾匣，弓属虎皮櫜。列圣尊皇极，元臣异节旄。宗盟存带砺，世胄出英豪。岁驾严先跸，居人望左纛。平沙班诈马，别殿燕棕毛。凤簇珍珠帽，龙盘锦绣袍。扇分云母薄，屏晃水晶高。马湩浮犀椀，驼峰落宝刀。暖茵攒芍药，凉瓮酌葡萄。舞转星河影，歌腾陆海涛。齐声才起和，顿足复分曹。急管催瑶席，繁弦压紫槽。明良真旷遇，熙洽喜重遭。化类工成冶，声同士赴礜。隆恩虽款洽，醉舞敢呼号。拜命荣三锡，论功耻二桃。重华跻舜禹，盛业继夔皋。燕飨存寅畏，游畋戒逸遨。乾坤春拍拍，宇宙乐陶陶。争献公交颂，光荣胜衮褒。①

诗歌中"一元开大统""百辟尽勤劳""蕃国来琛献，边陲绝绎骚""隆恩虽款洽""重华跻舜禹，盛业继夔皋"等语极尽铺张夸饰之能事，无不展现润色鸿业、美天子盛德之意。再如贡师泰《上都诈马大燕五首》：

其一：
紫云扶日上璇题，万骑来朝队伏齐。织翠繸长攒孔雀，镂金鞍重嵌文犀。行迎御辇争先避，立近天墀不敢嘶。十二街头人聚看，传言丞相过沙堤。②

其二：
棕榈别殿拥仙曹，宝盖沈沈御坐高。丹凤衔珠装腰㚑，玉龙蟠瓮注葡萄。百年典礼威仪盛，一代衣冠意气豪。中使传宣捲珠箔，日华偏照郁金袍。③

其五：
清凉上国胜瑶池，四海梯航燕一时。岂谓朝廷夸盛大，要同民物乐雍熙。当筵受几存周礼，拔剑论功陋汉仪。此日从官多献赋，

---

① 杨镰主编：《全元诗》第40册，中华书局2013年版，第322—323页。
② 杨镰主编：《全元诗》第40册，中华书局2013年版，第284页。
③ 杨镰主编：《全元诗》第40册，中华书局2013年版，第284页。

何人为诵武公诗。①

诈马宴也称质孙宴,一般每年六月举行一次,是蒙古最为盛大、隆重的皇家宴会,它的举办不仅是皇室"发扬祖德并宗功"② 之用,也有加强与漠北蒙古诸王的联系,沟通感情,并向藩属及外国使节树立权威,展示王朝的强盛和恢宏的气度的政治目的③。故而朝廷对之尤为重视。周伯琦《诈马行有序》载:"国家之制,乘舆北幸上京,岁以六月吉日,命宿卫大臣及近侍服所赐只孙,珠翠金宝、衣冠腰带、盛饰名马。清晨,自城外各持彩杖,列队驰入禁中。于是,上盛服御殿临观,乃大张宴为乐。惟宗王戚里、宿卫大臣,前列行酒。余各以所职叙坐合饮。诸坊奏大乐,陈百戏,如是者凡三日而罢。其佩服,日一易。太官用羊二千,噉马三百匹,它费称是。"④ 贡师泰《上都诈马大燕五首》之一即是对参加诈马宴的皇辇及百官等浩大队伍的描述,他们穿戴整齐奢华,夺人眼球;之二通过对诈马宴的宫殿、珠宝、服饰、装束、美酒、器具等的描绘以呈现百年典礼的豪盛威严;之五指明举行如此盛宴,并非为了宣扬武力,而是与民同享太平盛世之乐,颂扬王公大臣之美德。廼贤作《失剌斡耳朵观诈马宴奉次贡泰甫授经先生韵五首》以和:

其一:
　　诏下天门御墨题,龙冈开宴百官齐。路通禁籞联文石,幔隔香尘镇水犀。象辇时从黄道出,龙驹牵向赤墀嘶。绣衣珠帽佳公子,千骑扬镳过柳堤。⑤

其二:
　　珊瑚小带佩豪曹,压辔铃铛雉尾高。宫女侍筵歌芍药,内官当殿出蒲萄。柏梁竞喜诗先捷,羽猎争传赋最豪。一曲《霓裳》才舞

---

① 杨镰主编:《全元诗》第40册,中华书局2013年版,第285页。
② 杨镰主编:《全元诗》第40册,中华书局2013年版,第3455页。
③ 高建新:《元代诗人笔下的"诈马宴"略说》,《内蒙古大学学报》(哲学社会科学版) 2016年第2期,第8页。
④ 杨镰主编:《全元诗》第40册,中华书局2013年版,第345页。
⑤ 杨镰主编:《全元诗》第48册,中华书局2013年版,第35页。

罢，天香浮动翠云袍。①

其五：

滦河凉似九龙池，清暑年年六月时。孔雀御屏金篆篆，棕榈别殿日熙熙。青藜独喜颁刘向，黄阁重开拜子仪。千载风云新际会，愿将金石播声诗。②

廼贤诗韵、意皆和，其一描述了天子、百官入场时的顺序以及服饰的华丽；其二对宴会上歌女吟唱、文人作诗献赋、舞女献舞等竞技表演进行刻画；其五颂扬盛世之下风云际会，文儒学士风姿尽展，诗文足以使之声名远播。二人诗歌雍容典雅，尽显绚丽奢华的皇家宴会风貌。

事实上，此一时期的元朝已是外忧内患，社会矛盾颇为尖锐。早在顺帝至元初期，江西、四川、广西、山东等地爆发了小规模的农民起义；至元四年（1338）正月，彭莹玉与弟子周子旺等率领白莲教五千余信徒于江西袁州发动武装起义，尽管元廷将之镇压，但彭莹玉等人四处辗转，继续传布教义，宣传并策划武装起义反元活动。至正八年（1348），黄岩人蔡乱头起兵反元，同年方国珍与其兄方国璋等人聚集数千人，起兵海上。至正十一年（1351）五月，刘福通等农民起义军以"红巾"为号，在颍州揭竿而起，四方群起而响应，一时起义军四起，元朝政权已风雨飘摇。贡师泰等馆阁诗人的酬唱诗，仍极力铺陈盛世文治、颂人君贤德。不难见出，其诗歌是对中期馆阁诗人抽去诗的"风雅"传统中的"美刺"的讽喻特质，而只以诗为"治世之音安以乐"③，遮蔽"乱世之音怨以怒"④的唱和传统的继承和延续。这虽是受诗人侍从身份影响下的无奈之举，却也是元后期馆阁诗人酬唱诗的典型代表，与地方唱和诗人群体形成不同的诗歌唱和风貌，共同促进元后期多元化酬唱诗坛格局的形成。

---

① 杨镰主编：《全元诗》第48册，中华书局2013年版，第35页。
② 杨镰主编：《全元诗》第48册，中华书局2013年版，第35页。
③ （汉）郑玄注，（唐）孔颖达疏：《礼记正义》，（清）阮元校刻十三经注疏本，中华书局1982年影印版，第3311页。
④ （汉）郑玄注，（唐）孔颖达疏：《礼记正义》，（清）阮元校刻十三经注疏本，中华书局1982年影印版，第3311页。

二 地方唱和的崛起

与元中期大都馆阁文人雄踞酬唱诗坛不同,元后期馆阁诗人虽唱和活动频繁,诗歌仍延续中期诗坛鸣太平之盛为主要内容,诗风雄深典丽,但随着地方酬唱群体的渐次崛起,馆阁文人慢慢失去诗坛独尊的主导地位。元后期,因社会动荡,烽烟四起,与中央大都对应的地方文人酬唱诗人群体于时代洪流之中呈星火燎原之势,他们或啸聚山林,或游历江湖,饮酒唱酬,追求个性化、诗意化的人生。他们的酬唱诗涉及生活的方方面面,既有吟咏性情、寄情山水田园之作,也有反映时代巨变、怀古伤今之意,酬唱主题不一,诗风各异,突破了中期"雅正"的唱和主流,形成与大都馆阁酬唱不同的诗歌面貌。其中以顾瑛领导的玉山唱酬群体,吴中文人酬唱群体、松江文人群及杭郡文人唱和群体等为代表。

(一)昆山顾瑛及其玉山雅集唱和

元后期虽诗社林立,雅集频繁,但地方酬唱群体的代表,以顾瑛等人领导的玉山雅集酬唱最具影响,足以为有元一代,乃至整个中国古代文人雅集的典范。玉山雅集盛会的形成及成功举办,离不开组织者顾瑛等人的努力。

顾瑛(1310—1369),名德辉,又名德烽、阿瑛,字仲瑛,一作道彰,晚年自号金粟道人,昆山界溪人。因居所昆山又称玉山,又号玉山主人、玉山隐君、王山樵者、玉山道人等。顾瑛既是玉山雅集的主持者,也是酬唱活动的东道主,其家传的学识和富甲一方的财富积攒为玉山雅集的开展打下了基础。顾氏"世为苏之昆山人,盖四姓之旧也"[1],顾家四世居昆山,家业豪富。其曾祖顾宗恺为南宋武翼郎,祖父顾闻传亦历元廷怀孟路总管等职,"大父及其诸从父皆纡金曳紫,贵赫显著"[2]。其父顾伯守虽"隐德不仕"[3],但家业宏富,顾瑛年少便"绣衣花帽白玉带,

---

[1] (元)殷奎:《故武略将军钱塘县男顾府君墓志铭》,(元)顾瑛辑,杨镰、叶爱欣整理:《玉山名胜集》,中华书局2008年版,第654页。

[2] (元)顾瑛辑,杨镰、叶爱欣整理:《玉山名胜集·芝云堂记》,中华书局2008年版,第97页。

[3] (元)顾瑛著,杨镰整理:《玉山璞稿·顾瑛诗文辑存卷六·金粟道人顾君墓志铭》,中华书局2008年版,第190页。

雕鞍骏马黄金鞭。长街联辔邃馆醉，当场结客轻韩嫣"①，生活奢侈阔绰。年方十六时，"佐父理事，布粟出内家，众不能欺"②，随父经商。可以说顾瑛出身豪门巨富，家资尤为丰厚。顾瑛本人学识渊博、长于诗文，且性情豪爽。顾瑛喜好结交友朋，"常乘肥衣轻，驰逐于少年之场，故达官时贵，靡不交识"，所交不乏达官贵人，青年时"崇礼文儒，师友其贤者"，褪去豪门少爷浪荡的旧习，沉溺于学习文儒书画。顾瑛"有仕才，而素无仕志"③，曾举茂才，辟会稽教谕以及省臣重材而任以事，皆辞不就。杨维桢《雅集志》称："其人青年好学，通文史，好音律、钟鼎、古器、法书、名画品格之辨。性尤轻财喜客，海内文士未尝不造玉山所，其风流文采，出乎流辈者，尤为倾倒。"④杨循吉又云："阿瑛好事而能文，其所作不逮诸客，而词语流丽，亦时动人。故在当时，得以周旋骚坛之上，非独以财故也。"⑤可见，顾瑛虽以商贾巨富为名，但颇具文学艺术素养，这也为其组织并参与诗歌酬唱活动提供便利。

玉山雅集酬唱的生成，还离不开顾瑛对玉山雅集活动场所的经营。据顾瑛作墓志铭称："年逾四十，田业悉付子婿，于旧第之西偏，垒石为小山，筑草堂于其址，在右亭馆为千所。傍植杂花木，以梧竹相映带，总名之为'玉山佳处'。"⑥实际上，顾瑛对玉山草堂的修建要早于这个时候。据考证，早在后至元五年（1339）拜石坛和寒翠所两处景点便已修成。⑦顾瑛墓志铭所言，当指约至正八年（1348），顾瑛将家业托付于

---

① （元）顾瑛辑，杨镰、叶爱欣整理：《玉山名胜集·忆昔五十韵留别雪坡太守》，中华书局2008年版，第708页。
② （元）殷奎：《故武略将军钱塘县男顾府君墓志铭》，（元）顾瑛辑，杨镰、叶爱欣整理：《玉山名胜集》，中华书局2008年版，第654页。
③ （明）杨维桢著，孙小力校笺：《杨维桢全集校笺》卷七十二《东维子文集·玉山佳处记》，上海古籍出版社2019年版，第2385页。
④ （明）杨维桢著，孙小力校笺：《杨维桢全集校笺》，上海古籍出版社2019年版，第3597页。
⑤ （明）杨循吉等著，陈其弟点校：《吴中小志丛刊·苏谈·顾阿瑛豪侈》，广陵书社2004年版，第36页。
⑥ （元）顾瑛：《金粟道人顾君墓志铭》，李修生主编：《全元文》第52册，江苏古籍出版社1998年版，第553页。
⑦ 谷春侠：《玉山雅集研究》，博士学位论文，中国社会科学院研究生院，2008年，第23页。

子、婿，退居界溪旧宅之西，全力修缮玉山草堂，最终落成玉山堂、钓月轩、芝云堂、可诗斋、碧梧翠竹堂、读书舍、种玉亭、小蓬莱、湖光山色楼、浣花馆、柳塘春、渔庄、金粟影、书画舫、听雪斋、绛雪亭、春草池、绿波亭、雪巢、君子亭、澹香亭、秋华亭、春晖楼、白云海、来龟轩、拜石坛、寒翠所等景点。① 其"园池亭榭之盛，图史之富，暨饩馆声伎，并冠绝一时"②，故而凡"士友群集，四方之来与朝士之能为文辞者，凡过苏必之焉"③。玉山草堂吸引了包括杨维桢、袁华、于立、张雨、高智、姚文奂、郯韶、释良奇、陈基、吴国良、陆仁、泰不华、萨都剌、昂吉等为代表的多民族士人群体，既有儒、道、释宾客，也有汉族、蒙古、色目等诗人，有朝廷勋贵往来，亦有布衣诗人参与。他们远离尘世，"欢意浓浃，随兴所至，罗樽俎，陈砚席，列坐而赋，分题布韵，无间宾主，仙翁释子，亦往往而在。歌行比兴，长短杂体，靡所不有"④，每每游览美景，诗酒言欢，不仅促进了多族文人的文学文化交往和民族融合，有利于民族共同体的形成，同时也开启了文人雅集的盛宴，将诗歌唱酬生活化，为后世文人雅集唱酬树立了典型。

顾瑛等人的玉山雅集唱和，在题材上延续前贤雅集多以山光水色、雪月风花、友人宴集为歌咏内容的传统。如以至正八年（1348）二月十九日被誉为"诸集之冠"⑤ 的集会为例，杨维桢《桃源雅集图志》记为：

> 主客凡十人，从者十三人，妓奴四人。冠鹿皮，衣紫绮，坐案而探卷者，铁笛道人会稽杨维桢也。持铁笛而侍者，翡翠屏也。岸香几而雄辩者，野航道人姚文奂也。沉吟而痴坐，搜句于景象之外者，苕溪渔者郯韶也。琴书左右，捉玉麈，从容而色笑者，即桃源

---

① 王进：《元代后期文人雅集的书画活动研究》，博士学位论文，中国艺术研究院，2010年，第91页。

② （清）张廷玉：《明史》卷二百八五，中华书局2005年版，第7325页。

③ （元）顾瑛辑，杨镰、叶爱欣整理：《玉山名胜集·玉山名胜集序》，中华书局2008年版，第7页。

④ （元）顾瑛辑，杨镰、叶爱欣整理：《玉山名胜集·玉山名胜集序》，中华书局2008年版，第7页。

⑤ （明）杨维桢著，孙小力校笺：《杨维桢全集校笺》，上海古籍出版社2019年版，第3597页。

主人也。姬之侍为天香秀也。舒卷而作画者，为吴门李立。旁侍而指画者，即张渥也。席皋比，曲肱而枕石者，桃源之仲子晋也。冠黄冠，坐蟠根之上，皤然如矮瓠者，匡庐山人于立也。美衣巾，束带而立，颐指仆奴从治酒事者，桃源之子元臣也。捧肴核者，丁香秀也。持觞而听白者，小璚英也。

一时人品，踈通俊朗。侍姝执伎皆妍整，奔走童隶亦皆驯雅。安于矩矱之内，觞政流行，乐部皆畅。碧梧翠竹与清扬争秀，落花芳草与才情俱飞，矢口成句，落毫成文，花月不妖，湖山有发。是宜斯图一出，为一时名流所慕用也。

时期而不至者，句曲外史张雨、永嘉征君李孝光、东海倪瓒、天台陈基也。

夫主客交并、文酒宴赏代有之矣，而称美于世者，仅山阴之兰亭、洛阳之西园耳。金谷、龙山而次弗论也。然而兰亭过于清则隘，西园过于华则靡。清而不隘也，华而不靡也，若今玉山之集者非欤？故予为譔述缀图尾，使览者有考焉。①

杨氏记载了此次雅集酬唱的情景。参与者既有顾瑛、于立、杨维桢、姚文奂、郯韶、顾晋、顾元臣等诗人，也有画家张渥、李立，妓奴翡翠屏、天香秀、小璚英、丁香秀等。逾期不至之张雨、李孝光、倪瓒、陈基，也皆当世名士，颇负文名。众人集聚玉山草堂，主客交并、文酒宴赏，或谈古论今，或矢口成句，或落墨成画，诗人的才艺情思在落花芳草、山岳水色间随意畅发。顾瑛等人的玉山雅集"清而不隘，华而不靡"，其雅致已逾"清隘"之东晋王羲之、谢安、孙绰等人的兰亭集会及华丽奢靡之王诜、苏轼、米芾、秦观、李公麟等的洛阳西园雅集，为一时名流所钦慕。

诗歌唱酬是玉山雅会最重要的交流方式，是日众人以杜甫《崔氏东山草堂》"爱汝玉山草堂静"句分题赋诗，诗成者五人，二人诗不成。于立、姚文奂、郯韶、顾晋、顾瑛分别得"爱""汝""玉""草"

---

① （明）杨维桢著，孙小力校笺：《杨维桢全集校笺》，上海古籍出版社2019年版，第3597页。

"静"字：

> 青阳在林野，云物殊变态。系船石萝阴，把钓桃水汇。采英延清酌，揽芳结幽佩。欢期岂再必，于焉寄所爱。
> ——《于立得爱字》①

> 仲春会桃源，青年暎霞举。道人吹铁笛，主者捉玉麈。野航晨不渡，溪渔来何许。欹坐蟠根阴，匡庐故仙侣。众宾各雅兴，辞适忘尔汝。怀哉张李辈，明月在空渚。复念东海宇，云林夜来雨。
> ——《姚文奂得汝字》②

> 逶迤玉山阿，窈窕桃花谷。林芳缀丹葩，霞彩散晨旭。溪回濯新锦，洞幽答鸣玉。乐哉君子游，于以寄高躅。
> ——《郯韶得玉字》③

> 客从桃源游，爱此玉山好。清文引佳酌，玄览穷幽讨。流莺答新歌，飞花落纤缟。分坐有杂英，醉眠无芳草。
> ——《顾晋得草字》④

> 兰风荡丛薄，高宇日色静。林回泛春声，帘疎散清影。褰裳石萝古，濯缨水花冷。于焉奉华觞，聊以娱昼永。
> ——《顾瑛得静字》⑤

诗歌从不同角度描绘了玉山草堂的景致及宾客之雅事，将玉山的曲折绵延、桃花谷的芬芳馥郁、朝阳伴随彩霞、流莺吟唱以及宾客揽芳结幽佩等景、事展现得淋漓尽致。身处如此静谧清幽的世外桃源，恰逢如此良辰美景，群贤毕至，众宾客自然各尽雅兴，或"辞适忘尔汝"，或"乐哉君子游，于以寄高躅"，或"欢期岂再必，于焉寄所爱"，沉浸于雅会中无法自我，并乐此不疲地举行雅集酬唱。这类多述草堂山光水色的酬唱诗呈现清新婉丽、工整奇巧的特点，形成与北方馆阁文人群体不同

---

① （元）顾瑛辑，杨镰、叶爱欣整理：《玉山名胜集》，中华书局2008年版，第48页。
② （元）顾瑛辑，杨镰、叶爱欣整理：《玉山名胜集》，中华书局2008年版，第48页。
③ （元）顾瑛辑，杨镰、叶爱欣整理：《玉山名胜集》，中华书局2008年版，第49页。
④ （元）顾瑛辑，杨镰、叶爱欣整理：《玉山名胜集》，中华书局2008年版，第49页。
⑤ （元）顾瑛辑，杨镰、叶爱欣整理：《玉山名胜集》，中华书局2008年版，第49页。

的酬唱内容和诗歌风格。

顾瑛等人的玉山雅唱多聚焦于草堂景致、宴饮、游乐等为书写内容，凡目之所及、身之所触之物事，皆可成为唱酬的对象，一方面促使诗歌酬唱的世俗化、生活化及个人化，有助于玉山文人人生的诗意化；另一方面，玉山诗人偏安一隅，纵情欢乐，将诗歌取材范围局限于玉山草堂之景、事，题咏范围相对狭窄，情感抒发相对受限，因而受到研究者诟病。学者斥责玉山诗人"这种游乐无虚日、宴饮无节制的生活情景，正是玉山草堂主人顾阿瑛以及他趋之若鹜的友朋宾客们在风雨飘摇的时代变态行为的具体表现"[1]。玉山草堂虽是元末动荡时局中的一片净土，但元末群雄并起，相互角逐，玉山文人也未能完全免除动荡局势的影响，也跳出对玉山草堂的题咏传统，在诗歌酬唱中也表现出对时局的关注和思考。如顾瑛《张仲举待制以京中海上口号十绝附郯九成见寄瑛以吴下时事复韵答之》即书写了时事，之二：

带号新军识未真，栏街作队动生嗔。官支烂钞难行使，强买盐粮更打人。[2]

之三：

白昼惊风海上号，水军三万尽乘涛。书生不解参军事，也向船头著战袍。[3]

之十：

和籴粮船去若飞，兼春带夏未曾归。用钱赡米该加七，纳户身悬百结衣。[4]

---

[1] 么书仪：《元代文人心态》，文化艺术出版社1993年版，第253页。
[2] 杨镰主编：《全元诗》第49册，中华书局2013年版，第3页。
[3] 杨镰主编：《全元诗》第49册，中华书局2013年版，第3页。
[4] 杨镰主编：《全元诗》第49册，中华书局2013年版，第3页。

对时事及底层人民生活的不易表示出关注和同情。再如袁华有句："不饮何为叹淹滞，安得壮士目裂眦。扫荡群凶清四裔，汉室毋忘封爵誓。黄河如带山如砺，伫看偃武崇文艺，与子永结金兰契。"① 传达出作者对天降雄才，扫除战乱、平定四海，恢复盛世文翰昌明的渴望。再如于立分韵诗"黄尘暗关洛，海波殊未平。岂不怀远途，且复慰闲情。出门瞻北斗，河汉东南倾"②；释良琦《送浙东副元帅巡海归镇诗并序》"至正八年海寇作，千艘万艘聚岛泺。云旗蔽天架刀槊，人攀樯柂猿猱攀。焚粮劫帅庤商舶，椎牛击鼓日饮醵。杀人脔肉列鼎镬，天地惨惨风格格"③；秦约"八年建卯月，盗贼起睼翩。剽掠烽火，毅戮霍戈。紫垣焉之嘴，章奏九重天。延剖铜虎符，出荡腥膻。屯兵驻山傲，系虏来江项。塑心贵妆挛，宥遏前自俊。所期在复案，耕鏊相安然"④ 等诗歌，皆与至正八年方国珍海上起事，朝廷派兵作战的社会时事相关，玉山诗人皆对朝廷军力充满信心，坚信不久之后"圣主无为道化平"⑤。相较于吟咏山水游乐的华美艳丽之作，这些诗歌多呈现奇巧峭拔的风格。这类关注国事的酬唱诗在玉山文人笔下虽占比有限，却也是审视玉山雅集唱和不可忽略的部分。故而对《御定四朝诗》言"有元一代，作者云兴，虞杨范揭以下，指不胜屈，而末叶争趋绮丽，乃类小词"⑥ 及纪昀等称"元之季年，多效温庭筠体，柔媚旖旎，全类小词"⑦ 的论断，应当分而评骘，不可一概而论。

（二）吴县徐达左及其"耕渔轩"唱酬

陈田《明诗纪事》云："元季吴中好客者，称昆山顾仲瑛、无锡倪元

---

① （元）顾瑛辑，杨镰、叶爱欣整理：《玉山名胜集·袁华得桂字》，中华书局2008年版，第334页。

② （元）顾瑛辑，杨镰、叶爱欣整理：《玉山名胜集·于立得更字》，中华书局2008年版，第78页。

③ （元）顾瑛辑，杨镰、叶爱欣整理：《玉山名胜集》，中华书局2008年版，第375页。

④ 杨镰主编：《全元诗》第57册，中华书局2013年版，第252页。

⑤ 杨镰主编：《全元诗》第47册，中华书局2013年版，第172页。

⑥ （清）永瑢等：《四库全书总目》卷一九〇《御定四朝诗三百一十二卷》，中华书局1965年版，第1462页。

⑦ （清）永瑢等：《四库全书总目》卷一六八《铁崖古乐府十卷 乐府补六卷》，中华书局1965年版，第1462页。

镇、吴县徐良夫，鼎峙二百里间。海内贤士大夫闻风景附，一时高人胜流，佚民遗老，迁客寓公，缁衣黄冠与于斯文者，靡不望三家以为归。"①顾瑛玉山雅集酬唱外，吴县徐达左等人的"耕渔轩"唱酬也是元后期多元化酬唱的典型代表。

徐达左（1333—1395），字良夫，一字良辅，号耕渔子、松云道人等，江府（今江苏苏州）人，明洪武初曾为建宁县训导。徐氏祖上本为汴河（今河南开封）人，宋南渡后定居光福里，"族渐以大，其行谊好古，托志文墨者，代不乏人"②。从徐达左留存不多的史料中可知，徐氏延续了家传好学的传统。徐达左少年曾从鄱阳邵宏道学《易》，随天台董仁仲学《书》，精于书法，通晓画理，工于诗文。据《姑苏志》载，其"家故温裕，喜接纳四方名士，置家塾，合族属子弟教之，乡党遵化"③。徐达左跟昆山顾瑛颇为相似，不仅自身深谙文理，具有文才，且喜好结交四方名士，相与唱酬。最不可缺少的是，徐氏家境殷实，极具家资。这都为"耕渔轩"酬唱活动的举行和延续提供了良好的基础。

元后期，社会分崩离析，文人朝不保夕，人人自危。徐达左隐居于家乡光福里，修筑耕渔轩，"家太湖之滨，读祖父之书，亲耕渔之乐，不求知于人，不谋庸于世"④，广邀友人来访。据顾元庆《云林遗事》载：光福徐达左，构养贤楼于邓尉山中，一时名士多集于此。"⑤ 都穆《游郡西诸山记》云："奉慈庵（在邓尉山）中故有养贤楼，元季里儒徐良夫好客，四方贤士，多集楼上，今亡，独扁存。"⑥《四库全书总目·金兰集提要》："达左当未仕以前，家苏州之光福里，于所居筑耕渔轩。一时名流

---

① 陈田辑撰：《明诗纪事·甲籤卷二十五》，上海古籍出版社1993年版，第504页。
② （明）徐达左辑录，杨镰、张颐青整理：《金兰集·题耕渔轩倡酬名迹序》，中华书局2013年版，第9页。
③ （明）王鏊：《姑苏志》卷五四，《景印文渊阁四库全书》史部第493册，台湾商务印书馆1989年版，第1045页。
④ （明）徐达左辑录，杨镰、张颐青整理：《金兰集·耕渔轩诗后序》，中华书局2013年版，第7页。
⑤ （明）顾元庆：《云林遗事》，张小庄、陈期凡编著：《明代笔记日记绘画史料汇编》，上海书画出版社2019年版，第76页。
⑥ （明）杨循吉等著，陈其弟点校：《吴中小志丛刊》，广陵书社2004年版，第428页。

往还，多为题咏。此集乃其所辑同时酬赠之作。"① 一时"或出于仕途，或羁于异方，或处于城郭"之名流往来不绝，其间友朋宴聚，诗酒唱酬，留下了不少诗文。达左将之汇集成卷，题为《耕渔轩诗》，后更名为《金兰集》。

"耕渔轩"唱和以徐达左为中心，其雅集活动的开始，大约始于元至正十五年（1355）。徐达左在明洪武八年（1375）九月作《金兰集自序》云："《金兰集》者，达左与友朋往来之诗，编集成卷，以见不忘之义也。……故某与友朋往来之诗，悉皆集之，迨二十年而成卷。夫观其迹如见其人，诵其诗似接其语。尤不可遗，是亦久要不忘之义也。恐夫久而泯焉，故锓诸梓以期于不朽云。"② 唱酬活动延续到明洪武年间，二十年间，吸引了倪瓒、周砥、张复初、周伯琦、郑元祐、高启、高巽志、张翥、谢应芳、释元珪、杨维桢等一百二十人参与，既有吴中本地诗人，也有来自其他地域的多民族诗人，有文儒俗士，也有佛陀等方外之人。其中倪瓒、周砥、周伯琦、郑元祐、杨维桢等文人，也是顾瑛玉山草堂雅集的常客和酬唱主力，他们造访并参与耕渔轩雅集，不仅加强了两大诗人集团之间的沟通和联系，也为耕渔轩文人延续并发扬玉山文人的集会风雅提供了指导。

徐达左等耕渔轩诗人的酬唱主题和吟咏内容，主要集中于两方面：一是多述山水清音、避世幽居闲适之情；二是阐发时局影响下士人的哀思和忧愁。隐逸退避山林田园，沉溺耳目声色的享乐是元后期地方酬唱文人的普遍选择，以徐达左为主导的耕渔轩文人群体也不可避免。徐达左建立耕渔轩之初即言：

> 不肖生居山泽，躬耕以具箪食，无所仰给于人。遭时乂宁，野无螟螣之灾，乡无枹鼓之警，官无发召之役，获于田而观黍稷之敛秭，缗于水而遂鳣鲔之涪湛。而又暇日挟册，以学思古人之微，以适其适。吾于是充然而有余，嚣然而自得，怡然以尽夫修年而无所

---

① （清）永瑢等：《四库全书总目》卷一九一，中华书局1965年版，第1739页。
② （明）徐达左辑录，杨镰、张颐青整理：《金兰集》，中华书局2013年版，第5页。

觊觎矣。因名居室曰"耕渔",所以寓吾志也。①

徐达左对山林隐逸、躬耕田园生活尤为向往,这在其与友朋的诗歌交往中多次提及。如徐达左《次韵》自言:"庞公隐鹿门,子真居谷口。蒋诩开三径,陶潜栽五柳。俱存避世心,不用擎天手。苟肯枉尺寻,金印大如斗。"②又"岂无高尚心,复有诗书癖。从宦意茫茫,稽古心历历"③。意欲效仿庞德公、郑子真、蒋诩、陶渊明等前贤"不用擎天手",避世不出。

其他往来酬酢友人也多有记述。如倪瓒《寄良夫契友》:"昔者安丰董,朝耕暮读书。亲乐以妻顺,山樵而水渔。徐子慕古义,林卧独端居。弹琴咏王风,窅然观化初。月窗澹疏竹,跏趺当六如。"④描绘了徐氏幽居山林,耕渔读书、弹琴咏唱的生活乐趣。释自厚《寄耕渔逸人》:"问君耕渔意如何,处世不欲遭网罗。卧龙曾荷先主顾,飞熊入梦西伯过。古今贤烈乐在此,功名富贵良由他。青鞋布袜江海客,尚须洗耳听吟哦。"⑤意在不受俗世功名富贵所网罗。又周衡《奉寄良夫先生》言"豫章有高士,南国谁能群。党议方激争,恬然事耕耘。出处人莫测,舒卷如秋云。当时陈蕃榻,高悬待徐君。至今青史上,风节掩奇勋。凤皇一去后,千载杳莫闻"⑥;刘天锡《题徐良夫耕渔轩》称其"高人谢尘嚣,俯仰忘昏旦。兴衰固无系,舒卷任萧散"⑦;苏大年《奉寄耕渔隐人》曰"有田可畔溪可渔,无客闭门惟读书。平湖日落晚山碧,静看浮雪自卷舒"⑧;马肃《题徐良夫耕渔轩》"高人避世纷,遁迹远尘市。结屋秋溪流,为爱佳山趣"⑨等诗作,均围绕徐氏摒弃名利,谢绝尘嚣,毅然投入大自然的意趣而展开,并对徐氏高洁的人格尤为称赞。

---

① (明)徐达左辑录,杨镰、张颐青整理:《金兰集》,中华书局2013年版,第15页。
② (明)徐达左辑录,杨镰、张颐青整理:《金兰集》,中华书局2013年版,第77页。
③ (明)徐达左辑录,杨镰、张颐青整理:《金兰集》,中华书局2013年版,第39页。
④ (明)徐达左辑录,杨镰、张颐青整理:《金兰集》,中华书局2013年版,第36页。
⑤ (明)徐达左辑录,杨镰、张颐青整理:《金兰集》,中华书局2013年版,第38页。
⑥ (明)徐达左辑录,杨镰、张颐青整理:《金兰集》,中华书局2013年版,第34—35页。
⑦ (明)徐达左辑录,杨镰、张颐青整理:《金兰集》,中华书局2013年版,第18页。
⑧ (明)徐达左辑录,杨镰、张颐青整理:《金兰集》,中华书局2013年版,第32页。
⑨ (明)徐达左辑录,杨镰、张颐青整理:《金兰集》,中华书局2013年版,第4页。

在战乱频繁的元末时期，类此风景如画、闲适悠然的生活场所自然是人们向往的"世外桃源"，耕渔轩不可避免地吸引了各族士人往来，他们释放天性，率性而为，尽情地诗酒唱酬。徐达左《次韵》诗回应倪瓒："故人云山里，日事琴与书。蔼然重交义，不肯忘樵渔。奚奴将锦囊，来觅竹水居。佳画入幽趣，雅句复古初。七襄不成报，高风慕相如。"① 周衡《奉寄良夫先生》也言："我来应避喧，冀沾兰茝薰""悠然鱼得水，何以酬殷勤。"② 张复初《题耕渔轩》："今年兵甲暗风尘，海内骚然不见春。独羡南州徐孺子，耕渔犹是泰平人。"③ 耕渔轩成为动乱末世中士人肉体和灵魂的栖息之地。这些文人来访徐达左，暂时远离兵燹纷扰的尘世，闲居山林田野以自娱，因而山水清音、避世幽居的闲适之情成为其诗歌唱酬的主要表达内容。兹列举范焕、徐达左、释善状、金震等人一组唱和诗以观览：

  幽寻得真趣，临眺属清秋。众树碧连屋，一山青入楼。虚空宝花雨，方广香云浮。我亦逃禅者，于兹得暂留。
  偶来小楼坐，诗思颇超群。万叶落红雨，半山飞白云。宝鼎禅寂现，金磬定中闻。幸侍耕渔子，逍遥清夜分。
  ——范焕《是夕复登方丈之小楼孟学倡赋五言诗二章诸公从而和之》④
  与客暂追游，山中已莫秋。乱云飞远阁，孤月照空楼。涧响松边落，岚光竹外浮。不同就野趣，那复为僧留。
  嘉宾暂云契，空山复离群。澄波潋华月，遥岑含薄云。真趣欣自得，尘喧寂然闻。况兹焚香坐，玄谭至宵分。
  ——金震《和韵》⑤
  清游来古寺，万籁正鸣秋。山峻云低麓，气清天近楼。月明银界肃，松合翠岚浮。好事僧尤古，焚香为久留。

---

① （明）徐达左辑录，杨镰、张颐青整理：《金兰集》，中华书局2013年版，第36页。
② （明）徐达左辑录，杨镰、张颐青整理：《金兰集》，中华书局2013年版，第35页。
③ （明）徐达左辑录，杨镰、张颐青整理：《金兰集》，中华书局2013年版，第2页。
④ （明）徐达左辑录，杨镰、张颐青整理：《金兰集》，中华书局2013年版，第67—68页。
⑤ （明）徐达左辑录，杨镰、张颐青整理：《金兰集》，中华书局2013年版，第68页。

良夜空山集，朋侪思逸群。金生气如玉，范子志凌云。铃语月中下，猿馨林外闻。秋霄碧于水，坐指德星分。

——徐达左《和韵》①

黄叶下松径，惊看天地秋。乱山晴对户，皓月夜当楼。野迥烟光薄，溪清水气浮。坐陪玄论久，终夕竟迟留。

溪山逢俊彦，济济岂凡群。秋兴怀张翰，时名并陆云。幽花凭槛发，啼鸟隔林闻。坐久多余兴，诗题更共分。

——释善状《和韵》②

古寺经行处，高怀惬晚秋。白云岩际塔，红树水边楼。月露天光近，金银夜气浮。远公应好客，宁惜片时留。

偶向僧居集、萧然趣不群。松轩邀夜月、石榻卧秋云。邻火东西见、渔歌远近闻。只因陪语笑、不觉曙光分。

——李敬《和韵》③

诗人们登上方丈之小楼，沉浸于短暂而难得的山光水色之中，将秋日之房屋、远山、细雨、落花、宝鼎、白云、翠竹、远阁、孤月、激波、溪流、啼鸟、幽花、良夜、黄叶、水气、铃语、烟雾、猿啼、碧霄、乱山、古寺、红树、石榻、松轩等景致尽收眼底。众人诗歌可谓是极尽描摹之能事，从不同角度展现目击之秋景，将隐逸幽居的闲适情志展现得淋漓尽致。这是以徐达左为代表的耕渔轩文人群体酬唱的主要特点，诗人纵情山水田园，缺乏一种直面时局的信心和勇气，故而其诗歌唱酬也缺乏对现实生活的关注和书写。

尽管耕渔轩文人有意识地远离动荡的时局，将自己的目光转向山水田园、宴集娱乐，但作为社会的一员，他们也未能完全摆脱时局的影响，在其以表现山水闲适为主的酬唱诗歌中，不可避免地流露出战乱时局影响下士人的哀思和忧愁。如高巽志《次韵》徐达左诗云：

---

① （明）徐达左辑录，杨镰、张颐青整理：《金兰集》，中华书局2013年版，第69页。
② （明）徐达左辑录，杨镰、张颐青整理：《金兰集》，中华书局2013年版，第69页。
③ （明）徐达左辑录，杨镰、张颐青整理：《金兰集》，中华书局2013年版，第70页。

半生遭乱欲归休,尘事羁縻岂自由。逸气那堪操雁贽,闲身端可被羊裘。烟光树色千山晚,枫叶芦花两岸秋。别后莫教音问少,相期重泛木兰舟。①

将元明易代之际文人命运易受屠戮的遭遇和忧虑生动形象地呈现出来。韩奕《奉寄耕渔逸人》:

自从兵后已无家,不向山阿即水涯。病喜有箴能止酒,贫嗟无法可餐霞。江声拥槛惊槐梦,日影经檐照䕷华。旦夕雪晴溪上路,杖藜还共看梅花。②

兵祸使诗人无家可归,随之而来的贫困、疾病以及战祸的创伤对诗人来说也是身体和肉体的双重折磨,导致睡梦中不时兴起"惊槐梦"。又蒋廷秀《次韵奉答良夫贤弟》:"白头如许老年人,愁见三边起战尘。此际功名真笑可,古来贤达岂忧贫。舟横野渡江天阔,春到梅花宇宙新。为语西山清隐客,药炉茶灶伴吟身。"③徐达左《次韵》高远诗:"千树丹枫烂晓霞,蜀山深邃五经家。日高处士方回梦,霜下朝官已报衙。肥遁委身同木石,清谈留客共茶瓜。纷纷野战何时息,准拟秋风共泛槎。"④等等,再现了元末激荡时局影响下文人的心理情绪和生存状态。耕渔轩文人虽放浪形骸于山水酬唱之中,但他们对社会时事的关注,弱化了唱和诗游戏化、娱乐化功能,扩大了唱酬诗歌的表现内容,赋予唱和诗"诗史"的文史特质,对了解元末文人生存状态和诗歌发展具有重要的作用。

(三)其他地方文人群体唱和

元后期除却最具代表性的昆山顾瑛及其玉山雅集唱和、吴县徐达左及其《金兰集》唱和外,还有许多地方文人群体的集会唱酬也值得关注。

---

① (明)徐达左辑录,杨镰、张颐青整理:《金兰集》,中华书局2013年版,第37页。
② (明)徐达左辑录,杨镰、张颐青整理:《金兰集》,中华书局2013年版,第33—34页。
③ (明)徐达左辑录,杨镰、张颐青整理:《金兰集》,中华书局2013年版,第38页。
④ (明)徐达左辑录,杨镰、张颐青整理:《金兰集》,中华书局2013年版,第31页。

他们的频繁互动，诗酒往来，是地方文学文化繁荣的催化剂，在促进元末文坛文学繁荣的同时，也影响了明初文坛的发展和走向。

余姚以刘仁本为主导的文人群体是地方酬唱的重要团体。刘仁本（？—1367），字德玄，又字德元，号羽庭，浙江黄岩人，一作天台（今属浙江台州）人。元末以进士乙科，历官浙江行省郎中等职，后方国珍统辖台、温，人为方国珍府幕僚。刘仁本长期居于浙东，在为台、温、庆元等地方的治理和发展献策的同时，与当地名流及外来文士往来唱酬，文学活动频繁。《明史》称其"数从名士赵俶、谢理、朱右等赋诗，有称于时"①。在以刘仁本为中心的余姚文人群体诗歌活动中，最具代表的是元顺帝至正二十年（1360）三月刘氏有志延续并主持的续兰亭集会唱酬。据刘氏《续兰亭诗序》载：

> 至正庚子春，治师会稽之余姚州。与山阴邻壤，望故迹之邱墟，而重为慨叹。于是相龙山之左麓，州署之后山，得神禹秘图之处，水出岩罅，潴为方沼，疏为流泉，卉木丛茂，行列紫薇，间以篔竹，彷佛乎兰亭景状，因作雩咏亭以表之。维时天气清淑，东风扇和，日景明丽，实三月初吉也。合瓯越来会之士，或以官为居，或以兵而戍，与夫避地而侨，暨游方之外者，若枢密都事谢理、元帅方永、邹阳朱右、天台僧白云以下得四十二人，同修禊事焉。着单袷之衣，浮羽觞于曲水，或饮或酢，或咏或歌，徜徉容与，咸适性情之正，而无舍己为人之意。仍按图取晋人所咏诗，率两篇。若阙一而不足者，若二篇皆不就者，第各占其次补之。总若干首，目曰《续兰亭会》，殊有得也。嗟乎！自永和至今，上下宇宙间千有八载，遗风绝响，而今得与士友俯仰盘桓，追陈迹，修坠典，讲俎豆于干戈之际，察鸢鱼于天渊之表，乐且衎衎，夫岂偶然也。是虽未能继志曾点，然视晋人，则亦庶几已矣。独未知后之人，又能有感于斯否乎？②

---

① （清）张廷玉：《明史》卷一二三《刘仁本传》，中华书局2005年版，第3700页。
② 李修生主编：《全元文》第60册，江苏古籍出版社1998年版，第319—320页。

刘仁本举行续兰亭诗会，乃仰慕晋人文物衣冠之盛、享自然之乐、从容文字之娱，这与刘氏"隐居自放，不求闻于人。独喜为歌诗，情有所感，辄形于言"①之性情及追求相契合。刘仁本"尝读孙绰《天台山赋》，至'羽人丹丘，福庭不死'之句，欣然慕之，若将有所遇焉，遂名其稿曰《羽庭》"②，可见其对魏晋诗文的喜爱。刘仁本有感魏晋兰亭雅集酬唱之风流，自永和以来未能延续，"唐宋虽为会于曲江，率皆矜丽，务为游观，曾不足以语此者"③，故而在余姚相龙山之左麓，疏通流泉，种植花卉、树木、紫薇、篁竹等，仿兰亭景状修筑雩咏亭。并携士友于三月初吉循兰亭曲水，"或饮或酢，或咏或歌"，按图取晋人所咏诗两篇，依次补其阙者，抒所得于诗章。

此次续兰亭会有刘仁本、谢理、王霖、朱絅、徐昭文、郑彝、张溥等四十一人参与，与会人员"或以官为居，或以兵而戍，与夫避地而侨，暨游方之外者"，既有俗世文士，也有佛子释自悦、释如皋、释福报等诗僧同修禊事，其中刘仁本、谢理、赵俶等十六人各补四言、五言诗一首。如刘仁本《续兰亭会补参军刘密诗》："俛仰宇宙，眷兹山川。欣欣卉木，泠泠流泉。岂伊独乐，尚友千年。飞觞拊咏，万化陶然。"④"阳春沐膏泽，草木生微暄。灵图发幽秘，感此禹迹存。衣冠继芳集，临流引清尊。性情聊自适，理乱复奚言。"⑤谢理《雩咏亭续兰亭会补侍郎谢瑰诗二首》："瞻彼阿丘，神禹祕之。茂荫嘉树，清泛芳池。临流引觞，衎衎以嬉。俛仰千古，逝者如斯。"⑥"春温散晴旭，灌水浮嘉阴。良辰事修禊，我友欣盍簪。方池注清流，可以濯烦襟。一觞复一咏，畅情忘古今。"⑦王霖《雩咏亭续兰亭会补王献之诗二首》："潏彼源泉，其流泱泱。谁其

---

① （元）贡师泰：《羽庭诗集序》，李修生主编：《全元文》第45册，江苏古籍出版社1998年版，第170页。
② （元）刘仁本：《续兰亭诗序》，李修生主编：《全元文》第60册，江苏古籍出版社1998年版，第319页。
③ （元）刘仁本：《续兰亭诗序》，李修生主编：《全元文》第60册，江苏古籍出版社1998年版，第319页。
④ 杨镰主编：《全元诗》第49册，中华书局2013年版，274页。
⑤ 杨镰主编：《全元诗》第49册，中华书局2013年版，第275页。
⑥ 杨镰主编：《全元诗》第51册，中华书局2013年版，第265—266页。
⑦ 杨镰主编：《全元诗》第51册，中华书局2013年版，第266页。

逯之？以咏以觞。酌此春酒,以祓不祥。"① "华发宴余春,微风宿云散。兰皋野气芳,桐冈日初旦。群贤集崇邱,临流冰光涣。酌酒清湍曲,俯泉嘅长叹!"② 又朱絅《雩咏亭续兰亭会补府曹劳夷诗二首》、徐昭文《雩咏亭续兰亭会补府主簿后绵诗二首》、郑彝《雩咏亭续兰亭会补山阴令虞国诗二首》、张溥《雩咏亭续兰亭会补镇国大将军掾卞迪诗二首》等诗,皆追述魏晋王羲之等古人的兰亭雅会,虽相距千年,却难掩仰慕尚友之情。此外,诗歌还抒发诗人们于动荡岁月中暂避山林,远离尘世纷扰,与友朋择良辰修禊,享受大自然的静谧和闲适,足见士大夫崇尚高旷、清雅、自然之趣的特质。

余姚刘仁本文人酬唱群体外,嘉兴缪思恭等文人群体于南湖创作的《至正庚辛唱和集》也是元末文人酬唱的重要成果,借之可以探知兵祸隳坏影响下地方士人的生成状态和心理活动。"至正庚辛唱和"由庚子(1360)八月十五日及辛丑年(1361)七月十三日两次唱和活动组成。周伯琦《序》交代其唱和背景及情况:

> 人情莫大乎欢戚,而情之欢戚,则又系乎时之治乱。何者？当其乱也,雨覆云翻,天地否闭,对此茫茫,无复生理,虽有花晨月夕,适足动我之感怆欷歔。及其治也,上清下宁,日月开朗,耳目所遭,无非佳境。虽当凄风苦雨,皆足助我之酒肠吟思。此二者无他,当由情以证时,时从情得,知情之欢戚,可以卜时之治乱矣。《至正庚辛唱和诗》,为嘉禾同守缪君广文、曹君偕诸名辈分韵之什也。读其庚子兵后之作,则知方岳匪人,苗獠骄肆,悲音于邑,何其戚也比。读辛丑避暑之作,则藩卫有人,民庶乐业,逸兴超举,何其欢也。盖其为时不过一再,踰年而二十八,诗之欢戚顿异,要亦一系乎人焉耳。③

---

① (清)顾嗣立、(清)席世臣编,吴申扬点校:《元诗选癸集·癸之庚上》,中华书局2001年版,第980页。

② (清)顾嗣立、(清)席世臣编,吴申扬点校:《元诗选癸集·癸之庚上》,中华书局2001年版,第980页。

③ (元)周伯琦:《至正庚辛唱和诗集序》,(清)沈季友《檇李诗系》卷六,《景印文渊阁四库全书》集部第1475册,台北:商务印书馆1989年版,第140页。

此次唱和活动的目的，主要是因"时从情得"，"由情以证时"，欲以"情之欢戚"补"时之治乱"。组织者缪思恭，字德谦，海陵人。曾为扬州令史，"张士诚陷平江，思恭随军克服常熟，授万户。同知州事，摄知州事。爱民礼士，有政声。后调嘉兴同知，淮安总管"①。而此时的嘉兴，刚刚经历纪律涣散、骄肆废弛的杨完者苗军的战祸（即至正己亥兵祸）而满目疮痍。兵后庚子（1360）年八月十五日，缪思恭偕高巽志、释克新、郁遵、陈世昌、江汉、徐一夔、姚桐寿、鲍恂、乐善、金絅、史泽民、殷从先、朱德辉等人于南湖小集，以杜甫《返照》"不可久留豺虎地，南方犹有未招魂"②为韵分题赋诗，记录了彼时社会时局之巨变。

南湖小集唱和虽发生于战后相对平稳的历史时期，但战争的杀戮给时人留下的震动和记忆深刻而难以忘怀。这不仅从众人以杜甫《返照》诗分韵可以见出，其酬唱诗的书写内容及情感表达也可印证。缪思恭《至正二十年八月十五日招同诸彦小集南湖以杜甫不可久留豺虎地南方犹有未招魂为韵得不字》：

  我生胡弗辰，守土愧簪散。乱离叹斯瘼，兵氛驾飘拂。贵臣既防求，苗僚荐骄拂。比户罹毒淫，流殃痛未讫。大军有凶年，荆榛莽萧郁。天地塞无欢，三秋翳沈汩。当国哀黎氓，方来滥朱绂。所冀民社宁，优诏非为屈。顿觉元气清，太空如荡祓。借问今夕娱，还思去年不。③

缪氏诗歌记述了其时各方军力相互攻伐的社会现状，当时的江南集聚元军、张士诚、朱元璋、杨完者等几大军力，杨完者、江浙行省丞相达识帖睦迩以及降元之张士诚本应受元廷节制，但"士诚素欲图完者，而完者时又强娶平章政事庆童女，达识帖木儿虽主其婚，然亦甚厌之，乃阴与士诚定计除完者。扬言使士诚出兵复建德，完者营在杭城北，不

---

① （清）郑钟祥、（清）张瀛修，（清）庞鸿文等纂：《光绪常昭合志稿》卷二十一《名宦》，江苏古籍出版社1991年版，第308页。
② 按：杜甫《返照》原诗为："不可久留豺虎乱，南方实有未招魂"，"乱""实"改为"地""犹"。元人在取前人诗文分韵时有所更改，这一现象较为普遍。
③ 杨镰主编：《全元诗》第62册，中华书局2013年版，第14页。

为备，遂被围，苗军悉溃，完者与其弟伯颜皆自杀"①。他们之间错综复杂的权力角逐及地盘争夺致使混战不断，给普通民众造成巨大的破坏和灾难。这在高巽志的唱和诗中记载得较为详细，其《兵后南湖宴集分韵得可字》：

> 皇风遘中否，微命亦迁播。岂谓托乔林，依然骇烽火。前年奔山壑，去年匿樯舵。妻儿怖欲死，崩忧不知我。赖此干城将，挥戈挽将堕。赵佗既足王，天子诏曰可。人能闭杀机，三光自宁妥。湖波莹宵鉴，芙蓉颤秋朵。且共醉明月，狂吟莫还舸。②

残酷的战祸使得诗人四处逃亡，或奔山壑，或匿樯舵，家中妻儿则"怖欲死，崩忧不知我"。姚桐寿《至正二十年八月十五日同守缪德谦招同诸彦小集南湖以杜甫不可久留豺虎地南方犹有未招魂为韵得留字》"惊波荡四海，桐江失安流。眷言秦溪侧，因依有旧游。鱼盐庶混迹，暂忘儿女忧。宁如王仲宣，洵美不足留。飞尘俄焱举，吹动城南楼。闭景层堙里，归魂故山头。阽危幸无死，重见湖边秋。月白漫相笑，谁无欢与愁"③，释克新《得豺字》"大千一尘劫，刀兵动三灾。修罗拷日月，两间塞风霾。举目何所见，莫非狼与豺。生民饱汤火，像教沦灰埃。世道既交丧，大块何为哉。非仗威德尊，谁辟乾坤开。南天归一隅，清光濯人怀。虽见旧时月，风波尚喧豗。诸公赖经世，好为苍黎哀。我将从此去，杖锡寻黄梅"④ 等诗作，都从不同角度将战祸的破坏和影响呈现出来。作为"刀兵动三灾"这段人间灾难的亲历者，诗人们目睹"生民饱汤火"的惨状，感触颇深，都期望天降奇才扭转乾坤，恢复社会秩序，还黎民百姓一个太平环境。他们心忧黎民百姓的悲天悯人情怀，与传统文人雅集多发山水清音，呈个人闲适自娱、宴集游戏的诗歌酬唱拉开了

---

① （明）宋濂等撰：《元史》卷一四〇《达识帖睦迩传》，中华书局2013年版，第3376页。
② （清）朱彝尊选编：《明诗综》，中华书局2007年版，第763页。
③ （清）顾嗣立、（清）席世臣编，吴申扬点校：《元诗选癸集·癸之庚上》，中华书局2001年版，第971页。
④ （清）沈季友：《檇李诗系》卷六，《景印文渊阁四库全书》集部第1475册，台北：商务印书馆1989年版，第141页。

距离。缪思恭等文人群体的南湖唱和，开拓了酬唱诗的内容广度与思想深度，强化了唱和诗对时事的关注，推动以诗存史意识的普及。

兵祸对人们的创伤治愈，需要长时间的疗养。距至正己亥兵祸约两年后的辛丑（1361）七月十三日，"永嘉曹睿以休假出西郭，憩景德寺。诸公携酒相慰藉，环坐以唐人'因过竹院逢僧话，又得浮生半日闲'之句分韵赋诗。云海师裒集成什，以志一时之良会云"①。此次避暑集会参与者有吕安坦、鲍恂、牛谅、释智觉、常真、丘民、张翼、王纶、来志道、闻人麟、曹睿、徐一夔、尤存、周棐十四人。彼时社会环境相对平稳，"藩卫有人，民庶乐业，逸兴超举，何其欢也"②，但诗人尚未完全从至正己亥兵祸中解脱出来。如吕安坦《龙渊景德禅院分题得因字》：

> 人生苦易别，良会怅无因。况复牵尘事，悒悒不少伸。今日是何日，凉台度苍旻。薄言攻我车，纵步西城闉。行行抵龙渊，萧寺谁与邻。波光荡秋色，修篁净无尘。睹兹风景殊，不乐空逡巡。开尊有清醑，列坐总嘉宾。笑谈杂谐谑，酬酢见天真。开士雅投分，延款倍情亲。醉来欢自剧，诗怀浩无垠。赋此纪同游，重遇卜佳辰。③

诗歌主题为吟咏友朋相聚，享受忙碌尘世中难得的闲暇时光，感情基调欢快愉悦，但诗歌开篇"况复牵尘事，悒悒不少伸"等句，却透露出淡淡的感伤之情，这皆源自频繁战乱的影响，赋予了元后期地方唱和诗不一样的诗歌美学。

地方文人群体唱和的繁荣远不止于此。如至正末年江浙参政石抹宜孙分省处州，与吴立、费世大、赵时奂、谢天与、陈东甫、廉公直、宁良、孙原贞、郭子奇、张清等文人举行"妙成观掀篷"唱和。同时，石抹宜孙与刘基、叶琛等幕僚佐属，揽事触物皆赋诗唱酬，两年之间，唱

---

① （清）沈季友：《檇李诗系》卷六，《景印文渊阁四库全书》集部第1475册，台北：商务印书馆1989年版，第140页。

② （清）沈季友：《檇李诗系》卷六，《景印文渊阁四库全书》集部第1475册，台北：商务印书馆1989年版，第140页。

③ （清）顾嗣立、（清）席世臣编，吴申扬点校：《元诗选癸集·癸之庚上》，中华书局2001年版，第1232页。

和诗凡三百余篇，后集为《少微唱和集》。又周砥与马治避兵难于宜兴荆溪之南，于风泉月林之间载啸载歌，创造名著一时的"荆南唱和"；贡师泰、答禄与权、廉惠山海牙、李国凤、李士瞻、伯颜不花等馆阁文人齐聚福建，与当地文人于玄沙寺雅集酬唱；刘崧与刘野、萧子素兄弟、王泽、王瑄、王環于邹子贤春雨亭唱酬等，皆是元后期地方文人酬唱的典型。这些诗人群的诗歌唱酬，不仅推动了元后期地方文学的发展，丰富元后期唱和诗歌的表达内容和多元化，还对明初文学的兴起、发展乃至明初文坛格局的形成均产生重要的促进作用。明人胡应麟《诗薮》如是概括："国初，吴诗派昉高季迪，越诗派昉刘伯温，闽诗派昉林子羽，岭南诗派昉于孙蕡仲衍，江右诗昉于刘崧子高。五家才力，咸足雄踞一方，先驱当代。"[①] 其文学意义可见一斑。

---

① （明）胡应麟：《诗薮·国朝上》，上海古籍出版社1979年版，第342页。

第三章

元代唱和诗的存录及特点：
以唱和诗集为中心

元代唱和诗在继承和发展前代诗歌往来唱酬的交际功能的同时，亦表现出有别于前代的酬唱特色。本章立足现今可见之文献，以元代见存的唱和诗集为中心，以此揭示元代唱和诗的繁盛及其特点。同时，对元代唱和诗集的作者、创作背景、结集过程、编排体例、版本流传、评介、存佚等相关史实作简要考述，进一步加深对元代唱和诗歌的认识。

第一节 元代唱和诗的存录及特点

元代唱和风气盛行，唱和诗尤为繁盛。具体而言，元代唱和诗的繁盛主要表现在两个方面：一是留存的酬唱诗作多。据不完全统计，在有元一代留存的5000余位诗人的诗歌约13.2万首中，唱酬诗作5.6万余首，占元代诗歌总数的42.42%以上。二是有诗留存且可考的唱和诗集多。现今可见或部分见存的元代唱和诗集58种，数量超过前代。为便于统计及展开，兹以元代唱和诗集为考察对象，借之管窥有元一代唱和诗歌的繁盛面貌。同时，元代唱和诗集呈现出唱和诗人身份的多民族、信仰的多宗教性，唱和活动持续时间长、规模大、参与人数多，帝王唱和的缺席及应制类酬唱诗歌的缺乏等特点亦不容忽视。这些都影响并形成元代唱和诗歌的重要特色和品格，是元代唱和诗学的重要组成部分。

一 元代唱和诗繁盛的表现：唱和诗集数量多

唱和诗歌的结集与传播，一方面是唱和风气盛行与否以及唱和诗歌数量多寡的直观体现；另一方面还与时人结集观念、经济基础、印刷技术、唱和集的价值影响及流传过程中诸如战争、人祸等不可控因素相关。历经大浪淘沙，史海钩沉，流传至今可见或部分见存的唱和诗集更是少之又少，这便赋予这些唱和集极为珍贵的文学史料价值。据考索，元前可考且有诗见存的唱和诗集主要有两晋时期的2种；唐代见存唱和诗集32种，含唱和诗词合集2种[1]；宋代见存唱和诗集16种，含诗词合集1种[2]；元代见存唱和诗集58种，含诗词合集1种。为直观阅览，兹列元前及元代唱和诗集简目如表3-1至表3-3所示。

表3-1　　　　　　　　　　唐前唱和诗集简表

序号	集名卷数	作者	编者	著录（出处）	存佚及主要版本
1	《金谷集》	（晋）石崇、（晋）潘岳、（晋）左思等	（晋）石崇编	严可均《全上古三代秦汉三国六朝文·全晋文》卷三三石崇《金谷诗序》	部分存
2	《兰亭集》	（晋）王羲之、（晋）谢安、（晋）孙绰等	（晋）王羲之编	《晋书》卷八〇《王羲之传》之《兰亭集诗序》	存，清嘉庆九年（1804）洪洞韩炼刻本等

表3-2　　　　　　　　　　唐代唱和诗集简表

序号	集名卷数	作者	编者	著录（出处）	存佚及主要版本
1	《翰林学士集》	（唐）李世民、（唐）许敬宗、（唐）上官仪	编者不详	陈矩影印《翰林学士集序》	部分存，清光绪十九年（1893）贵阳陈矩影印唐卷子本等
2	《存抚集》十卷	（唐）杜审言、（唐）崔融、（唐）苏味道等	编者不详	王溥《唐会要》卷七七等	部分存

---

[1] 据巩本栋先生统计，现今可见或部分见存的唐五代唱和诗集共29种，含诗词合集2种（参巩本栋《唱和诗词研究——以唐宋为中心》，中华书局2013年版，第11—14页）。另唐人李世民、许敬宗、上官仪等《翰林学士集》；高正臣、陈子昂、周彦晖等《高氏三宴诗集》三卷；白居易、胡杲、吉旼等《香山九老诗》等唱和诗集亦存。

[2] 巩本栋：《唱和诗词研究——以唐宋为中心》，中华书局2013年版，第13—14页。

续表

序号	集名卷数	作者	编者	著录（出处）	存佚及主要版本
3	《景龙文馆记》十卷*①	（唐）李显、（唐）李峤等	（唐）武平一编	王尧臣《崇文总目》卷四等	部分存，有贾晋华辑本②
4	《白云记》一卷	（唐）李旦、（唐）李隆基等	（唐）徐彦伯编	刘肃《大唐新语》卷十一等	部分存
5	《朝英集》三卷	（唐）李隆基、（唐）张九龄等	（唐）贾曾编	《新唐书》卷六〇《艺文志》等	部分存
6	《龙池集》一卷	（唐）唐玄宗、（唐）沈佺期、（唐）蔡孚等	（唐）蔡孚编	王钦若《册府元龟》卷二一等	部分存
7	《偃松集》一卷	（唐）蔡孚、（唐）唐玄宗、（唐）张说等	（唐）蔡孚编	《日本国见在书目》等	部分存
8	《大历年浙东联唱集》二卷	（唐）鲍防、（唐）严维、（唐）吕渭等	编者不详	《新唐书》卷六〇《艺文志》等	部分存，有贾晋华辑本
9	《吴兴集》十卷*	（唐）颜真卿、（唐）僧皎然、（唐）张志和等	（唐）颜真卿编	《新唐书》卷六〇《艺文志》等	部分存，有贾晋华辑本
10	《诸朝彦过顾况宅赋诗》一卷	（唐）刘太真、（唐）顾况、（唐）柳浑等	编者不详	王尧臣《崇文总目》卷十一等	部分存
11	《秦系刘长卿唱和诗》一卷	（唐）秦系、（唐）刘长卿	（唐）秦系编	李昉《文苑英华》卷七一六权德舆《秦征君校书与刘随州唱和诗序》等	部分存

① *代表唱和诗词合集，下同。

② 表中所列"贾晋华辑本"，皆收入贾晋华《唐代集会总集与诗人群研究》（北京大学出版社2001年版），不一一列出。

续表

序号	集名卷数	作者	编者	著录（出处）	存佚及主要版本
12	《盛山唱和集》一卷	（唐）唐次、（唐）权德舆等	（唐）权德舆编	李昉《文苑英华》卷七一二权德舆《唐使君盛山唱和集序》等	部分存
13	《僧灵彻酬唱集》十卷	（唐）僧灵彻等	（唐）僧秀峰编	《新唐书》卷六一《艺文志》第五十等	部分存
14	《断金集》一卷	（唐）李逢吉、（唐）令狐楚	（唐）令狐楚编	王尧臣《崇文总目》卷十一"总集类"等	部分存
15	《元白唱和集》十四卷	（唐）元稹、（唐）白居易	（唐）元稹、（唐）白居易编	《全唐文》卷六七五白居易《白氏长庆集后序》等	部分存
16	《香山九老诗》	（唐）白居易、（唐）胡杲、（唐）吉旼	（唐）高正臣等编	欧阳修《新唐书》卷一一九《白居易传》等	存，《四库全书》本等
17	《因继集》三卷	（唐）元稹、（唐）白居易	（唐）元稹编	白居易《白氏长庆集》第六十《因继集重序》等	部分存
18	《三州唱和集》一卷	（唐）元稹、（唐）白居易、（唐）崔玄亮	编者不详	王尧臣《崇文总目》卷十一"总集类"等	部分存
19	《杭越寄和集》一卷	（唐）元稹、（唐）白居易、（唐）李亮	编者不详	郑樵《通志》卷七〇《艺文略》第八等	部分存
20	《刘白唱和集》五卷	（唐）刘禹锡、（唐）白居易	（唐）阿龟编	白居易《白氏文集》第六十《刘白唱和集解》等	部分存
21	《汝洛集》一卷	（唐）刘禹锡、（唐）白居易	（唐）刘禹锡编	刘禹锡《刘梦得文集》卷第九《汝洛集引》等	部分存，有贾晋华辑本
22	《洛中集》一卷	（唐）刘禹锡、（唐）白居易等	（唐）刘禹锡编	白居易《白氏文集》第七十《香山寺白氏洛中集记》等	部分存，有贾晋华辑本

续表

序号	集名卷数	作者	编者	著录（出处）	存佚及主要版本
23	《洛下游赏宴集》十卷	（唐）白居易、（唐）刘僧孺、（唐）裴度等	（唐）白居易编	《全唐文》卷六七五白居易《白氏长庆集后序》等	部分存，有贾晋华辑本
24	《彭阳唱和集》三卷	（唐）刘禹锡、（唐）令狐楚	（唐）刘禹锡编	刘禹锡《刘梦得文集》卷第九《彭阳唱和集引》等	部分存
25	《吴蜀集》一卷	（唐）刘禹锡、（唐）李德裕	（唐）刘禹锡编	刘禹锡《刘梦得文集》卷第九《吴蜀集引》等	部分存
26	《名公唱和集》二十二卷	（唐）刘禹锡、（唐）元稹、（唐）刘僧孺等	编者不详	《新唐书》卷六一《艺文志》第五十等	部分存
27	《高氏三宴诗集》三卷	（唐）高正臣、（唐）陈子昂、（唐）周彦晖等	（唐）高正臣编	永瑢等《四库全书总目》卷一百八十六	存，《四库全书》本等
28	《荆潭唱和集》一卷	（唐）裴均、（唐）杨凭	（唐）裴均、（唐）杨凭编	韩愈《昌黎先生文集》卷第二十《荆潭唱和诗序》等	部分存
29	《盛山十二诗联卷》	（唐）韦处厚、（唐）张籍等	（唐）韦处厚编	韩愈《昌黎先生文集》卷第二十《韦侍讲盛山十二诗序》等	部分存
30	《汉上题襟集》十卷	（唐）段成式、（唐）温庭筠、（唐）余知古等	（唐）段成式编	王尧臣《崇文总目》卷十一等	部分存，有贾晋华辑本
31	《松陵集》十卷	（唐）皮日休、（唐）陆龟蒙等	（唐）陆龟蒙编	《全唐文》卷七九六皮日秀《松陵集序》等	存，陶湘涉园诗影宋本等
32	《（高辇）唱和集》	（五代）高辇、（五代）李从容等	（五代）高辇编	齐己《白莲集》卷四《谢高辇先辈寄新唱集》等	部分存

第三章　元代唱和诗的存录及特点：以唱和诗集为中心　/　119

表3-3　　　　　　　　　宋代唱和诗集简表①

序号	集名卷数	作者	编者	著录（出处）	存佚及主要版本
1	《二李唱和集》一卷	（宋）李昉、（宋）李志	（宋）李昉编	《宋史》卷二〇九《艺文志》第一百六十二等	存，清光绪十五年（1889）贵阳陈氏刻本等
2	《西昆酬唱集》二卷	（宋）杨亿、（宋）刘筠、（宋）钱惟演等	（宋）杨亿编	田况《儒林公议》卷上等	存，有今人王仲荦注、郑再时笺注本等
3	《翰林酬和集》一卷	（宋）王溥、（宋）李昉、（宋）徐铉等	编者不详	王尧臣《崇文总目》卷十一"总集类"等	部分存
4	《应制赏花集》十卷	（宋）徐铉等	编者不详	王尧臣《崇文总目》卷十一"总集类"等	部分存
5	《瑞花诗赋》一卷	（宋）馆阁士人	编者不详	王尧臣《崇文总目》卷十一"总集类"等	部分存
6	《明良集》五百卷	（宋）赵恒、（宋）寇准、（宋）丁谓等	（宋）李虚己编	王应麟《玉海》卷第二十八"圣文"等	部分存
7	《睢阳五老会诗》	（宋）杜衍、（宋）王涣、（宋）冯平等	编者不详	祝穆《事文类聚前集》卷四五钱明逸《睢阳五老图诗并序》等	部分存
8	《礼部唱和诗集》三卷	（宋）欧阳修、（宋）梅尧臣、（宋）王珪等	（宋）欧阳修编	欧阳修《居士集》卷四三《礼部唱和诗序》等	部分存
9	《山游唱和诗集》一卷	（宋）杨蟠、（宋）释契嵩、（宋）释惟晤	（宋）释契嵩编	释契嵩《镡津集》卷一二《山游唱和诗集叙》《山游唱和诗集后叙》等	部分存，《武林掌故丛编》本等
10	《颍川集》	（宋）苏京、（宋）邹浩、（宋）崔鶠等	（宋）苏京编	邹浩《道乡集》卷二七《颍川诗集叙》等	部分存

---

① 参巩本栋《唱和诗词研究——以唐宋为中心》，中华书局2013年版，第13—14页。

续表

序号	集名卷数	作者	编者	著录（出处）	存佚及主要版本
11	《同文馆唱和诗》	（宋）张耒、（宋）邓忠臣、（宋）晁补之等	编者不详	《四库全书总目》卷一八六等	存，《四库全书》本等
12	《汝阴唱和集》一卷	（宋）苏轼、（宋）赵令畤、（宋）陈师道	（宋）赵令畤编	陈振孙《直斋书录解题》卷一五等	部分存
13	《和陶集》四卷	（宋）苏轼、（宋）苏辙	（宋）苏轼编	费衮《梁溪漫志》卷四《东坡改和陶集引》等	存，北宋钦宗朝刊本等
14	《许昌唱和集》*	（宋）叶梦得、（宋）苏过、（宋）晁说之等	编者不详	韩元吉《南涧甲乙稿》卷十六《书许昌唱和集后》等	部分存
15	《坡门酬唱集》二十三卷	（宋）苏轼、（宋）苏辙、（宋）黄庭坚等	（宋）邵浩编	《宋史》卷二〇九《艺文志》等	存，南宋绍熙元年（1190）刻本等
16	《南岳唱酬集》一卷	（宋）张栻、（宋）朱熹、（宋）林用中	（宋）张栻编	张栻《南轩集》卷一五《南岳唱酬序》等	存，明弘治刻本等

不难见出，相较于唐、宋两代，唐前有诗留存的唱和诗集仅《兰亭集》《金谷集》两种，这是唱和诗体处于早期探索阶段、唱和风气尚未大盛、酬唱诗未全面普及的真实写照，同时也与唐前文人虽集会唱酬，但集会诗文总集编撰意识较为薄弱，以及以抄写为主要传播方式的不便有关。至唐宋，随着唱和诗体的日益成熟，诗歌唱酬逐渐普及并成为文人日常交际的重要方式，唱和活动频繁。加之文人有意识地编撰集会诗文，雕版、活字印刷术陆续的出现和使用，为诗文结集和传播带来了便利，故而留下的唱和诗集数倍于唐前，唱和诗作日益兴盛。当然，唐宋之后的有元一代，承唐宋唱和之余绪，其唱和风气之盛，唱和诗歌的繁荣，不下于唐宋。试看其唱和诗集要览（见表3-4）。

表 3-4　　　　　　　　　　元代唱和诗集简表

序号	集名卷数	作者	编者	著录（出处）	存佚及主要版本
1	《西湖倡和诗》	（元）王义山、（元）李元明、（元）应桂等	编者不详	王义山《稼村类稿》卷四《西湖倡和诗序》等	部分存
2	《和陶诗》二卷	（元）郝经	（元）郝经编	郝经《陵川集》卷六《和陶诗序》等	存，吴广隆及马甫平整理本等
3	《月泉吟社诗》一卷	（元）仇远、（元）陈舜道、（元）白珽等	（元）吴渭编	朱睦㮮《万卷堂书目》卷二等	存，《四库全书》本等
4	《雪堂雅集》	（元）商挺、（元）胡祇遹、（元）王恽等	（元）雪堂僧编	姚燧《牧庵集》卷三一《跋雪堂雅集后》	部分存
5	《淇奥唱和诗》	（元）王恽、（元）周宰	编者不详	王恽《秋涧集》卷第四《淇奥唱和诗序》等	部分存
6	《西斋倡和》	（元）张野、（元）吴此民	（元）吴澄编	吴澄《吴文正集》卷五四《题西斋唱和后》等	部分存
7	《和陶集》	（元）刘因	（元）刘因	刘因《静修先生文集》卷之三	存
8	《游云门若耶溪诗》一卷	（元）戴表元、（元）陈用宾等	编者不详	戴表元《剡源集》卷一〇《游云门若耶溪诗序》等	部分存，元至顺元年宗文堂刻本等
9	《游兰亭诗》一卷	（元）戴表元等	编者不详	戴表元《剡源集》卷一〇《游兰亭诗序》等	部分存
10	《八月十六日张园玩月诗》一卷	（元）戴表元、（元）张柍、（元）屠存博等	编者不详	戴表元《剡源集》卷一〇《八月十六日张园玩月诗序》等	部分存
11	《张氏学古斋唱和诗》一卷	（元）戴表元、（元）牟巘、（元）白珽等	编者不详	牟巘《陵阳集》卷十二《张氏学古斋唱和序》等	部分存

续表

序号	集名卷数	作者	编者	著录（出处）	存佚及主要版本
12	《客楼东冬夜会合诗》	（元）戴表元、（元）方凤、（元）顾伯玉等	编者不详	戴表元《剡源集》卷一〇《客楼东冬夜会合诗序》等	部分存
13	《游长春宫诗》一卷	（元）虞集、（元）贡奎、（元）袁桷等	编者不详	虞集《道园学古录》卷五有《游长春宫诗序》等	部分存
14	《北山纪游总录》	（元）黄溍、（元）胡翰、（元）吴师道等	编者不详	胡翰《胡仲子集》卷八《北山纪游总录跋》等	部分存
15	《送邓善之提举江浙儒学诗》	（元）吴澄、（元）卢亘等	编者不详	吴澄《吴文正集》卷二五《送邓善之提举江浙儒学诗序》等	部分存
16	《梅花百咏》一卷	（元）冯子振、（元）释明本	编者不详	（清）钱大昕《元史·艺文志》第四"总集类"等	存，明万历三十六年王化醇刻本等
17	《本德斋诗》	（元）熊昶、（元）虞集等	（元）熊昶编	虞集《道园遗稿》卷六《本德斋送别进士周东扬赴零陵县丞诗序》	部分存
18	《师友集》	（元）萨都剌、（元）杨维桢、（元）虞集等撰	（元）张雨编	黄溍《金华黄先生文集》卷十八续稿十五《师友集序》等	部分存，《诗渊》
19	《同年小集诗》	（元）宋褧、（元）月鲁不花、（元）王赟等	编者不详	宋褧《燕石集》卷十二《同年小集诗序》等	部分存
20	《如舟亭燕饮诗》一卷	（元）宋褧、（元）欧阳玄、（元）宋本等	（元）周子嘉编	许有壬《至正集》卷三二《如舟亭燕饮诗后序》等	部分存
21	《经筵唱和诗》	（元）苏天爵、（元）陈旅、（元）欧阳玄等	编者不详	陈旅《安雅堂集》卷四《经筵唱和诗序》等	部分存

续表

序号	集名卷数	作者	编者	著录（出处）	存佚及主要版本
22	《吴中春游倡和诗》一卷	（元）吴寿民、（元）钱良佑、（元）王东等	（元）钱良佑编	（清）莫友芝、傅增湘《藏园订补郘亭知见传本书目》卷十六《吴中春游倡和诗》一卷	存，徐邦达《古书画过眼要录·元明清书法》整理本
23	《第一山唱和诗》	（元）纳璘不花、（元）余阙等	（元）纳璘不花编	《全元文》卷一六八〇陈奎《第一山唱和诗序》等	部分存
24	《汇兰集》一卷	（元）贡谊、（元）贡师仁、（元）贡师中等	（元）贡谊编	《丹阳柳茹〈贡氏宗谱〉》之贡宗舒《题汇兰集后并序》等	存，民国二十九年刻本版等
25	《燕耕读堂诗》	（元）鲍元康、（元）张子经、（元）项子闻等	编者不详	（元）郑玉《师山先生文集》卷三《燕耕读堂诗序》	部分存
26	《〈夜山图〉题咏》一卷	（元）赵孟𫖯、（元）虞集、（元）鲜于枢等	（元）吴福孙编	赵琦美《赵氏铁网珊瑚》卷十三吴福孙《〈夜山图〉题咏跋》	存，《武林掌故丛编》本
27	《圭塘欸乃集》一卷附《圭塘补和》一卷	（元）许有壬、（元）许有孚、（元）许子桢、（元）马熙	（元）许有孚编	许有孚《圭塘欸乃并引》、马熙《圭塘补和并序》等	存，《四库全书》本、清《艺海珠尘》本等
28	《西斋和陶集》	（元）释梵琦	编者不详	《全元文》卷一五四七朱右《西斋和陶诗序》等	部分存
29	《西湖竹枝集》一卷	（元）杨维桢、（元）张雨、（元）郯韶等	（元）杨维桢编	《全元文》卷一三三六杨维桢《西湖竹枝集序》等	存，清光绪九年嘉惠堂刻本等
30	《上京大宴诗》	（元）贡师泰、（元）王祎、（元）樊时中等	编者不详	元末王祎《王忠文公集》卷六《上京大宴诗序》等	部分存

续表

序号	集名卷数	作者	编者	著录（出处）	存佚及主要版本
31	《心田道院设醮诗》	（元）黄师玄、（元）唐桂芳、（元）鲍同仁等	（元）黄师玄编	郑玉《师山集》卷三《心田道院设醮诗序》等	部分存
32	《南城咏古诗》	（元）迺贤、（元）梁九思、（元）危素等	编者不详	《元诗选 初集》卷四一迺贤《南城咏古十六首并序》等	存，《四库全书》本等
33	《玉山名胜集》八卷《外集》一卷	（元）顾瑛、（元）杨维桢、（元）陆仁等	（元）顾瑛编	李祁《云阳集》卷六《草堂名胜集序》等	存，杨镰及叶爱欣整理本等
34	《玉山名胜外集》二卷	（元）顾瑛、（元）郯韶、（元）释良奇等	（元）顾瑛编	钱大昕《元史·艺文志》卷四"总集类"等	存，杨镰与叶爱欣《玉山名胜集》整理本等
35	《玉山唱和》二卷	（元）顾瑛、（元）释元朴、（元）杨基等	（元）顾瑛编	陆心源《皕宋楼藏书志》卷一百十七集部等	存，杨镰及叶爱欣《玉山名胜集》整理本等
36	《玉山遗什》二卷附录一卷	（元）顾瑛、（元）杨维桢、（元）释良奇等	（元）顾瑛编	丁丙《善本书室藏书志》卷三十九等	存，杨镰与叶爱欣《玉山名胜集》整理本等
37	《玉山纪游》一卷	（元）顾瑛、（元）袁华、（元）杨维桢等	（元）袁华编	魏源《元史新编》卷九四《艺文四》"总集类"等	存，杨镰及叶爱欣《玉山名胜集》整理本等
38	《草堂雅集》十三卷	（元）顾瑛、（元）杨维桢、（元）袁华等	（元）顾瑛编	杨维桢《东维子文集》卷之七《玉山草堂雅集序》等	存，杨镰与祁学明等整理本等

续表

序号	集名卷数	作者	编者	著录（出处）	存佚及主要版本
39	《诸君唱和诗》一卷	（元）石抹宜孙、（元）胡深、（元）王毅等	编者不详	王毅《木讷斋文集》卷一《诸君唱和诗序》等	部分存
40	《近山轩燕集》	（元）陈高、（元）孔正夫、（元）陈德华等	编者不详	陈高《不系舟渔集》卷三《近山轩燕集》等	部分存
41	《荆南唱和诗集》一卷	（元）周砥、（元）马治	（元）周砥、（元）马治编	《全元文》卷一六四六马治《荆南唱和诗集序》等	存，《四库全书》本等
42	《刘石唱和诗》*	（元）刘基、（元）石抹宜孙	编者不详	刘基《诚意伯文集》卷二《唱和集序》等	部分存
43	《少微唱和集》*	（元）刘基、（元）石抹宜孙等	编者不详	王祎《王祎集》卷七《少微倡和集序》等	部分存
44	《掀篷唱和诗》	（元）何宗姚、（元）石抹宜孙等	编者不详	席世臣《元诗选癸集》"辛集上"等	部分存
45	《敦交集》一卷	（元）魏仲远、（元）魏弜、（元）李孝光等	（元）魏仲远编	朱彝尊《曝书亭集》卷第五二《书敦交集后》等	存，朱彝尊藏明抄本等
46	《送张吴县之官嘉定诗》一卷	（元）郑元祐、（元）高启、（元）周砥等	编者不详	郑元祐《侨吴集》卷八《送张同知之官嘉定序》等	存，《四库全书》本等
47	《送张府判诗》一卷	（元）成庭珪、（元）余诠、（元）袁章	编者不详	赵琦美《赵氏铁网珊瑚》卷八《送张府判诗序》等	部分存
48	《良常草堂图诗》一卷	（元）李孝光、（元）倪瓒、（元）吴克恭等	编者不详	明赵琦美《赵氏铁网珊瑚》卷八郑元祐《题良常草堂卷》	部分存

续表

序号	集名卷数	作者	编者	著录（出处）	存佚及主要版本
49	《至正庚辛唱和集》一卷	（元）缪思恭、（元）高巽志、（元）释克新等	（元）郁遵编	沈季友《檇李诗系》卷六《至正庚辛唱和诗集序》等	存，《四库全书》本等
50	《续兰亭诗集》一卷	（元）刘仁本、（元）朱絅、（元）王霖等	（元）刘仁本编	《全元文》卷一八三九刘仁本《续兰亭诗序》等	部分存
51	《春日玄沙寺小集》一卷	（元）贡师泰、（元）廉惠山、（元）李景仪等	编者不详	贡师泰《玩斋集》卷六《春日玄沙寺小集序》等	部分存
52	《虞江宴别诗》一卷	（元）贡师泰、（元）刘仁本等	编者不详	刘仁本《羽庭集》卷五《虞江宴别诗序》等	部分存
53	《邹氏春雨亭宴集诗》	（元）刘楚、（元）王泽等	编者不详	《全元文》卷一七三七刘楚《邹氏春雨亭讌集诗序》等	部分存
54	《东行倡和集》	（元）刘楚、（元）刘子中等	（元）刘楚编	《全元文》卷一七三八刘楚《东行倡和集序》等	部分存
55	《静安八咏诗集》一卷	（元）释寿宁、（元）贡师泰、（元）郑元祐等	（元）释寿宁编	释寿宁《静安八咏集》之杨维桢《静安八咏集序》等	存，《四库全书》《丛书集成初编》本等
56	《澹游集》二卷	（元）虞集、（元）揭傒斯、（元）欧阳玄等	（元）释来复编	《全元文》卷一八三九刘仁本《澹游集序》等	存，瞿镛铁铜剑楼清抄本等
57	《鹤亭倡和诗》一卷	（元）吕诚、（元）虞集、（元）袁华等	编者不详	丁丙《善本书室藏书志》卷三十四集部"别集类十二"	今存国家图书馆藏明菉竹堂钞本等
58	《金兰集》三卷	（元）徐达左、（元）徐济等	（元）徐达左编	钱大昕《元史·艺文志》卷四"总集类"等	存，清钱氏萃古斋抄本、杨镰与张颐青整理本等

据表3-4可知，在元代留存的58种唱和诗集中，有总集55种，郝经《和陶诗》、释梵琦《西斋和陶集》、刘因《和陶集》别集3种。唱和诗集留存数量超唐前的2种，唐五代之32种及宋之16种。其中保存较为完整的唱和诗集有唐前1种，唐代6种，宋代6种，元代25种。由此可见元代唱和风尚的盛行。清人朱彝尊《小方壶存稿序》如是评介："予思古来友朋酬和之乐，无如元人，安阳许氏则有《圭塘欸乃集》，昆山顾氏则有《玉山名胜》《雅集》二编，吴县徐氏则有《金兰集》，上虞魏氏则有《敦交集》，浦江郑氏则有《麟溪集》流播至今。"[1] 即指向元代唱和诗歌较为繁盛这一事实。

然而，对元代唱和诗歌繁盛的思考，有两点事实不容忽略：一是对唐宋时期唱酬诗集的记载和收录，不仅有官方主持并编修的目录学著作如唐元行冲等编修的《群书四录》、刘昫等《旧唐书·经籍志》、欧阳修等《新唐书·艺文志》、王尧臣等《崇文总目》、郑樵《通志·艺文略》、脱脱等《宋史·艺文志》等，宋初李昉等在朝廷支持下修撰的大型类书《文苑英华》《太平御览》等；还有私家修撰的目录学著作如陈振孙《直斋书录解题》、晁公武《郡斋读书志》等，这些对唐宋唱和集的保存及流传具有重要的作用和意义。对于元代的唱和诗集，其时官方、私家书目不盛，记述不详，虽有明人宋濂等修撰《元史》，却未立《艺文志》，清人钱大昕虽补修《元史·艺文志》，魏源有《元史新编·艺文》、丁丙《善本书室藏书志》、陆心源《皕宋楼藏书志》等目录书籍载录，但其时去元王朝已是两三百年之久，其间散佚的元代唱和集不知凡几。二是元朝享祚时间短，作品多。唐五代有历史342年，宋王朝享祚319年，而元代以蒙古灭金（1234年）始，至元大都（1368年）被攻破终，其间约134年的历史，存世时间远远低于唐五代以及宋，唱和诗集数量却远胜唐宋。从这个角度上来说，元代唱和诗歌、唱和诗集较前代要繁荣得多。

二 元代唱和诗的新品格

元代唱和风气盛行，唱和诗集、唱和诗歌极为繁盛。就唱和诗集所

---

[1] （清）朱彝尊：《曝书亭集》，《清代诗文集汇编》第116册，上海古籍出版社2010年版，第325页。

载诗人诗歌而言，自身也呈现出唱和诗人身份的多民族性、信仰的多宗教性，唱和活动持续时间长、规模大、参与人数多、留存作品多，帝王唱和的缺额及应制酬唱的缺失等。这些都影响并形成元代唱和诗歌的重要特色和新品格，是元代唱和诗学的重要组成部分。

（一）帝王唱和的缺位及应制类酬唱诗歌的缺乏

元廷有别于中国历史上的任何朝代，其表征之一是历代帝王长于弓马骑射而弱于主导并参与臣僚开展的诗文酬唱活动，这便导致有元一代帝王唱和的缺位及应制类酬唱诗歌的不盛，形成元代唱和诗学的典型品格。

先贤孔夫子曾言："小子何莫学夫诗？诗可以兴，可以观，可以群，可以怨，迩之事父，远之事君，多识于鸟，兽草木之名。"[①] 故而能诗便成为后世士人最基本的技能之一，不少士子也凭借善诗而获得帝王的青睐。同时，历朝帝王自小就重视对诗文的学习和训练，莫不以诗词吟咏为能，凡节日庆典、游园赏花、登高远望、飨会宴饮等能为赋诗提供契机者，皆可作诗唱酬。如《唐诗纪事》卷第九对唐代中宗君臣唱和情景的概括可资参考："凡天子飨会游豫，唯宰相、直学士得从，春幸梨园并渭水祓除，则赐柳圈辟疠；夏宴蒲萄园，赐朱樱；秋登慈恩浮图，献菊花酒称寿；冬幸新丰，历白鹿观，上骊山，赐浴汤池，给香粉兰泽。从行给翔麟马、品官黄衣各一。帝有所感，即赋诗，学士皆属和，当时人所钦慕。然皆狎猥佻佞，忘君臣礼法，惟以文华取幸。"[②] 但凡历经之事，所遇之物，帝有所感，即可赋诗歌咏，朝臣属和。这样的诗文唱酬活动在元朝以外的历代国君与朝臣之间尤为盛行，已是君臣处理国家政务之余，雅趣娱乐的重要部分。以前文表格所列唱和诗集为例，以唐太宗李世民、许敬宗、上官仪等君臣为中心的唱和集有《翰林学士集》，又唐中宗李显、李峤等《景龙文馆记》十卷，唐睿宗李旦、唐玄宗李隆基等《白云记》一卷，唐玄宗李隆基、张九龄等《朝英集》三卷，唐玄宗、沈

[①] （魏）何晏等集解，（宋）邢昺疏：《论语注疏》卷七《阳货十七》，（清）阮元校刻十三经注疏本，中华书局1982年影印版，第2525页。

[②] （宋）计有功撰，王仲镛校笺：《唐诗纪事》（中国文学研究典籍丛刊），中华书局2007年版，第261页。

佺期、蔡孚等《偃松集》一卷，宋真宗赵恒、寇准、丁谓等《明良集》五百卷，等等。这种君臣间以诗歌对话交流的盛况对于元代君臣来说是绝无可能发生的。在上述58种元人唱和诗集中，未见元代帝王主持或参与酬唱活动的任何记录。

　　元代帝王不仅弱于与臣僚诗歌唱酬，其汉文诗歌创作也极为罕见。在包括元太祖成吉思汗在内的15位元代帝王中，有诗留存的仅元世祖、元英宗、元文宗、元顺帝（元惠宗）、元昭宗数人而已。翻阅相关文集可知，清人张豫章《四朝诗·元诗卷》存元世祖忽必烈《陟玩春山纪兴》诗一首；元顺帝孛儿只斤·妥懽帖睦尔《赠吴王》（一作《答明主》）①诗一首；自幼生长于汉地、以汉人为师，颇具文化修养且重视文化建设的元文宗孛儿只斤·图帖睦尔，仅存《自集庆路入正大统途中偶吟》《登金山》《青梅诗》《望九华》诗四首；元英宗孛儿只斤·硕德八剌有诗三首，《至治之音》二首仅存诗题，另有未见诗题，仅存残句"日光照吾民，月色清我心"②一首。又明人徐火勃《榕阴新检》存元顺帝《御制诗》二首，叶子奇《草木子》卷四存元顺帝残诗一首："鸟啼红树里，人在翠微中"③，同卷存顺帝朝太子（元昭宗孛儿只斤·爱猷识理答腊）《新月诗》一首④，凡十三首。在十三首帝王写作的诗歌中，两首有题无诗，两首诗作仅存残句，其中元顺帝《答明主》诗，乃顺帝退出中原，留居上都开平时所作。需要提及的是，留存的十三首帝王诗歌，并非皆产生于往来应酬的社会交往活动中。除却元顺帝寄答酬酢《答明主》之"金陵使者渡江来，漠漠风烟一道开。王气有时还自息，皇恩何处不昭回。信知海内归明主，亦喜江南有俊才。归去诚心烦为说，春风先到凤凰台"外，⑤今可见虞集有《次韵筠轩司徒足成旦公所藏英宗御题之句元

---

① 明人徐祯卿《翦胜野闻》："元君既遁，留兵开平，犹有觊觎之志。太祖遣使驰书，明示祸福，因答诗云云"（明徐祯卿：《翦胜野闻》，载《丛书集成新编》第85册，新文丰出版社2008年版，第247页）。陈衍《元诗纪事》、杨镰《全元诗》等皆据之题为《答明主》；张豫章等《御选元诗》卷一、顾嗣立《元诗选 初级》题为《赠吴王》。

② 虞集存《次韵筠轩司徒足成旦公所藏英宗御题之句元题曰日光照吾民月色清我心又题琴曰至治之音》诗，见杨镰：《全元诗》第26册，中华书局2013年版，第79页。

③ （明）叶子奇撰：《草木子》，中华书局1959年版，第79页。

④ 田同旭：《论金元帝王诗与民族文化融合》，《民族文学研究》2008年第2期，第128页。

⑤ 杨镰：《全元诗》第60册，中华书局2013年版，第411页。

题曰日光照吾民月色清我心又题琴曰至治之音二首》和元英宗残句诗，余皆不具酬唱之意。就留存数量而言，有元一代的帝王唱酬诗作几乎可忽略，远不如元前诸如梁代武帝萧衍及其子嗣萧统、萧纲、萧绎，陈代文帝陈蒨、后主陈叔宝，唐代太宗李世民、高宗李治、玄宗李隆基，宋代太宗赵炅、真宗赵恒，元后明太祖朱元璋、明世宗朱厚熜，清之世宗爱新觉罗·胤禛、高宗爱新觉罗·弘历等帝王酬唱之盛。如《唐诗纪事》卷九载：唐中宗李显景龙二年七月至三年四月，不到一年的时间内，酬唱活动达到四十余次，且多数雅趣活动离不开帝王的主导和参与。① 这是元代帝王唱酬远远无法媲美的，故而学人谓"元代皇帝、贵族们对诗文唱和这类雅事不感兴趣"②，卒如其言。

与元代帝王、贵族不好诗文酬唱雅事活动相对应，臣子、士人等与帝王、贵胄的唱酬机会较少，应教、应令、应诏等应制唱酬诗作也随之锐减。元代应制酬唱诗作不盛，其中应制唱酬两首及以上者更是屈指可数。检阅元人别集可知，程钜夫《雪楼集》卷九有"应制诗赞"条，录《题手卷六首》之《滕王阁》《龙舟》《金碧山水春堂宴宾图》《蜻蜓》《莎鸡蜥蜴》《鼫鼠食粟》及《题何澄界画三首》之《姑苏台》《阿房宫》《昆明池》，凡九首；马祖常《石田文集》之《龙虎台应制》《应制寿赵国公》《应制寿王少傅》三首；蒲道源《闲居丛稿》卷五之《刘邢公庆九十应制二首》、卷六《应制寿赵公王彦举八秩二首》、卷七《应制寿王平章》五首；揭傒斯《文安集》卷二之《集贤大学士赵国公王开府庆八十应制》《刘承旨父大司徒邢国公庆九十应制》、卷三之《题明皇出游图应制》《御书雪林二字赐赵中丞应制》《题胡虔汲水蕃部图应制》《题辛澄莲华观音像应制》《题内府画四首应制》，共计七首；袁桷《清容居士集》卷九《王赵公八十应制十韵》、卷十《刘邢公九十应制十二韵》二首。以上均是应制诗作数量留存较多者，其他诸如许有壬《应制天马歌》、周伯琦《天马行应制作》、张翥《西内应制即事》、陈孚《辛卯天寿圣节孚应制草前行乐章曰至圣至明之曲乐令张温以弦管至翰苑调集之壬辰元会亦孚撰进曰金阶万岁声敬纪以诗》、虞集《应制题王朏画吴

---

① （宋）计有功撰，王仲镛校笺：《唐诗纪事》，中华书局2007年版，第262—263页。
② 查洪德：《元代文学通论》，东方出版中心2019年版，第873页。

王纳凉图》等应制一首者亦属少数,其他应教、应令、应诏唱酬诗歌更是罕见。这在唱和诗体成熟以来的历代宫廷唱和文学史中都是极为少见的,由此可见元代应制类酬唱诗歌的缺失。

当然,帝王作为政治权力核心,在与侍从文人、臣子的文学雅集活动中往往处于主导地位,每每即席赋诗或赐诗,而群臣奉和。其文学文化影响往往自上而下、形成并引领一时文学风尚,同时左右文学的发展方向和进程。然而,元代帝王唱和的缺位以及应制类酬唱诗歌的缺乏,昭示出最高统治阶层弱化了政治力量对文学的领导和干预,这在一定程度上削减了唱和诗歌的歌功颂圣性质,为文学提供了自由发展的土壤和空间,这是元代酬唱诗歌不同于前代唱和文学的新品格。

(二) 唱和诗人的多民族性、信仰的多宗教性

元代酬唱诗歌的品格之二,即唱和参与者身份的多民族性、信仰的多宗教性。这是由元王朝的政权性质即北方少数民族建立统一政权的多民族国家、广阔的地域以及多民族由分散到汇聚、融合的发展趋势决定的,史家对此有过概括。《元史·地理志》载:"自封建变为郡县,有天下者,汉、隋、唐、宋为盛,然幅员之广,咸不逮元。汉梗于北狄,隋不能服东夷,唐患在西戎,宋患常在西北。若元,则起朔漠,并西域,平西夏,灭女真,臣高丽,定南诏,遂下江南,而天下为一,故其地北逾阴山,西极流沙,东尽辽左,南越海表。"① 故而在其广阔疆域内,除汉人外,还有蒙古、契丹、女真、满、畏兀儿、回回以及来自西域的其他各氏族等,除蒙古原有的萨满教外,这些民族或崇佛(包括藏传佛教喇嘛教、白云宗、禅宗等)尚道(包括全真教、太一教、正一教等);或信奉伊斯兰教(答失蛮);或以基督教(也里可温或十字教)两个支派天主教、景教为宗;或以天主教为尊;或服膺犹太教、摩尼教、白莲教、头陀教等。当然,在各民族交流融合过程中,各少数民族吸收汉文化的同时又参与汉诗文的创作,从而形成不同于前代的多民族诗文酬唱盛况。

事实上,多民族的诗歌酬唱活动并非元代文坛的专属,在元前就有不少少数民族诗人从事汉诗文创作,并参与时人的交游唱酬活动。较具代表的如鲜卑族拓跋珪建立北魏政权后,既有拓跋氏元宏,"雅好诗书,

---

① (明)宋濂等撰:《元史》卷五八《地理一》,中华书局2013年版,第1345页。

手不释卷,'五经'之义,览之便讲,学不师受,探其精奥;才情富赡,好为文章,诗赋铭颂,任兴而作,有大文笔,马上口授,及其成也,不改一字"①,留存《悬瓠方丈竹堂飨侍臣联句诗》诗等。北周鲜卑族宇文毓与王褒等人唱酬,存《赠韦居士诗》《和王褒咏摘花》等诗;赵僭王宇文招与崔仲文《咏石》唱酬、与僧法宣《观妓》唱酬、与王褒、庾信等《隐士诗》唱酬等。唐代渤海国靺鞨族诗人杨泰师,有奉和日本诗人之作《奉和纪朝臣公咏雪诗》等诗;王孝廉与日僧空海及诸臣诗歌唱和,有《在边亭赋得山花戏寄两领客使并滋三》《春日对雨得情字》《奉敕陪内宴》诗等。宋代僮族(壮族)诗人韦旻存《和陶彇思柳亭》等;宋末阿拉伯人蒲寿宬《和胡竹庄韵》《次清老弟韵》《赵委顺寄诗山中因次韵》诗等。辽契丹族萧观音《伏虎林应制》《君臣同志华夷同风应制》、耶律宗真《以司空大师不肯赋诗以诗挑之》《赐耶律仁先诗》等唱和诗。金之女真完颜氏完颜璹(密璹)"日以讲诵吟咏为事,时时潜与士大夫唱酬"②,有《王生以秋骚见示复以此谢之》等诗流传;金章宗亦工诗能书,存《游龙山御制》《命翰林待制朱澜侍夜饮诗》等应制诗。凡此种种,皆是元前不同文化信仰的多民族唱和活动和参与者的明证,是璀璨的中华文学文化史的组成部分。

元前多民族的诗文活动虽也常见于文学史,但若与有元一代之民族诗人及其雅会相比较,其诗人数量、身份的多民族性、参与唱和的频率及酬唱诗文留存等皆有不及。以元代西域色目氏族诗人为例,其用汉语写作诗歌且作品流传至今者,据杨镰钩沉辑佚,计有"'乃蛮、畏吾、克烈、回回、康里、拂林、也里可温、答失蛮、葛逻禄、唐兀、撒里、雍古、西夏、于阗、龟兹、大食、阿儿浑、钦察、塔塔儿等20种左右,100余人。'而且这100余位西域诗人当中的很大一部分不能确指具体族属,而只统称为'西域人'——其中必然包括了许多其他色目古部族。元代西域人能诗曾见于记载,但作品已不存的,是这个数字的两倍以上"③。加之契丹、女真、蒙古、高丽等其他各族诗人,其数量势必远超杨氏的

---

① (唐)李延寿撰:《北史》卷三《魏本纪第三》,中华书局1974年版,第121页。
② (元)脱脱等:《金史》卷八五,中华书局1975年版,第1904页。
③ 杨镰:《元西域诗人群体研究》,新疆人民出版社1998年版,第13页。

推论。今暂不论散落于元人别集中的多民族交往唱酬诗歌，但就前文所列元代唱和诗集为例，其中不乏多民族诗人文学交往的例证。如北庭畏兀儿人纳璘不花与西夏唐兀人余阙等人的唱和诗集《第一山唱和诗》；西域葛逻禄氏迺贤（马易之）与梁九思、危素等《南城咏古诗》；契丹族石抹宜孙与刘基的《刘石唱和诗》，与叶琛、章溢等人《少微唱和集》，与何宗姚、费世大、赵时尭等《掀篷唱和诗》，与胡深、王毅等《诸君唱和诗》一卷；回族之萨都剌（本答失蛮氏）与杨维桢、虞集、色目人捏聂古柏、江范槁等《师友集》；维吾尔族廉惠山与贡师泰、蒙古人答禄与权等《春日玄沙寺小集》一卷；蒙古逊都思氏月鲁不花与宋褧、曲出、照磨温都尔、雅琥（雅正卿）等之《同年小集诗》；赵孟頫、虞集、鲜于枢等同题咏色畏吾儿高克恭《夜山图》诗歌总集《〈夜山图〉题咏》一卷；又《玉山名胜集》八卷及《外集》一卷、《玉山名胜外集》二卷、《玉山唱和》二卷、《玉山遗什》二卷附录一卷、《玉山纪游》一卷、《草堂雅集》等"玉山唱酬"中的西夏人郲经、斡玉伦徒、唐兀氏人昂吉；蒙古人聂镛、旃嘉闾、察伋；回回萨都剌、孟昉①；西域伯牙吾氏泰不华（达兼善）、色目人达奭曼；信仰回教的回鹘人马九霄（唐古德）；女真完颜氏刘廷杰；北庭人锁柱，等等。这些唱和诗集皆有少数民族诗人参与，是多民族文学文化交流的留存和结晶。故而时人评介："元代少数民族的诗歌创作，其风气之盛，作品之多，成就之大，影响之深，迥非往昔任何一个时代所可比拟。"② 由此可见一斑。

正是这些来自不同地域、不同民族的诗人，其不同的语言、宗教信仰、习俗、礼仪、文学文化观念等在他们的文学交往活动中屡屡碰撞并相互渗透、吸收，形成独具特色的多元化的民族文学与文化，推动了民族融合进程和民族共同体的形成。这在中国古代文学文化史中是独具一格的，是元代酬唱诗学研讨不可忽略的新品格。

（三）唱和活动时间持续长、规模大、参与人数多、留存作品多

元代唱和诗呈现出的又一品格，即是源于元人唱和活动时间持续长、

---

① 或作西夏唐兀人。参陈垣《西域人华化考》卷四之四《西域之中国文家》，刘梦溪主编：《中国现代学术经典·陈垣卷》，河北教育出版社1996年版，第122页。

② 祝注先：《异彩纷呈的元代少数民族诗歌》，《中南民族学院学报》（哲学社会科学版）1989年第6期，第73页。

唱和规模大、参与人数多，唱和作品因之丰富多样，各体兼备，进而形成不同于前代的酬唱诗学。

颇具规模的文人士子群体诗文活动在元前的魏晋六朝时期较为盛行。如东晋穆帝永和九年（353）三月初三，王羲之与孙绰、谢安、王凝之、孙统等文人雅士聚于浙江会稽山阴之兰亭，修祓禊之礼，流觞赋诗。就集会时长而言，此集会与一般文人的日常雅集并无差异，但从参与人数以及留存诗作来看，"兰亭雅集"相较其时一般文人集会唱酬活动来说已具规模，与会名士四十一位，除却王献之、掾卞迪、吕本等十六人诗不成外，余下二十五人赋四言、五言酬唱诗凡三十七首，汇为《兰亭集》诗集，后世传为雅集酬唱佳话。随着唱和诗体的不断成熟以及唱和风气的日益盛行，唐宋时期文人的唱和活动在时长、规模、参与人数以及酬唱诗作创作数量方面越加宏大。如唐初武一平编中宗景龙二年（708）至四年（710）间中宗李显与修文馆学士等臣僚宴游唱酬及纪事之作《景龙文馆记》十卷，其中前七卷收录君臣酬唱诗。其原本虽已不存，但据贾晋华辑补可知，是集收李适、李峤、李乂、宗楚客、武平一、宋之问、赵彦昭、韦嗣等二十九人酬唱诗凡三百六十六首、断句四、词五首①。又中唐代宗广德元年（763），薛兼训任浙东观察使，鲍防为从事，一时江南文士络绎不绝、与之往来联唱。据结集作品《大历年浙东联唱集》可知，参会文士包括鲍防、严维、吕渭、萧幼和、刘全白、张叔政、吴筠等五十七人，今可考者三十八人，逸诗仅存三十八首、偈十一首、序二首②。唐代宗大历八年（773），颜真卿调任湖州刺史，与僧皎然、刘全白、吴筠、张志和、李阳冰、陆羽、袁高、吕渭、萧存等文士凡九十五人以诗会友，频繁唱酬，作品集为《吴兴集》十卷。再如，宋代真宗皇帝赵恒与寇准、丁谓、杨亿、马知节、黄震、曾会等群臣唱酬，宋人李虚己编为皇皇巨著《明良集》五百卷。惜原本五百卷诗集已佚，今可见《全宋诗》卷一百存真宗《赐丁谓》《又赐丁谓》《赐王钦若除太子太保判杭州十韵》等诗；同书卷一百一、一百二录丁谓《次韵和进真宗七言四韵》《送张无梦归天台山》《五言十韵》等。不难见出，上述列举之

---

① 贾晋华：《唐代集会总集与诗人群研究》，北京大学出版社2001年版，第44页。
② 巩本栋：《唱和诗词研究——以唐宋为中心》，中华书局2013年版，第27页。

《景龙文馆记》十卷、《大历年浙东联唱集》《吴兴集》十卷、《明良集》五百卷等唱和集，虽是诗人在多次酬唱活动中创作诗歌的汇集，但其关涉的唱和规模、参与人员、活动时长、酬唱诗作数量等，实已远远超过两晋时期之代表——"兰亭雅集"。

有元一代，诗人在唱酬参与人数、活动时长等方面的规模更加宏大，产生的唱酬作品更为繁富。如元初吴渭、方凤、谢翱等南宋遗民于浦江结月泉吟社，组织之唱酬活动即是明证。吴渭等仿宋人范成大之《四时田园杂兴》题，以《春日田园杂兴》为酬唱诗题向四方征诗，此次酬唱活动自元世祖至元二十三年（1286）十月始，至次年上元终，历时三月有余，得五、七言律诗二千七百三十五卷。此次酬唱诗歌未皆付梓，仅仅评介二百八十人诗作刊刻成集，后因兵祸，其本不传。是酬唱活动不仅持续时间长、参与诗人多、产生的诗作多，其作者更是横跨苏、闽、浙、桂、赣等地。今可见之《月泉吟社诗》一卷收录连文凤、冯澄、高宇（梁相）、仙村人、刘应龟、魏新之、杨本然（杨舜举）、陈尧道、全璧、吕澹翁、方德麟、刘汝钧（邓草径）、魏子大（梁必大）、喻似之（何教）、蹑云、林东冈、田起东（刘汝钧）、白珽（唐楚友）、周㼆、赵必范、姚潼翔、高镕声、吴瑀、胡南、黄景昌、姜仲泽、陈必曾、方子静、朱孟翁、赵必拆、陈舜道、刘时可、释岳重、许元发、洪贵叔、杨舜举、徐端甫、孝顺镇、李薿、柳圃（陈君用）、蔡潭、俞自得、东湖散人、仇远、陈纬孙、陈鹤皋（陈君用）、临清（王进之）、感兴吟、王进之、元长卿（陈希声）、闻人仲伯（陈希声）、戴东老、魏石川、陈文增、九山人、桑柘区、柳州、草堂后人、君瑞、青山白云人前六十名诗作七十四首，附录摘句三十二联，是原酬唱活动宏大规模的部分留存。又如释来复编《澹游集》二卷，收录释来复与虞集、揭傒斯、欧阳玄等友人一百七十一人的相互赠答酬唱诗达五百余首。元末徐达左与其时名流、友朋的赠答唱酬诗歌总集《金兰集》，所收作品涉及一百二十多位诗人诗作。类似例子不胜枚举。当然，最具代表性的唱酬活动当属以顾瑛为中心，以杨维桢、袁华、释良奇、郯韶、陆仁、释元朴、杨基等名流为重要成员的"玉山名胜"唱和，其雅集酬唱活动时间持续长、规模之大、参与人数之多，留存作品之宏富，在中国唱和文学史上也不可多见。若以至正八年（1348）顾瑛陆续落成"玉山堂""玉山佳处""钓月轩"

"芝云堂""可诗斋"等二十六处景点始，至至正十七年（1357）有诗佐证的玉山雅集活动终，其唱酬活动持续近十年，所涉诗人百人以上。① 据统计，参与玉山草堂唱酬者将近四百人，留下文学作品的有二百七十余人②，其留存作品辑录为《玉山名胜集》八卷《外集》一卷、《玉山名胜外集》二卷、《玉山唱和》二卷、《玉山遗什》二卷附录一卷、《玉山纪游》一卷、《草堂雅集》十三卷等唱和集，诗作五千一百余首③。这也仅仅是兵祸躏坏后流传下来的残存作品，其唱酬作品的宏富当不只如此。这样的雅集盛况，在中国古代唱和文学史上可谓史无前例，其重要意义毋庸质疑。

综上，唱和诗发展到元代极为繁盛，有诗留存的唱和诗集也超越前代。元人在继承前代唱和文学发展特色之基础上，亦呈现出唱和诗人身份的多民族性、唱和活动持续时间长、规模大、参与人数多、帝王唱和的缺席及应制类酬唱诗歌的缺乏等不同于前代的新品格。这些都应该受到关注和重视。

第二节 元代唱和诗集考④

唱和诗集是文人文学创作和交往的重要留存，元人唱和诗集莫不如此。元代唱和风气盛行，唱和诗集也在数量上超过前代。这一时期，有《淇奥唱和诗》《草堂雅集》等唱和诗集 58 种，其著者、创作背景、编者、编撰过程、编排体例以及唱和诗集的流传、版本、评介、存佚等皆可考证。这在中国古代唱和文学发展史上别具一格，理应引起重视。

元代是中国古代唱和文学发展的重要时期，它上承唐宋唱和诗词，下启明清唱和文学，其重要性不言而喻。近年来，虽有唐朝晖《元代唱

---

① 事实上，玉山雅集唱酬主要始于二十六处景点的修筑，但《草堂雅集》所收诗作，有早于至正八年者，如柯九思亡于至正三年（1343），集中亦有其诗作收录。

② 谷春侠：《玉山雅集研究》，博士学位论文，中国社会科学院研究生院，2008 年，第 63 页。

③ 杨镰：《顾瑛与玉山雅集》，《西南民族大学学报》（人文社科版）2008 年第 9 期，第 136 页。

④ 本节主要部分已刊发，详见拙文《元代唱和诗集考》，《中国诗学》2023 年第 1 期（第 35 辑）。

和诗集与诗人群简论》、邓富华《宋、元时代"和陶集"考略——历代"和陶集"研究之一》、武君《元代后期诗文总集叙录》、王媛《元人总集叙录》、高邢生《元代文人雅集与诗歌唱和研究》等著述涉及对元代唱和诗集的讨论，取得一定的成绩并具启迪作用。[1]但限于研究视角和研究对象等的影响，诸家所述侧重不一：一则皆非专论，未能对有元一代的唱和诗歌总集、别集作全面系统的收罗和专门性研究；二则对唱和诗集的性质、特点、体例、存佚等信息的介绍未能一一兼备，尚有拾遗补阙之处。有鉴于此，笔者不揣浅陋，拟在充分借鉴和吸收前人研究成果的基础上，略其所详，补其缺略，对元代唱和诗集的创作者、创作背景、编排体例以及唱和诗集的流传、评介、存佚等作简要考述，以此窥探元代唱和诗歌的繁盛面貌，加深对元代唱和文学的认识，进一步推动对元代唱和诗的研究。对于已散佚且无诗歌留存的唱和诗集，本节不予录入。

一 元前期唱和诗集

元前期约（1234—1294）自蒙古太宗窝阔台汗六年（1234）灭金始，至元世祖忽必烈去世终，有诗留存且可考的唱和诗集，有《西湖倡和诗》、《和陶诗》二卷、《月泉吟社诗》一卷、《雪堂雅集》等9种，兹考索相关史实如下：

（一）《西湖倡和诗》

王义山、李元明、应桂等唱和诗集。刘楚编。王义山（1214—1287），字符高，号稼村，又称为稼村先生，宋末元初富州（今江西丰城）人。通诗文、善词赋，宋景定三年（1262）进士，历南安军司理、浙东市舶司等职，入元，提举江西学事。有《稼村类稿》传世。王义山、李元明等十一人游览西湖，有感四方游观之士莫不吟诗，"吟到无诗方是诗"，遂赋诗唱酬，集为《西湖倡和诗》，义山为之序。《西湖倡和诗序》云："倡是作者，清江曾讯。最先和者，钱塘应桂，应与和清江陈桂次

---

[1] 代表性研究有：唐朝晖：《元代唱和诗集与诗人群简论》，《求索》2009年第6期；邓富华：《宋、元时代"和陶集"考略——历代"和陶集"研究之一》，《九江学院学报》（社会科学版）2014年第1期；武君：《元代后期诗文总集叙录》，《国学》2017年第2期；王媛：《元人总集叙录》，天津古籍出版社2018年版；高邢生：《元代文人雅集与诗歌唱和研究》，花木兰文化出版社2021年版，等等。

之，多应之一，钟谌又次之，洪人李元明又次之，义山又次之，惟肖又次之，谌仲子天祥又次之，高安胡希寅又次之。独三君子无诗。"① 原集已不存，王义山《稼村类稿》卷一有《西湖即席和冷泉亭韵》诗，疑为集中诗。

(二)《和陶诗》二卷

郝经追和陶渊明唱和诗集。郝经编。郝经（1223—1275），字伯常，金末元初泽州陵川（今山西省陵川县）人。少好读书，曾从元好问学，工诗文，善书画，通经学，其诗奇崛俊逸，文则丰蔚豪宕，字画遒劲高古。金亡入元，官至翰林侍读学士。有《陵川集》《续后汉书》等传世。《元史》卷一五七有传。元世祖中统元年（1260），郝经以翰林侍读充任国信使，受命赴南宋议和，后为贾似道拘禁于真州（今江苏仪征），至世祖至元八年（1271）十二年间，郝经常读陶、和陶以自释。其《和陶诗序》云："余自庚申年使宋，馆留仪真，至辛未十二年矣。每读陶诗以自释，是岁因复和之，得百余首。……去国几年，见似之者而喜，况诵其诗，读其书，宁无动于中乎？……属和既毕，复书此于其端云。"② 是集诗歌见于《陵川集》之卷六、卷七，收诗凡一百一十八首，其中《停云》《时运》《荣木》《赠长沙公族组》《酬丁材桑》《饮酒十九首》《读〈山海经〉十三首》等和陶诗一百一十七首；《归园田居六首》（其六）一首乃误和江淹杂诗《陶徵君潜田居》，非和陶渊明诗。《和陶诗》不仅是羁留困顿中郝经心路历程的再现，也是推崇自然诗风，主张古体以汉、魏、晋诗歌为宗之郝经的创作实践，既带动了学陶和陶风气的盛行，也推动了陶诗的经典化进程。今存《四库全书》本、吴广隆及马甫平整理本等。

(三)《月泉吟社诗》一卷

仇远、方德麟、俞自得等月泉吟社成员同题唱酬诗作。吴渭编。吴渭（1228—1290），字清翁，号潜斋，浙江吴溪人。南宋时尝为义乌县令，宋亡入元，退居浦江吴溪，兴学育才，与方凤、谢翱等南宋遗民于浦江结月泉吟社，赋诗唱酬。元世祖至元二十三年（1286）十月，吴渭

---

① 李修生主编：《全元文》第3册，江苏古籍出版社1998年版，第104页。

② （元）郝经撰，吴广隆编审，马甫平点校：《陵川集》，山西古籍出版社2006年版，第193—195页。

等借题于石湖居士范成大《四时田园杂兴》,以《春日田园杂兴》为题征诗,凡田园间景物皆可吟咏。苏、闽、浙、桂、赣等地文士纷纷响应,同题赋诗,次岁上元收诗二千七百三十五卷,后以谢翱、方凤、吴思齐评其甲乙,择二百八十人诗揭榜,刻录付梓,后兵燹其本。明英宗正统十年(1445),吴克文与金华钱世渊得旧刻本,重刻之。明朱睦㮮《万卷堂书目》卷二"杂志"载雍公福将之与《金台雅会稿》《云中览胜诗集》合录为二卷,明高儒《百川书志》卷十八集"文史"、清黄虞稷《千顷堂书目》卷三十二"总集类"、清嵇璜《续通志》卷一百六十三《艺文略》"文类"第十二下"总集"、清钱大昕《补元史·艺文志》第四"总集类"等,皆著录为一卷。今存之一卷本,首列社约、次题意、次誓诗坛文、次诗评、次诗及摘句,所选诗按诗题、榜名、作者小传(作者+籍贯+字号)、评论、诗歌的顺序编排,收录连文凤、冯澄、高宇(梁相)、仙村人、刘应龟、魏新之等前六十名诗作七十四首,附录摘句三十二联。其中录陈舜道诗十首,戴东老三首,陈希声五首,余皆一首。是集多以田园风光为吟咏内容,曲折隐晦地表达出遗民诗人的故国之思与亡国之悲,表明自己隐逸抗节的志趣。诗风和平温厚,无警拔超俗之语,清人王士禛称其"清新尖刻,别自一家"[①]。现存《四库全书》本、秋一叶校注本等。

(四)《雪堂雅集》

商挺、胡祗遹、王恽、赵孟頫、徐世隆等雅集唱和集。雪堂僧人张普仁编。雪堂(?—?),俗姓张,字仲山,名普仁,号雪堂,许昌人。其文畅诗雅,乐从贤士大夫游,诸公多赠之诗引。至元年间,雪堂上人主持大都城南天庆寺,禅悦之余,其所交藩篱大臣、文武豪士商挺、胡祗遹等聚其禅房雅集唱酬,雪堂僧刻众人诗像为"雅集图",汇诸人诗作入《雪堂雅集》。王恽《秋涧先生大全文集》卷五十七《大元国大都创建天庆寺碑铭并序》:"尝即寺雅集,自鹿菴、左山二大老已下,至野斋、东林,凡一十九人,作为文字,道其不凡。"[②]《雪堂雅集》所收诗文当不止此一集会十九人之诗作。据王恽《雪堂上人集类诸名公雅制序》载,

---

① (清)王士禛撰,靳斯仁点校:《池北偶谈》卷十九,中华书局1982年版,第461页。
② (元)王恽著,杨亮,钟彦飞点校:《王恽全集汇校》,中华书局2013年版,第2548—2549页。

诸公三十年间为雪堂和尚所作诗文累至数百篇，雪堂纂为一编，刊之板木以广其传，讫请秋涧翁为序。后至大三年（1310）姚燧于释统仁处得见《雪堂雅集》二帙，收录二十八人诗文，姚燧作《跋雪堂雅集后》，云："释统仁公见示《雪堂雅集》二帙，因最其目序四、诗十有九、跋一、真赞十七、送丰州行诗九，凡五十篇。有一人再三作者，去其繁，复得二十有七人（实二十八人）：副枢左山商公讳挺，……皆咏歌其所志，喜与搢绅游者，求古人之近似，惟唐文畅。"① 原集已佚，今存王恽《秋涧先生大全文集》卷五《题雪堂雅集图》、胡祗遹《紫山大全集》卷二《题雪堂和尚雅集图》等诗作，疑为集中作品。

（五）《淇奥唱和诗》

王恽与周宰唱和诗集。编者不详。王恽（1227—1304），字仲谋，号秋涧，卫州汲县（今河南卫辉市）人。从元好问学、长于诗词曲文，中统元年经姚枢举荐，历官御史台、监察御史，翰林学士、知制诰等职。周宰（1221—1291），又为周直，字干臣，号曲山，与胡祗遹等有交往。王恽《淇奥唱和诗序》载，周宰将归西山旧隐，"以吾故，遂税驾淇南，樽酒谈笑，杖屦游从，日夕不少间。既老日闲，心无所运用，感物兴怀，情有弗能已者，即作为歌诗以示同志，顾不揆，乃相与赓唱迭和，累积日久，遂成卷束，总得诗大小凡若干首"②。周曲山虑其散乱，命人汇集为帙，题为《淇奥唱和诗》。可知是集为王恽、周宰二人游览山水，道闲适、安命分、遣兴寄、咏性情之作。原集已佚，今存王恽《秋涧先生大全文集》卷五《和曲山游泽宫感旧诗廿一韵》、卷十三《和曲山冬夜即事韵二首》《冬藏和曲山咏怀严韵》、卷二十《和曲山觅菜诗韵》、卷二一《和曲山见赠之什》《和曲山诗韵寄紫山年兄》等诗作，多为集中作品。

（六）《西斋倡和》

张野、吴此民唱和诗词集。吴澄编。张野，生卒不详，字野夫，号古山，邯郸（今属河北）人。诗词清丽，曾为翰林修撰，著有《古山集》。吴此民，吴澄宗弟，生平不详，与王义山等交往。吴此民留京师待选，张野夫宾而师之，其间二人惺惺相惜，吟咏唱酬，经吴澄追录为一

---

① （元）姚燧著，查洪德编辑点校：《姚燧集》，人民文学出版社2011年版，第473页。
② （元）王恽著，杨亮、钟彦飞点校：《王恽全集汇校》，中华书局2013年版，第2014页。

集，题为《西斋倡和》。吴澄《题西斋倡和后》："暇日主宾吟咏，多至累百。盖其意气相似，才力相当，云翻川鳞不足以喻其适，是以无倡而不和也。余在京师时，察其交道，与苟合强同者辽绝。宾之忠直，主之爱敬，始终如一而不渝。此民得官南还，依依而不忍别。追录主宾倡和之什，犹存五十余篇，野夫为之引。"[1]吴、张二人即主宾师徒，亦良朋挚友，吴此民得官瓜洲，张野作《沁园春》词祝福送别。是集收唱和诗词五十余首，今已不存。张野《古山乐府》存《满江红·和吴此民送春韵》，当为集中作品。

（七）《和陶集》一卷

刘因追和陶渊明唱和诗集。刘因编。刘因（1249—1293），初名骃，字梦吉，又字梦骥，号静修、雷溪真隐、樵庵等，雄州容城（今河北容城县）人。自幼聪慧，善诗文，博通经学，学宗宋儒，系元初著名的诗人、理学家。著有《四书精要》《丁亥集》《易系辞说》等。《元史》卷一七一有传。刘因祖上三代仕金，其父刘述经历金末之乱，曾短暂入元为官，后隐居不仕。刘因因学而受不忽木举荐，世祖至元十九年（1282）被召为承德郎、右赞善大夫，后以母疾辞官归。至元二十八年（1291）再征为集贤学士、嘉议大夫，不受。刘因不慕仕进，隐居以教学为生，曾作诗歌追和陶渊明，题为《和陶集》。是集诗歌见于《静修先生文集》卷之三，收录《和九日闲居》《和归田园居（五首）》《和乞食》《和连雨独饮》《和移居（二首）》等和陶诗76首。刘因颇有隐逸志趣，一生贫困孤寂，父母、姐姐、独子的亡故加重了人生的苦难，追和陶渊明诗歌便成为诗人不幸人生中内心的自我慰藉，是诗人生活境况和内心情志的呈现。

（八）《游云门若耶溪诗》一卷

戴表元、陈用宾等游陶山唱和集。编者不详。戴表元（1244—1310），字帅初，又字曾伯，人称剡源先生，宋末元初庆元奉化（今浙江奉化）人。攻诗文，有"东南文章大家"之称，南宋咸淳七年（1271）进士，入元为信州教授，后辞官归隐。《元史》卷一九〇有传。元世祖至元三十一年（1294），戴表元、陈用宾等游云门若耶溪，分韵题咏而成

---

[1] 李修生主编：《全元文》第14册，江苏古籍出版社1998年版，第469页。

卷。戴表元《游云门若耶溪诗序》："酒酣，倚顾况所题松树，酌葛翁丹井泉，分韵咏诗，游者自永嘉陈用宾而下，通十四人皆赋之。诗成，剡源戴表元序之。"① 是集今已不存，戴表元《剡源逸稿》卷一五有《云门分韵得是字》诗，属集中诗。

（九）《游兰亭诗》一卷

戴表元等游兰亭旧址唱和诗集。编者不详。元世祖至元三十一年三月三日，戴表元与使者河南公等游兰亭右将军祠塾，适右军肖像落成，遂仿永和诸贤曲水流杯，觞咏赋诗，总得诗若干篇，嘱戴表元为序。戴表元《游兰亭诗序》云："饮酣，遂取右军（《兰亭诗二首》之一）诗为韵，人探一韵，韵成一篇。"② 是集未见著录，原本今已不存。今戴表元《剡源逸稿》卷一五古有《兰亭分韵得怀字》诗："山川既云迥，风日亦巳佳。楚楚兰亭孙，携朋赞清怀。小饮藻摇翠，风眠花拂堦。野籁补歌吹，官威恕谈谐。欢畅浩未极，凉蟾挂松斋。"③ 应为集中诗。

二 元中期唱和诗集

元中期约（1295—1333）始于成宗铁穆耳即位后，至元宁宗懿璘质班亡故。考得《梅花百咏》一卷附录一卷、《本德斋诗》《师友集》《同年小集诗》等唱和诗集12种。详情如下：

（一）《八月十六日张园玩月诗》一卷

戴表元、张楧等宴集唱和诗集。编者不详。元成宗大德二年（1298），戴表元偕陈康祖、屠存博、王润之、祖禹、顾文琛等宴集于张楧之"君子轩"，是夕，云河豁舒，风清露爽。酒半，有歌韩退之《八月十五夜赠张功曹》长句者，遂取其末章"一年明月今宵多，人生由命非由他，有酒不饮奈明何"，分韵赋诗以为乐。明日联诗为一编，戴表元以年齿稍长为之序。原集已佚，今戴表元《剡源集》卷一〇存《八月十六

---

① （元）戴表元著，陈晓冬、黄天美点校：《戴表元集》，浙江古籍出版社2014年版，第225—226页。
② （元）戴表元著，陈晓冬、黄天美点校：《戴表元集》，浙江古籍出版社2014年版，第230—231页。
③ （元）戴表元著，陈晓冬、黄天美点校：《戴表元集》，浙江古籍出版社2014年版，第702页。

张园玩月得一字》诗，属集中诗。

（二）《张氏学古斋唱和诗》

戴表元、牟巘等唱和诗集。编者不详。大德二年（1298）秋，张模学古斋前有两株"木樨"开放，花过于枝，香过其花，戴表元、白珽、陈无逸、顾伯玉等十六人会聚学古斋，赏花宴饮、赋诗唱和，汇为一集。牟巘《陵阳集》卷十二有《张氏学古斋唱和诗序》，云："张仲实氏学古斋前，一枝初吐，香气遘林，戴君帅初，相率诸友就饮花下。……吾仲实迈往之韵，挹鹫峰，翻蟾窟，为花著语，洒落不凡。四座诗流，竞发新意。……既和其诗，复书此贻好事者。"① 与会和诗者十五人：戴表元、王子庆、周性之、邬愿学、白廷玉、戴禹祖、屠存博、陈无逸、顾伯玉、王德玉、丘良卿、凌德甫、张如晦、张景忠。不与会和诗者一人，牟巘之父。原集已佚，诸家书目唯嵇曾筠《（雍正）浙江通志》卷二百五十二载录。今戴表元《剡源集》卷三十存《次韵如晦木犀因寄其从父性之老同舍》、牟巘《陵阳集》卷五有《和陈无逸木樨》，皆为集中诗。

（三）《客楼东冬夜会合诗》

戴表元、方凤等唱和诗歌集。编者不详。大德二年（1298）十月二十二日，戴表元、方凤、顾伯玉集会于陈无逸之邸，宴饮赋诗。戴表元《客楼东冬夜会合诗序》："大德戊戌之孟冬，余客杭久，且念归，而方韶卿自婺至，顾伯玉自秀至，一夕不约而胥会于霅陈无逸之邸。……夜聿云半，诗筹再探，群篇告成，厥有序引。"② 原集已佚，戴表元《剡源逸稿》卷一五有《十月廿二夜与方韶卿陈无逸顾伯玉客楼分韵得镫字》诗二首，属集中诗。

（四）《游长春宫诗》一卷

虞集、贡奎等游大都长春宫唱和集。编者不详。大德八年（1304），虞集、贡奎、刘光、袁桷、周天凤、曾德裕同游大都长春宫，虞集《道园学古录》卷五有《游长春宫诗序》，云："国朝初，作大都于燕京北东，大迁民实之。燕城废，惟浮屠、老子之宫得不毁。亦其侈丽瑰伟，有足

---

① 李修生主编：《全元文》第7册，江苏古籍出版社1998年版，第582—583页。
② （元）戴表元著，陈晓冬、黄天美点校：《戴表元集》，浙江古籍出版社2014年版，第232—233页。

以凭依而自久。……大德八年春，集与豫章周仪之、四明袁伯长、宣城贡仲章、广信刘自谦、庐陵曾益初，始得登于其宫之阁而观之。……乃以'蓬莱山在何处'为韵，以齿叙而赋之，得古诗六首。别因仲章所赋倡和，又得律诗十有三首，萃为一卷，谨叙而藏之。"① 原集收诗十九首，已佚。今存虞集《道园遗稿》卷一《游长春宫诗分韵得在字》、贡奎《云林集》卷一《长春宫同伯长德生仪之分韵得山字》、袁桷《清容居士集》卷三《游长春宫分韵得莱字》诗数首。

（五）《北山纪游总录》

黄溍、胡翰、吴师道、邓善之、黄石翁等北山纪游酬唱诗集。编者不详。黄溍（1277—1357），字晋卿，又字文潜，婺州义乌（今浙江义乌）人。延祐二年（1315）同进士出身，文思敏捷，诗、词、文、赋、书画皆通，与柳贯、虞集、揭傒斯合称为元代"儒林四杰"，历诸暨州判官、江浙儒学提举、翰林直学士等官。《元史》卷一百八十一有传。元武宗至大三年（1310），黄溍等游金华北山，有诗纪事，胡翰、吴师道等相继和韵，好事者汇为一集。元末胡翰《北山纪游总录跋》云："至正庚戌以来，卷中作者，由侍讲黄公倡之，而司理叶公、吏部吴公、长史张公继之。又其后，而待制柳公、太常胡公、立夫吴公之诗附焉。"② 依据黄溍生卒，其间年号为"庚戌"者唯元武宗"至大庚戌"而已，"至正庚戌"当为"至大庚戌"误。原集已佚，今黄溍《金华黄先生文集》卷四《续稿一》有《金华北山纪游八首》，胡助《纯白斋类稿》卷四五有《和黄晋卿北山纪游八首》，吴师道《礼部集》卷二、卷六分别有《追和黄晋卿北山纪游八首》《和黄晋卿北山纪游韵》等诗，当为集中诗。

（六）《送邓善之提举江浙儒学诗》

吴澄、卢亘等唱和诗集。编者不详。至大三年（1310），邓文原授江浙儒学提举，吴澄等分韵赋诗若干首以饯其行，吴澄为之序。吴澄《送邓善之提举江浙儒学诗序》："掌文翰垂十年，出领江浙等处儒学事，留于朝者咸惜其去。……惜其不留者，朋友之情也。情发于声，于是各有声诗，以（杜甫《梦李白二首》之一）'落月满屋梁，犹疑照颜色'为

---

① （元）虞集著，王颋点校：《虞集全集》，天津古籍出版社2007年版，第566页。
② 李修生主编：《全元文》第52册，江苏古籍出版社1998年版，第217页。

韵，盖其情犹子美之于太白云尔。夫李杜文章才气格力相抵，相视如左右手。离别眷眷之情，义岂常人之所可同！宜乎咏歌嗟叹之不能已也。诗若干首，临川吴澄为之序，而系之以诗。"① 原集已佚，《全元诗》第二十七册收录卢亘《送邓善之提举江浙》诗十首，分别以"落""月""满""屋""犹""疑""照""颜""色"为韵字；吴澄《吴文正集》卷二五有"十一真"韵《送邓善之提举江浙儒学》诗，应为集中诗。

(七)《梅花百咏》一卷附录一卷

冯子振与释明本唱和诗歌集。编者不详。冯子振（1257—1348），字海粟，号怪怪道人、瀛洲客，湖南湘乡人，一说湖南攸县人。历集贤院学士、彰德（今河南安阳）节度使等职，才思敏捷，以文章称雄。有《海粟诗集》《华清古乐府》等传世。释明本（1263—1323），法号智觉，俗姓孙，号中峰，钱塘新城（今浙江杭州）人。善诗，与赵孟頫、冯子振、霍廷发、王璋、郑云翼等交好。相传，冯子振观赵孟頫画梅，诗兴大发，随执笔以梅花为题赋诗，一夜而成《古梅》《老梅》《孤梅》《瘦梅》等百篇。后明本和尚览之，作诗一百首以和。《四库全书总目》："子振方以文章名一世，意颇轻之，偶孟頫偕明本访子振，子振出示《梅花百韵诗》，明本一览，走笔和成；复出所作《九字梅花歌》以示子振，遂与定交。是编所载七言绝句一百首，即当时所立和者是也。后又附'春'字韵七律一百首，则仅有明本和章，而子振原倡，已不可复见矣。"② 冯、释二人《梅花百韵诗》七言绝句唱和外，还有"春"字韵七律唱酬二百首。另元人韦珪亦有元刻本《梅花百咏》，集中多与明本和诗相同，疑为中峰作。丁丙《善本书室藏书志》卷三十八"总集类上"等录为一卷附录一卷，钱大昕《补元史·艺文志》第四"别集类"、魏源《元史新编》卷九十四《艺文四》"别集类"等著录为一卷。此集为元代诗坛佳话的又一留存，其文史意义不仅局限其时诗人，后世文人莫不受之影响，如明人文征明《梅花百咏》、魏复《和〈梅花百咏〉》、童琥《和〈梅花百咏〉手稿》、朱权《赓和中峰诗韵》、王达《和中峰和尚〈梅花百咏〉》、曾仲

---

① 李修生主编：《全元文》第14册，江苏古籍出版社1998年版，第95页。
② （清）永瑢等：《四库全书总目》卷一八八集部《总集类三》，中华书局1965年版，第1707页。

质《和冯海粟〈梅花百咏〉》等追和诗集,即是明证。今存明万历三十六年王化醇刻本、《四库全书》本等。

(八)《本德斋诗》

熊昶、虞集等送别周东扬唱和诗集。熊昶编。熊昶,字昶云,豫章(今江西南昌)人。通文史法律、能诗文,为官清廉爱民,颇有政绩,历任南康南安巡检、崇仁县尉、常宁州判官等职。生平见虞集《熊同知墓志铭》。元英宗元年(1321),丰城周东扬(讳尚之)以《礼记》举上礼部,擢丙科进士,授官零陵县丞。赴任之际,熊昶、虞集及同州乡人等赋诗数百篇送别。据虞集《本德斋送别进士周东扬赴零陵县丞诗序》载:"至治辛酉,富州周君东扬登进士第,授零陵丞。十月,将之官,其州人熊君昶之尉崇仁,实予寓邑也,为之言曰:'君之行,送之者歌诗凡数百篇,天慵熊先生序之。又百余篇曰《本德斋诗》者,州人之尝从君者所赋也。'属某序之。"① 此次唱和活动规模盛大,参与文人众多,创作诗作宏富,其中数百篇由熊昶赋序,百余篇属虞集作序并集名《本德斋诗》。惜原集已佚,诸家书目未见著录,相关信息留存较少。今虞集《道园遗稿》卷一有《送周东扬赴零陵分韵得鸟字》诗:"拂剑池水秋,理棹湘江晓。地古记载多,时清征发少。雨洗崖石文,风作林谷窅。应上朝阳岩,东望听啼鸟。"② 为集中诗。

(九)《师友集》

张雨辑友朋赠答酬唱诗文总集。张雨编。张雨(1283—1350),又名天雨、泽之,字伯雨,道名嗣真,号贞居子、山泽癯者、句曲外史,钱塘(今浙江杭州)人。生性狷介,不随世俗,有隐逸之志,年二十弃家为道士,师事玄教高道王寿衍。张雨博学多闻,工诗文、善书画,与萨都剌、杨维桢、杨载、袁桷、虞集、范梈、顾瑛等交游唱酬,倪瓒称其"诗、文、字、画,可为本朝道品第一"③。有《句曲外史集》等传世。是集的编撰,黄溍《金华黄先生文集》卷十八续稿十五《师友集序》:

① (元)虞集著,王颋点校:《虞集全集》,天津古籍出版社2007年版,第566页。
② (元)虞集著,王颋点校:《虞集全集》,天津古籍出版社2007年版,第33页。
③ (明)朱存理集录,韩进、朱春峰校证:《铁网珊瑚校证》,广陵书社2012年版,第313页。

"《师友集》者，张君伯雨所得名公赠言及倡酬之作也。"① 是集收录张雨约四十年间所得友朋赠答酬唱诗文若干篇，作品编排以时间先后而非"齿、爵、位、望"为次第，后得方外一二士人编辑与校雠，嘱黄溍为序，刻于张雨所居灵石山之登善庵。嵇曾筠《（雍正）浙江通志》卷二百五十二、钱大昕《补元史·艺文志》第四"总集类"、魏源《元史新编》卷九十四《艺文四》"总集类"载录。今可见《诗渊》第三册收录时人江范槁《赠别伯雨外史》、揑古柏《留饮玄洲菌阁》、萨都剌《张外史菌阁》等与张雨酬唱诗104首②，虽非原集全本，但也可借之管窥元代方外道人与一般士人的文学交往活动及其文化心理。

（十）《同年小集诗》

宋褧、王守诚等同年集会唱和诗集。编者不详。宋褧（1294—1346），字显夫，大都（今北京市）人。少敏悟，有诗名，泰定元年（1324）进士，历官秘书监校书郎、监察御史、翰林待制等职。《元史》卷一八二有传。元文宗天历三年（1330）二月八日，宋褧偕右榜之月鲁不花、曲出、照磨温都尔、雅琥，左榜之王瓒、张益、章毂、张彝、程谦诸科举同年，"谒座主蔡公于崇基万寿宫寓所。既退，小集前太常博士、艺林使王守诚之秋水轩，坐席尚齿，酉餕简洁，谈咏孔洽，探策赋诗"③，共叙同年情谊。另纳臣、王理、祝成鼎三人因疾不与会。此次集会赋诗较为特别，是年去及第已六载，与会者均有官阶在身，活动方式仍采用科举取士传统之"探策赋诗"，可见取士制度对士子影响之深远。原集已佚，今宋褧《燕石集》卷五存《同年小集探策赋诗得天字》，属是集中诗。

（十一）《如舟亭燕饮诗》一卷

宋褧、欧阳玄、宋本、谢端等唱和诗集。周子嘉编。元明宗至顺元年八月十五日、九月九日，宋褧、欧阳玄、宋本等分别于京师如舟亭燕饮，分韵赋诗，汇为一轴。许有壬《如舟亭燕饮诗后序》："湖广省掾汝

---

① 李修生主编：《全元文》第29册，江苏古籍出版社1998年版，第85页。
② 武君：《元代后期诗文总集叙录》，《国学》2017年第2期，第267页。
③ （元）宋褧：《同年小集诗序》，李修生主编：《全元文》第39册，江苏古籍出版社1998年版，第322页。

南周子嘉出诗一轴十四首，盖其在京师至顺庚午岁中秋、重九会诸公如舟亭所赋也。分韵者九人，学士宋诚夫，尝与余同在左司，少监欧阳原功实同年，修撰谢敬德同岁，得解亦皆同时官京师。追念昔时，未尝得此乐也。"① 原集已佚。今宋褧《燕石集》卷二存《中秋陪谢敬德修撰达兼善典籤诚夫兄学士会饮周子嘉如舟亭交命险韵十二依次诗得赏字》、卷三《九日再会饮如舟亭分韵得异字约赋廿句》诗等，应为集中诗。

（十二）《经筵唱和诗》一卷

苏天爵、陈旅等奎章阁文士唱和诗集。编者不详。苏天爵（1294—1352），字伯修，号滋溪，真定（今河北正定）人。曾从吴澄、虞集等学，善诗文，其诗得古法，文长于叙事，历任翰林国史院典籍官，吏部尚书、监察御史、湖广行省参知政事等职。《元史》卷一百八十三有传。约至顺四年（1333），皇帝重经筵，举凡能充广圣明、增崇德业之经籍，均命群臣硕彦讲授，且一月三进讲。其间优待经筵讲席官，赐酒赏食，群臣感慕而行诸歌咏。陈旅《经筵唱和诗序》："于是益优礼讲官，既赐酒馔，又以高年疲于步趋也，命皆得乘舟太液池，径西苑以归。闻者皆为天子重讲官若此，天下其不复为中统至元之时乎？今监察御史镇阳苏君伯修时为授经郎兼经筵译文官，论定其说，使译者得以国言悉其指归。沐日又赋诗铺写盛事，约同馆之士与京师能诗者和之，汇为一卷，不鄙谓旅，使序之。"② 是集已散佚，苏天爵唱和诗作不存。今存傅若金《傅与砺诗集》卷之七《奉和苏授经八月二十九日明仁殿进讲敕赐酒馔许乘舟太液池趋西苑之作》、欧阳玄《圭斋文集》卷之二《赐经筵官酒次苏伯修韵》、王沂《伊滨集》卷十《和苏伯修授经筵进讲诗韵》等诗，当为集中诗。

三 元后期唱和诗集

元后期约（1334—1368）始于元顺帝妥懽帖睦尔承继大统后，至朱元璋攻破大都，顺帝北撤退出中原终。这一阶段产生了《吴中春游倡和诗》一卷、《西湖竹枝词》一卷、《荆南唱和集》一卷、《金兰集》三卷等唱和诗集37种，其中以顾瑛主持的《玉山名胜集》八卷《外集》一

---

① 李修生主编：《全元文》第38册，江苏古籍出版社1998年版，第102页。
② 李修生主编：《全元文》第37册，江苏古籍出版社1998年版，第284页。

卷、《草堂雅集》十三卷等"玉山"唱和诗集最具影响力。

（一）《吴中春游倡和诗》一卷

吴寿民、钱良佑、王东等春游吴中唱和诗总集。钱良佑编。吴寿民，字仲仁，自号南山、永庵道人，吴兴（今江苏苏州）人。善诗书，赵孟頫称其聪敏，不以家事废学，诗清新华婉，有唐人余风。[①] 著有《南山樵吟》。钱良佑（1278—1344），字翼之，晚自号江邨民人，平江（今江苏苏州）人。能诗文，工书学，尤以古篆、隶、真、行、小草等闻名。曾为吴县儒学教谕，后隐居不出。此唱和集包括数次唱和活动。据吴寿民《游虎丘唱和》载，至元三年（1337）二月一日，吴寿民、王东（起善）、汪遂良（子忠）相约游览虎丘，"寻回路复过半塘桥，且行且咏，得一诗用寄无照，子忠、起善相与倚和，因作一卷以识岁。后有游览而见于吟咏，则续而书之，以得诗先后为次第云"[②]。是月十一日，吴寿民偕王东、陆行中游城隅桃坞，但见"杂芳菲菲中海棠娇艳如画，牡丹满台，作蕊如茧栗"[③]，吴寿民于归途中有感作《游城隅桃坞》，以续游志，王东、陆行中皆和。

二月二十八日，吴寿民携子吴宪及好友王崬、王东重游虎丘，沿途口占五绝，寓咏归之遗意。三月十五日，吴寿民偕王东游北塔寺，信步至戚善之房品茗，寿民与王东各赋一诗纪之，并书以为赠。吴寿民有感"迹留吴中凡三见清明，今年二三月稍窥花柳一斑。每所游处，赋诗以纪，同游者和之。不与游而闻余闲适者亦和之。萃为一卷，时手展玩，足以舒邑邑也。偶因检点游事，阅诸所作，不能无感"[④]，遂赋《春游》诗以继春游志之后。是集收吴寿民、钱良佑、汪遂良、释子明、释若舟、王东、释惟勤、释善住、吴宪、王崬等唱和诗45首，卷子装，由钱良佑手书，"辞旨清丽，书法遒美"[⑤]。集后有明吴人都穆、杜启、文壁题跋，

---

① （元）赵孟頫撰，钱伟彊点校：《赵孟頫集·南山樵吟序》，浙江古籍出版社2012年版，第177页。
② 杨镰主编：《全元诗》第36册，中华书局2013年版，第194页。
③ 杨镰主编：《全元诗》第36册，中华书局2013年版，第195页。
④ 杨镰主编：《全元诗》第36册，中华书局2013年版，第196页。
⑤ （明）文徵明著，陆晓冬点校：《甫田集·题吴仲仁春游诗卷后》，西泠印社2012年版，第298页。

清人翁方纲诗跋,"志伊""谈思重氏""石雪斋""李邦燮""宝廷""覃溪审定""苏斋墨绿""真山园主人"鉴藏印记①。清王原祁《佩文斋书画谱》卷七十九题为《钱良右书春游诗卷》,清莫友芝、傅增湘等《藏园订补邵亭知见传本书目》卷十六"总集类"著为《吴中春游倡和诗》一卷,今从。现藏于苏州市博物馆。

(二)《第一山唱和诗》

纳璘不花、余阙等人唱和诗总集。武君疑为纳璘不花编,甚是。② 纳璘不花(？—？),字文璨,号纲斋,元北庭(今新疆吉木萨尔北)畏兀儿人。泰定四年(1327)进士,历官同知湘阴州事、江浙行省都事、四川行省理问等,能诗文且多不传,与苏天爵、许有壬等交好。生平见柳瑛《(成化)中都志》卷七揭傒斯《盱眙县题名记》。顺帝至元三年(1337)三月,高昌纳璘不花任盱眙县达鲁花赤,后一年,纳璘不花为广教术、新学宫,于盱眙第一山修建淮山书院。时马仲良、陈奎等同游此山,有感纳璘不花移俗化民之举,遂赋诗酬唱以纪事,汇为《第一山唱和诗》。陈奎《第一山唱和诗序》云:"至元戊寅至孟冬,山阳马仲良、汝南陈天章、大梁谢景阳同游,适监邑高昌纳公鼎建淮山书院于上,以为斯道倡。观览之余,非徒得山水之乐,抑又喜夫监邑化民之德教也。遂各书所述,以纪此山之胜。"③ 据《盱眙县题名记》载,纳璘不花到任后,"询故老,访遗俗,与学劝农,明政敷化,数月大治"④。原集已佚,诸家书目不载。今可见清人席世臣《元诗选 癸集》有御史大夫纳璘《题第一山答余阙》诗:"一山松桧剩归鹤,五塔香灯送落晖。惟有玻璃同我志,闲来时复濯缨归。"⑤ 杨镰辨为纳璘不花诗作,并收入《全元诗》第四十册⑥,当为集中诗。

---

① 徐邦达:《古书画过眼要录·元明清书法》,载《徐邦达集》第5册,紫禁城出版社2006年版,第256页。

② 武君:《元代后期诗文总集叙录》,《国学》2017年第2期,第253页。

③ 李修生主编:《全元文》第37册,江苏古籍出版社1998年版,第248—249页。

④ (元)揭傒斯:《盱眙县题名记》,载(明)柳瑛《(成化)中都志》卷七,明弘治刻本。

⑤ (清)顾嗣立、(清)席世臣编,吴申扬点校:《元诗选癸集·癸之庚上》,中华书局2001年版,第942页。

⑥ 杨镰主编:《全元诗》第40册,中华书局2013年版,第419页。

（三）《汇兰集》一卷

贡谊与同宗及友朋赠答唱和诗歌总集。贡谊编。贡谊（？—？），字宜仲，号愚庵，丹阳柳茹人，蕴藉典籍，长于诗文，受聘溧水训导。元顺帝至正二年（1342），贡谊到宣城与同宗会谱，与宣城贡氏贡师仁、贡师中、贡师元、贡自强等同宗俊才及当地友朋作诗酬唱，后汇编为集，题为《汇兰集》。贡宗舒《题汇兰集后并序》："至正二年春，余兄自溧上归，出所著《南湖即事诗》，并宣与溧之酬和赠送诸吟，集为一卷，名曰《汇兰集》。命余续其后，谨疏四言一章，聊以应命。非感竞爽于诸君子之后也。"① 是集部分诗作见存于丹阳柳茹《贡氏宗谱》之《艺文志·诗赋类》，存十七人之诗三十六首。② 今存民国二十九年（1940）刻本版。

（四）《燕耕读堂诗》

鲍元康、张子经、项子闻等"耕读堂"集会唱和诗集。编者不详。鲍元康，字仲安，安徽歙县人。少喜读书，师事郑玉，能诗文，博学多识，经史诸子、山经地志、岐黄医书、孙、吴兵法、道藏佛典，无所不究，而尤以修饬行义为先，对《易》尤为尽心。③ 生平见黄宗羲《宋元学案》卷九四。耕读堂乃鲍元康从子鲍深（字伯原）于居所前修筑。夫"耕田，农夫野人之事。读书，士君子之所以为学也"④，鲍氏欲以"耕田以养其亲，读书以修其身"⑤，筑耕读堂"为委积之所，暇则弦歌其中"⑥。约至正六、七年（1346、1347），故友婺源张子经来乡里横经开讲，郑玉与子经相识三十年矣，遂携酒至鲍氏耕读堂与子经叙故。郑玉《燕耕读堂诗序》："是日会者，项子闻、鲍仲安与其姪伯原、以仁、伯

---

① 贡铨：《丹阳柳茹〈贡氏宗谱〉》，民国二十九年（1940）刻本。
② 翟朋：《元代丹阳贡氏〈汇兰集〉本事考》，《上饶师范学院学报》2021年第5期，第74页。
③ （明）黄宗羲著，夏瑰琦、洪波点校：《宋元学案》卷九四《鲍先生元康》，浙江古籍出版社2012年版，第3537页。
④ （元）郑玉：《耕读堂记》，李修生主编：《全元文》第46册，江苏古籍出版社1998年版，第365页。
⑤ （元）郑玉：《耕读堂记》，李修生主编：《全元文》第46册，江苏古籍出版社1998年版，第365页。
⑥ （元）郑玉：《耕读堂记》，李修生主编：《全元文》第46册，江苏古籍出版社1998年版，第365页。

尚，诸生得侍者鲍安、鲍葆，以时赴郑老同襟期，分韵赋诗，留余为序，不得赋。"① 原集已佚。今《全元诗》第二十四册存张子经《耕读堂为鲍伯原赋》诗一首，疑为集中诗。

（五）《〈夜山图〉题咏》一卷

赵孟頫、虞集、鲜于枢等同题咏高克恭夜山图诗歌总集。王媛题为吴福孙编②，今从。吴福孙（1280—1348），字子善，自号清谷野叟，浙江杭州人。善书，效赵孟頫书，攻楷、篆、籀诸体。历官嘉兴路儒学录、将仕佐郎、上海县主簿等，与赵孟頫、邓文原、高克恭诗画唱酬。生平见黄溍《金华黄先生文集》卷三十八续稿三十五《上海县主簿吴君墓志铭》。据吴福孙《〈夜山图〉题咏跋》载，至正七年（1347）丁亥，吴福孙奉省檄来，"首谒彦方总管，又识复礼李先生，因出示高尚书（高克恭）此图。追忆少时受学于容斋，公时主宪事在西浙，一时南北名士大夫，皆得朝夕相与瞻奉。今睹卷中翰墨，使予慨叹不已。复礼珍秘之，予复书其邑里爵位标其上云"③。是集原本不存，诸家书目唯清人张照《石渠宝笈》卷十四载为"元高克恭夜山图一卷"。今可见赵琦美《赵氏铁网珊瑚》卷十三收录赵孟頫、虞集、鲜于枢、周密、邓文原、戴表元、张翥、仇远、释雄觉、徐琰、汤炳龙、盛彪、姚式、屠约、李震、张复亨、王英孙、孟淳、戴天锡、张逢源、薛羲古、张谦、王易简、吕同老、陈康祖、牟应龙、林家生二十七人同题诗歌凡三十首。晚清丁丙据《赵氏铁网珊瑚》校补、题跋，编为《夜山图题咏》一卷，收入《武林掌故丛编》第二十二集。

（六）《圭塘欸乃集》二卷附《圭塘补和》一卷

许有壬与弟许有孚、子许桢及宾客马煦等唱和诗词总集。许有孚编。许有壬（1286—1364），字可用，河南汤阴人，聪颖博学，工诗善词，遇事敢言，仁宗延祐二年（1315）进士，历官七朝，先后任集贤大学士、授御史中丞、枢密副使、中书左丞等职。许有孚（？—？），字可行，河

---

① 李修生主编：《全元文》第46册，江苏古籍出版社1998年版，第326页。
② 王媛：《元人总集叙录》，天津古籍出版社2018年版，第203页。
③ （明）朱存理集录，韩进、朱春峰校证：《铁网珊瑚校证》，广陵书社2012年版，第879页。

南汤阴人，许有壬之弟，至顺元年（1330）由国学上舍登进士第，授湖广儒学副提举，历中宪大夫，同金太常礼仪院事等职。元惠宗至正八年（1348）秋，中丞许有壬谢事归相城，以赐金购得康氏废园，修凿水池，形似"桓圭"，遂以"圭塘"为名。每日与宾客子弟宴饮其间，一草一木，品题不遗，此唱彼和，积诗成帙，汇为《圭塘欸乃集》。明年，许桢至京师，以诗示马熙，熙作诗词追和，题为《圭塘补和》附于集后。四库馆臣评其"诗虽多一时适兴之什，不必尽刻意求工，而一门之中，父子兄弟，自相师友，其风流文雅之盛，犹有可以想见者焉"①。

是集集前有至正十年周伯琦序，集后有汴段天祐、至正十年周溥、至正十一年诸生哈剌岱、至正十三年天台丁文升、临川黄晖、镇阳张守正、金台王翰及王国宝八跋，襄邑赵桓、山东陆焕然题诗各一首，末有浯演识。是集版本系统复杂，所载诗词数量略有差异。周伯琦《序》称得诗古、律五七言二百一十九首，乐府六十六首，总二百八十五首，除却宾客马熙所作《乐府十解》和诗外，余皆许有壬、许有孚、许桢叔侄所作。马熙至正十年《圭塘补和并序》载，"《欸乃》既歌之明年，熙如京师。可行泊桢日侍安阳公，觞咏圭塘，更唱迭和之语词，凡二百四十九首。……又明年，桢来京师，始得伏读全集。……勉强补和，得诗七十八、词八"②，诗词共三百三十五首。今人王媛据《艺海珠尘》本《圭塘欸乃集》统计为三百四首，马熙补和八十四首。③ 是集所收诗词不一，系兵祸隳坏，力疾补葺所致。清人孙星衍《平津馆鉴藏书籍记》卷三录为一卷，钱大昕《补元史·艺文志》第四"总集类"、曾廉《元书》卷二十三《艺文志》、魏源《元史新编》卷九十四《艺文四》"总集类"等录为三卷，《四库全书总目》卷一百八十八集部四十一、清丁丙《善本书室藏书志》卷三十八集部"总集类上"等录为二卷，是为通行本。今存《艺海珠尘》本、《丛书集成初编》本、《四库全书》本等。

（七）《西斋和陶集》一卷

诗僧释梵琦追和陶渊明诗歌集。编者不详。释梵琦（1296—1370），

---

① （清）永瑢等：《四库全书总目》卷一八八，中华书局1965年版，第1708页。
② 李修生主编：《全元文》第56册，江苏古籍出版社1998年版，第128—129页。
③ 王媛：《元人总集叙录》，天津古籍出版社2018年版，第209页。

俗姓朱，字楚石，又字昙曜，明州象山（今属浙江）人。九岁出家，历览群经，长于诗文，元顺帝赐号"佛日普照慧辩禅师"，晚年于海盐县天宁寺筑西斋居之，自称西斋老人，与虞集、钱惟善、释宗衍等有诗唱和。生平见释至仁《楚石和尚行状》、姚广孝《西斋和尚传》等。是集钱大昕《补元史·艺文志》、曾廉《元书》、魏源《元史新编》等均未著录。朱右《西斋和陶诗序》："比客海昌，得琦禅师诗一编，曰《西斋和陶集》，读尽数日，爱其命意措言，妥而不危，隽而不肤，若弗经思虑得者，有陶之风哉！……为其徒将锓梓以传，予因论次其说，为之序。"① 朱右得集"读尽数日"，可知此集收录和诗较多。张篠庵《秋台清话》断简云："景泰甲戌冬，予以考满便道东归，养痾于郡城定惠寺，见玹上人望厓上有旧书曰《雪庵长语》、曰《西斋和陶集》，皆蠹侵鼠食，编简错乱，取而阅之，惜其文之奇而将就湮泯也。录其一二于左以备遗忘。"② 明代宗景泰五年《西斋和陶集》犹存，今原书已佚。《全元诗》第三十八册收录释梵琦诗，存《和渊明九日闲居诗》《和渊明仲秋有感》《和渊明新蝉诗》《居秦川正月初追念畴昔和游斜川》《和怨诗楚调示庞主簿邓治中》《中夏示张养元和次胡西曹示顾》《广成阻风和庚子岁五月中从都还阻风规林》等；叶盛《水东日记》卷二十录释梵琦《谢事憇李归和陶归去来辞韵》《和闲情赋作正情赋》《送董国贤任奉化州别驾和于王抚军座送客》数首，均为集中作品。

（八）《西湖竹枝词》一卷

杨维桢、张雨、郯韶等人"西湖竹枝词"唱酬诗歌总集。杨维桢编。杨维桢（1296—1370），字廉夫，号铁崖、铁笛道人、铁心道人、铁冠道人、抱遗老人、东维子等，诸暨（今属浙江）人。《明史》卷二百八十五有传。《竹枝》本为南方地区流行的一种曲调，经唐朝诗人刘禹锡改作新词，广为流传。元惠宗至正初，杨维桢偕家人寓居杭州，常与友人游览西湖，赋《西湖竹枝歌》九首，一时和者无数。杨维桢《西湖竹枝歌序》："予闲居西湖者七八年，与茅山外史张贞居、苕溪郯九成辈为唱和交。水光山色，浸沈胸次，洗一时尊俎粉黛之习，于是乎有《竹枝》之

---

① 李修生主编：《全元文》第50册，江苏古籍出版社1998年版，第529—530页。
② （明）叶盛撰，魏中平点校：《水东日记》，中华书局1980年版，第197—198页。

声。好事者流布南北,名人韵士属和者无虑百家。道扬讽谕,古人之教广矣。是风一变,贤妃贞妇,兴国显家,而《列女传》作矣。采风谣者,其可忽诸?"[1] 元顺帝至正八年(1348)秋七月,杨维桢于顾瑛玉山草堂汇集诸家"西湖竹枝词"为册,既加评点于诸家姓氏之下,取名《西湖竹枝词》(一作《西湖竹枝集》)。集前有杨维桢元至正八年序、明天顺三年和维振纲识、明万历三十二年冯梦祯书,除原唱杨维桢外,另有和作诗人一百二十一家,其中无名氏二人,诗一百八十四首。[2] 钱大昕《补元史·艺文志》第四"总集类"、魏源《元史新编》卷九十四《艺文四》"总集类"、丁丙《善本书室藏书志》卷三十九集部"总集类下"等皆录为一卷。今存陈于京明刊校本、清光绪九年钱塘丁氏嘉惠堂刻本等。

(九)《上京大宴诗》

王袆、贡师泰等文人于上京宴饮唱和诗集。编者不详。贡师泰(1298—1362),字泰甫,号玩斋,安徽宣城人。文学家贡奎之子,元泰定四年(1327)进士,性豪爽,富文韵,工翰墨,以文学知名,历任翰林应奉、翰林待制、国子司业、监察御史、吏部侍郎、福建廉访使、礼部尚书、两浙转运盐使、户部尚书等职。元顺帝至正九年(1349)五月,天子巡游上京,次月二十八日大宴失剌斡耳朵,三日而止。一时文臣赓续唱酬,诵咏太平。王袆《上京大宴诗序》记述宴集盛况:

> 肆今天子在位日久,文恬武嬉,礼顺乐畅,益用励精太平,润色丕业,于是彝典有光于前者矣。然则铺张扬厉,形诸颂歌,以焯其文物声容之烜赫,固有不可阙者,此一时馆阁诸公赓唱之诗所为作也。故观是诗,足以验今日太平极治之象,而人才之众悉能鸣国家之盛,以协治世之音。……今赓唱诸诗,其所铺张扬厉,亦不过模写瞻视之所及,而圣天子盛德之至。[3]

---

[1] (元)杨维桢著,孙小力校笺:《杨维桢全集校笺》,上海古籍出版社2019年版,第3541页。

[2] 王辉斌:《杨维桢与元末西湖竹枝酬唱》,《重庆教育学院学报》2011年第1期,第97页。

[3] (明)王袆著,颜庆余点校:《王袆集》,浙江古籍出版社2016年版,第162—163页。

是集贡师泰首唱赋诗，若干人凡若干首。原本已散佚，王祎诗亦不存。今贡师泰《玩斋集》卷五存五言排律《上京大宴和樊时中侍御》、卷四《上都诈马大燕》诗五首等；《元诗选 初集》收廼贤《失剌斡耳朵观诈马宴奉次贡泰甫授经先生韵五首》等，属原集中诗作。

(十)《心田道院设醮诗》

黄师玄、唐桂芳、鲍同仁等集会唱和诗集。黄师玄编。黄师玄，生平不详。新安鲍同仁荣升七品，受从仕郎、邵武路泰宁县尹，年五十，自卜预葬于城南之叶有，遂筑宫室，以道流守之，题为"心田道院"。至正十一年（1351）二月，鲍同仁为民祈福以报国恩，于道院设醮三日，一时诗歌唱酬不绝。郑玉《心田道院设醮诗序》："十一年二月……道士黄师玄首赋唐律一首，以道其事。子姓宗族，朋友交游，更唱迭和，积成巨帙，乡里传诵，以为美谈。师玄一日携以见过，求予序其首。"① 是集已佚，今唐桂芳《白云诗稿》卷十六存《和鲍县尹心田道院设醮韵》诗："神光曾遇泰山尖，后世侵寻礼法纤。黄纸丹书知尚敬，太羹玄酒味方甜。瑞云霭霭常围座，仙鹤翩翩不下檐。寄语郎官名父子，定将繁祉锡安恬。"② 为此集中诗。

(十一)《南城咏古诗》

廼贤、梁九思等游燕城唱和诗集。编者不详。廼贤（1309—1368），字易之，名纳新、葛逻禄易之，号河朔外史、紫云山人，西域葛逻禄氏人。攻诗善书，诗每出，士大夫辄传诵之，与能书之韩与玉、善古文之王子充合称"江南三绝"。曾为翰林院编修官，后出参桑哥失里军事，卒。至正十一年（1351）八月十六日，廼贤与太史宇文公谅、太常危素、燕人梁九思、临川黄殷士、四明道士王虚斋及新进士朱梦炎七人，"联辔出游燕城，览故宫之遗迹。……解后一日之乐，有足惜者，岂独感慨陈迹而已哉。各赋诗十有六首以纪其事，庶来者有所征焉"③。原集已佚，今《元诗选 初集》卷四一收录廼贤《黄金台》《悯忠阁》《寿安殿》

---

① 李修生主编：《全元文》第46册，江苏古籍出版社1998年版，第327—328页。
② 杨镰主编：《全元诗》第41册，中华书局2013年版，第296页。
③ （元）廼贤：《南城咏古十六首并序》，李修生主编：《全元文》第52册，江苏古籍出版社1998年版，第532—533页。

《圣安寺》《大悲阁》《铁牛庙》《云仙台》《长春宫》《竹林寺》《龙头观》《妆台》《双塔》《西华》《白马庙》《万寿寺》《玉虚宫》诗十六首。为是集中诗。

(十二)《玉山名胜集》八卷《外集》一卷

顾瑛与杨维桢、袁华、于立、高智、姚文奂、郯韶等四方名士对玉山景致题咏唱酬的诗歌总集。顾瑛编。顾瑛(1310—1369),名德辉,又名德烽、阿瑛,字仲瑛,一作道彰,晚年自号金粟道人,昆山界溪人。因居所昆山又称玉山,又号玉山主人、王山樵者、玉山道人等。顾瑛家境富庶,为人豪爽风流,不屑仕进,举荐皆不就,退以偏僻地筑玉山草堂,广邀诗人、名士诗酒唱和。李祁《草堂名胜集序》:"昆山之世族,居界溪者,曰顾,顾氏之有才谓者,曰仲瑛。仲瑛即所居之偏辟地以为园池,园之中为堂、为舍、为楼、为斋、为舫,敞之而为轩,结之而为巢,葺之而为亭,植以佳木善草,被之芙蕖菱芡,郁焉而阴,焕焉而明,閴焉而深,一日之间,不可以徧赏,而所谓'玉山草堂',又其胜处也,良辰美景,士友群集,四方之来与朝士之能为文辞者,凡过苏必之焉。之则欢意浓洽,随兴所至,罗樽俎,陈砚席,列坐而赋,分题布韵,无间宾主,仙翁释子,亦往往而在。歌行比兴,长短杂体,靡所不有。于是衷而第之,以为集,题之曰《草堂名胜》。"① 集前有至正十四年金华黄溍序、至正十一年湘东李祁序,诗文以玉山佳景为编排纲要,分别题为"玉山堂""玉山佳处""钓月轩""芝云堂""可诗斋""读书舍""种玉亭""小蓬莱""碧梧翠竹堂""湖光山色楼""浣花馆""柳塘春""渔庄""金粟影""书画舫""听雪斋""绛雪亭""春草池""绿波亭""雪巢""君子亭""澹香亭""秋华亭""春晖楼""白云海""来龟轩""拜石坛""寒翠所",每一景致,先录匾额作者、撰书题名,次载顾瑛《春题》,次附记、序、诗、词、赋等于后。丁丙《善本书室藏书志》卷三十九集部"总集类下"、钱大昕《补元史·艺文志》第四"总集类"、魏源《元史新编》卷九十四《艺文四》"总集类"等均录为《玉山名胜集》八卷《外集》一卷。今存明朱存理校补抄本、明万历刊本、《四库全书本》本、杨镰与叶爱欣整理本等。

---

① (元)顾瑛辑,杨镰、叶爱欣整理:《玉山名胜集》,中华书局2008年版,第6—7页。

(十三)《玉山名胜外集》二卷

顾瑛与郯韶、释良奇、陈基、吴国良、陆仁等友朋寄赠饯别诗歌总集。顾瑛编。是集分为二卷，卷一为纪寄赠玉山主人顾瑛篇什，卷二为纪玉山饯别纪游诗作。清叶昌炽《缘督庐日记抄》卷一、清丁丙《善本书室藏书志》卷三十九集部、瞿镛《铁琴铜剑楼藏书目录》卷二十四集部等均未载编者，清张金吾《爱日精庐藏书志》卷三十五及杨镰等题为顾瑛编。今存明万历刊本、《四库全书本》本、杨镰与叶爱欣收入《玉山名胜集》整理本等。

(十四)《玉山倡和》二卷

顾瑛与释元朴、杨基、达止善、释良奇、谢节等名士的唱和诗歌集。顾瑛编。是集有分卷之两卷本和不分卷之一卷本，所收诗歌乃顾瑛《玉山璞稿》《玉山名胜集》未收之作，明人藏书家朱性甫曾手抄典藏。清黄丕烈《士礼居藏书题跋记》："昔鲍丈渌饮曾以此本流落江南人家，未及刊刻为恨，及渌饮殁，而此书始出，竟无人好事付榟。余借诸寿松堂蒋氏，蒋氏得诸濂溪坊顾氏，原书大半为性甫手书，有印记可证。余既倩友影摹其文，又命内侄模图记各种，而于字之偶误者，手为校之，命工重装，而着其原委如此之。后世又有一副本，不灭中郎党贲之似矣。乙亥秋七月二十一日，复翁识。时吴枚庵在座，嘱为题签，并记。"① 清陆心源《皕宋楼藏书志》卷一百十七集部、丁丙《善本书室藏书志》卷三十九集部"总集类下"均不著编者名氏，清丁仁《八千卷楼书目》卷十九、杨镰与叶爱欣《玉山名胜集》整理本题为顾瑛编，暂从。今存经鉏堂重录本、丁丙旧藏影写本、杨镰与叶爱欣收入《玉山名胜集》整理本等。

(十五)《玉山遗什》一卷附录一卷

顾瑛与袁华、杨维桢、释良奇、于立、陆仁等文士吟咏唱酬诗集。顾瑛编。是集与《玉山倡和》颇为相似，所收诗作多为顾瑛《玉山璞稿》与《玉山名胜集》等未收之作，对"玉山雅集"唱酬诗具补遗作用。丁丙《善本书室藏书志》卷三十九集部等录为一卷，未著编者，清丁仁

---

① （清）黄丕烈著，潘祖荫辑，周少川点校：《士礼居藏书题跋记》，书目文献出版社1989年版，第310页。

《八千卷楼书目》卷十九、杨镰与叶爱欣《玉山名胜集》整理本题为顾瑛编。今存经鉏堂重录本、丁丙旧藏影写本、杨镰与叶爱欣收入《玉山名胜集》整理本等。

(十六)《玉山纪游》一卷

顾瑛与朋友纪游唱和诗集。袁华编。袁华(1316—1373?),字子英,号耕学子,江苏昆山人,自幼敏悟超群,工诗善画,曾从杨维桢学诗,是顾瑛玉山雅集觞咏之会的重要参与者。元惠宗至正年间,顾瑛偕好友袁华、杨维桢、郯韶、吴兴、于立、沈明远、张迟、陈基、瞿智、释良琦、顾佐、周砥、冯郁、王濡之、昆山陆仁等风雅之士游览玉山草堂外之虎邱、西湖、锡山、天平山、灵岩山、吴江、上方山、观音山等盛地,每览一景,赋诗酬唱以纪其事。是集所收虽"不及《玉山名胜集》《草堂雅集》之富,而山水清音,琴樽佳兴,一时文采风流,千载下尚如将见之也"①。清丁丙《善本书室藏书志》卷三十九集部"总集类下"、钱大昕《补元史·艺文志》第四"总集类"及魏源《元史新编》卷九十四《艺文四》"总集类"等均录为一卷。今存明万历刊本、《四库全书本》本、杨镰与叶爱欣收入《玉山名胜集》整理本等。

(十七)《草堂雅集》十三卷

顾瑛与其宾客好友等以玉山雅集为主题、往还唱和及杂赋之诗歌总集。顾瑛编。杨维桢《玉山草堂雅集序》云:"盖仲瑛之慕义好贤,将以示始于余;示始于余,而海内之士有贤于余者至矣。故其取友日益众,计大墨所聚日益多,此《草堂雅集》之出于家而布于外也。集自余而次凡五十余家,诗凡七百余首,其工拙浅深自有定品,观者有不待余之评裁也。其或护短凭愚,持以多上人者,仲瑛自家权度,又辄能是非而去取之,此集之所次,其有可观者焉。"② 顾瑛修筑玉山草堂,四方名士无不延致,置酒赋诗,觞咏唱酬,诗作繁盛。遂仿段成式《汉上题襟集》例,以诗人为纲编《草堂雅集》,诗人下又仿元好问《中州集》例各立小传,叙字号籍贯,生平经历,偶各据其实,评裁诗文著述。对诗人的撷

---

① (清)永瑢等:《四库全书总目》卷一八八,中华书局1965年版,第1711页。
② (元)杨维桢著,孙小力校笺:《杨维桢全集校笺》,上海古籍出版社2019年版,第2026—2027页。

择，不论其人贵贱，儒道佛各家，凡与顾瑛赠答唱酬者，即附录己作于后，其与他人往还唱酬而非与顾瑛交游者，其诗作有可取处，亦低书四格以示区别，予以附录。四库馆臣评介："盖虽以《草堂雅集》为名，实简录其人平生之作，元季诗家，此数十人括其大凡；数十人之诗，此十余卷具其梗概。一代精华，略备于是。"① 是集因兵燹之祸，版本系统复杂，抄本、刻本并存，钱大昕《补元史·艺文志》第四"总集类"、丁丙《善本书室藏书志》卷三十九集部"总集类下"、魏源《元史新编》卷九十四《艺文四》"总集类"等录为十三卷，陆心源《皕宋楼藏书志》卷一百十七集部等录为十七卷，景刊元刻本《草堂雅集》录为十三卷，附五卷。

今存景刊元刻本、武进陶湘涉园刻本、鲍廷博校补本、《四库全书本》本、杨镰及祁学明等整理本等。

（十八）《诸君唱和诗》一卷

石抹宜孙与胡深、王毅等唱和诗歌集。编者不详。石抹宜孙（？—1359），又名萧宜孙，字申之，先世为辽之迪烈糺人，石抹继祖子，工诗善文，元末王毅称之"古诗淡雅，其味悠然。而长律诗精深，其气烨然而光"②。《元史》卷一百八十八有传。元顺帝至正十二年（1352），徐寿辉破汉、瑞、饶、信、徽等州，方国珍占据温、台，元运衰微，守臣石抹宜孙持节抚处州，平乱安民，一扫颓势，闲暇之余，与胡仲渊、王毅等赋诗唱和，题为《诸君唱和诗》。王毅《诸君唱和诗序》："萧侯谈笑而平之，易危为安，易若反手。……闲暇之日，主宾相乐，以诗唱酬。继而群彦毕来，和者缮写成卷，辱侯不鄙，令予序之。"③ 是集已佚，王毅《木讷斋文集》卷一留存石抹宜孙、胡仲渊、王毅唱和诗作数首。

（十九）《近山轩燕集》

陈高等宴集唱和诗集。编者不详。陈高（1315—1367），字子上，号不系舟渔者，温州平阳人。至正十四年（1354）进士，历庆元路录事等

---

① （清）永瑢等：《四库全书总目》卷一八八，中华书局1965年版，第1710—1711页。
② （元）王毅：《诸君唱和诗序》，李修生主编：《全元文》第49册，江苏古籍出版社1998年版，第201—202页。
③ 李修生主编：《全元文》第49册，江苏古籍出版社1998年版，第201—202页。

职，有诗文存世，四库馆臣评其"文格颇雅洁""其五言古体、源出陶潜。近体律诗、格从杜甫"①。至正十二年（1352）四月八日，陈高偕孔正夫、陈德华、曾伯大、徐德显、吕敬中、金士名、郑子敬、卢文威等能文之士，会于张思诚之近山轩宴饮，酒酣，取陶渊明《读山海经十三首》（其一）"孟夏草木长，绕屋树扶疏"句分韵赋诗，凡为诗十首，题为《近山轩燕集》，陈高作集序。原集已不存，今陈高《不系舟渔集》卷三存《近山轩燕集诗》五言十韵一首，可知分得"木"字韵。

（二十）《荆南唱和集》一卷

周砥、马治等唱和诗总集。周砥、马治编。周砥（1323—1362），字履道，号东皋生、绍溜生，吴县（今江苏苏州）人，精善文辞，工书画，曾为元廷小官，后于张士诚府任职，殁于兵事。马治（？—？），字孝常，江苏宜兴人，长于诗文，善书，元末隐居西涧，洪武初授内丘知县、迁建昌府同知。元顺帝至正十三年（1353），周砥自吴门来，与马治避兵难于宜兴荆溪之南，畅游于荆南山水林野间，遇景而赋，随事而倡，积诗成帙，各怀其一。马治《荆南唱和诗序》云："去年春，履道自吴门来，与予俱主周氏家。……间相与登铜官，窥玉潭，咏颐山晚晴，送具区之洪波，招天目之远云……与夫风泉月林之间，载啸载歌。……予与履道意思，因合前后所作为《荆南倡和诗》若干篇……更倡迭和，非有如今日之多也。"② 明宪宗成化年间，李廷芝携抄本至京师，经李应祯、张弼整理刊刻。是集卷首除马治自《序》外，另有周砥及遂昌郑元祐《序》；治、砥唱酬诗歌后《附录荆南集后》，含周砥《与孝常登善权》《游张公洞》等诗数首、马治《哀履道辞》《悼周履道》及追和周砥诗作；卷末录渤海高启《书荆南倡和诗集后》《重读荆南集有感》诗、郯郡徐贲《题荆南集后》诗及序、吴郡李应祯《荆南倡和诗集后》及华亭张弼《书》。此集不仅是周砥、马治诗技切磋、诗学交汇、以诗联谊的重要留存，也是元末战乱中文人生存状态和内心活动的缩影，借之可识时人"穷愁忧患之岁月"，故后人评介："正元末丧乱之际，感时伤事，尤情致缠绵。治诗稍逊于砥，而隽句络绎，工力亦差能相敌。以视《松陵倡和》

---

① （清）永瑢等：《四库全书总目》卷一六八，中华书局1965年版，第1452页。
② 李修生主编：《全元文》第54册，江苏古籍出版社1998年版，第25—26页。

《汉上题襟》，虽未必遽追配作者，而两人皆无全集行世，存之亦足见其一斑焉。"① 钱大昕《补元史·艺文志》第四"总集类"、魏源《元史新编》卷九十四《艺文四》"总集类"、嵇璜《续文献通考》卷一百九十七《经籍考》等录为一卷。今存《四库全书》本等。

（二十一）《（刘石）唱和集》

刘基与石抹宜孙唱和诗词集。编者不详。刘基（1311—1375），字伯温，号郁离子、犁眉子，元末明初青田（今属浙江）人。元至顺年间进士，通天文兵数，善诗文，历任高安县丞、江浙儒学副提举等职。张廷玉《明史》卷一百二十八有传。至正十六年（1356）春，石抹宜孙总领处州，江浙提学刘基为行省都事，其间诗歌唱酬不绝，汇为《（刘石）唱和集》。刘基《（刘石）唱和集序》云："予至正十六年以承省檄，与元帅石末公谋梏寇，因为诗相往来，凡有所感，辄形诸篇，虽不得达诸大廷以讹君子之心，而亦岂敢以疏远自外，而忘君臣之情义也哉。"② 原集已佚，今可见《诚意伯文集》存刘基《次韵和石末公用元望韵遣兴见寄》《以野狸饷右末公因侑以诗和石末公种用胡元望韵得令字》《次韵和石末公春雨见寄》《次韵和石末公春日感怀》等诗八十首，词三首。皆为集中作。

（二十二）《少微倡和集》

石抹宜孙与刘基、叶琛等人同守处州时的唱和诗词总集。编者不详。元末至正年间，各地农民揭竿而起，石抹宜孙持节镇处州，"除去奸宄""抚其善良"，恢复疆土。至正十七年（1357）秋，处州政通人和，安稳无事，其间石抹宜孙偕刘基、叶琛、章溢等幕僚佐属，揽事触物，皆为诗歌。王祎《少微倡和集序》："石抹公以元勋世臣，文武两全，夙负重望，而刘公起家进士，雄文直节，冠冕士林，及诸僚佐宾属，皆鸿生俊夫，极一时之选，东南人物，于斯为盛矣。惟其志同而道合，故其虽当多事之际，发号施令，日不暇给，而揽事触物，辄为诗歌。更唱迭和，殆无虚日。长句短韵，众制并作。蔼乎律吕之相应，粲乎经纬之相比，情之所至，肆笔成章。譬犹天机自动，天籁自鸣，有不可遏者。两年之

---

① （清）永瑢等：《四库全书总目》卷一八八，中华书局1965年版，第1712页。
② （明）刘基著，林家骊点校：《刘伯温集》，浙江古籍出版社2016年版，第122页。

间，总之凡三百余篇。"① 因处州以处士星得名，处士星又名少微星，故因星以集名，衷为《少微倡和集》。原书已佚，叶琛、章溢等唱和诗词皆不存，刘基《诚意伯文集》存《次韵和石末公七月十五夜月蚀诗》《旱天多雨意五首呈石末公次韵》《和石末公旱天多雨意五首》等诗词多首。

（二十三）《掀篷唱和诗》

何宗姚、石抹宜孙等于妙成观雅集唱和诗集。编者不详。至正末年，江浙参政石抹宜孙分省处州，在妙成观构掀篷成，诸名士投壶赋诗，观主何宗姚首咏《妙成观掀篷》，一时和者数十人，汇诗成集。是集原本已轶，清人席世臣《元诗选 癸集》"辛集上"著录石抹宜孙、吴立、费世大、赵时奂、谢天与、陈东甫、廉公直、宁良、孙原贞、郭子奇、张清各作和诗一首，题为《妙成观掀篷和何宗姚韵》，皆列诗人小传。刘基《诚意伯文集》卷之十六有《妙成观用何逸林通判韵》诗，亦为集中诗。

（二十四）《敦交集》一卷

魏仲远与亲友三十年间的赠答唱酬诗歌总集。魏仲远编。魏仲远（？—？），名延寿，号竹深，上虞（今属浙江）人，元末隐逸不仕。魏仲远与魏弱、李孝光、王冕等往还唱酬，辑其诗歌一卷，题为《敦交集》。朱彝尊《书敦交集后》载："《敦交集》一册，上虞魏仲远辑其友酬和之诗也。作者二十四人，诗七十六首，册末宜有仲远题识，而今亡之，非完书矣。"② 后经朱彝尊、罗以智、朱绪曾等人整理补订，收录魏仲远、潘纯、沈惠心、陆景龙、李孝光、高明、陈廷言、毛翰、朱右、陈士奎、王璲、王冕、陈谟、唐肃、陈敬、赵俶、郑彝、张克问、徐本诚、宋元僖、徐士原、严贞、俞恒、徐以文、于德文、魏弱、释宗泐二十七人诗歌七十五首③，后张建伟等补为三十一人诗歌八十三首④。集中诗人以浙江籍居多，诗歌多表现诗人的隐逸生活及乱离之感等情绪。今存清抄本、

---

① （明）王袆著，颜庆余点校：《王袆集》，浙江古籍出版社2016年版，第195—196页。

② （清）朱彝尊：《曝书亭集》，《清代诗文集汇编》第116册，上海古籍出版社2010年版，第411页。

③ 王媛统计为27人72首；武君统计为24人76首（分别见王媛《元人总集叙录》，天津古籍出版社2018年版，第286页；武君《元代后期诗文总集叙录》，《国学》2017年第2期，第265页）。

④ 张建伟、毛均：《元末魏仲远交游考论》，《广播电视大学学报》（哲学社会科学版）2016年第2期，第38—40页。

民国西泠印社活字本等。

(二十五)《送张吴县之官嘉定诗》一卷

郑元祐、周砥、高启、聂镛、王逢等饯别张经之唱和诗总集。编者不详。张经(?—?),又名张监子、张枢兄,字德常,金坛(今江苏镇江)人。以文学起家,与杨维桢、柯九思等多交往唱酬。赵宏恩《(乾隆)江南通志·杂类志》有传。元顺帝至正十六年(1356),江西等处行中书省平章政事楚国公张士德(张士诚之弟)渡江,"念吴民多艰,牧字者多非其才,悉选而更张之"①,遂选令、丞、簿、尉等十一人,时张经为吴县丞。至正二十年(1360),除同知嘉定州,郑元祐等人分题赋吴中旧迹以送,名曰《送张吴县之官嘉定诗》,集前有遂昌郑元祐《送张同知之官嘉定序》。钱大昕《补元史·艺文志》第四"总集类"、魏源《元史新编》卷九十四《艺文四》"总集类"录为一卷,均注"皆为张经作",未言及编者。是集今已不存,明赵琦美《赵氏铁网珊瑚》卷八存诗二十九首:郑元祐《采香迳》、高玄复《鲈乡亭》、成廷珪《龙门》、陈汝秩《采香迳》、陈秀民《灵岩》、郑元《越公井》、范致大《石湖》、张端《林屋馆》、刘堮《虎邱》、王逢《剑池》、聂镛《天平山》、陈朴《白云泉》、张宪《吴王井》、陈樫《太湖石》、周砥《洞庭山》、张体《琴台》、邓德基《玩花池》、张端义《锦帆泾》、卢熊《馆娃宫》、王行《放鹤亭》、高启《响屧廊》、龚宜《梧桐园》、黄本《白公桧》、徐文举《百花洲》、张瑄《采莲泾》、董翔凤《辟疆园》、顾常《夫椒山》分题诗二十七首;曾朴、苏大年各有送别诗一首,皆为集中诗。

(二十六)《送张府判诗》一卷

成庭珪、余诠、袁章等送别张经酬唱诗集。编者不详。至正二十年(1360),张经由吴县县丞调同知嘉定州事,郑元祐、高启等作《送张吴县之官嘉定诗》一卷以送。至正二十二壬寅年(1362)秋,张经调任松江府判官,成庭珪、余诠、袁章等大夫士咸歌以送之,集为《送张府判诗》,袁章嘱杨基序其首。是集集前有西蜀杨基"因撼楚国公援君之意,以重勉云"② 之《送张府判诗序》、至正二十二年壬寅秋九月十一日华盖

---

① (明)朱存理集录,韩进、朱春峰校证:《铁网珊瑚校证》,广陵书社2012年版,第336页。
② (明)朱存理集录,韩进、朱春峰校证:《铁网珊瑚校证》,广陵书社2012年版,第336页。

柏浮丘公酒史在林屋之东陶篷下《识》。钱大昕《补元史·艺文志》第四"总集类"、魏源《元史新编》卷九十四《艺文四》"总集类"录为一卷，均注"皆为张经作"，未言及编者。是集今已不存，明赵琦美《赵氏铁网珊瑚》卷八分别存丰城余诠、广陵成庭珪、淮南袁章、练川何恒、云间徐士茂、扶风马庸同题诗一首，属集中诗。

（二十七）《良常草堂图诗》一卷

李孝光、倪瓒、吴克恭、朱泽民等"良常草堂图"酬唱诗集。编者不详。所谓良常草堂者，"德常（张经）扁其室，示不忘金坛故居日接良常之山也"①。张经及其父张天民绩学，能以其学行于荆溪，荆溪之人为其父子买田筑室，结良常草堂。其间"玉桃花间水潺溪，琅玕芝草绕池碧"②，一时友朋名流咸至，题字作画，饮酒赋诗，盛极一时。时人绘德常家山图，诸文士对之吟咏唱酬，汇为《良常草堂图诗》。是集遂昌郑元祐《跋》、至正十八年人日赵郡苏大年《书》。钱大昕《补元史·艺文志》第四"总集类"、魏源《元史新编》卷九十四《艺文四》"总集类"录为一卷，均注"皆为张经作"，未言及编者。原集今已不存，明赵琦美《赵氏铁网珊瑚》卷八存李孝光《良常草堂诗》、倪瓒《题张德常良常草堂二首》、蒋堂《题良常张处士山居二首》及吴克恭、朱泽民、韩友直、张天永、张彟、鲁钝生马文璧分作一首，凡九人诗歌共计十一首，皆为集中诗。

（二十八）《至正庚辛唱和集》一卷

郁遵、曹叡等分别于元顺帝至正庚子年（1360）和辛丑年（1361）的两次唱和诗歌总集。郁遵编。周伯琦《序》载："《至正庚辛唱和诗》，为嘉禾同守缪君广文、曹君偕诸名辈分韵之什也。读其庚子兵后之作，则知方岳匪人，苗獠骄肆，悲音于邑，何其戚也比。读辛丑避暑之作，则藩卫有人，民庶乐业，逸兴超举，何其欢也。盖其为时不过一再，逾年而二十八，诗之欢戚顿异，要亦一系乎人焉耳。"③ "至正庚辛唱和"

---

① （明）朱存理集录，韩进、朱春峰校证：《铁网珊瑚校证》，广陵书社2012年版，第341页。
② （明）朱存理集录，韩进、朱春峰校证：《铁网珊瑚校证》，广陵书社2012年版，第341页。
③ （元）周伯琦：《至正庚辛唱和诗集序》，（清）沈季友《槜李诗系》卷六，《景印文渊阁四库全书》集部第1475册，台北：商务印书馆1989年版，第140页。

由两次唱和活动组成。即至正己亥兵后，庚子八月十五日，缪思恭偕高巽志、释克新、郁遵、陈世昌、江汉等人于南湖小集，以杜甫《返照》"不可久留豺虎地，南方犹有未招魂"为韵，以纪一时之变。诗存者十四人，缪思恭得"不"字，高巽志得"可"字，徐一夔得"久"字，姚桐寿得"留"字，释克新得"豺"字，江汉得"虎"字，陈世昌得"地"字，鲍恂得"南"字，乐善得"方"字，金絅得"犹"字，史泽民得"有"字，殷从先得"未"字，朱德辉得"招"字，郁遵得"魂"字。至正辛丑年七月十三日，曹睿、吕安坦、鲍恂、释智觉等于景德寺雅集赋诗。"永嘉曹睿以休假出西郭，憩景德寺。诸公携酒相慰藉，环坐以唐人（李涉《题鹤林寺僧舍》）'因过竹院逢僧话，又得浮生半日闲'之句分韵赋诗。云海师裒集成什，以志一时之良会云"①。诗存者十四人，吕安坦得"因"字，鲍恂得"过"字，牛谅得"竹"字，释智觉得"院"字，常真得"逢"字，丘民得"僧"字，张翼得"话"字，王纶得"又"字，来志道得"得"字，闻人麟得"浮"字，曹睿得"生"字，徐一夔得"半"字，尤存得"日"字，周棐得"闲"字。是集收二十六人之诗二十八首，清沈季友《檇李诗系》卷六收录，集前有周伯琦《序》、郁遵《识》，先列诗人小传，后附诗作。清嵇曾筠《（雍正）浙江通志》卷二百五十二分载为《至正庚子倡和诗》《至正辛丑倡和诗》两集；钱大昕《补元史·艺文志》第四"总集类"、魏源《元史新编》卷九十四《艺文四》"总集类"等录为一卷，注为郁遵编。今存《四库全书》本。

（二十九）《续兰亭诗集》一卷

刘仁本与朱絅、王霂等兰亭集会诗集。刘仁本编。刘仁本（？—1367），字德玄，又字德元，号羽庭，黄岩人，一作天台（今属浙江台州）人。工书，善诗文，以进士历官温州路总管、江浙行省郎中等职，元末入方国珍幕，至正二十七年（1367）温州破被擒，次年不屈而死。元顺帝至正二十年（1360）三月，刘仁本于余姚作雩咏亭于龙泉左麓，召集谢理、王霂、朱絅、徐昭文、郑彝等名士四十一人续兰亭雅会，各

---

① （清）沈季友：《檇李诗系》卷六，《景印文渊阁四库全书》集部第1475册，台北：商务印书馆1989年版，第144页。

有诗作，汇为《续兰亭诗集》。刘仁本、朱右分别作前后序。刘仁本《续兰亭诗序》："适以至正庚子春，治师会稽之余姚州。……合瓯越来会之士，或以官而居，或以兵而戍，与夫避地而伤，暨游方之外者，若枢密都事谢理、元帅方永、邹阳朱右、天台僧白云以下得四十二人。同修禊事焉。……按图取晋人所咏诗，率两篇。若阙一而不足者，若两篇皆不就者，第各占其次补之。总若干首目，曰续兰亭会。"① 原本已佚。今《全元诗》第四十九、五十一、五十二册等存刘仁本《雩咏亭续兰亭会补参军刘密诗》、谢理《雩咏亭续兰亭会补侍郎谢瑰诗二首》、王霖《雩咏亭续兰亭会补王献之诗二首》、朱絅《雩咏亭续兰亭会补府曹劳夷诗二首》、徐昭文《雩咏亭续兰亭会补府主簿后绵诗二首》、郑彝《雩咏亭续兰亭会补山阴令虞国诗二首》、张溥《雩咏亭续兰亭会补镇国大将军掾下迪诗二首》、释自悦《雩咏亭续兰亭会补任城吕系诗》、释如阜《雩咏亭续兰亭会补任城令吕本诗》、释福报《雩咏亭续兰亭会补彭城曹諲诗》、赵俶《雩咏亭续兰亭会补参军孔盛诗》等，应为集中诗。

（三十）《春日玄沙寺小集》一卷

贡师泰、廉惠山等玄沙寺小集唱和诗集。编者不详。元顺帝至正二十一年（1361）正月二十六日，贡师泰与宣政院使廉惠山、治书李国凤、翰林经历答禄与权、军司马海清溪等游福建城西之玄沙寺，哀诗成集。贡师泰《春日玄沙寺小集序》载："李公援笔赋诗，佳句捷出，时亦有盘薄推敲之状。道夫设险语，操越音，问禅于藏石师，师拱默卒无所答。……乃相率以杜工部（《大云寺赞公房四首》之三）'心清闻妙香'之句分韵，各赋五言诗一首。而予为之序。"② 原集已佚，今贡师泰《玩斋集》存《和李治书游玄沙寺》诗，云："连山北起青龍嵸，晴天直下双蛟龙。玉刻肺腑烟重重，自是身毒飞来峰，黄金布地贝阙崇，万年之枝千岁松，亦有野客如茅容。宝剑出匣光芙蓉，上方笙磬下方钟。桃花流水春溶溶，日高骢马来相从。星斗错落锦绣凶，愧予江海萍梗踪。"③ 是元末四方凶顽未服，警报时至，动荡时局中地方文人生活的另一写照。

---

① 李修生主编：《全元文》第60册，江苏古籍出版社1998年版，第319—320页。
② 李修生主编：《全元文》第45册，江苏古籍出版社1998年版，第184—185页。
③ 杨镰主编：《全元诗》第40册，中华书局2013年版，第334—335页。

（三十一）《虞江宴别诗》一卷

刘仁本等于永乐僧房宴别贡师泰分韵唱和诗集。编者不详。户部尚书贡师泰出闽广治理漕粟，至正二十一年（1361）秋九月，有旨以中宪大夫、祕书卿召还，明年七月始发，过四明，取道余姚江往抵钱塘，"凡在门生故旧合鄞越士，咸乐公至，叙间阔，接殷勤，语乎情洽，不能舍去。遂扳恋出百里外，泊虞公小港，憩永乐僧坊，酌醴为饯。……于是欢然相与剧饮，取前人诗为韵，各出情思，分赋得二十篇，篇十二句，裒为宴别之什"①。是集原有诗歌二十首，今已不存。刘仁本《羽庭集》卷四存《代虞江宴别诗阴字韵》，云："行役方趋陛，朋从喜盍簪。自怜循宦辙，及命掌词林。报国丹心在，频年白发侵。金銮还召对，玉节尚遥临。东壁星缠瑞，南溟海气深。灵槎须犯斗，阊阖启层阴。"② 即此集中诗。

（三十二）《邹氏春雨亭宴集诗》

刘楚、王泽等邹氏春雨亭唱和诗集。编者不详。刘楚（1321—1381），一作刘嵩，又名刘崧，字子高，号槎翁，元末明初泰和（今属江西）人。入明，历兵部职方郎中、礼部尚书等职，有诗文集《槎翁集》等传世。刘崧偕刘野、萧子素兄弟、王泽、王瑄、王環宴于邹子贤春雨亭，有感春雨有润物之功，子贤有活人之德，不可以不纪述。遂以"春雨"为名，分韵赋诗，汇为《邹氏春雨亭宴集诗》，刘崧为集序。原本已佚，《全元诗》第六十一册收录刘楚诗，存《春雨宴邹氏春雨亭得日字》一首，属集中诗。

（三十三）《东行倡和集》

刘楚、刘子中等唱和诗集。刘楚编。元顺帝至正二十二年（1362）八月十六日，刘楚从龙塘归珠琳，与伯兄刘子中、仲第子彦等偕家人二十一人避兵祸，冒雨入南富，过西坑，绕富田城，宿里良寺等，奔走转徙于外七十六日。期间睹物触事，发而为诗。刘楚《东行倡和集序》云："七十六日之间，余兄弟相依为命，盖无顷刻违离者。凡观物触事，伤时

---

① （元）刘仁本：《虞江宴别诗序》，李修生主编：《全元文》第60册，江苏古籍出版社1998年版，第298—299页。

② 杨镰主编：《全元诗》第49册，中华书局2013年版，第254页。

感旧，一于诗乎发之。或同或异，或倡或和，或赋或否，其多寡先后虽不尽同，而情之所至则有不能自殊者矣。当赋诗时，纸砚不能具，往往相聚于溪涧傍侧，山岩林木间，挹泉研石拾木叶襮书之。"[1] 未几，刘楚因疾而返。越明年，念伯兄与仲第，因读故纸堆录得诗歌若干首，题为《东行倡和集》藏于家，以俟兄弟归来合席共读，痛定思痛，不忘患难之岁月。是集今已不存。《全元诗》第六十一册收录刘楚诗，《五月十八日挈家避兵由里良人西坑作猛虎吟》《十一日寇拔古城围始出东门渡江遇争桥者几陷于水既渡赋出自东门一首以自释》《与子彦弟夜宿具禽堂时北岸寇警方急起际月色感而赋诗呈子中大兄》等，皆为原集中诗。

（三十四）《静安八咏诗集》一卷

释寿宁、贡师泰、郑元祐等咏静安八景同题酬唱诗集。释寿宁编。释寿宁，生卒不详，字无为，号一庵，上海人。能诗，与袁桷、杨维桢、贡师泰、郑元祐等往来唱酬，杨维桢称之"以古歌诗名东南"[2]。《元诗选 癸集》等"癸之壬上"列其小传。释寿宁时任上海静安寺住持，静安寺有吴碑（赤乌碑）、陈桧、鰕禅（虾子潭）、经台（讲经台）、沪垒（沪渎垒）、涌泉、芦渡七大古迹，加释寿宁杂植十年之桧竹桐柏、自号之"绿云洞"，合为静安八景。释寿宁对八景逐一题咏，作《静安八咏》，并广求其时名流同题唱酬，汇诸家诗作成集，题为《静安八咏诗集》，杨维桢各为之评点并序，江阴王逢校正。嵇璜《续文献通考》卷一百九十七《经籍考》、钱大昕《补元史·艺文志》第四"总集类"、魏源《元史新编》卷九十四《艺文四》"总集类"等皆著录为一卷。今可见《四库全书存目丛书》《丛书集成初编》两通行本。《四库》本影印自钱熙整理明刻本，南京图书馆有藏。此本集前有《绿云洞志》及至正二十四年杨维桢《序》、吴兴钱熙《静安八咏事迹》，集后有钱熙《八咏诗后序》，收录以贡师泰为首、钱惟善为末，包括成廷珪、杨瑀、郑元祐、王逢、释寿宁、韩璧、唐奎、马弓、顾彧、钱岳、释如兰、赵觊、余寅、释守

---

[1] 李修生主编：《全元文》第57册，江苏古籍出版社1998年版，第451页。
[2] （元）杨维桢：《静安八咏集序》，载（元）释寿宁纂《静安八咏集》，商务印书馆1936年版，第1页。

仁、陆侗、孙作、张昱、吴益等二十人诗作一百六十首①。集中诗人皆列小传，交代表字、籍贯。嘉靖中张抑、张紘重校重刊，后附入张紘《八咏诗》八首及《重刻静安八咏后序》，清嘉庆年间吴省兰《艺海珠尘》丛书收录，商务印书馆《丛书集成初编》据之排印。是集再现元末群雄割据、战火纷飞背景下江南区域各圈层文人的文学交往，对静安景观具有"师之此传则八咏之胜，概不特在静安而将见留播九州"②的宣传作用。

（三十五）《澹游集》二卷

释来复与虞集、揭傒斯、欧阳玄等友人相互赠答酬唱诗集。释来复编。释来复（1319—1391），俗姓黄，或姓王，字见心，号蒲庵、竺昙叟，元末明初丰城（今属江西）人。少敏慧，精禅学，有诗名，曾出仕元朝，元末弃官为僧，历主宁波定水寺、天宁寺等，入明，授僧录司左觉义，后因涉胡惟庸党被凌迟处死。是集收录释来复与虞集、揭傒斯、欧阳玄等友人的诗文作品，首刻于至正二十五年（1365），名为《澹游集》，取"君子之交澹如水"之意。集前有豫章揭汯、至正二十四年天台刘仁本、至正二十五年番易释廷俊、至正二十五年余姚杨璲、至正二十五年番易释至仁撰集序。清瞿镛《铁琴铜剑楼藏书目录》卷二十四"集部"、清张金吾《爱日精庐藏书志》卷三十五"集部"、《中国古籍善本书目》卷二十九"集部"等著录为三卷。今可见者两卷，上卷诗、下卷文，原因或如杨镰所言，"张翥第一次出现时，胶卷空了五六页之多。也许是原来确实分作三卷，今本脱去数页"③。是集上卷录释来复等相互酬唱诗人一百七十一人，诗歌五百余首；下卷录作者十三人，文三十余篇。序、诗、文作者，剔去重复，共计一百七十七人④。此本虽为诗文合集，实以诗为主。所辑之诗，以虞集起始，首列诗题，次附作者小传，介绍字号、籍贯、生平履历、文集等，次诗，部分诗作后还附作者与释来复的交往事迹。是集具有重要的文学文献价值，不仅可补《补元史·艺文

---

① 王媛：《元人总集叙录》，天津古籍出版社2018年版，第263页。
② （明）钱黼：《静安八咏集后序》，载（元）释寿宁纂《静安八咏集》，商务印书馆1936年版，第37页。
③ 杨镰：《元代文学编年史》，山西出版社2005年版，第558页。
④ 徐永明：《高则诚生平行实新证》，《文学遗产》2006年第2期，第94页。

志》《元史新编·艺文》等史志目录之缺略，还可借之一览元代士人与方外僧人的文学交往与诗学碰撞。今存瞿镛铁琴铜剑楼清抄本、日本至德元年"五山"刻本等。

（三十六）《鹤亭倡和诗》一卷

元末吕诚与虞集、袁华等朋友的赠答唱酬诗歌总集。编者不详。吕诚，又名肃，字敬夫，昆山东沧（今江苏太仓）人。自幼聪慧，学端识敏，喜好读书，淹贯经史，曾从昆阳郑东学。善诗书，其诗词奇丽清婉，出己意见，不屑从于古今人言。吕诚淡泊功名利禄，屡次受聘儒学训导，皆不就，入明亦不仕。喜与文坛名士交往唱酬，曾参与昆山顾瑛组织的草堂雅会，被顾氏称为"诗意清新，不为腐语，东沧之人多诵之"①。其家有园林，养鹤一只，后有鹤飞来为伍，遂建"来鹤亭"以纪事，杨维桢、袁华、张雨等名流皆来交游唱酬，《鹤亭倡和诗》名即源于此。是集收录袁华、张雨、丁复、郭翼、陆仁、卢昭、秦约、吕诚等酬唱诗歌55首，不仅是探究元末江南士人生活状态以及文学交往的重要文献，还具有补遗、校勘之功用②。是集附于《吕敬夫诗集》五卷后，集后有郑东元至正八年春序、昆山郑文康明天顺三年夏后记。清人丁丙《善本书室藏书志》卷三十四集部"别集类十二"、黄丕烈及王大隆《荛圃藏书题识续录》卷四、吴寿旸《拜经楼藏书题跋记》卷五等著录。今存国家图书馆藏明篆竹堂钞本、南京图书馆藏明抄本等。

（三十七）《金兰集》三卷

元末徐达左与朋友的赠答唱酬诗歌总集。徐达左编。徐达左（1333—1395），字良夫，一字良辅，江府（今江苏苏州）人，号耕渔子、松云道人等，明洪武初为建宁县训导。王鏊《（正德）姑苏志》卷五十四有传。元末之际，徐达左隐居江苏吴县光福山，于居所修建"耕渔轩""遂幽轩"，一时各族名流往还不绝，雅会聚集，觞咏唱酬。徐达左将吟咏诗作汇集成卷，题为《耕渔轩诗》，明洪武八年（1375），达左刊刻诗集，更名《金兰集》。集前有元顺帝至正二十一年（1361）高巽志《耕

---

① （元）顾瑛辑，杨镰等整理：《草堂雅集·吕诚》，中华书局2008年版，第897页。
② 陈谙哲、李静：《〈全元诗〉补遗33首——从〈鹤亭倡和〉的发现谈起》，《山西大同大学学报》（社会科学版）2021年第4期，第72页。

渔轩记》、至正二十一年（1361）王行《耕渔轩诗序》、唐肃及包大同《耕渔轩铭》、杨基《耕渔轩说》、至正二十五年（1365）姚广孝（道衍）《耕渔轩诗后序》、徐达左洪武八年（1375）《自序》、袁祖庚《题耕渔轩唱和名迹序》、沙大用《耕渔子传》、明英宗正统九年（1444）徐珵《耕渔子传》、明成祖永乐元年朱逢吉《樵苏子传》、王宾《题樵苏子传》。魏源《元史新编》卷九十四《艺文四》"总集类"、丁丙《善本书室藏书志》卷三十九集部"总集类下"等皆录为正编三卷、附录（续集）一卷，清钱氏萃古斋抄本著录正编四卷补录一卷。王媛辨之甚详[①]。是集正编收录元末一百二十多位诗人诗作，是徐达左与友朋赠答唱和之作，附录为徐达左子侄徐济与友朋唱酬诗作。是集多写山水清音、避世幽居闲适之情，是了解元末诗学及诗人生存状态的重要文献，具有重要的文史意义。今存清钱氏萃古斋抄本、乾隆二十五年（1760）沈德潜序刊本、杨镰及张颐青整理本等。

综上可见，元代可考且有诗留存的唱和诗集凡58种，分别为元前期9种，元中期12种，元后期37种，足见元代唱和活动的频繁及唱和风气的盛行，诚如清人朱彝尊所言，"古来友朋酬和之乐，无如元人"[②]。这些唱和集既有多人参与的唱和总集，亦有个人的唱和别集；既有同一时空的雅集唱和，也有跨越时空的追和诗集。尤其是元后期唱和作品之宏富，远超元前、中期数量之和，是元后期文学繁盛的表征之一。这些都是了解元代唱和诗乃至元代文学发展脉络的重要参考。

---

① 王媛：《元人总集叙录》，天津古籍出版社2018年版，第279—281页。
② （清）朱彝尊：《曝书亭集》，《清代诗文集汇编》第116册，上海古籍出版社2010年版，第325页。

第四章

元代唱和诗的创作形态

唱和诗歌发展到元代，唱和诗体业已成熟，唱和创作形态多样且各成范式。有元一代不仅唱和风尚大盛，唱和诗作宏富，唱和创作形态也承前人余绪，举凡前代诗人的唱和写作形式，在元代诗人的酬唱交往活动中都能见到。大概而言，在元代诗人诗歌创作活动中，和韵（依韵、用韵、次韵）、分题分韵、追和[①]、同题、联句等是元人普遍采用的唱酬创作方式[②]。这些创作形式各自独立成体且酬唱语境各异，元人综合各方要素予以选择。和韵诗虽体裁、用韵严格，却不受时空、场域的限制，是元诗人双向互动唱酬中最为普遍的创作方式；分题分韵、同题、联句等适用于集体场域唱酬，但群体规模与诗体约束等不尽相同，酬唱内涵也不同。尽管如此，元人在实际创作活动中亦有交互，如依韵、用韵、次韵混用；联句以分韵的方式挑选韵字等。同时，元人对酬唱创作形式的选择还暗含元诗人的诗学观念和崇尚，有助于文学经典化的形成和元人诗学的建构。本章拟在借鉴前人探讨成果基础上对元代唱和诗的主要创作形态作简要介绍，以增加对元代唱和诗的认识。

---

① 追和诗在用韵上虽也未出依韵、用韵、次韵及不和韵几种，但介于追和诗有着与和韵诗不同的酬唱语境，且其对元代诗人素养的积累以及元代诗学多元化的建构等颇为重要，故文章将追和诗作单节介绍。

② 本书主要介绍元人重要的创作形态，其中和意指和意不和韵的诗作，如庞福一《和宁玉游庞山留题西隐庵》和宁玉《与庞福一游庞山留题西隐庵》，此类诗作极为少见，故不作介绍；赠答虽可为一类，但元人的赠答诗多题为次答、和答等，实与依韵、用韵、次韵诸诗同类，可视作和韵诗，故不单列。

第一节　元代分题分韵诗的创作机制及其诗学观念

分题分韵始于六朝诗人集会，初为互不相交的两类诗体，经唐、宋诗家发展和推广，二者偶有交互混用。元人承前人余绪，合二体为一，形成分题分韵的互用观念和现象，并认为其具有一般酬唱缺乏的"雅曲并奏"功能。元人分赋诗的创作，一般依据集会规模确立题韵，且题韵的选择受集会主题、场景、氛围、地域及诗人身份、心境和所处时境等要素影响。元人对题、韵的分配，或分筹或探丸或分阄；或以座次分韵、"韵由齿分"等。元人对分题分韵的规则约束，还表现为对诗歌体裁、体式的限定，多取平声韵字，力避险韵、窄韵、难韵，有意识地弱化分题分韵的游戏性和娱乐性。对于未能完成诗作的诗人，或罚酒；或作画或吹箫或弹琴等弥补；或由他人代作。此外，元人分赋诗题的来源，还暗含元人好古人诗句、尚古轻今、重名家名篇名句的情感倾向和诗学崇尚。

分题分韵诗歌始于六朝诗人集会宴饮，经唐、宋诗家发展和推广而日益普及，成为人们酬唱创作的重要方式。所谓分题，严羽《沧浪诗话·诗体》自注："古人分题，或各赋一物，如云送某人分题得某物也。或曰探题。"[①] 分题亦称探题，指诗人分探得题目以作诗；分韵又称"探韵""赋韵"等，即文人作诗时限定数字为韵，互相分拈，而各人就所得之韵赋诗[②]。作为诗歌唱酬方式之一的分题分韵诗，兼具游戏性、娱乐性、集体性、交际性等特点。其生成的酬唱内涵和语境不同于次韵、用韵、赠答、追和、联句等此唱彼和、前呼后应的创作方式。然而，从相关研究成果来看，学者在解读元代酬唱诗歌时，较少将元代分题分韵诗作为对象进行专题性讨论。故而本节以此为题，从元人的分题分韵观念、规则约束、"题""韵"的选择维度几方面入手，进一步揭橥元人的诗学崇尚，加深对元代分题分韵诗的认识。

[①] （宋）严羽著，郭绍虞校释：《沧浪诗话校释》，人民文学出版社1983年版，第74页。

[②] 吴承学、何志军：《诗可以群——从魏晋南北朝诗歌创作形态考察其文学观念》，《中国社会科学》2001年第5期，第169页。

一　分赋传统与元人的分题分韵观念

元代诗人集会唱酬，酷爱分题分韵赋诗，并对分题分韵有着独特的认识。在主流论诗家看来，分题、分韵分属不同类型的诗体，往往并列而举。宋人严羽《沧浪诗话》言"诗体"："有拟古，有连句，有集句，有分题，有分韵，有用韵，有和韵，有借韵……"①将分题、分韵并列而论已不太适用于元人，元人认为分题即是分韵，题、韵即为一体。如《玉山名胜集》卷三载吴克恭《分题诗序》：

> 己丑之岁，六月徂暑，余问津桃源，溯流玉山之下。玉山主人馆余于草堂芝云之间，日饮无不佳。适有客自郡城至者，移于碧梧翠竹之阴，盖堂构之清美，玉山之最佳处也。集者会稽外史于立、吴龙门山僧琦、疡医刘起、吴郡张云、画史从序。后至之客则聊城高晋、吴兴郯韶、玉山主人及其子衡，暨余凡十人。以杜甫氏"暗水流花径，春星带草堂"之诗为韵，各咏言纪实，不能诗者罚酒二觥。罚者二人。明日其一人逸去，虽败，乃公事，亦兰亭之遗意也。从序以画事免诗而为图。时炎雨既霁，凉阴如秋，琴姬小琼英、翠屏、素真三人侍坐与立，趋愉俱雅音。是集也，人不知暑，坐无杂言，信曰雅哉！延陵吴克恭序。②

序文题为《分题诗序》，实际却是拆杜诗"暗水流花径，春星带草堂"为韵，释良琦得"花"字，于立得"径"字，郯韶得"春"字，顾瑛得"星"字，吴克恭得"带"字，高晋得"草"字，顾瑛子顾衡得"堂"字。将分题视作分韵，这在元人文集中较为普遍。如顾瑛《雅集志》载，杨维桢应玉山主人所邀，与于立、姚文奂、郯韶等宴饮玉山草堂，以"'爱汝玉山草堂静'分题赋诗"③，于立得"爱"字，姚文奂得"汝"字，郯韶得

---

① （宋）严羽著，郭绍虞校释：《沧浪诗话校释》，人民文学出版社1983年版，第74页。
② （元）顾瑛辑，杨镰、叶爱欣整理：《玉山名胜集》卷下，中华书局2008年版，第179—180页。
③ （元）顾瑛辑，杨镰、叶爱欣整理：《玉山名胜集》卷上，中华书局2008年版，第46—47页。

"玉"字，顾晋得"草"字，顾瑛得"静"字。昂吉《分题诗序》载，昂吉等人宴饮于玉山听雪斋，以斋中春题"夜色飞花合，春声度竹深"为韵赋诗。昂吉得"度"字，顾瑛得"声"字，陈惟义得"色"字，旃嘉间得"夜"字，于立得"飞"字，陆逊得"花"字，顾元臣得"合"字，虞祥得"春"字，章桂得"竹"字，王元珵得"深"字。① 熊自得《分题诗序》："至正壬辰七月廿六日，余自淮楚来……越数日，即谒玉山主人于草堂中……酒既醉，玉山乃以'攀桂仰天高'为韵分阄赋诗。"② 熊自得得"仰"字，顾瑛得"高"字，张守中得"攀"字，袁华得"桂"字，于立得"天"字。又岳榆《分题诗序》记己与袁华等宴于春晖楼，以"红药当阶翻"句为韵赋诗，岳榆得"药"字，袁华得"当"字，顾瑛得"翻"字，瞿份得"红"字，赵元、于立、朱珪三人诗不成。③ 等等。皆序言分题，实为分韵赋诗，将分题分韵等同起来。

分题、分韵虽皆属分赋，但亦有分殊。分题或以时人所见事物；或古辞歌谣；或古人诗句为题吟咏；分韵则以限定韵字为对象，诗人分别探韵作诗，各为韵字。二者分赋对象不同。何以元人会将分题、分韵等同起来？这一观念又是如何生成的？欲解决这一问题，须得知晓分题、分韵本属同源以及发展过程中二者的互渗进程。分题分韵一般认为始于六朝齐梁的文人集会、宴饮场域。④ 彼时诗人宴集风气盛行，酒酣之余，常常赋诗唱酬，分题赋得如贺循《赋得夹池修竹诗》、王泰《赋得巫山高诗》、萧纲《赋得舞鹤诗》《赋得蔷薇诗》、刘孝绰《夜听妓赋得乌夜啼》、周弘直《赋得荆轲诗》等。尤其以诗人诗句分题，深受时人喜爱，如朱超道《赋得荡子行未归》，取自古诗《青青河畔草》"荡子行不归"；张正见《赋得落穷巷士诗》，取自左思《咏史诗八首》（其八）"落落穷巷士"；萧绎《赋得蒲生我池中诗》，取自甄皇后《塘上行》"蒲生我池

---

① （元）顾瑛辑，杨镰、叶爱欣整理：《玉山名胜集》卷下，中华书局2008年版，第279—280页。

② （元）顾瑛辑，杨镰、叶爱欣整理：《玉山名胜集》卷下，中华书局2008年版，第332—333页。

③ （元）顾瑛辑，杨镰、叶爱欣整理：《玉山名胜集》卷下，中华书局2008年版，第336—337页。

④ 吴承学、何志军：《诗可以群——从魏晋南北朝诗歌创作形态考察其文学观念》，《中国社会科学》2001年第5期，第169页。

中"等。故而四库馆臣说："考晋宋以前，无以古人诗句为题者。沈约始有《江蓠生幽渚》诗，以陆机《塘上行》句为题，是齐梁以后例也。沿及唐宋科举，始专以古句命题。其程式之作，唐莫详于《文苑英华》，宋莫详于《万宝诗山》，大抵以刻画为工，转相效仿。"① 后世诗人亦效仿六朝以诗句为题，但承袭之余又有创变，多取诗句为韵字作诗，与梁陈以诗句为题分赋颇为不同。

分题诗外，六朝亦有限定韵字，分韵赋诗事例。洪迈《容斋随笔》"作诗先赋韵"条载："南朝人作诗多先赋韵，如梁武帝华光殿宴饮连句，沈约赋韵，曹景宗不得韵，启求之，乃得'竞''病'两字之类是也"。② 又"予家有《陈后主文集》十卷，载王师献捷，贺乐文思，预席群僚，各赋一字，仍成韵，上得'盛、病、柄、令、横、映、复、并、镜、庆'十字，宴宣猷堂，得'迮、格、白、赫、易、夕、掷、斥、拆、哑'十字，幸舍人省，得'日、谧、一、瑟、毕、讫、橘、质、袂、实'十字。如此者凡数十篇。今人无此格也。"③ 分题分韵在六朝时期虽然盛行，但在时人观念中却是两种并行不交的酬唱诗歌创作方式，分题分韵各为一体，未见互用现象。

随着酬唱诗学的演进，分题分韵在发展过程中偶有交互，在唐宋人的唱酬活动中出现合体互用现象。如唐人李世民《赋得樱桃（春字韵）》，分得题目《樱桃》，分得"春"字韵；岑参《送李卿赋得孤岛石（得离字）》，分得题目《孤岛石》，分得"离"字韵；皎然《赋得灯心送李侍御萼（光字）》，分得题目《灯心》，分得"光"字韵等。这些作品既属分题诗，也是分韵诗。宋人承其余绪，偶有分题分韵题名的互用。如王安石《和仲求即席分题得庶字》、王安礼《游集禧中元东轩分题得东字》、彭汝砺《分题得思字韵寄甯文渊》等，虽为分韵诗，却以分题题名。又冯时行《梅林分韵诗有序》载冯氏与友朋十五人宴饮，"以'旧时爱酒陶彭泽，今作梅花树下僧'为韵分题赋诗"④，冯氏亦将分题视为分韵，可

---

① （清）永瑢等：《四库全书总目》卷一六五，中华书局1965年版，第1410页。
② （宋）洪迈：《容斋随笔》，中华书局2005年版，第280页。
③ （宋）洪迈：《容斋随笔》，中华书局2005年版，第280页。
④ 曾枣庄、刘琳主编：《全宋文》第193册，上海辞书出版社、安徽教育出版社2006年版，第330页。

见题、韵一体观念逐渐形成。正是分题、分韵诗体在发展过程中的相交互渗以及元人对前代题、韵一体观念的吸收和承继，方才有前文列举之吴克恭、顾瑛、昂吉、熊自得、熊梦祥、岳榆等将分题分韵等同起来，形成元人分题分韵的互用观念。

除却将分题分韵等同观念外，元人认为分题分韵有着一般酬唱缺乏之"雅曲并奏"的一面。如陈旅《送苏伯修治书西台诗序》云："荐绅先生暨诸能诗者，相与托物命题，分而赋之，以寓比兴于饮饯之日。……夫物之在天地间，高下巨细、壮弱动静之万不同者，其质固不能以不偏也。故推一物以为喻，不若群汇之博依；擅孤唱以寡和，不若雅曲之并奏。此分题赋诗之所以能具夫形容之妙，而鸢飞鱼跃之趣，有不可胜言者矣。"[1] 陈氏所言"孤唱寡和"，乃针对二人酬唱之依韵、次韵、赠答等对话式诗歌创作而言，这种此唱彼和、前呼后应的酬唱方式，不若分赋能从不同角度展现赋物之"高下巨细""壮弱动静"。分题分韵在吟咏性情、发挥群体"并奏"功能的同时，还兼具文学集体性、娱乐性、交际性、竞技性等社会属性。这也是元人在聚会场景酷爱分题分韵的原因所在，是"诗可以群"的意义典范。

二 分题分韵的创作规模与规则约束

分题分韵多产生于各种集会宴饮场合，是规则约束下多人集体酬作的选择，故而分赋既有承载集体意志的一面，自身也受到集体规则的约束。元代文人分题分韵诗的集体性呈现，主要表征为分题分韵的创作规模。元人分题分韵诗的创作规模，既有三、四、五人至十余人小型的宴集创作，亦有数十人乃至上百人的大型集会创作，参与人数不等。如《玉山名胜集》卷四载至正十一年（1351）五月三日，顾瑛、卢昭、秦文仲三人以杜甫"已公茅屋下，可以赋新诗"分韵口占，顾瑛分得"公"字，卢昭得"茅"字，秦文仲得"诗"字。[2] 元人酷爱宴集活动，类似

---

[1] 李修生主编：《全元文》第37册，江苏古籍出版社1998年版，第259—260页。
[2] 《玉山璞稿》《玉山名胜集》载为"己公"，《全元文》卷一六一五载为"已公"，《全元诗》第四十九册录顾瑛诗，载为"已公"，第五十册录卢昭诗载为"已公"。此诗句出自杜甫《已上人茅斋》，当作"已公"。

三人的小规模集会在元代分题分韵活动中并不多见，这次活动的发生亦是宴饮结束、宾客既散后的小规模活动。一般而言，元代文人的分赋活动主要集中于十人左右的集会规模。如窝阔台汗十一年（1239），李俊民、刘巨川、瀛溪臣、王特升等人以"春山多胜事"分韵赋诗，与会者八人；至元二十四年（1287）十二月二十日，仇远、张瑛、鲜于枢、邓善之、白珽等聚会，以"飞入园林总是春"分韵，今可见仇远《武陵胜集得林字》、邓善之《武陵胜集得入字》、俞行之《武陵胜集得是字》等七人诗歌留存；又据俞镇《凤洲觞咏序》载，元顺帝元统元年（1333）春，"玉笥曾君绍维来自澄湖，拉庐陵刘性、刘罗，章表尚宾，太原王诚，恩江聂守道，清江萧惠孙，安城赵申瑾，载酒洲上，相与骋怀游目焉。期不至者，清江刘从龙，西域海东云，淦阳何仲谦也。饮既乐甚，于是分韵属客，各赋诗以述之"①。除却刘从龙等期不至者，此次觞咏分韵凡九人参与。值得注意的是，十人左右的小型集会在玉山草堂唱和中更为普遍，以至正九年（1349）为例，就举行了数次分题分韵活动。如六月二十八日，吴克恭溯流来访玉山，与顾瑛、于立、释良琦、张云、从序、郯韶、顾元臣等共十人宴于碧梧翠竹堂，"以杜甫氏'暗水流花径，春星带草堂'之韵分阄，各咏言纪实"②，七人诗成，二人诗不成。同年秋，张翥过吴门，与顾瑛等十二人分题赋诗，张翥《寄题顾仲瑛玉山诗一百韵并序》："（翥）秋过吴门，顾君仲瑛留宴草堂之墅，宴宾十又二人，分题玉山诸景，诗皆十韵，尽欢而别。"③同年十二月十五日，昂吉、顾瑛等十人以玉山草堂听雪斋中《春题》分赋，等等。无不揭示小型分题分韵集会在元代文人酬唱生活圈的盛行。

当然，这并不是说元代缺少大型的分赋活动，事实上，元代文人大型的集会分赋活动不在少数，与唐宋分题分韵规模相比，未见逊色。如纳新（迺贤）《金台集》卷二《读汪水云诗集序》载，至元二十五年（1288），汪元量自大都南归，"幼主瀛国公、福王、平原郡公赵与芮、驸

---

① 李修生主编：《全元文》第37册，江苏古籍出版社1998年版，第607页。
② （元）吴克恭：《分题诗序》，李修生主编：《全元文》第39册，江苏古籍出版社1998年版，第99页。
③ 李修生主编：《全元文》第46册，江苏古籍出版社1998年版，第593页。

马右丞杨镇、故相吴坚、留梦炎、参政家铉翁、文及翁、提刑陈杰、青阳梦炎,与宫人王昭仪清惠以下"① 等旧宋皇室、官员、宫人及燕赵诸公子二十九人,分韵赋诗送别。至正二十年(1360),吴县县丞张经除同知嘉定州,吴中士人分题赋诗送别。原集会作品不存,但翻检明人赵琦美《赵氏铁网珊瑚》卷八收录集会诗人诗作,尚存郑元祐、高玄复、成廷珪、陈汝秩、陈秀民、郑元、范致大、张端义、张端、刘堨、王逢、聂镛、陈朴、张宪、陈棆、周砥、张体、邓德基、卢熊、王行、高启、龚宜、黄本、徐文举、张瑄、董翔凤、顾常二十七人的分题诗;曾朴、苏大年亦有送别诗。故而此一集会人员当不少于二十九人。再如,至正二十一年(1361)八月九日,贡师泰与郑桓、程伯来、吴维清、夏鼎、诸生刘中等聚会于沧浪亭上,以韦应物"斋舍无余物,陶器与单衾。诸生时列坐,共爱风满林"诗分赋,此次活动凡二十人参与。② 更有甚者,元代还出现近百人参与的超大型分赋活动。俞德邻《龙兴祥符戒坛院分韵诗序》载,元世祖至元二十八年(1291),"明庆宗师虎岩良公"约公卿名流游览龙兴祥符戒坛寺,并于寺中分韵赋诗。"坐客霑饫,投壶对弈,各适其趣,则又析少陵《巳上人茅斋》诗,探韵以赋。客多诗字少,或再韵,或三韵,虽迟余不至,亦虚'下'字界之。余益以不得与为慊。"③ 此次分赋规模之宏大,序文虽未详载,但以杜甫《巳上人茅斋》之"巳公茅屋下,可以赋新诗。枕簟入林僻,茶瓜留客迟。江莲摇白羽,天棘梦青丝。空忝许询辈,难酬支遁词"④ 四十韵字探韵赋诗,尚客多而韵少,仍需再韵乃至三韵,可见参与人员之众,已近百人。如此盛大的分韵分题活动,在元前的分题分韵诗歌史上绝无仅有。从现今可见文献来看,这样超大型规模的分题分韵创作较为少见。不难想见,面对如此群体,需要遵循一定的规则,按照一定的程序完成探韵赋诗,难度之大不言而喻。故而,分题分韵虽是集体唱酬场景诗人的选择,但也受集会

---

① 李修生主编:《全元文》第52册,江苏古籍出版社1998年版,第534页。
② (元)贡师泰:《燕集沧浪亭诗序》,李修生主编:《全元文》第45册,江苏古籍出版社1998年版,第184页。
③ (唐)杜甫著,(清)仇兆鳌注:《杜诗详注》,中华书局1979年版,第16页。
④ 曾枣庄、刘琳主编:《全宋文》第357册,上海辞书出版社、安徽教育出版社2006年版,第355—356页。

规模、与会人员数量多寡的影响，如若与会人数众多，题、韵选择等组织问题无疑是最大的难题。如吴渭等人发起的"月泉吟社"酬唱活动，从最终收诗二千七百三十五卷来看，参与人员已越两千人众，这样的集会，采用分题分韵的唱酬方式显然是难以实现的。这也让我们看到，当集会人数到达一定的规模时，众多酬唱创作方式中，同题酬唱才是创作的最佳选择。这是集会规模对分题分韵的制约。

分题分韵是多人酬唱的选择，为保证分赋活动的顺利进行，元人在题韵的确立、题韵选择方式和顺序、诗歌体裁与韵字的限定以及诗歌的创作、评介（奖惩）等方面形成一定的集体规则，与会诗人须得遵守并受其约束。

元人分题分韵诗题的确立，与集会人员数量颇为紧密，集会组织者需要根据与会人数选定题、韵，确保参与人员均有题目。一般而言，元人集会分赋，多择一题或一韵。如前文援引仇远、张瑛等聚会，因与会人员七人，择"飞入园林总是春"七言诗句分韵，人皆一字。贡师泰等二十人聚会于沧浪亭，取韦应物四句五言诗歌二十韵字分韵。又至正三年（1343）九月九日，刘诜、杨文川、杨吾可、罗宗伯、罗宗仲等登吉水南岭之鹿角山，分韵赋咏，因集会人员有二十六人，考虑到要有足够的韵题以供选择，取苏轼"太华峰头作重九，天风吹滟黄花酒。浩歌驰下腰带鞓，醉舞崩崖一挥手"七言古诗四句二十八字为题分韵，人均一字，尚余两字。元人亦有取两题、两字以上者。如前文援引傅若金与俞绍芳、范诚等清明日的集会分韵，即"书二十字乱器中，人探五字以为韵"①；武宗至大三年（1310），邓文原授江浙儒学提举，吴澄等以"落月满屋梁，犹疑照颜色"十字为韵，分赋以饯其行。明人孙原理《元音》卷三收卢亘《送邓善之提举江浙十首》，分别以"落""月""满""屋""犹""疑""照""颜""色"为韵字。分题分韵创作本就考验诗人的才力，在规则约束下人赋一题一韵已是不易，随着题、韵数目的增加，诗歌创作难度也随之而加大。如至正十九年（1359）秋刘楚、旷伯逵、刘季道等人的中和堂分赋，在探得韵字后，"有喜者，有讶其难者，

---

① （元）傅若金：《清明日游城西诗》，李修生主编：《全元文》第49册，江苏古籍出版社1998年版，第314页。

有先审其音调者，其否者以不能通是音律。若余不才者，君亦不之强焉。既而辞者半，韵余其一，众复以归之子坚，子坚不辞也"①。其时便有"辞者半"，对于剩余的一韵字，与会人员皆不受，最终一致赞同分属善于文词的锁柱。可见，两题韵以上的分赋，一般才力的诗人难以从容应对。

　　元人对分题分韵题、韵的选择方式和顺序，一般沿用前人探题、探韵的传统方式，即或分筹、或探丸、或分阄等。这类选择方式在分题、韵时无民族、主宾、长幼、尊卑贵贱之别，参与者皆随机探题取韵，并据所得题、韵分别作诗。如元世祖至元二十三年（1286）三月三日，戴表元、周密、仇远、王沂孙等人于杭州杨氏池塘共宴曲水，戴表元《杨氏池塘宴集诗序》云："（周密）公谨遂取十四韵，析为之筹，使在者人探而赋之，不至者授之所探而征之。"②顺帝元统二年（1334）二月二十五清明日，傅若金与四明俞绍芳、金华王叔善及同乡范诚之携酒肴，游览京师城西，"酒数行，约赋古诗五言六韵五章，道所得之趣，书二十字乱器中，人探五字以为韵"③。探筹题、韵者如至元二年（1336）十月，余宣与董心传、徐子贞、徐子学、方率性、徐心善、西域宓清父七人游兰溪，登山览景，"取唐人诗'多少楼台烟雨中'为韵，抛筹分赋"④；分阄取题韵者如前文援引至正九年吴克恭等十人宴于碧梧翠竹堂，"以杜甫氏'暗水流花径，春星带草堂'之韵分阄，各咏言纪实"⑤；又至正十二年七月，熊自得、袁华等宴饮，"既醉，玉山乃以'攀桂仰天高'为韵分阄赋诗"⑥。探筹、分阄外，探丸亦是元人择取题、韵的常见方式。至正十四年（1354）三月，刘基避难会稽，适逢祝茂卿之牡丹大

---

① （元）刘楚：《秋日宴中和堂诗后序》，李修生主编：《全元文》第57册，江苏古籍出版社1998年版，第432页。
② （元）戴表元：《剡源集》卷一〇，浙江古籍出版社2014年版，第223页。
③ （元）傅若金：《清明日游城西诗》，李修生主编：《全元文》第49册，江苏古籍出版社1998年版，第314页。
④ （元）余宣：《游山诗序》，李修生主编：《全元文》第53册，江苏古籍出版社1998年版，第633页。
⑤ （元）顾瑛辑，杨镰、叶爱欣整理：《玉山名胜集》卷下，中华书局2008年版，第179—180页。
⑥ （清）顾嗣立：《元诗选 初级》，中华书局1987年版，第2353页。

开，遂与祝茂卿等宴饮，取"唐人罗邺诗二句十四字为韵，命探丸、信所得为诗"①；再如至正十九年（1359）秋，刘楚、旷伯逵、刘季道等十二人宴饮中和堂，酒半，"刘季道取纸书七言古诗一，句字断之，揉以为丸，杂置盘中，座者各探以为韵，示无择也。盘行或探或否，探者争启丸先视"②。分筹、探丸、分阄等探题探韵方式盛行如此。

探筹、分阄、探丸等探题探韵外，以座次分韵、"韵由齿分"等也见于元人的分赋活动。《玉山名胜集》卷七郑元祐《分韵赋诗序》载，郑元祐、李元珪先后至玉山，与顾瑛等宴于书画舫，"析杜律句'春水船如天上坐，老年花似雾中看'平声字为韵，人各赋诗而俾余为序，因拈得春字，次李君得船字，余各以坐次分韵而赋云"③。除却郑元祐、李元珪分别拈得"春""船"字外，顾瑛、袁华、范棐、释自恢、钱敏各以座次分韵，分别得"如""天""年""花""中"字。以座次分韵外，以年龄长幼顺序分题分韵也是元人惯用的探题探韵方式。如元成宗大德八年（1304），虞集、贡奎、刘光、袁桷、周天凤、曾德裕同游大都长春宫，登其宫阁而观，为壮丽奇观所感，"乃以'蓬莱山在何处'为韵，以齿叙而赋之，得古诗六首"④。不一而足，又如至正二十五年（1365）十月，陈谟、吴师鲁等对床于吕仲善馆中，"极道离合悲欢之故、运数安危之机、人情物态之变，夜参半，不能寐。仲善曰：'不可以不赋。请以"共君一夜话"为韵。'韵由齿分，人各成诗，而诗悉同体"⑤。"韵由齿分"较探筹、分阄、探丸等探题探韵方法而言，随机性、游戏性相对弱化，社会应酬性、交际功能更加显著。

元人分题分韵的规则约束，还体现对诗歌体裁、体式的限定。如至正二十一年正月二十六日，贡师泰与廉惠山海牙等游福建玄沙寺，"乃相

---

① （明）刘基著，林家骊点校：《刘伯温集》，浙江古籍出版社2016年版，第103页。
② （元）刘楚：《秋日宴中和堂诗后序》，李修生主编：《全元文》第57册，江苏古籍出版社1998年版，第432页。
③ （元）郑元祐：《分韵赋诗序》，李修生主编：《全元文》第38册，江苏古籍出版社1998年版，第635页。
④ （元）虞集著，王颋点校：《虞集全集》，天津古籍出版社2007年版，第566页。
⑤ （元）陈谟：《茅亭分韵诗序》，李修生主编：《全元文》第47册，江苏古籍出版社1998年版，第184页。

率以杜工部'心清闻妙香'之句分韵，各赋五言诗一首"①，未言古近体。同年七月，盛元辅由行枢密院都事擢断事官，钱用壬、陈基、汤仲举等同幕之士，以"韩诗分韵赋五言六韵为君赠"②。如至正十九年（1359）秋，刘季道等十二人于中和堂宴饮，即"请分韵各为今乐府一章可乎"③，规定分赋"今乐府"。至正二十一年（1361）八月九日，贡师泰等人祭拜先圣庙，事毕，于沧浪亭宴饮赋诗，"各赋五言古诗一首"④。至正二十八年（1368），戴良、刘庸道、王彦贞、龙子高、桂彦良、沈师程等于东山赏梅分韵赋诗，规定以"'东阁观梅动诗兴'为韵，各赋古律一首"⑤。再如前文援引之傅若金等清明日游城西，要求"赋古诗五言六韵五章"⑥，对诗歌体裁、体式及篇幅皆有规定。又明宗至顺二年（1331），九江儒学教授方积调任进贤县邹子柴巡检，李孝光、陈旅等以乐府古题分赋以饯，李孝光赋得《长安道》，陈旅赋得《车遥遥》，柯九思赋得《将敬酒》，雅勒呼赋得《月漉漉》等。当然，元人亦有不限制诗歌体裁、体式的分赋活动，诗人可以根据自己喜好或擅长诗体自由创作。如至正十四年（1354）三月，刘基等人于会稽举行牡丹诗会，分赋时即指明"不限以体制"⑦。又至元二十三年（1360）三月三日周密、戴表元、仇远等人的分韵活动，因未限定诗歌体式，最后分别得古、近体诗歌若干言。⑧

元人的分题分韵诗歌创作，一般选取平声韵字为主，尽力避免险韵、

---

① （元）贡师泰：《春日玄沙寺小集序》，李修生主编：《全元文》第45册，江苏古籍出版社1998年版，第184—185页。

② （元）陈基：《赠盛断事诗序》，李修生主编：《全元文》第50册，江苏古籍出版社1998年版，第277—278页。

③ （元）刘楚：《秋日宴中和堂诗后序》，李修生主编：《全元文》第57册，江苏古籍出版社1998年版，第432页。

④ （元）贡师泰：《燕集沧浪亭诗序》，李修生主编：《全元文》第45册，江苏古籍出版社1998年版，第184页。

⑤ （元）戴良：《东山赏梅诗序》，李修生主编：《全元文》第53册，江苏古籍出版社1998年版，第281页。

⑥ （元）傅若金：《清明日游城西诗》，李修生主编：《全元文》第53册，江苏古籍出版社1998年版，第314页。

⑦ （明）刘基著，林家骊点校：《刘伯温集》，浙江古籍出版社2016年版，第103页。

⑧ （元）戴表元著，陈晓冬、黄天美点校：《剡源集》，浙江古籍出版社2014年版，第221—223页。

窄韵、难韵等。唐宋人在分题分韵活动中，为增加游戏氛围，提高游戏的知识性与娱乐性[①]，达到竞技炫才的目的，常常以姓、字以及险韵、难韵等分赋。如唐代权德舆《送李处士归弋阳山居（限姓名中用韵）》等，即是以姓名为韵；宋人李廌《史次仲钱子武与余在报恩寺纳凉分题各以姓为韵》、饶节《约方时敏杨信祖二子同过王立之观立之所集前辈诗文各以姓赋诗》、谢逸《吴迪吉载酒永安寺会者十一分韵赋诗以字为韵予用逸字》《游文美清旷亭各以字为韵》等诗，皆以姓、字为韵分赋。此外，宋人在分赋活动中还崇尚险韵、难韵。如龚颐正《芥隐笔记》载："荆公在欧公坐，分韵送裴如晦知吴江，以'黯然消魂，唯别而已'分韵。……时老苏得'而'字，押'谈诗究乎而'。荆公乃又作'而'字二诗。'采鲸抗波涛，风作鳞之而'，盖用《周礼考工记梓人》'深其爪，出其目，作其鳞之而'。又云'春风垂虹亭，一杯湖上持。傲兀何宾客，两忘我与而'，最为工。"[②] 类似逞才炫能之分题分韵诗，较少见于元人的分赋活动。翻检元人文集，未见有以姓、字等作为题、韵的分赋诗作，对于险韵、难韵等分题分韵，元人也竭力避免。如刘诜、杨文川等鹿角山宴集，以苏轼"太华峰头作重九，天风吹滟黄花酒。浩歌驰下腰带鞬，醉舞崩崖一挥手"分赋，明日诗集，独缺"鞬""崩"二字，原因是"亦以避所难所讳也"[③]。又江州路教授张寿翁编《事韵撷英》，"削去陈腐之字，而皆奇险之韵"[④]，吴澄肯定其对赋诗用韵的作用，以上文王安石、苏轼等分韵"而"字险韵事例驳斥，"人人皆用奇险之韵，何异于王、苏、黄三巨公也哉"[⑤]。元人在分赋活动中，有意识地弱化分题分赋的游戏性和娱乐性，还文人集会分赋以严肃性、文雅性。

元人在分题分韵创作活动中，还保留对分题分韵诗作的评介和奖惩

[①] 吕肖奂：《宋代诗歌分题分韵创作的活动形态考察》，《徐州工程学院学报》（社会科学版）2013年第4期，第55页。

[②] （宋）龚颐正：《芥隐笔记》，大象出版社2019年版，第168—169页。

[③] （元）刘诜：《九日登鹿角山诗序》，李修生主编：《全元文》第22册，江苏古籍出版社1998年版，第66—67页。

[④] （元）吴澄：《事韵撷英序》，李修生主编：《全元文》第14册，江苏古籍出版社1998年版，第327页。

[⑤] （元）吴澄：《事韵撷英序》，李修生主编：《全元文》第14册，江苏古籍出版社1998年版，第327页。

传统。元人在集会分赋场合，对于未能按要求完成诗作的诗人，一般有几种处理办法：一是罚酒。自汉魏以来，美酒便是集会宴饮场景中文人活动的重要道具，这也促使罚酒以佐欢成为最普遍的惩罚方式，元人亦秉承这一传统。在元人的分赋活动中，罚酒主要有一觥、二觥、三觥之别。如吴善、郯韶访玉山，于听雪斋中宴饮赋诗，顾瑛、陈让、郯韶、于立四人诗成，分别得"官""东""兴""阁"字，吴善、陈汝吉等三人诗不成，各罚酒一觥。又顾瑛与释良琦、于立等于芝云堂以古乐府分题赋诗，袁华得《门有车马客行》、顾瑛得《山人劝酒》、于立得《短歌行》，释良琦、王祎、赵元三人诗不成，各罚酒二觥。再如至正十年（1350）七月六日，释良琦偕陇西李云山乘潮过界溪，以诗问讯玉山，"玉山主人命骑追还草堂。晚酌芝云。露气已下，微月在林树间。酒半，快甚，欲赋咏纪兴，以'风林纤月落'分韵拈题"①，李云山诗不成，罚三大觥逃去。

　　二是以其他技能代替作诗。元人分赋诗作未成，亦可以擅长的作画、吹箫弹琴等替代作诗，免于处罚。如郑元祐、顾瑛、于立、广宣等觞咏于玉山芝云堂，以"冰衡玉壶悬清秋"分韵，"莒城赵善长作画以代诗"②，免罚酒一觥。又至正十年（1350）十二月十五日，顾瑛等宴集湖光山色楼，以"冻合玉楼寒起粟"分韵，顾瑛、于立、郯韶、顾元臣四人诗成，分别得"冻""楼""寒""起"字，"（吴）国良以吹箫，陈惟允以弹琴，赵善长以画序首，各免诗"③，免罚酒二觥。再如前文援引吴克恭等十人宴于碧梧翠竹堂，以杜甫诗分韵，从序即"以画事免诗而为图"④，免罚酒二觥等。三是由他人代作。元人分赋活动中还有其他诗人代赋者，如陶安《己丑九日南轩山长许栗夫邀学官及诸生登高翠微亭以唐人登高诗前四句分韵赋诗在座诸生有得开字者余为代赋五十韵》、林弼《代上

---

① （元）顾瑛辑，杨镰、叶爱欣整理：《玉山名胜集》卷上，中华书局2008年版，第104页。
② （元）顾瑛辑，杨镰、叶爱欣整理：《玉山名胜集》卷上，中华书局2008年版，第66页。
③ （元）顾瑛辑，杨镰、叶爱欣整理：《玉山名胜集》卷下，中华书局2008年版，第206页。
④ （元）顾瑛辑，杨镰、叶爱欣整理：《玉山名胜集》卷下，中华书局2008年版，第179—180页。

人赋当字》等诗,即为分韵者作不出"开""当"字韵诗,改由陶安、林弼代作。囿于文献并未详载,被代替者是否受到象征性惩罚,皆不得而知。

惩罚之外,与会人员也会对集会分题分韵诗作评介。如刘楚等人的中和堂宴集分赋,使君左旂乐府最先成,刘楚赞"其辞清丽和婉"[1]。吴师鲁等于吕仲善馆中对床分韵,诗皆成,且"各韵度可爱"[2]。又据吴澄《富城酾饮赋诗序》载,其与朱士坦、赵用信、胡琏、蔡黻、胡敏、胡然等宾主九人宴饮,以"'竹深留客处,荷净纳凉时'分韵赋诗。……韵有十,真定刘节叔度补其一……诗十首或明洁,或清淳,或精深,或古澹,盖一时之胜萃是已"[3],等等。可见,元人对分题分韵诗作的评介,更重视从集体视角出发,对与会诗歌作审美评骘。相较唐宋人"燕集祖送,必探题分韵赋诗,于众中推一人擅场者"[4] 的逞才竞技风气来说,元人虽未完全摆脱诗歌唱酬的竞技性质,但就分题分韵诗作而言,游戏性、娱乐性相对减弱。

三 "题""韵"选择的要素

在分题分韵活动中,元人为确保与会人员皆有诗题可作,往往依据集会规模、人均赋题数量等来确立分赋诗题,并进一步完成分赋活动。翻检元人的分题分韵诗歌,发现元人在题、韵的选择上有着深刻的文化内涵,即与集会时的主题、场景、氛围、地域及诗人的身份、心境和所处时境等要素紧密相关,并非随意择取题韵而分赋。

(一)符合主题的题、韵

元代文人集会赋诗,往往有一明确的主题,或因送别、或节日纪念、或友人聚集等,集会主题不同,其题、韵的选择内涵也各自不同。换言之,分题分韵虽是集会唱酬场所的产物,但其题、韵撷择往往关联集会主题,或明或隐地表达某种情感思绪。以送别为主题的分赋如掌文翰垂

---

[1] (元)刘楚:《秋日宴中和堂诗后序》,李修生主编:《全元文》第57册,江苏古籍出版社1998年版,第432页。

[2] (元)陈谟:《五君分韵诗序》,李修生主编:《全元文》第47册,江苏古籍出版社1998年版,第432页。

[3] 李修生主编:《全元文》第14册,江苏古籍出版社1998年版,第286页。

[4] (元)辛文房撰,周勋初笺证:《唐才子传笺证》,中华书局2010年版,第658页。

十年的邓文原,由翰林国史出任江浙儒学提举,临行之际,吴澄、卢亘等留于朝者惜其朋友之情,发于声诗,遂以杜甫《梦李白二首》之一"落月满屋梁,犹疑照颜色"分韵饯别。吴澄等以杜甫梦李白诗为韵题,并非随意使然,乃出于"其情犹子美之于太白云尔。夫李杜文章才气格力相抵,相视如左右手。离别眷眷之情,又岂常人之所可同!宜乎咏歌嗟叹之不能已也"①,借杜甫对李白的纯挚友谊来宽慰即将远行的友人。不仅如此,杜甫《梦李白二首》(其一)诗的写作,是作者得知李白因永王李璘谋反事件而流放夜郎,积思成梦而作,诗中充满对好友李白吉凶生死的关切。邓文原虽领江浙等地儒学事,但在吴澄看来,彼时"世以儒为无用久矣"②,邓文原的出任,并非什么美职,在某种意义上与李白的流放颇为相似,吴澄等人以之为韵题饯别、慰藉邓文原,亦是有此考量。当然,在元人送别主题的分题分韵诗中,不乏表达留念与祝福等题韵的选择。如汪元量自大都南归,杨镇、吴坚、留梦炎等友人以王维《送元二使安西》"劝君更尽一杯酒,西出阳关无故人"诗为韵,既蕴含了对即将远行的汪元量的不舍和留念,也有对其前景的担忧和殷勤祝福。又鲍同仁得淮右巢县之官,将行,郑玉及乡俊好友取杜甫《奉赠严八阁老》"蛟龙得云雨,雕鹗在秋天"句分韵,无不彰显一众友人对鲍同仁美好前程的激励与祝愿,等等。这些题、韵的选择,皆契合饯别主题。

又节日主题,如八月十五中秋日,沈明远、顾瑛等宴于绿波池,"乃以'银汉无声转玉盘'分韵赋诗,元璞得银字,德辅得汉字,仲瑛得声字,予得无字"③,此次分赋韵题取苏轼《阳关曲·中秋月》诗。又九九重阳日,郑渊、宋濂、普安等七人登康侯山,举觞共饮,歌陶潜诗,会日晚,以杜牧《九日齐山登高》第四句"牛山何必泪(一作独)沾衣"诗分韵④,各赋诗一首;再如吴澄等七人为江西科举考试典校文,重阳日

---

① (元)吴澄:《送邓善之提举江浙儒学诗序》,李修生主编:《全元文》第14册,江苏古籍出版社1998年版,第95页。

② (元)吴澄:《送邓善之提举江浙儒学诗序》,李修生主编:《全元文》第14册,江苏古籍出版社1998年版,第94页。

③ (元)沈明远:《分题诗序》,李修生主编:《全元文》第58册,江苏古籍出版社1998年版,第485页。

④ (元)郑渊:《康侯山九日纪游序》,李修生主编:《全元文》第58册,江苏古籍出版社1998年版,第256页。

以陶渊明《九日闲居》"日月依辰至，举俗爱其名"诗分韵等，所取题韵皆与节日主题相关。此外，友人聚集的不同主题，亦会左右题、韵的选择，如袁华、陆仁、于立、岳榆等故友聚于玉山可诗斋，有感风景艰棘，路途险阻，诸君相会宴饮不易得，"遂以《小雅·鹿鸣》'我有嘉宾，鼓瑟吹笙'分韵"①，意在借千百年来友人欢快舒畅的宴集盛况来比照诸友之谊，与友人良会不易得的主题相契合。又顾瑛长子顾元臣以功升水军都府副都万户，自任上而归，顾瑛携廖侃、陆仁、释自恢等宴饮，以无名氏《饮马长城窟行》"客从远方来，遗我双鲤鱼"诗分韵，符合儿自远方来的分韵主题。再如许有壬、吕仲实、杜德常等于御史王公俨别墅水木清华亭观景宴饮，即以本次宴集主题"水木清华亭"为韵分赋等，主题不同，其题韵选择的文化内涵亦不尽相同。

（二）符合场景、氛围的题韵

元人分赋诗题的选择，还与集会的场景、氛围等相关，如龙门释良琦自吴江泛舟界溪访玉山金粟道人，日以诗酒相乐，数日后欲还吴江，袁华遂举严维《酬刘员外见寄》"'柳塘春水漫'之句分韵赋诗，以写其情云"②。袁华之所以以"柳塘春水漫"为分赋韵题，乃受其时场景氛围的影响。时至仲春二月，"春雨初霁，春水初生，绿波淡荡，柳色如濡"，诗人们"举酒相属，谈语甚欢"③，顾瑛又感"古人折柳赠别之意，不能不戚然于怀也"④，这些与"柳塘春水漫"意境颇为契合，最终促成此次分韵佳话。又陈高、曾伯大、陈德华等于张思诚之近山轩宴饮，时值四月八日孟夏，草木繁盛，绿树成荫，又与会者"皆能文之士。酒酣……乃命赋诗，分韵取陶渊明'孟夏草木长，绕屋树扶疏'之句"⑤。又陈高分韵诗言，"幽轩近青山，层檐荫高木。兹晨天气佳，凉雨破袢燠。鸣蝉

---

① （元）顾瑛辑，杨镰、叶爱欣整理：《玉山名胜集》卷上，中华书局2008年版，第132页。
② （元）顾瑛辑，杨镰、叶爱欣整理：《玉山名胜集》卷下，中华书局2008年版，第288页。
③ （元）顾瑛辑，杨镰、叶爱欣整理：《玉山名胜集》卷下，中华书局2008年版，第288页。
④ （元）顾瑛辑，杨镰、叶爱欣整理：《玉山名胜集》卷下，中华书局2008年版，第288页。
⑤ （元）陈高：《陈高集》，浙江古籍出版社2014年版，第14页。

度新声，丛蕙散余馥"①。即是对孟夏近山轩场域风物的呈现。再如余宣与董心传、徐子贞、徐子学、方率性、徐心善、西域宓清父七人游兰溪，登山览景，时有泉渠溢清，竹柏翠绿，故浮屠遗址，各有所得，遂取唐人杜牧《江南春绝句》"多少楼台烟雨中"诗为韵分赋等，其题韵皆受场景、氛围的影响。

（三）符合地域的题、韵

如郑同夫与陈基等吴中文人啸傲三江五湖，诗酒唱酬，同夫将归豫章，陈基等以吴中山水分题以饯，张田《分题沧浪池》、刘西邨《分题枫桥》、释良琦《分题震泽》、郯韶《分题虎丘》、顾瑛《分题太湖》、张简《分题姑苏台》、沈明远《分题龙门》、陈基《分题太湖》、袁华《分题泰伯庙》、俞明德《分题馆娃宫》、周砥《分题百花洲》。又吴县县丞张经擢授嘉定同知，将行，郑元祐、高玄复、成廷珪、陈汝秩等吴中人士，分赋"采香迳""鲈乡亭""采香迳""灵岩""越公井""石湖""林屋馆""林屋馆""剑池""天平山""白云泉"等吴中旧迹送行。又蒋易《送浙省理问李文甫序》载，江浙行省理问官李文甫因王事来闽，将归之际，蒋易等摘福建之名山古先贤哲栖遁者，分题赋诗以饯。诸如此类，在元代文人的分赋活动中较为普遍。

（四）符合时境、心境及突显身份的题韵

如缪思恭、郁遵、高巽志、释克新等诸同彦聚于南湖唱酬，时诗人刚刚经历至正己亥兵祸，"知方岳非人，苗獠骄肆，悲音于邑，何其戚也"②，虽是八月十五中秋佳节，但为纪一时之变，其分韵诗题仍取以"史诗"名世的杜甫《返照》"不可久留豺虎地，南方犹有未招魂"诗为韵分赋，可见战后时局不稳，诗人们既有对时事的感伤，内心也因战祸而惶恐不稳。次年七月十三日，曹睿、吕安坦、鲍恂、释智觉等小集于景德寺，时去己亥兵祸已两岁，战争的阴霾慢慢散去，诗人内心的创伤亦日渐平复，时"藩卫有人，民庶乐业，逸兴超举，何其欢也"③，诗人

---

① （元）陈高：《陈高集》，浙江古籍出版社2014年版，第14页。
② （清）沈季友：《檇李诗系》卷六，《景印文渊阁四库全书》集部第1475册，台湾商务印书馆1989年版，第140页。
③ （清）沈季友：《檇李诗系》卷六，《景印文渊阁四库全书》集部第1475册，台湾商务印书馆1989年版，第140页。

们遂以唐人李涉《题鹤林寺僧舍》'因过竹院逢僧话，又得浮生半日闲'之句分赋。符合时境、心境的题韵选择展现无遗。此外，元人在题、韵的择取时常常突显某人身份。如朱右《送因禅师序》载，朱右友石禅师补临海龙华寺主席之阙，诸士友置酒为别，摭杜甫《题已上人诗》，"分韵相率为诗，以道其离思"①，石禅师、已上人皆为佛子，以此为题韵有凸显身份之意。

总之，元人在创作分题分韵诗时，对分题分韵题、韵的选择自有其文化内涵，创作主题、场景、氛围、地域及诗人的身份、心境及所处时境等要素都影响着元人的分赋诗作。

四 题韵的来源与元人诗歌崇尚

元人分题分韵诗歌在题韵的选择上虽受集会主题、场景等文化要素的影响，但个人知识积累和文学崇尚是决定元人在分赋活动中佳句选择的根本因素。具体而言，元人诗题来源虽广，却酷爱以诗句为主，且在诗句择取上表现出尚古轻今，尤好名家名句等特点。借助元人分赋佳句的文学史实，可以此视角管窥元人的诗学崇尚。

（一）以诗句为主

元人创作的分题分韵诗，其诗题的来源范围颇广，既有依据现场书写的词句，也有取自于前人及本朝文人的诗、词、文等佳句。如至元三十一年（1371）九月，黎廷瑞与郑瑞卿、吴可翁、方万里等夜出，饮于溪上古树下，即现场撰写"黄叶覆溪"句分韵，黎廷瑞分得"黄"字。曹伯启《曹文贞诗集》卷九七有《赏中秋月用砀山诸生分韵》一诗，即以"砀山诸生"分韵。又取自词、文等文体的分韵活动，如徐瑞、周南翁等人聚于鄱阳湖，以"高山流水"分韵。"高山流水"取自《列子·汤问》"伯牙善鼓琴，钟子期善听。伯牙鼓琴，志在高山，钟子期曰：'善哉，峨峨兮若泰山！'志在流水"②之句。又据陈谟《五君分韵诗序》《茅亭分韵诗序》载，吴师鲁、孙观明、吴伯贞、陈谟于吕仲善处数次分韵，分别取古人语"共君一夕话""胜读十年书""共君一夜话"为韵

---

① 李修生主编：《全元文》第50册，江苏古籍出版社1998年版，第514页。
② （周）列子著，杨伯峻释：《列子集释》，中华书局1979年版，第178页。

等。元人分赋活动中的题韵来源虽广，但取自词、文及现场所写词句等比重较小，实际上仍以诗句为主。其诗句的择取可上溯自先秦时期我国第一部诗歌总集《诗经》，如前文援引之袁华、陆仁、于立、岳榆等故友聚于玉山可诗斋宴饮，以《诗经·小雅·鹿鸣》"我有嘉宾，鼓瑟吹笙"分赋；下至以本朝诗人诗作分赋，如至正九年（1349）十二月十五日，昂吉泛舟访玉山主人，遂与旃嘉闾、于立、陆逊等宴饮于玉山听雪斋，以顾瑛《听雪斋春题》"夜色飞花合，春声度竹深"诗分赋。其间涵盖了汉魏晋六朝、唐、宋、元诸朝诗人诗作，这是文、词等佳句远远无法比拟的。由此可见元人在集会分赋唱和对以诗歌取韵的钟爱。

（二）重古轻今

元人在创作分韵诗时，不仅酷爱以诗句为题韵分赋，且对不同时期的佳句选择倾向不尽相同，呈现重古轻今的现象。如元前即有先秦佚名《诗经·小雅·鹿鸣》《诗经·国风·郑风·羔裘》《诗经·大雅·卷阿》等。汉魏晋六朝之佚名《饮马长城窟行》、曹操《短歌行》、陶渊明《九日闲居》《饮酒》《读山海经十三首》、谢朓《之宣城出新林浦向板桥》《直中书省》、王羲之《兰亭诗二首》《兰亭集序》、南朝宋陆凯《赠范晔诗》及乐府古题之《车马客行》《短歌行》《将进酒》《车遥遥》《长安道》等都是元人分题分韵佳句的重要来源。至唐宋，佳句的选择更为频繁，所涉诗人诗作愈加广泛。如唐五代之王勃、王维、杜甫、李白、白居易、韩愈、柳宗元、李昂、严维、李商隐、韦应物、孟浩然、冯道、卢仝、杜牧、罗邺、许浑、于良史、皇甫冉、李涉等；宋之晁补之、苏轼、陈师道、黄庭坚、王安石、范仲淹、潘大临、韩维、程颢、周敦颐、夏竦、盛次仲、方岳、刘辰翁等诗人作品，皆是元人分题分韵诗题的重要来源。其中以唐代诗人诗作最受元人青睐，入选诗人诗作超越宋代诗人诗作，为历朝诗人作品佳句之最。

与之相对应的，元人也有以时人作品分韵的分韵活动，但仅寥寥数例。如金守正《雪厓先生诗集》卷三有《戊辰三月十六夕同彭待之宿周存诚所取虞文清公乐府杏花春雨江南之句分韵赋诗得春字》诗，可知此次分韵取自虞集词《风入松》"杏花春雨江南"句。类似以元人诗词为韵的分题分韵在元人分赋创作活动中并不多见。元初方回寓居建德路，与时人宴饮，以己作《不寐》"自宝此身方有寿"句分韵，今留存方回

《十月六日小酌以自宝此身方有寿分韵得身字》诗。又前文昂吉等以顾瑛《听雪斋春题》"夜色飞花合，春声度竹深"诗分赋。再如，顾瑛、杨维桢等于谢节处欢宴，联句毕却诗兴未已，后以吴毅联句"霜脍新供缩项鯿"诗分韵等数例。① 与宋人分题分韵诗歌相比，宋人也好以古人佳句分韵，且在分韵创作活动中，使用本朝佳句数量约占总数的29%，呈"重古而不轻今"的诗学倾向。② 可见就分赋诗歌择取佳句这一视角来看，宋人并不轻视本朝诗歌，元人是颇为轻视本朝诗人诗作的。这与元人崇古轻今、宗唐得古的诗学观念是相契合的。

（三）重名家名篇名句

元人分题分韵诗对佳句的择取，并非随意采择诗人作品，而是倾向于名家名篇名句。如先秦《诗经·小雅·鹿鸣》之"我有嘉宾，鼓瑟吹笙"、汉无名氏《饮马长城窟行》"客从远方来，遗我双鲤鱼"等无不是名篇名句。魏晋时期的曹操、王羲之、陶渊明、谢朓诸人，无不是魏晋风流的代表诗人。如曹操的《短歌行》，其句"对酒当歌，人生几何""何以解忧？唯有杜康"等被数次分韵。又陶渊明《九日闲居》"日月依辰至，举俗爱其名"；《读山海经十三首》（其一）"孟夏草木长，绕屋树扶疏"及《饮酒》（其五）"采菊东篱下，悠然见南山"等，也是元人分韵的对象。唐五代时期的杜甫、李白、韩愈、柳宗元、万维、韦应物等人诗作反复被分题分韵。如李白《横江词》之四"浙江八月何如此，潮似连山卷雪来"；《登金陵凤凰台》"三山半落青天外"；《九日登巴陵置酒望洞庭水军》"登高无秋云"等。韩愈《八月十五夜赠张功曹》之"一年明月今宵多，人生由命非由他，有酒不饮奈明何""一年明月今宵"；《送李尚书（逊）赴襄阳八韵得长字》《题炭谷湫祠堂》诗等。其中杜甫诗作佳句在元人分韵活动中居历代诗人作品之最，据统计，单就顾瑛等人的31次玉山草堂分韵创作活动中，杜甫诗歌入选14次，几乎占到分韵总数的一半。③ 杜甫《陪诸贵公子丈八沟携妓纳凉晚际遇雨二首》（其一）"荷净

---

① （元）顾瑛辑，杨镰、叶爱欣整理：《玉山名胜集》卷下，中华书局2008年版，第699页。
② 张明华：《宋代分韵诗研究》，社会科学文献出版社2021年版，第179页。
③ 刘季：《〈玉山雅集〉与元末诗坛》，博士学位论文，南开大学，2012年，第75页。

纳凉时""竹深留客处，荷净纳凉时"、《九日蓝田崔氏庄》"今日尽君欢""玉山高并两峰寒"、《崔氏东山草堂》"高秋爽气相鲜新""爱汝玉山草堂静"等名篇佳句，更是元人反复分韵的对象。

宋诗人王安石、苏轼、范仲淹、黄庭坚等均为有宋一代的名家代表，且是元人分题分韵时佳句来源的重要诗人。其中苏轼是入选名篇佳句仅次于杜甫的诗人。其作如《宝山新开径》"踏遍仙人碧玉壶"；《月夜与客饮酒杏花下》"炯如流水涵青苹"；《龟山》"身行万里半天下，僧卧一庵初白头"；《送杨杰》"太华峰头作重九，天风吹滟黄花酒。浩歌驰下腰带鞓，醉舞崩崖一挥手"；《除夜病中赠段屯田》"龙钟卅九，劳生已强半"；《九日次韵王巩》"相逢不用忙归去，明日黄花蝶也愁"；《饮湖上初晴后雨二首》（其二）"山色空蒙雨亦奇"；《雪后书北台壁二首》（其一）"冻合玉楼寒起粟"；《同王胜之游蒋山》"峰多巧障日，江远欲浮天"诸诗，均是元人分题分韵活动场域的题韵来源。可见，在佳句的选择上，元人唐宋皆取且以唐人为主，广泛学习各家，博取众长。这也是元人学诗论诗主唐、宗宋的路径来源。①

要之，元人集会场景创作的分题分韵诗，虽免不了酬唱诗歌应酬、娱乐、游戏等性质，但无疑促进了诗人之间的情感交流和技艺提升。元人以前代名家诗篇为选题对象，不仅利于元人研究、学习、吸收前人的典范诗作，丰富元人的诗学素养以及促进元诗学的建构，同时也推动了前代诗人诗歌的传播和经典化进程，并为后世分题分韵诗歌的创作提供参考。其文学文化意义不容忽视。

第二节　诗歌追和与元人诗学崇尚[②]

追和酬唱在元代备受文人青睐。元代留存 126 位诗人作追和诗 1017 首，追和对象涉及先唐、唐、宋金及元朝诗人诗作。元诗人的追和崇尚，以唐及唐前诗家诗作为主，宋金及元朝诗人次之。其中，陶渊明、苏轼、

---

① 查洪德：《元代诗学"主唐""宗宋"论》，《晋阳学刊》2013 年第 5 期，第 138 页。
② 本节主要部分已刊发，详见拙文《诗歌追和与元人诗学崇尚》，《古代文学理论研究》2024 年第 1 期（第 58 辑）。

杜甫等诗人作品频繁受到追和，是元人追和热点诗人的代表。诗歌追和是元诗人仰慕、取法先贤的重要途径，其创作既受时人高度的文学文化自信下逞才使气、竞技争雄心理的影响，也与先贤情感共鸣下追和自释的需求相关。元人的诗歌追和活动，包含了追和者对原作的阅读、理解、接受、批评、宣扬和反思，提升了元人的诗学素养，助力元代诗学体系的多元建构，对文学经典化的形成起到了重要作用。

所谓追和，即是诗人词客对前贤作品进行模仿相和的创作行为①，包括后人对前代古人的追和，也涵盖同代异时异地的追和。追和是元人文学酬唱活动中常用且较具特色的创作形式，其创作内涵与社集、宴饮、聚会等集体互动场合，唱、和双方处于同一时空下的分题分韵、同题、联句、次韵等即时酬唱不同，追和诗歌是时空交综下艺术交流的产物，其产生是酬唱双方处于异时异地情境下的"延迟唱和"②，是接受者单向的个人主观创作的结果，是一种自觉的文学活动。追和诗歌的出现，稍晚于分题分韵、同题、联句等酬唱形式，较早见存于唐人的文学创作活动中。如唐代李德裕作《追和太师颜公同清远道士游虎丘寺》诗追和时人，李贺有《追和何谢〈铜雀妓〉》诗追和古人何逊《铜雀妓》、谢朓《同谢谘议咏铜雀台》等，尚未成风尚。后经宋人苏轼、苏辙等的实践和发展，尤其是苏轼"吾前后和其诗凡一百有九篇，至其得意，自谓不甚愧渊明"③的推动而风尚大炽，并逐渐形成追和传统，至元代颇受文士青睐。学者虽有对元人追和诗的讨论④，但多就对某一追和现象的探讨，几乎未有将元代的追和诗作为整体予以审视。鉴于此，本节拟从元人追和

---

① 姚蓉：《论交往场域中的诗词唱和》，《国学学刊》2014年第1期，第31页。
② 姚蓉师认为"发生在宴饮、社集、聚会、同游等情境下的文人之间的唱和活动"，其"交往伙伴之间有面对面的交流过程"，可视为即时唱和；"发生在异时、异地等情况下的文人之间的唱和活动"，其"唱与和之间有一段时间间隔"，可归为延迟唱和。参姚蓉《论交往场域中的诗词唱和》，《国学学刊》2014年第1期，第30—31页。
③（宋）苏轼著，李之亮笺注：《苏轼文集编年笺注》卷六〇《与子由弟十五首之十四》，巴蜀书社2011年版，第77页。
④ 相关代表性研究主要有左东岭《元末明初和陶诗的体貌体征与诗学观念——浙东派易代之际文学思想演变的一个侧面》，《文学评论》2022年第1期；王芳《论刘因的〈和陶诗〉》，硕士学位论文，山西大学，2005年；贾秀云《元代儒学倡导者的悲歌——郝经〈和陶诗〉研究》，《晋阳学刊》2005年第2期，等。

诗创作情况、追和诗创作的文化因素及追和诗的诗学史意义几方面探讨元代追和诗，以增加对元代唱和诗创作的认识。

一 元人追和诗创作与追和崇尚

翻检《全元诗》及其相关补遗成果，可知元人追和诗的创作面貌。据笔者统计，元人共有126位诗人参与追和，追和作品共计1017首，涉及原唱作者81人，原唱诗歌753首。① 囿于学力限制，统计中或有遗漏，在所难免。今对元人追和诗存量、追和作家排行榜、追和热点诗人诗作等略作展开，一探元代诗人的追和崇尚与追慕情结。

（一）元人追和诗存量分布

元人追和诗的留存，大概可归为和先唐诗、和唐人诗、和宋金人诗、和本朝先贤诗几部分②。其中元代有25人追和先唐诗总计337首，涉及原唱作品125首，原唱作者5人；31人追和唐诗总计436首，涉及原唱作品407首，原唱作者29人；33人追和宋金诗总计142首，涉及原唱作品132首，原唱作者12人；37人追和本朝先贤总计102首，涉及原唱作品89首，原唱作者35人。为便于观览，列其存量如表4-1所示。

表4-1　　　　　　　　元代追和诗存量分布情况

时代＼存量	先唐	唐代	宋金	元代	合计
原唱篇数（首）	125	407	132	89	753
原唱诗人数量（人）	5	29	12	35	81
追和篇数（首）	337	436	142	102	1017
追和诗人数量③（人）	25	31	33	37	126
原唱篇数百分比（%）	16.60	54.05	17.53	11.82	100

---

① 本书追和诗的判断标准主要依据诗题或序跋点明"追和"，同时也参考诗歌韵脚及唱和情境予以确定。

② 笔者之所以分为先唐、唐、宋金、元几个时段，出于几点考虑：一是追和诗存量规律；二是先唐虽时间跨度较长，但其时诗人诗作数量皆不如唐、宋金、元繁盛；三是出于元人诗学观念的分期。

③ 为便于统计比对，同一作者多次追和先唐、唐代、宋金、元代四个时段中的诗人，追和诗人记为1人；同一作者同时追和先唐、唐代、宋金、元代四个时段者，分别计入追和诗人数量，如安熙分别追和先唐的陶渊明和宋代之朱熹，则视为2人。

续表

时代 \ 存量	先唐	唐代	宋金	元代	合计
原唱诗人数量百分比（%）	6.2	35.80	14.81	43.21	100
追和篇数百分比（%）	33.14	43.85	13.96	10.03	100
追和诗人数量百分比（%）	19.84	24.60	26.19	29.37	100

据表4-1数据，可从以下方面进行解读。一是元人追和篇数。唐代以436首追和诗位居第一，占追和诗歌总数的43.85%，占比远超追和总数的1/3；先唐以337首位列第二，占追和总数的33.14%；略占总数的1/3；宋金以142首位列第三，占总数的14.20%；元代以102首位列最末；占总数的10.03%。不难见出，唐及唐前追和诗共计773首，占总数的76.01%。可见在追和诗歌创作中，元人对唐及唐前的诗歌尤为喜爱。二是所涉原唱诗篇。唐代以407首居首，占唱诗总数的54.05%，占比超总数的一半；宋金以132首位居第二，占总数的17.53%；先唐以125首位居第三，占总数的16.60%；最后是元代的89首，占总数的11.82%。故而，在元人的追和活动中，所涉唱诗的数量，除却唐代居首外，先唐及宋金的唱诗数量较为接近。

三是唱诗诗人人均被追和量。元人对各个时段的诗人诗歌追和极不平衡。元人追和先唐5位诗人，原唱作者仅占6.2%，却创作了占比约33.14%的追和诗，每位诗人平均被追和67.40首；唐代则以35.80%原唱作者占比，产生约43.85%的和唐人诗，原唱作者人均被追和15.14首；宋金原唱作者占比14.81%，被和诗篇约142首，人均被追和11.83首；元代原唱作者占比43.21%，人均被追和仅2.91首。可见，唱诗诗人人均被追和量以先唐、唐诗人为主，宋金及元诗人为辅。

四是追和诗人人均追和量。元代以占19.84%的追和诗人创作了337首和先唐诗歌，人均追和先唐诗13.48首；占24.60%的追和诗人作和唐人诗421首，人均和诗14.06首；宋、金人均被元人追和4.30首；元代人均被追和2.76首。从元人人均追和数量看来，和先唐及唐人诗歌占比远远高于宋金、元。

据上述数据分析来看，皆不约而同地指向一个事实：元人追和古人诗歌时,对唐及唐前的诗家诗作尤为偏爱,宋金、元诗人诗作则次之。这与元人学诗论诗首取唐诗以溯汉魏的"宗唐得古"[①]的诗学崇尚,次选宋金诗人诗学取向相一致。以此为视角审视元代诗人的诗歌创作和诗学建构,是必要且有意义的。

(二)元人追和作家排行榜及"热点"诗人诗作

从前文追和诗存量分布来看,元人在创作追和诗时,整体上较为青睐唐及唐前的诗作,宋金及本朝先贤的诗作次之。但具体到追和诗人诗作时,元人的诗歌追和是极不均匀的。那么,哪些诗人最受元代追和诗人的喜爱?哪些诗作被反复追和,是元人心目中的"热点"作品?现从元人留存的追和作品出发,拟以元人追和作家排行榜前三十人为例予以分析。如表4-2。

表4-2　　追和诗排行榜前三十人分布情况

序号	诗人姓名	所属时代	追和篇数(首)	原唱篇数(首)	追和人数(人)	序号	诗人姓名	所属时代	追和篇数(首)	原唱篇数(首)	追和人数(人)
1	陶渊明	先唐·晋	333	122	22	16	杜牧	唐	5	3	3
2	寒山	唐	307	307	1	17	杜甫	唐	4	3	3
3	范成大	宋	68	64	3	18	侯良斋	元	4	1	1
4	拾得	唐	47	47	1	19	程钜夫	元	4	1	1
5	苏轼	宋	40	34	23	20	陆文圭	元	4	1	1
6	唐询	唐	20	10	2	21	杨载	元	4	1	1
7	朱熹	宋	16	16	2	22	綦毋潜	唐	4	1	4
8	元好问	金	10	10	1	23	李频	唐	3	3	2
9	王继学	元	10	10	1	24	张祜	唐	3	2	2
10	许浑	唐	9	5	4	25	文天祥	宋	3	3	2
11	刘因	元	8	8	1	26	刘禹锡	唐	3	3	2
12	南谷杜真人	元	8	8	1	27	吕岩	唐	3	3	2
13	杜荀鹤	唐	6	6	1	28	黄庭坚	宋	3	3	2
14	孟郊	唐	6	4	3	29	王安石	宋	3	3	2
15	李白	唐	5	3	3	30	陈与义	宋	3	2	2

---

① 邓绍基认为:"元诗的发展以仁宗延祐年间为界,可分作前后两期,延祐以前宗唐得古由兴起到旺盛,延祐以后宗唐得古潮流继续发展,在很大程度上,后期的成就超过了前期。"邓绍基:《元代文学史》,人民文学出版社1991年版,第370页。

据表4-2显示，在元人追和诗排行榜前30人中，入选者被追和至少3次。先唐入选作家仅晋陶渊明1人，占入选总数的3.33%；唐代入选作家15人，分别是诗僧寒山、诗僧拾得、唐询、许浑、杜荀鹤、孟郊、李白、杜牧、杜甫、綦毋潜、李频、张祜、刘禹锡、吕岩，占入选总数的50%；宋金诗人范成大、苏轼、朱熹、文天祥、黄庭坚、王安石、陈与义、元好问7人入选，占23.33%；元代先贤王继学、刘因、南谷杜真人、侯良斋、程钜夫、陆文圭、杨载7人入选，占23.33%。唐代诗人入选人数位居榜首，是先唐、宋金、元的总和；宋金及元入选诗人数量持平；先唐入选诗人数最少。

需要注意的是，元人的诗歌追和是极不均匀的，入选诗人的受众也因人而异。入选诗人被追和4—9次的诗人有许浑、刘因、南谷杜真人、杜荀鹤、孟郊、李白、杜牧、杜甫、侯良斋、程钜夫、陆文圭、杨载、綦毋潜13人，占入选总数的43.33%；入选诗人被追和10次以上者有陶渊明、寒山、范成大、拾得、苏轼、唐询、朱熹、元好问、王继学9人，约占入选总数的30%。其中先唐之陶渊明；唐代之寒山、拾得、唐询以及宋之范成大、苏轼6人均被追和20篇以上，是元人心目中的"热点"诗人。尤其是陶渊明，以333首列元人追和对象之首，诗僧寒山，以307篇位居第二。当然，追和"热点"诗人不仅局限于被追和诗歌数量，还需关注其受众范围的大小即追和诗人数量的多少。寒山、拾得虽分别被追和307次和47次，位列追和诗前茅，但其追和对象仅释梵琦1人；范成大被追和68次，位于元人和宋金人诗之首，受众对象为凌云翰、方回、汪炎昶3人；唐询被追和20次，受众为王艮、段天佑2人。受众范围均较有限。

苏轼和陶渊明是受众范围颇广的两位诗人，也是元人追和活动中"热点"诗人的典型代表。元人追和苏轼诗歌者，有方回、舒岳祥、王恽、于石、杨本然、方夔、龙仁夫、刘诜、胡助、萨都剌、张雨、陈谦、杨维桢、郑元祐、柯九思、倪瓒、危素、赵㧑、释来复、许有壬、李晔、郑涛、朱思本23人；追和陶渊明诗者有舒岳祥、郝经、王恽、方回、戴表元、仇远、牟巘、方夔、刘因、程钜夫、黎廷瑞、任士林、安熙、方风、于石、释梵琦、吴莱、唐桂芳、戴良、林弼、谢肃、张㬎22人，受众群体极为宏大。其中元人和陶诗尚存333首，占元人和先唐诗歌总数的

98.81%、和诗总量的 32.74%，占比不可谓不高。在元人追和先唐诗人作品中，除却张雨作《春雨谣效谢灵运善哉行仍依韵》追和谢灵运《善哉行》、宋褧《追和何谢铜雀台妓》追和何逊《铜雀妓》、谢朓《同谢谘议咏铜雀台》，以及将江淹杂诗《陶徵君潜田居》误作陶诗追和的陈著《次韵弟观用陶元亮归田园居韵》和郝经《归园田居六首》（其六）外，余皆为和陶渊明而作。元人对陶渊明、苏轼的喜爱崇尚溢于言表。

陶、苏外，杜甫也是元人追和活动中的热点诗人。虽然现今留存的和杜诗较少，仅存王奕《和杜少陵望岳一首》、古清《先生命题追和古柏行》等数首，但其时元人对杜诗颇为喜爱，不仅好以杜诗分题分韵以唱酬①，追和杜甫诗歌也颇为盛行。如追和杜甫《古柏行》诗，且存诗《先生命题追和古柏行》的许古清，其时参与的追和活动尤为盛大。据明人程敏政《新安文献志》载吟社司盟元进士黎芳洲批语，这次活动"和者百余人"②，其受众范围不可谓不广大。凡此皆可见知元人在追和活动中对陶渊明、杜甫、苏轼等热点诗人及其诗歌的喜爱。

热点诗人外，热点诗作也是探讨元人追和诗不可忽视的话题，并非热点作家的诗作皆受到元人的同等喜爱。在上述追和作家中，入选热点作品最多的非陶渊明莫属。如陶渊明《九日闲居》诗，王恽、方回、郝经、刘因、方风、释梵琦等皆作诗追和；陶诗《九月九日》，王恽、郝经、方回、牟巘、舒岳祥、刘因、黎廷瑞、谢肃等有和；陶诗《饮酒》，郝经、王恽、刘因、方回、安熙、戴良等皆和。另陶渊明《归园田居》《拟古》《咏贫士》《移居》《杂诗》《读山海经》《咏荆轲》等诗，皆是元人追和活动中的热门诗作。陶渊明外，唐之杜甫、綦毋潜、许浑、孟郊等，宋之苏轼等诗人作品颇受元人喜爱。如前文提及杜甫之《古柏行》，和者百余人。綦毋潜《宿龙兴寺》，赵孟頫《大都遇平江龙兴寺僧闲上座话唐綦毋潜宿龙兴寺诗因次其韵》、陈植《龙兴寺》、虞堪《用唐綦毋著作留题龙兴寺诗韵赠长老闲公白云》、虞集《用唐綦毋著作韵送闲白云长老还吴》、汪泽民《游龙兴寺和綦毋潜著作韵》、释妙声《龙兴白

---

① 参前文"元代分题分韵诗的创作机制及其诗学观念"一节。

② （明）程敏政：《新安文献志》，《景印文渊阁四库全书》集部第 1375 册，台湾商务印书馆 1989 年版，第 685 页。

云禅师挽词》等均和。苏轼《虎丘寺》，萨都剌《经姑苏与张天雨杨廉夫郑明德陈敬初同游虎丘山次东坡旧题韵》、张雨《和杨廉夫游虎丘仍次东坡先生韵》、陈谦《虎丘三首郑君明德偕廉夫伯雨诸公同赋次东坡先生韵》、杨维桢《游虎丘与句曲张贞居遂昌郑明德毗陵倪元镇各追和东坡留题石壁诗韵》、郑元祐《与张天雨杨廉夫陈子平诸公游虎丘次东坡韵》等皆和。另许浑《凌歊台》、孟郊《苏州昆山惠聚寺僧房》等诗亦是元人追和的热点诗作，多次受到元诗人的追和。

二 元人追和诗的创作动机

人类的一切活动都是出于某种需要的满足，艺术创作也不例外。"艺术家创作艺术作品，都要受一定的创作动机或者说是创作意图的支配"[1]，追和诗的创作也遵循这一规律。元人在分题分韵、同题等酬唱外，选择缺少与酬唱者面对面互动交流的诗歌追和自有其文化因素。简言之，元代诗人词客的追和诗写作，既与时人逞才使气、竞技争雄的心理以及相似际遇引发情感共鸣下排遣自释的需求相关，也是元人仰慕先贤、取法学习的结果。

（一）仰慕先贤、取法学习

追和诗的创作动机之一，即是出于仰慕先贤、取法学习的需求。文学史上首位大量作诗追和古人且对追和诗的发展有着重大推动作用的苏轼，曾交代其追和古人的缘由："吾于诗人，无所甚好，独好渊明之诗。渊明作诗不多，然其诗质而实绮，癯而实腴，自曹、刘、鲍、谢、李、杜诸人，皆莫及也。吾前后和其诗凡一百有九篇。至其得意，自谓不甚愧渊明。……然吾于渊明，岂独好其诗也？如其为人，实有感焉。渊明临终《疏》告俨等：'吾少而穷苦，每以家弊，东西游走，性刚才拙，与物多忤。自量为己，必贻俗患，俯仰辞世，使汝等幼而饥寒。'渊明此语，盖实录也。吾真有此病，而不早自知，平生出仕以犯世患，此所以深愧渊明，欲以晚节师范其万一也。"[2] 苏轼对陶渊明的仰慕可归为两点：

---

[1] 杨家安、杨桦：《艺术概论》，吉林美术出版社1994年版，第41—45页。
[2] （宋）苏轼著，李之亮笺注：《苏轼文集编年笺注》卷六〇《与子由弟十五首之十四》，巴蜀书社2011年版，第77页。

一是折服于陶诗"质而实绮,癯而实腴"的诗学技法;二是对陶渊明乐观豁达、安贫乐道处世哲学的认同。苏轼追和陶诗便是出于效法陶潜诗学与恬淡旷远的襟怀,希冀"师范其万一",不愧于渊明。

苏轼因仰慕与效法而追和的创作动机为元人继承和发展。元初郝经是追和陶渊明诗歌的代表性诗人,其《和陶诗序》云:"三百篇之后,至汉苏、李始为古诗,逮建安诸子,辞气相高,潘、陆、颜、谢,鼓吹格力,复加藻泽,而古意衰矣。陶渊明当晋、宋革命之际,退归田里,浮沈杯酒,而天资高迈,思致清逸,任真委命,与物无竞,故其诗跌宕于性情之表,直与造物者游,超然属韵,庄周一篇,野而不俗,澹而不枯,华而不饰,放而不诞,优游而不迫切,委顺而不怨怼,忠厚岂弟,直出屈、宋之上,庶几颜氏子之乐,曾点之适,无意于诗而独得古诗之正,而古今莫及也。"① 郝经追和陶诗的前提,是建立在陶渊明的人格魅力和诗歌创作基础之上的。在郝经看来,陶渊明虽处晋宋革命之际,却不随俗步,毅然退归田里,遗世独立、超然物外的人格形象凸显无疑。在诗歌创作上,陶渊明与鼓吹格力、崇尚藻泽的潘岳、陆机、颜延之、谢灵运等不同,陶氏无意于诗却得古意之正,古今莫及也。故而"去国几年,见似之者而喜,况诵其诗,读其书,宁无动于中乎?"② 郝经对追和对象评价之高,最终促成和陶诗的写作。郝经之外,诗僧释梵琦亦好和古人诗,其《西斋和陶集》堪为代表。朱右为序评介:"自夫王泽既息,大雅不作,郢骚之怨慕,长门之幽思,李陵、苏少卿之离别,曹、刘、鲍、谢之风谕,亦足以传诵者,各适其情而已尔。陶渊明当晋祚将衰,欲仕则出,一不获志,则幡然隐去,夫岂有患得失之意与? 故其发于言也,情而不肆,澹而不枯。后之人虽极力做效而不可得,趣不同也。"③ 释梵琦追和活动的发生,未出崇拜先贤、取法学习之藩篱。又书画名家倪瓒作《追和苏文忠公墨迹卷中诗韵八首》,乃倾慕苏轼书法诗意:"纵横邪直,虽率意而成,无不如意。……圜活遒媚,或似颜鲁公,或似徐季海,

---

① (元)郝经著,田同旭校注:《郝经集校勘笺注》,三晋出版社2018年版,第480—481页。

② (元)郝经著,田同旭校注:《郝经集校勘笺注》,三晋出版社2018年版,第481页。

③ (元)朱右:《西斋和陶诗序》,李修生主编:《全元文》第50册,江苏古籍出版社1998年版,第529—530页。

盖其才德文章溢而为此，故絪缊郁勃之气，映日奕奕耳。若陆柬之、孙虔礼、周越、王著，非不善书，置之颜鲁公、杨少师、苏文忠公之列，如神巫之见壶丘子矣。"① 此评价不可谓不高。

事实上，不仅元人因追慕、借鉴而和前人诗作，元人诗作也因出彩可取而受后人仰慕追和。如冯子振观赵孟𫖯画梅，一夜作《庭梅》《观梅》《古梅》《老梅》《孤梅》《瘦梅》等百篇，释明本走笔作数百篇以和。冯、释二人《梅花》唱酬深受后世文人喜爱，纷纷赋诗追和。如明人文徵明《梅花百咏》、魏复《和〈梅花百咏〉》、童琥《和〈梅花百咏〉手稿》、朱权《赓和中峰诗韵》、王达《和中峰和尚〈梅花百咏〉》、曾仲质《和冯海粟〈梅花百咏〉》等。《梅花百咏》如此受人追捧，与其艺术品格得到认同无不关系。明朱有燉《诚斋梅花百咏诗序》称释明本《梅花百咏》："百篇同韵，皆清新俊逸，不减唐人之格调也""同用一韵而成百篇，颇以意匠经营为奇耳。"② 章琥（童琥）《和梅花百咏诗引》："嗣是和之者代有其人，往往皆称不日而成，其才思敏捷如此，较诸驽劣迟钝，不大有径庭矣乎？……以愚意参之，大抵诗在乎体物写情，惟可兴可观，得风人之绪余，一唱三叹而有遗音者为尚，迟速不在所校也。"③ 可见，这一追和文化现象的产生，亦是出于先贤珠玉在前，后世文人仰慕、取法所致。

（二）竞技争雄、赶超前人

追和诗的创作，还与元人与前人竞技争雄、赶超前人的心理相关。唱酬诗自被频繁用于社会交往以来，自然免不了逞才斗胜、竞技炫才之意。唐代盛极一时的白居易与元稹，诗歌唱酬时往往"穷极声韵""以难相挑"④；皮日休与陆龟蒙唱酬以追求险怪、纤巧冷僻为胜；宋苏轼"示才以过人"⑤，以及欧阳修、梅尧臣"少低笔力容我和，无使难追韵高绝"⑥

---

① （元）倪瓒著，江兴佑点校：《清閟阁集》卷八，西泠印社2012年版，第275页。
② （明）朱有燉：《诚斋梅花百咏》，《明别集丛刊》第一辑第34册，影印明宣德刻本，黄山书社2013年版，第129页。
③ （明）章琥：《和梅花百咏诗稿》，明刻本卷首序。
④ （唐）元稹撰，冀勤点校：《元稹集》（修订本），中华书局2015年版，第727页。
⑤ （清）王夫之：《清诗话》，上海古籍出版社1963年版，第929页。
⑥ （宋）欧阳修撰，刘德清、顾宝林、欧阳明亮笺注：《欧阳修诗编年笺注》卷七《病中代书奉寄圣俞二十五兄》，中华书局2012年版，第722页。

等酬唱,均呈逞才斗胜的特点,竞技性、游戏性尤为浓厚。元人追和诗的创作,虽未至"以难相挑"等地步,但有感前代追和诗未得原唱精髓,竞技争雄的心理依然存在。如苏轼写下大量的和陶诗,自以为"至其得意,自谓不甚愧渊明"①。元好问晚年对此颇有微词:"东坡和陶,气象只是坡诗,如云'三杯洗战国,一斗消强秦',渊明决不能办此。独恨'空杯亦尝持'之句,与论无弦琴者自相矛盾。别一诗云:'二子真我客,不醉亦陶然。'此为佳。"②认为苏轼未得陶潜之遗意。元人朱右也说:"后之人虽极力仿效而不可得,趣不同也。苏子瞻方得志为政,固未始尚友渊明,逮其失意,中更忧患,乃有和陶之作,岂其情也耶?予尝窃有憾焉。"③苏轼为元前和陶诗的代表性诗人,其和陶之作也未合陶渊明之意。当然,亦有对此持不同意见者。如张养浩《和陶诗序》:"余尝观自古和陶者凡数十家,惟东坡才盛气豪,若无所牵合,其它则规规模仿,政使似之,要皆不欢而强歌,无疾而呻吟之比,君子不贵也。余年五十二,即退居农圃,日无所事,因取陶诗读之,乃不继其韵,惟拟其题以发己意,可拟者拟,不可者则置之,凡得诗如干篇。既以祛夫数百年滞泥好胜之弊,而又使后之和诗者得以挥毫自恣,不窘于步武。《春秋》之法大复古,则余之倡此,他日未必不见赏于识者云。"④张养浩认为前代和陶诗唯东坡才盛气豪。其追和诗的创作,源于不满前人追和或作无疾呻吟之作,或步武模范、亦步亦趋,或拘于语韵而去古滋远,未得作诗陶写性情,发言为诗之本。故而和意不和韵,追和陶诗以祛百年滞泥好胜之弊。张养浩因不满前人作品而追和,其诗亦未能摆脱较技争雄的一面。

元人追和以逞才竞技,一方面是因前代追和诗未尽人意;另一方面也是受元代文人自信心影响所致。元代文人尤其是元中期的诗家对本朝的文学艺术颇为自信,不仅坚信"一代之兴,必有一代之人才"⑤,还认

---

① (宋)苏轼著,李之亮笺注:《苏轼文集编年笺注》卷六〇《与子由弟十五首之十四》,巴蜀书社2011年版,第77页。

② (金)元好问著,狄宝心校注:《元好问文编年校注》,中华书局2012年版,第1446页。

③ (元)朱右:《西斋和陶诗序》,李修生主编:《全元文》第50册,江苏古籍出版社1998年版,第530页。

④ 李修生主编:《全元文》第24册,江苏古籍出版社1998年版,第586页。

⑤ 丁放:《元代诗论校释》,中华书局2020年版,第793页。

为"皇元混一以来，诸国人以诗文鸣者，前代罕有"[1]。自认为元代诗人不落于唐宋诸家。如戴良《皇元风雅序》云："唐诗主性情，故于《风》、《雅》为犹近，宋诗主议论，则其去《风》、《雅》远矣。然能得夫《风》、《雅》之正声，以一扫宋人之积弊，其惟我朝乎！我朝舆地之广，旷古所未有，学士大夫乘其雄浑之气，以为诗者，固未易一二数。然自姚、卢、刘、赵诸先达以来，若范公德机、虞公伯生、揭公曼硕、杨公仲弘，以及马公伯庸、萨公天锡、余公廷心，皆其卓卓然者也。至于岩穴之隐人，江湖之羁客，殆又不可以数计。"[2] 蒋易又云："观当代作者之诗，昌平何得之、浦城杨仲弘、临江范德机、永康胡汲仲、蜀郡虞伯生、东阳柳道传、临川何太虚、金华黄晋卿诸稿，典丽有则，诚可继盛唐之绝响矣。"[3] 杨维桢亦言："我朝古文殊未迈韩、柳、欧、曾、苏、王，而诗则过之。郝、元初变，未拔于宋；范、杨再变，未几于唐。至延祐、泰定之际，虞、揭、马、宋诸公者作，然后极其所挚，下顾大历与元祐，上逾六朝而薄风雅。吁！亦盛矣。"[4] 杨翮《九曲韵语序》云："元兴，作者间起，比年矣，四方之士雷动响应，其所歌咏，下者齐盛唐，高乃与汉魏等，伟乎其雄杰也。"[5] 在元人看来，元初元诗或有不及宋之处，但元中期以来，以虞集、揭傒斯、马伯庸等为代表的诗人亦不逊于盛唐诸家，甚至隐隐有超越盛唐之势，其风雅之正直追汉魏六朝。正是在经济的极度繁荣以及政治文化等多元宽松的环境下，元人便有了与魏晋六朝、唐、宋诗家竞技争雄、一较长短的自信心理，追和前人便成为了较技的方式之一。

（三）际遇类似、追和自释

元人的诗歌追和，还因与前人有着相似的人生遭遇有关。相似的遭遇容易引发相同的情感体验，往往产生情感共鸣，诗歌追和便成为沟通前人，排遣自释的重要方式。如王恽《和渊明归田园序》交代和陶诗的缘由："庚寅冬，余自闽中北归，年六十有五。老病相仍，百念灰冷，退

---

[1] （元）欧阳玄：《金台集叙》，李修生主编：《全元文》第34册，江苏古籍出版社1998年版，第449页。
[2] 丁放：《元代诗论校释》，中华书局2020年版，第844页。
[3] 丁放：《元代诗论校释》，中华书局2020年版，第792页。
[4] 丁放：《元代诗论校释》，中华书局2020年版，第621页。
[5] 丁放：《元代诗论校释》，中华书局2020年版，第900页。

闲静处,乃分之宜。辛卯三月十七日,风物闲暇,偶游溪曲,眷彼林丘,释然有倦飞已焉之念。城居嚣杂,会心者少,因和渊明《归田园》诗韵以寓意云。"① 即是与陶渊明一样有着对官场俗世生活的厌倦以及复归田园美好风光的情感共鸣。又郝经出使宋廷,为贾似道拘禁于真州,其自言:"至辛未十二年矣,每读陶诗以自释。是岁因复和之,得百余首。"② 亦是借陶渊明身处政治极端黑暗时代,仍能与黑暗势力保持距离,保持精神和思想的独立与自由,并以乐观豁达的心态去应对一切的苦难和不幸来消解自我的困苦。刘因追和陶渊明《有会而作》,《序》云:"今岁旱,米贵而枣价独贱。贫者少济以黍食之,其费可减粒食之半。且人之与物,贵贱亦适相当,盖亦分焉而已。因有所感而和此诗。"③ 陶诗《有会而作》是作者晚年生活贫困,加之天灾影响的有感之作。李孝光作《读韩信传因和李白赠新平少年韵》追和李白,盖因两人对韩信的人生遭遇有着相似的认识和体验:"信之所以成功,以能忍也。惜其能忍于胯下之辱,而不能忍假齐之请,遂令功名不终,亦可悲矣。余观《太史公书》,追羽垓下事。是时汉高方为王而书帝,信犹为齐王而书淮阴,其意微矣。反覆读之,令人叹息不已。太白诗云:'韩信在淮阴,少年相欺凌。屈体若无骨,壮心有所凭。一遭龙颜君,啸叱从此兴。千金答漂母,万古共嗟称。而我竟何为,寒苦坐相仍。长风入短袂,两手如怀冰。故友不相恤,新交宁见矜。摧残槛中虎,羁绁鞲上鹰。何时腾风云,搏击中作能。'"④ 又如南宋诗人范成大,晚年退居家乡石湖,写下了反映农村田园春、夏、秋、冬四个季节的不同景致和农村生活苦与乐的《四时田园杂兴六十首》,元末凌云翰作《次韵范石湖田园杂兴诗六十首》诗追和。据其诗序交代,凌云翰"素有田园之趣,每观范石湖《杂兴诗》,欲尽和之,未能也"⑤。后隐于苕溪梅林村,"感与时并,事因景集"⑥,遂

---

① (元)王恽著,杨亮、钟彦飞点校:《王恽全集汇校》,中华书局2013年版,第157页。
② (元)郝经著,田同旭校注:《郝经集校勘笺注》,三晋出版社2018年版,第480页。
③ 杨镰主编:《全元诗》第15册,中华书局2013年版,第33—34页。
④ (元)李孝光撰,陈增杰校注:《李孝光集校注》(增订本),浙江古籍出版社2016年版,第109页。
⑤ 杨镰主编:《全元诗》第62册,中华书局2013年版,第337页。
⑥ 杨镰主编:《全元诗》第62册,中华书局2013年版,第338页。

发言为诗，取石湖诗韵尽和之。凌云翰和诗"庶寓山歌野曲之意"①，览者可知其"田园归隐会有时，麦饭饱餐茅屋底"②的隐逸志向。再如戴表元《自居剡源少遇乐岁辛巳之秋山田可拟上熟吾贫庶几得少安乎乃和渊明贫士七首与邻人歌而乐之》、危素《邓叟时可大寒中见过语余曰余今六十八岁矣有一子在闽三年无消息顾贫且病无所依倚不能无求于世余悲之欲济之橐无一金相对叹息追和苏子赠扶风逆旅诗载之简轴不以送叟》等诗，其诗题已交代追和缘由：或"少遇乐"或"贫且病""无所依倚"，无不是相似的遭遇引发与前人的情感共鸣，最终追和古人以排遣、自释。

三 元代追和诗的诗学史意义

追和诗作为一种特殊的文学创作方式，其文学文化意义不容忽视。有学者探讨和陶诗时指出："和陶是一种很特殊的、值得注意的现象，其意义已经超出文学本身。和陶并不是一种很能表现创作才能的文学活动，其价值主要不在于作品本身的文学成就，而在于这种文学活动的文化意蕴。"③这种文化意蕴不仅仅局限于和陶诗，其他追和诗也莫不如此。事实上，不论元代诗人出于何种目的追和前人，其创作势必包含了追和者对原作的阅读、理解、阐释、接受、批评、宣扬、反思，这对元人诗歌素养的提升、元代多元化诗学体系的建构以及文学经典化的形成具有重要的促进作用。

（一）元人诗学素养的提升

诗歌追和有助于接受者诗歌素养的提升，这是由追和诗创作的文化语境决定的。元人或出于仰慕学习、或竞技赶超、或情感共鸣而作诗追和，在作诗追和前，必然对原作进行深度阅读、解构。刘勰《文心雕龙·知音》云："夫缀文者情动而辞发，观文者披文以入情，沿波讨源，虽幽必显。世远莫见其面，觇文辄见其心。"④诗歌追和不仅可使接受者披文以见原作之心，原作的题材选择、结构安排、典故运用、遣词造语、

---

① 杨镰主编：《全元诗》第62册，中华书局2013年版，第338页。
② 杨镰主编：《全元诗》第62册，中华书局2013年版，第422页。
③ 袁行霈：《论和陶诗及其文化意蕴》，《中国社会科学》2003年第6期，第149页。
④ （南朝梁）刘勰著，黄叔琳注，李详补注，杨明照校注拾遗：《增订文心雕龙校注》，中华书局2012年版，第589页。

意境营造、情感抒发、诗歌风格等也会受到接受者的关注，并对接受者产生或明或暗的重要影响。如对文人唱和的推广有着重要贡献的白居易曾言："每被老元偷格律，苦教短李伏歌行。"①虽有戏谑的成分，却道出白居易与元稹、李绅等人在竞技酬唱活动中相互取法、提升技艺的事实。白居易在《与刘苏州书》中亦言："得隽之句，警策之篇，多因彼唱此和中得之。"②此种因诗歌唱酬而取法学习以提升诗人诗学素养的例子在元人唱和活动中颇为普遍。虽然追和者因酬唱语境的不同而缺少与唱者面对面的互动交流，但追和亦有分题分韵、同题等不具备的优势，即不受迫于维护酬唱情境的完备而虚应其事，勉力强和。追和者在创作时可突破一般唱和时空的束缚，有充裕的时间和平缓的心态去专研、雕琢，不需在限定的时间内写成，也不必忧虑创作不成或损颜面或受到惩罚。故而，这一状态下的追和者对原作诗歌的解读、学习就更为深刻，更加利于和者诗学素养的提高。

如诗僧释梵琦作有《和渊明九日闲居诗》《和渊明仲秋有感》《和渊明新蝉诗》《居秦川正月初追念畴昔和游斜川》《和怨诗楚调示庞主簿邓治中》等和陶诗，题为《西斋和陶集》一卷，朱右数日读尽，自称"爱其命意措言，妥而不危，隽而不肤，若弗经思虑得者，有陶之风哉"③。朱右对释梵琦和陶诗的评介，用于审视陶诗同样适用，足见陶诗平淡自然、情真味永、浑然天成的诗歌特点对释梵琦诗学素养的影响。又舒岳祥读刘正仲《和陶集》云："自丙子乱离崎岖，遇事触物，有所感愤，有所悲忧，有所好乐，一以和陶自遣，至立程以课之，不二年，和篇已竟，至有一再和者，尽橐以遗予。予细味之，其体主陶，其意主苏。特借题以起兴，不窘韵而学步。于流离奔避之日，而有田园自得之趣。当偃仰啸歌之际，而寓伤今悼古之怀。迫而裕、乐而忧也，其深得二公之旨哉！"④刘正仲和陶诗融合了陶体苏意，并深得二公之旨。又如曾作大量诗歌追和唐诗僧寒山的释梵琦，也深受寒山诗歌风格的影响，其《和出

---

① （唐）白居易著，谢思炜校注：《白居易诗集校注》，中华书局2006年版，第349页。
② （唐）白居易著，谢思炜校注：《白居易文集校注》，中华书局2011年版，第1877页。
③ （元）朱右：《西斋和陶诗序》，李修生主编：《全元文》第50册，江苏古籍出版社1998年版，第530页。
④ 李修生主编：《全元文》第3册，江苏古籍出版社1998年版，第233页。

家要清闲》"举世重黄金，黄金未为贵。争如无事人，乐道山林里。一等称佛子，将身徇财利。纤毫不放过，赢得神憔悴。圆顶披袈裟，末梢乖本志。怙终无悔心，有处安着汝"① 等诗与"不拘格律，直写胸臆，或俗或雅，涉笔成趣"② 的寒山诗如出一脉。再如前文列举之许古清等百余人追和杜甫《古柏行》诗，诗成集卷，黎廷瑞评介其诗"韵妥意贯，结语亦奇，殊不易得"③。黎氏所谓"结语亦奇"，即是许古清等人继承杜甫援民歌古调入律诗，打破律诗固有的音韵和谐，造成一定的拗口之感，形成一种奇崛奥峭、大气豪宕的诗歌风格。凡此种种，皆反映了元人通过与前人的诗歌追和活动，或学习前人，或与前人竞技，在探索、实践中不断地淬炼自己的诗法技艺，以此提高和丰富自我的诗学素养。

（二）元代诗学体系的多元化建构

诗歌发展到唐宋赫然形成两座难以逾越的高峰，后世诗家在学诗论诗时往往以唐宋为界，各取所需建构诗学体系。钱锺书《谈艺录》对此概括："夫人禀性，各有偏至。发为声诗，高明者近唐，沉潜者近宋，有不期而然者。故自宋以来，历元、明、清，才人辈出，而所作不能出唐宋之范围，皆可分唐宋之畛域。"④ 元去唐宋未远，其诗学的建构亦未能摆脱"唐宋"诗学的影响，且其建构路径之一，即是得益于元人的诗歌追和。

从前文元人追和诗存量分布来看，元人追和诗以唐及唐前为主，留存和唐人诗436篇，居元人追和诗首位；和唐前诗歌337篇，仅次于和唐人诗。二者占追和总数的76.01%，占据元人追和诗的大半壁江山。事实上，元人追和诗的创作倾向和师法取向，与元人诗学建构宗唐得古的诗学主张相切合。如杨士弘《唐音序》云："夫诗莫盛于唐。李杜文章冠绝万世，后之言诗者，皆知李杜之为宗也。至如子美所尊许者，则杨、王、卢、骆；所推重者，则薛少保、贺知章；所赞咏者，则孟浩然、王摩诘；所友善者，则高适、岑参；所称道者，则王季友。"⑤ 对唐诗人诗作极力

---

① 杨镰主编：《全元诗》第38册，中华书局2013年版，第401页。
② （唐）寒山著，项楚注：《寒山诗注·前言》，中华书局2000年版，第15页。
③ （明）程敏政：《新安文献志》，《景印文渊阁四库全书》集部第1375册，台湾商务印书馆1989年版，第685页。
④ 钱锺书：《谈艺录》，中华书局1984年版，第3页。
⑤ 丁放：《元代诗论校释》，中华书局2020年版，第400页。

称赞。苏天爵《西林李先生诗集序》："夫自汉魏以降，言诗者莫盛于唐。方其盛时，李、杜擅其宗，其它则韦、柳之冲和，元、白之平易，温、李之新，郊、岛之苦，亦各能自名其家，卓然一代文人之制作矣。"① 对盛、中、晚唐诗人尤为倾慕。又刘因《叙学》："魏晋而降，诗学日盛，曹、刘、陶、谢，其至者也；隋唐而降，诗学日变，变而得正，李、杜、韩，其至也。"② 欧阳玄《罗舜美诗序》说："我元延祐以来，弥文日盛。京师诸名公，咸宗魏、晋、唐，一去金宋季世之弊，而趋于雅正，诗丕变而近于古"③，等等。元人对魏晋及唐诗家诗作的美誉可见一斑，纷纷奉之为诗学正宗，竞相模拟学习。故而，元人追和先唐陶渊明、谢灵运、何逊、谢朓、江淹及唐之李白、杜甫、孟浩然、丰干、拾得、刘禹锡、寒山、元结等诗家诗作，对元人"宗唐得古"观念的普及和实践便有了重要意义。

不容忽视的是，元人在诗歌取向上虽以宗唐为主流，但对宋金诗人诗作亦兼容并取，并未一味否定。其中以苏轼、黄庭坚、元好问等为代表。如刘壎《隐居通议》云："东坡似太白，黄、陈似少陵，似而又不似也。"④ 其《新编绝句序》又言："欧、苏、黄、陈诸大家，不以不古废其篇什，品诣殆未易言。"⑤ 刘因虽主张作诗当以"六艺"为本，但也认可"不能《三百篇》则曹、刘、陶、谢，不能曹、刘、陶、谢则李、杜、韩，不能李、杜、韩则欧、苏、黄"⑥。周霆震《刘遂志诗序》："魏晋以降，变而辞游气卑而声促，唐初始革其敝，至开元而极盛，李杜外又各自成家。宋世虽不及唐，然半山、东坡诸大篇苍古，慷慨激发，顿挫抑扬，直与太白、少陵相上下。"⑦ 陆文圭《跋陈元复诗稿》："盛唐而下，温李不必学；苏黄而下，江西不必学。下是，非诗矣。"⑧ 方回《诗思十

---

① （元）苏天爵著，陈高华、孟繁清点校：《滋溪文稿》，中华书局1997年版，第62页。
② 丁放：《元代诗论校释》，中华书局2020年版，第250页。
③ （元）欧阳玄著，陈书良、刘娟点校：《欧阳玄集》，岳麓书社2010年版，第87页。
④ （元）刘壎：《隐居通议》，《景印文渊阁四库全书》子部第866册，台湾商务印书馆1989年版，第64页。
⑤ 丁放：《元代诗论校释》，中华书局2020年版，第193页。
⑥ 丁放：《元代诗论校释》，中华书局2020年版，第250页。
⑦ 丁放：《元代诗论校释》，中华书局2020年版，第545—546页。
⑧ 李修生主编：《全元文》第17册，江苏古籍出版社1998年版，第556页。

首》将苏轼、黄庭坚、陈师道、陈与义与陶渊明、杜甫、韩愈、柳宗元并列为十贤;苏轼与陶潜、杜甫、李白题为"释菜四先生"。① 又《学诗吟十首》自注:"南渡后诗人尤延之、萧千岩、杨诚斋、陆放翁、范石湖其最也。"② 上述诸家对宋苏轼、黄庭坚、欧阳修、陈与义等诗人颇为赞赏,将之作为元人师法学习的重要对象。此外,金人元好问、赵秉文等也颇有可取之处。如元中后期虞集说:"国初,中州袭赵礼部、元裕之之遗风,宗尚眉山之体。"③ 清人顾嗣立亦言:"北方之学变于元初,自遗山以风雅开宗,苏门以理学探本,一时才俊之士,肆意文章,如初阳始升、春卉方茁,宜其风尚之日趣于盛也。"④ 皆指明元好问、苏轼等人对元初王恽、方回、戴表元等诗人的影响。这与元人的诗歌追和倾向是相一致的。元人留存追和宋金诗作142篇,虽仅占追和总数的13.96%,却涉及范成大、苏轼、黄庭坚、陆游、陈与义、朱熹、王安石、马云、文天祥、元好问等宋、金诗人诗作。可见,元人追和诗的创作,是对元人"宗唐得古"主流诗学外,又取法宋金诗家的诗学理论的实践,二者的合力为元诗学的多元化建构奠定了基础。这也是元人有"唐宋之分而无唐宋之争"⑤的诗学意义所在。

(三) 助力文学经典化的形成

文学经典的形成,一方面得益于文学经典本身的独特艺术价值和文学意义;另一方面也离不开读者的阅读、阐释、接受、建构和宣扬。读者如何去阅读、接受并宣扬文学文本就变得尤为重要。在我国古代文学发展史中,追和与集句、拟作、效作等是读者向先贤取法学习的重要方式,但追和又与拟作、集句、效作等颇为不同,在文学接受方面更具效用。如袁行霈指出追和与拟古的不同:"拟古是学生对老师的态度,追和则多了一些以古人为知己的亲切之感。拟古好像临帖,追和则在临习之外多了一些自由挥洒、表现个性的空间。"⑥ 正是追和具

---

① 杨镰主编:《全元诗》第6册,中华书局2013年版,第540页。
② 杨镰主编:《全元诗》第6册,中华书局2013年版,第537页。
③ 丁放:《元代诗论校释》,中华书局2020年版,第397页。
④ (清)顾嗣立:《元诗选 初级》,中华书局1987年版,第444页。
⑤ 查洪德:《元代诗学"主唐""宗宋"论》,《晋阳学刊》2013年第5期,第124页。
⑥ 袁行霈:《论和陶诗及其文化意蕴》,《中国社会科学》2003年第6期,第150页。

有更为广阔的表现空间，致使诗家多借助追和以取法古人，最终形成诗歌追和风尚。

值得注意的是，当诗家频繁地追和某一作家的作品时，往往会引起读者的阅读兴趣，增加追和对象及其作品的知晓率，进而扩大作品的普及范围和受众群体，最终形成文化热点并促进文学文本的经典化。如陶诗的经典化历程即是明证。在今天看来，陶诗贵为文学经典已不容置疑，但在南北朝时期，陶渊明更多是以隐逸者的形象出现，陶渊明诗人身份虽在一定范围内得到认同，但在其时的文学场域中仅居于二流地位。如钟嵘《诗品》以上、中、下三品对122位诗人诗作进行品评，陶诗仅列中品，居于李陵、班婕妤、曹植、刘桢、王粲、阮籍、陆机、潘岳、张协、左思、谢灵运等人之后，位列第35位次。萧统《文选》选陶诗7题8首，入选诗歌数量位于陆机52首、江淹32首、曹植25首、谢灵运40首、颜延之21首、谢朓21首、鲍照18首、阮籍17首、沈约13首、王粲13首、左思11首、张协11首、刘桢10首、潘岳10首之后。唐宋时期，陶诗逐渐受到重视，涌现出一批效陶、拟陶、和陶之作，如崔颢《结定襄郡狱效陶体》、韦应物《效陶彭泽》《与友生野饮效陶体》、白居易《效陶潜体诗十六首》、曹邺《山中效陶》《田家效陶》、梅尧臣《拟陶体三首》《拟陶潜止酒》等，但对陶诗的传播和影响有限。真正让陶诗声名大振的是苏轼对陶渊明的宣扬。苏轼作和陶诗109首，开启了陶诗经典化历程的新起点，和陶风气也随之兴起。苏轼之后，元代诗人也酷爱追和陶诗，继续推动陶诗的经典化进程。据笔者统计，现今见存的元人和陶诗有舒岳祥6首、郝经117首①、王恽3首、方回23首、戴表元10首、仇远1首、牟巘10首、方夔2首、刘因76首、程钜夫1首、黎廷瑞1首、任士林1首、安熙8首、方凤1首、于石1首、释梵琦8首、吴莱7首、唐桂芳2首、戴良51首、林弼1首、谢肃1首、张昱2首。尤其是郝经的117首和陶诗，在数量上已超越苏轼对陶诗的追和，为宋元和陶诗人之最，是陶诗经典化历程上的代表性诗人之一。当然，元代和陶诗远不止上述列举。翻检《全元文》等，可得刘庄孙《和陶诗》一卷、雷齐

---

① 郝经《陵川集》留存"和陶诗"118首，但《归园田居六首》之六乃误和江淹《陶徵君潜田居》，非和陶渊明诗，故不计入。

贤《和陶诗》三卷、蔡安仲《和陶集》三卷、张北山《和陶集》、吕充隐《和陶诗》、叶烶《和陶集》等追和诗集；另张养浩、郑思肖、丁叔才、王寓庵等也有和陶诗，惜其皆已亡佚不存。这些诗人在追和陶诗前，不仅需要熟读陶诗原作，其他和陶诗作也需细读，如张养浩追和陶诗之前，即"尝观自古和陶者凡数十家"[1]，后才有和陶诗作。正是元人"佩兰餐菊读离骚，间和陶诗饮浊醪"[2] "饱饭和陶诗"[3] "闲得功夫细和陶"[4]的不懈努力，促进了诗家对陶诗的解读、阐释、传播和宣扬，延续并推动了和陶风气的盛行。为后世明清诗人对陶诗提出不同的认识，延续元人的和陶传统，持续推动对陶诗的经典化建构提供了参考。

陶诗之外，元人的诗歌追和还促进了诸如谢灵运、何逊、谢朓、江淹、孟浩然、王维、丰干、拾得、寒山、李白、杜甫、元结、吕岩、罗隐、任翻、綦毋潜、刘禹锡、白居易、赵嘏、许浑、项斯、李绅、李频、韩愈、李正封、杜荀鹤、杜牧、韦应物、孟郊、张祜、唐询、戎昱、元稹、苏轼、黄庭坚、陆游、陈与义、朱熹、王安石、马云、文天祥、元好问等诗人诗作的传播和经典化。如元人追和苏轼，和者达23人之众，涉及苏轼《虎丘寺》《聚星堂雪》《和陶己酉岁九月九日》《愧岁》《守岁》《别岁》《十一月二十六日松风亭下梅花盛开》《木兰花令 四时词》《春日》《书王定国所藏〈烟江叠嶂图〉》等原唱诗歌，开启了异代和苏轼的先例。又对唐诗僧寒山、丰干、拾得三圣诗的传播与宣扬，释梵琦从而步韵，开追和三圣诗之风，明末石树通禅师继和，清康熙年间和刊为《天台三圣诗集和韵》。三圣诗的经典化，释梵琦当居首功。若无释梵琦的追和，就没有石树通阅读几人诗时"不知三圣之为楚石，楚石之为三圣"[5]之现象，也不会有石树通拈三圣韵而为诗，更无后人评介石树通的追和诗，"咀嚼寒山诸人言句，忍俊不禁，复为步和。……较之楚石，

---

[1] （元）张养浩：《和陶诗序》，李修生主编：《全元文》第24册，江苏古籍出版社1998年版，第586页。

[2] 杨镰主编：《全元诗》第13册，中华书局2013年版，第61页。

[3] 杨镰主编：《全元诗》第13册，中华书局2013年版，第299页。

[4] 杨镰主编：《全元诗》第2册，中华书局2013年版，第311页。

[5] （唐）寒山著，项楚注：《寒山诗注·和天台三圣诗叙》，中华书局2000年版，第987页。

可谓后来居上，压倒元白"①的文学成就，以及石树通"俟后五百年，或复有人焉读之和之"②的期盼。可见，元人的诗歌追和在宣扬、传播原唱作品，助力其经典化方面具有不可替代的作用。

总之，元人的诗歌追和是元代诗歌繁荣发展中不可忽略的一环。追和诗独特的酬唱语境赋予诗歌创作别样的文化意蕴，蕴含着元代诗人的情感取向和艺术崇尚。元诗人通过诗歌追和取法前人，不仅有助于元人诗学素养的丰富和元代诗学多元化的建构，同时也利于追和风尚的盛行和追和文化的发展。故而，元代追和诗的诗学意义不应被忽视。

第三节 和韵、联句、同题等主要创作方式

分题分韵、追和外，和韵、同题、联句等也是元诗人酬唱交往中常用的诗歌创作形式。和韵有依韵、用韵、次韵体式，其中元人以次韵为主，多数题为依韵、用韵者实为次韵。同时，元人为加大难度，增加游戏性和趣味性，偶有回文次韵、倒韵、反和等和韵变形形式。和韵对诗歌体裁和用韵要求严格，和诗需严格遵守唱诗体制，但和韵不受同题、分题分韵等集体酬唱语境的制约，不受时空、场域的限制。联句由多人共同完成一首诗歌的创作更利于作者间艺术理论的交流和艺术心理的融合。元代的联句唱和多小规模的集体赋作，参与人数较少；联句形式主要有一人一句、一人两句、一人四句以及跨句联几种；元人既有绝句、律诗等篇幅较短的小型联句，也有篇制浩大的长篇古体、排律巨制。元代同题盛行且规模浩大，这是由元人一切主题皆可同题酬唱的爱好以及同题适用范围广、自身相对灵活的体式韵字以及元代科举的不盛等决定的。此外，元代同题酬唱具有较强竞技性和游戏性，相同的主题易于形成相近的诗歌风格及情感倾向等特色。本节试分述之。

一 和韵

和韵与分题分韵诗隶属不同韵部韵字不同，是指在酬唱语境中和诗

---

① （唐）寒山著，项楚注：《寒山诗注·和天台三圣诗叙》，中华书局2000年版，第986页。

② （唐）寒山著，项楚注：《寒山诗注·和三圣诗自序》，中华书局2000年版，第987页。

依据唱诗韵脚来写作。宋人严羽《沧浪诗话·诗评》云："和韵最害人诗，古人酬唱不次韵，此风始盛于元白皮陆。"① 在唐前文人的交往酬唱活动中，文人之间的此唱彼和较为自由，并未对和诗用韵作限定。随着诗歌声律化的日益成熟和定型，经唐人元稹、白居易、陆龟蒙、皮日休等诗家对和韵唱酬的发展和推动，一时风尚大盛，影响甚巨。宋代苏轼、黄庭坚等诗人步武前贤，继续投入到和韵唱酬诗歌的写作实践。元代诗人接踵前人，好以和韵酬唱。元人和韵诗的写作，其用韵情况主要有两种：一是通过诗题、诗序、自注等指明用韵；二是诗题仅标示"和""和诗""拟"等字样，未言明和诗用韵情况。事实上，元人和韵诗体有三：即依韵、用韵和次韵。其中次韵唱酬最为普遍，是和韵诗歌中占比较大的创作形式，尤受元代诗人喜爱。

依韵，是指"同在一韵中而不必用其字也"②，即和诗只需与唱诗同在一韵部，无需用原韵字。如郝经追和陶诗《拟古九首》（其七）："忆昔山中春，谷风扇微和。幽人坐孤石，好鸟相和歌。冷泉有清音，音响一何多。回复步涧芳，有时堕林花。田家携酒来，奈此高兴何？"③郝诗通押"花""麻"韵，韵字为"和""歌""多""花""何"。陶渊明唱诗《拟古九首》之七云："日暮天无云，春风扇微和。佳人美清夜，达曙酣且歌。歌竟长叹息，持此感人多。皎皎云间月，灼灼叶中华。岂无一时好，不久当如何？"④二诗皆在同韵，韵字却颇有不同。陶诗韵字为"和""歌""多""华""何"。"花""华"虽属同韵，韵字却不一。再如龙仁夫作《三峡桥和东坡韵》和苏轼《庐山二胜并叙·栖贤三峡桥》诗，其诗曰："笋舆写青崖，驶若风船溜。掀髯三峡岭，笑附万蚁斗。双龙忽何之，萧萧帝左右。我来得清寒，冰雪才满窦。重岩閟太阴，倒挂愁猿狖。下有碧琉璃，泠抱饥虬瘦。琅琅入僧箪，缥缈云烟奏。

---

① （宋）严羽著，郭绍虞校释：《沧浪诗话校释》，人民文学出版社1983年版，第193—194页。

② （明）徐师曾著，于北山、罗根泽校点：《文体明辨序说》，人民文学出版社1962年版，第109页。

③ （元）郝经著，田同旭校注：《郝经集校勘笺注》卷七，三晋出版社2018年版，第565页。

④ （晋）陶渊明著，逯钦立校注：《陶渊明集》，中华书局1979年版，第113页。

浏然洗尘心,永射黄门毂。重游二十年,俯仰一昏昼。摩挲病齿牙,自爱玄水漱。"①苏轼《栖贤三峡桥》:"吾闻太山石,积日穿线溜。况此百雷霆,万世与石斗。深行九地底,险一作出三峡右。长输不尽溪,欲满无底窦。跳波翻潜鱼,震响落飞狖。清寒入山骨,草木尽坚瘦。空蒙烟霭间,颉洞金石奏。弯弯飞桥出,潋潋半月毂。玉渊神龙近,雨雹乱晴昼。垂缾得清甘,可咽不可漱。"②二诗均押"宥"韵,龙仁夫诗韵字为"溜""斗""右""窦""狖""瘦""奏""窦""昼""漱";苏诗韵字为"溜""斗""右""窦""狖""瘦""奏""毂""昼""漱"。韵字不尽相同。

用韵是指"用其韵而先后不必次也"③,即和诗须与唱诗同在一韵部,用原韵原字,韵字先后次序不作限定。如许谦《用潘明之韵赠陶思齐》:"黄花狎秋霜,正色凌寒柯。渊明千载士,风流今几何。云仍踵芳躅,余子不足多。老渔在涧谷,尺水无巨波。远游有壮志,拂剑钟山阿。何当快翱翔,为子击筑歌。"④韵字依次为"柯""何""多""波""阿""歌"。又许谦用前韵作诗《又用韵遣兴》:"秋山撼虚林,秋水扬素波。缓衣踞蟠石,怡眄庭树柯。芳景良可惜,去日亦已多。天寒道路远,奈此两鬓何。兴来勿引酒,醉饮空悲歌。丈夫志有适,慷慨扪太阿。"⑤韵字依次为"波""柯""多""何""歌""阿"。二诗虽皆押"歌"韵,且和诗亦用原韵字,但韵字先后次序并不相同。

次韵是"和其原韵而先后次第皆因之也"⑥,即和诗须与唱诗同在一韵部,用原韵原字且先后次序保持一致。如马祖常尝效仿李商隐作《无

---

① 杨镰主编:《全元诗》第16册,中华书局2013年版,第212页。
② (宋)苏轼撰,(清)王文诰辑注,孔凡礼点校:《苏轼诗集》,中华书局1982年版,第1217页。
③ (明)徐师曾著,于北山、罗根泽校点:《文体明辨序说》,人民文学出版社1962年版,第109页。
④ (元)许谦著,蒋金德点校:《许白云先生文集》,浙江古籍出版社2015年版,第918页。
⑤ (元)许谦著,蒋金德点校:《许白云先生文集》,浙江古籍出版社2015年版,第918页。
⑥ (明)徐师曾著,于北山、罗根泽校点:《文体明辨序说》,人民文学出版社1962年版,第109页。

题》诗四首，马祖常《次前韵》、袁桷《马伯庸拟李商隐无题次韵四首》、柳贯《次韵伯庸无题四首》、薛汉《和马伯庸御史效义山无题四首》等诗次韵以和。兹分别抄录其一以观览：

瓦沟银竹曙翻江，闻苑凉风满石幢。葛令寄来丹白一，陶公归去酒瓢双。梧桐寂寞陈公井，薜荔扶疏玉女窗。天畔帝车呼小凤，桂花流水夜淙淙。

——马祖常《无题》其一①

岷峨山下锦城江，好买玄都翡翠幢。竹种筼筜千万个，鸟飞鹔鹴两三双。铜龙漏下春生水，金马神来雾入窗。花落天台招小隐，胡麻饭熟石淙淙。

——马祖常《次前韵》其一②

金缕歌残月堕江，玉颜曾忆侍油幢。象床云重恩专一，鲸锦波翻赐叠双。春浅正宜毡作幕，夜凉深恨鱿为窗。浣纱可是无灵匹，侧足寒溪溅石淙。

——袁桷《马伯庸拟李商隐无题次韵四首》其一③

贝叶东来不隔江，青瑶刻作宝华幢。龙翰别致三千匹，翠羽生输四十双。天上神闲雷下斧，人间客醉月萦窗。崧南半截云虹色，宜著韩家小石淙。

——柳贯《次韵伯庸无题四首》其一④

羽林垂彩动天江，幕府光联白虎幢。吏法有章皆画一，将坛得士故无双。台中长夏霜凝简，掖内通宵雾锁窗。若使九门容径入，肯思岩隐听流淙。

——薛汉《和马伯庸御史效义山无题四首》其一⑤

马祖常原唱为七言律诗，且首句入律，押"江"韵，韵脚依次为

---

① 杨镰主编：《全元诗》第29册，中华书局2013年版，第350页。
② 杨镰主编：《全元诗》第29册，中华书局2013年版，第351页。
③ （清）顾嗣立编：《元诗选 初集》，中华书局1987年版，第630页。
④ 杨镰主编：《全元诗》第25册，中华书局2013年版，第166页。
⑤ 杨镰主编：《全元诗》第23册，中华书局2013年版，第56页。

"江""幢""双""窗""淙"。马祖常、袁桷、柳贯、薛汉的次韵诗作也皆为七言律诗，首句皆入律，韵部及韵脚排列次序与唱诗无异。毫无疑问，次韵是和韵诗歌中难度较高的创作方式，上述诗作也皆是标准的次韵诗作。但若稍加审视，诗人在创作次韵诗时会尽可能地向原唱诗作看齐。如以尾联的韵脚词组来看，马祖常原唱诗之"夜淙淙"，马氏自和"石淙淙"，袁桷次韵为"溅石淙"，柳贯作"小石淙"，薛汉"听流淙"。马氏自和是最接近原唱的，袁桷与柳贯虽去原唱诗歌稍远，但二诗遣词最近马祖常的自和诗，皆以"石淙"为韵脚组词，薛汉"听流淙"相对去马氏诗歌最远。由此可见，次韵诗的创作是极为考验诗人才力的，和诗诗人作诗时不仅要应和原唱诗意、次韵原唱韵脚，还要精心思索、布局以推陈出新，以求比肩甚至超越原作。故而，要写好次韵诗是极为不易的。唐人元稹曾言与白居易"戏排旧韵，别创新辞，……盖欲以难相挑耳"①的次韵唱酬既是明证。也正因此，次韵也是人们在酬唱创作中逞才炫博、切磋较技的表现方式之一。

在元人的依韵、用韵等和韵诗歌创作中，次韵是最受元诗人青睐的创作形式。除却诗题、诗序、自注等注明次韵之作外，其他标示"和"等字样的和诗多为次韵作品。如梅德明《和汪叔志晚望山门韵》："山门藏绝境，青壁上参天。石漏窗中月，岩通洞底泉。幽期恐摇荡，晚望每留连。远忆瞿硎老，神交碧落边。"②汪泽民《紫山寺晚望山门》云："胜绝瞿硎地，中藏六洞天。山门云引路，石室月通泉。鸟迳莓苔涩，僧房紫翠连。曾闻地主说，怅望夕阳边。"③二诗为次韵唱和之作。类似例子如薛汉《和虞先生上京夏凉韵》次韵虞集《书上京国子监壁》、胡助《和袁伯长韵送继学伯庸赴上都四首》次韵袁桷《送王继学修撰马伯庸应奉分院上都二首》、陆厚《又和》自次《杂诗》、虞集《和马侍御西山口占》次韵马祖常《西山》、朱德润《和虞先生榆林中秋对月二首》次韵虞集《至治壬戌八月十五日榆林对月》及许有壬与许桢和许有孚《偕故人赵宽斋胡安礼奉陪泛舟八月七日》《雨霁泠然台观山十三日》《记塘上

---

① （唐）元稹撰，冀勤点校：《元稹集》（修订本），中华书局2015年版，第727页。
② 杨镰主编：《全元诗》第30册，中华书局2013年版，第359页。
③ 杨镰主编：《全元诗》第27册，中华书局2013年版，第111页。

草木二十四首》《侍兄赴圭塘》《池亭苦雨松竹皆黄书事》诗等，皆为次韵和诗。

不容忽视的是，不仅诗题标示"和"诗字样的诗作多为次韵之作，依韵、用韵等和诗也多以次韵写作。如张雨作《春雨谣效谢灵运善哉行仍依韵》诗和谢灵运《善哉行》，诗题虽言依韵，实际却是次韵之作：

南山殷雷，灵雨辰落。淙淙湍濑，翳翳林薄。蕙我霶足，忘彼离索。牝谷虚受，游氛汎却。嵌岩篁鼓，隙陇讴谑。脉润纤茭，流拚余萼。载歌停云，怀人于铄。柴桑邈矣，觞至独酌。亦劳尔耕，饮和祛瘼。勖哉老农，同忧同乐。

——张雨《春雨谣效谢灵运善哉行仍依韵》①

阳谷跃升，虞渊引落。景跃东隅，晼晚西薄。三春燠叙，九秋萧索。凉来温谢，寒往暑却。居德斯颐，积善嬉谑。阴灌阳丛，凋华堕萼。欢去易惨，悲至难铄。激涕当歌，对酒当酌。鄙哉愚人，戚戚怀瘼。善哉达士，滔滔处乐。

——谢灵运《善哉行》②

二诗韵字皆为"落""薄""索""却""谑""萼""铄""酌""瘼""乐"，且张雨和诗韵字的先后次第完全依照谢灵运唱诗而设，是典型的次韵之作。又朱思本依《云章弟次韵见教既工且敏再用韵以美之》诗韵作《诸昆弟友朋属和者叠出追忆旧游依韵再赋》，二诗皆押"霰"韵，韵字依次为"年""县""骞""船""天""先""燕""传""便""鲜"。元末赵汸依《庚子日南至愚得子枫林朱先生允升赐书并诗举资中黄先生书成得子为况且其令郎以寅年寅月夜半生而子以子年子月日中生偶亦相类次韵谢之》诗韵作《都谏汪公即席用朱先生韵赐诗依前韵和谢之》诗等，皆为次韵唱酬诗歌。

诗题言明用韵，却为次韵诗作在元人的酬唱诗中也较为常见。如虞

---

① （元）张雨著，彭万隆点校：《张雨集》，浙江古籍出版社2015年版，第380页。
② （宋）郭茂倩编：《乐府诗集》卷第三十六《相和歌辞十一》，中华书局1979年版，第539页。

堪、虞集等用唐人綦毋潜《宿龙兴寺》诗韵作诗送别白云长老。虞堪《用唐綦毋著作留题龙兴寺诗韵赠长老闲公白云》云："西蜀竟忘归，东林自掩扉。百年纯白发，独着旧缁衣。阅藏心源净，安禅鼻息微。天花如雨下，无箇着空飞。"① 虞集《用唐綦毋著作韵送闲白云长老还吴》："凌空一锡归，几日到禅扉。野橘阴垂户，天花影上衣。井床春露净，檐铎午风微。三藏都看徧，相思梦欲飞。"② 而綦毋潜唱诗《宿龙兴寺》诗曰："香刹夜忘归，松青古殿扉。灯明方丈室，珠系比丘衣。白日传心静，青莲喻法微。天花落不尽，处处鸟衔飞。"③ 不难见出，三人诗歌皆押"微"韵，首句均入韵，韵字分别为"归""扉""衣""微""飞"。虞堪、虞集的和诗不仅与唱诗同在一韵部，用原韵原字，其韵字先后次序还与唱诗保持一致。再如唐元《四月二日欲游翠眉亭以雨阻不果呈邑中士友》《再用韵宿邑校作》《五用韵谢喻真卿惠诗》等用韵诗，皆押"灰""真"韵，韵脚依次为"台""杯""埃""回""陈""春""身""人"，未出次韵和作之例。由此可见，在元诗人的和韵诗歌唱酬活动中，次韵创作的盛行可见一斑。

  元诗人为了增加次韵难度，实现以难相挑的目的，还使用回文次韵、倒韵、反和等和韵方式。回文次韵如陈深《舟行邂逅周西园出示回文诗就次韵》、谭景星《次陈仲滨竹回文》《次李子芳小景回文》、许存我《次韵吴叔廉山村回文》以及汪元量《泸沟桥王昭仪见寄回文次韵》："沟水泸边落木疏，旧家天远寄来书。秋风冷驿官行未，夜月虚窗客梦初。流雁断鸿飞旷野，舞鸾离鹤别穹庐。裘貂醉尽一樽酒，愁散方知独上车"④ 等，诗歌正读、倒读皆次韵。倒韵是指诗人写作和诗时倒用唱诗韵字，如刘庄孙有《春愁曲》，戴表元作《春愁曲次刘正仲韵》，刘庄孙继而倒和，戴表元《正仲复有倒和春愁曲之作依次奉答》。又张雨《虞公为海东之作歌旧矣惠之赴吴县簿俾次其韵送行辞之不获遂倒用韵一篇以塞责笑云耳是亦例松陵唱和也》等皆是元人倒韵诗的早期尝试，倒韵诗

---

① 杨镰主编：《全元诗》第60册，中华书局2013年版，第342页。
② 杨镰主编：《全元诗》第26册，中华书局2013年版，第262页。
③ （清）彭定求等编：《全唐诗》，中华书局1979年版，第1371页。
④ 杨镰主编：《全元诗》第12册，中华书局2013年版，第20页。

在元人的唱和活动中虽不多见,却为明清倒韵唱酬的普及提供了实践参考。再如反和,唐人杜牧《九日齐山登高》首句入韵,韵字依次为"飞""微""归""晖""衣",刘致、姚燧等正和之余,尚觉未酣,遂反和其诗。刘致诗不存。姚燧《次刘时中反和杜紫微韵赠李若水》:"何事仙人亦毳衣,蒙茸如荚曜朱晖。洁身自说年华盛,睟面谁传夜气归。能尔用师三昼返,不知去俗几尘微。睡婴外务何曾著,常恐金乌出海飞。"①《次时中留别反和杜紫微韵》:"身世支离似败衣,有戈谁却鲁阳晖。不知次日公车召,又俟何时野服归。花信正愁风骀荡,麦苗还喜雨霏微。分携江上休回首,恐见樯乌作背飞"②诗等,不仅倒用唱诗韵,诗意与原诗也截然相反。

  值得注意的是,若与产生于集体酬唱情景的同题、分题分韵、联句等创作相较,和韵诗既有同题等酬唱不可比拟的优点,亦有自身的规则约束。无论和韵诗以依韵、用韵、次韵中的何种形态出现,在创作过程中和韵诗歌的体裁选择必须与原唱保持一致。换言之,原唱为律诗或古体,和韵诗歌必须或律或古,同时还需依据唱诗诗体句式相应作四言、五言、六言、七言或杂言等应和。元人亦遵守这一规则。如前文援引綦毋潜《宿龙兴寺》为五言律诗,虞堪《用唐綦毋著作留题龙兴寺诗韵赠长老闲公白云》、虞集《用唐綦毋著作韵送闲白云长老还吴》亦皆为五言律诗;马祖常唱七言律诗《无题》,马氏《次前韵》、袁桷《马伯庸拟李商隐无题次韵四首》、柳贯《次韵伯庸无题四首》、薛汉《和马伯庸御史效义山无题四首》等和诗亦为七言律;张雨和诗《春雨谣效谢灵运善哉行仍依韵》与谢灵运《善哉行》皆为四言古诗。对于分题分韵、同题等酬唱,除却参与者有特别规定外,与会人员可根据自我喜好选择诗歌体裁、句式,尽皆不一,更为灵活自由。如至正九年吴克恭、于立、释良琦等十人宴于顾瑛碧梧翠竹堂,"以杜甫氏'暗水流花径,春星带草堂'之韵分阄"③,释梵琦作五言排律五韵,于立作七言律诗,郯韶作五言律

---

 ① 杨镰主编:《全元诗》第9册,中华书局2013年版,第169页。
 ② 杨镰主编:《全元诗》第9册,中华书局2013年版,第170页。
 ③ (元)顾瑛辑,杨镰、叶爱欣整理:《玉山名胜集》卷下,中华书局2008年版,第179—180页。

诗，顾瑛作古体十六韵，吴克恭作五言古体十四韵，高晋作五言律诗，古衡作五言律诗。体裁、句式，尽皆不一，更为灵活自由。

除却体裁、用韵等限制外，和韵诗既可用于集体唱酬，还有不受时空、场域限制的优点。和韵创作情境既可是两人之间的此唱彼和，如丘处机作《至阿里马成自金山至阴山纪行》《又行十日所见以诗叙其实》《因水草便以待铺牛驿骑数日乃行有诗三绝》等诗，耶律楚材和以《过阴山和人韵》《感事四首》《过金山和人韵三绝》诗等。和韵也可是多人集体酬唱的选择。如前文援引马常祖、袁桷、柳贯、薛汉等人的集体唱酬。又如元武宗至大三年（1310），黄溍、胡翰、吴师道、邓善之、黄石翁等游览金华北山，黄溍首唱《金华北山纪游八首》，胡助作《和黄晋卿北山纪游八首》、吴师道有《追和黄晋卿北山纪游八首》《和黄晋卿北山纪游韵》等诗和韵。

更有甚者，作者自己亦可举行唱酬活动，完成酬唱诗歌创作。如张养浩《归田类稿》有《寄省参议王继学诸友自和十首》《山中拜除自和十首》《云庄遣兴自和十首》《绰然亭落成自和十首》《田居自和十首》《读史有感自和十首》《书半仙亭壁自和十首》《翠阴亭落成自和十首》《遂闲堂独坐自和十首》等自和诗。段克己写成《雨后漫成两首》后，便自我和韵，作《再和二首》《三和二首》《四和二首》《五和二首》诗等，这些作者自唱自和，既和韵也和意，一人兼唱者、和者两角，完成自我唱和活动。

不仅如此，和韵诗还有不受时空、场域限制的优点。同题、分题分韵等受集体酬唱语境的制约，若离开特定的唱和场域，唱和活动则无法开展。和韵诗则不受时间和空间的影响，故而唱和行为可发生于当下场域，亦可突破特定的唱酬情境，或次韵或依韵或用韵追和前人。此外，诗人可就某一主题反复和韵，如至元十八年（1281），舒岳祥将归故里，作《正仲访余棠溪帅初来会正仲时余欲归阄风未能决书呈三友》，戴表元、刘庄孙等人就此展开唱酬，反复次韵。戴表元《剡源逸稿》卷四七留存《次韵阄翁将归故里之作》《阄翁许以首夏过榆林然后始归再次韵》《正仲留鄞叔乐次韵寄之》《四次韵寄正叔兼简养直》《养直索和五次韵》《与坦师剡源六次韵》《七次韵示邻友》诸诗，戴表元等人的和韵唱酬，已经突破舒岳祥"将归故里"的唱和场域的限制，具有其他唱酬方式无法比拟的延展性质。这些都是分题分韵、同题、联句等创作方式无法完成的唱酬活动。

也正是和韵有着与同题、分题分韵等创作不同的酬唱特点，使得和韵有着更为广泛的唱和场域，深受元诗人喜爱，是元诗人诗歌唱酬中最为普遍且使用范围较广的创作方式，是构成元代酬唱诗学的不可忽略的重要内容。元人对和韵诗的持续开拓，承唐宋余绪而启明清次韵、依韵等诗歌唱酬。

二 联句

在元人的诗歌酬唱活动中，联句也是元人常用的创作方式。联句又称"连句"，是由两人或两人以上的诗人共作一诗，各作一句或数韵联结而成。相较而言，联句由多人共同完成一首诗歌的创作与各作一首或数首完整诗歌的分题分韵、同题、次韵、用韵、依韵等唱酬方式颇为不同，联句的创作不仅使诗人间就同一诗题而唱酬，也更能拉近酬唱诗人间的距离，更利于作者间艺术理论的交流和艺术心理的融合。但在韵字的撷取上，联句与分韵诗等也有交互。联句在用韵上讲求全诗同韵，当韵部确立后，参与诗人依据韵部分韵获得韵字，如杨维桢、姚文奂、张渥、顾瑛、郯韶、于立的《游昆山联句诗》，杨维桢序云："复联句，用'江'字窄韵，推余首唱，诸客以次分韵，余又叠尾韵。成若干句毕。"[1]各人依据所得韵字集体联句，共作一诗。但二者亦有不同，分韵一般以诗、文为分韵对象，联句以同一韵部韵字分韵。这是联句酬唱内涵的特色所在。

联句的起源，一般认为萌芽于先秦时期对话式的诗歌创作形式，这在《诗经》中尤为常见。而后世普遍认为的较早成型的联句则始于西汉汉武帝等人的《柏梁台诗》，该诗由汉武帝、梁王、大司马、丞相、大将军、御史大夫、太常、宗正等26人以官职的高低为顺序，每人赋诗一句且每句用韵，全诗同韵，言说符合官职的职责事务，联句合成七言诗歌一篇。该诗影响颇盛，后世以诗题为名，称为"柏梁体"，并将之视为联

---

[1] （元）顾瑛辑，杨镰、叶爱欣整理：《玉山名胜集》卷下，中华书局2008年版，第465页。

句的肇端。刘勰《文心雕龙·明诗》："联句共韵，则柏梁余制。"① 汉代以降，诗家循着柏梁诗体的创作路径并不断创建，变柏梁体诗而为联句。如陶渊明与愔之、循之的《联句》："鸣雁乘风飞，去去当何极。念彼穷居士，如何不叹息（渊明）。虽欲腾九万，扶摇竟无力！远招王子乔，云驾庶可饬（愔之）。顾侣正徘徊，离离翔天侧。霜露岂不切，徒爱双飞翼（循之）。高柯擢条干，远眺同天色。思绝庆未看，徒使生迷惑（渊明）。"② 陶渊明首联四句，愔之、循之依次分别各联四句，最后陶潜赋四句联结成篇。彼时联句唱酬亦渐为士人关注。鲍照等人《在荆州与张使君李居士联句》《与谢尚书庄三联句》《月下登楼联句》等，南朝宋刘骏等《华林都亭曲水联句产柏梁体诗》，南朝梁何逊等《送褚都曹联句诗》《送司马□入五城联句诗》《相送联句三首》等等，皆是魏晋六朝诗人对柏梁联句的创作实践。逮及隋唐，以杜甫、李白、韩愈、孟郊、白居易、皮日休、陆龟蒙等为代表的诗家开辟了联句创作的新面貌，尤其是韩愈的跨句联句，颇为学林称赞。《陔余丛考》转引"《雪浪斋日记》云：'退之联句，古无此法，自退之斩新开辟。'范景文亦云：'昌黎联句有跨句者。谓连作第二三句。如《城南》等作是也。有一人一联者。如《会合遣兴》等作是也。有一人四句者。如《有所思》等作是也'"③，是对韩愈联句特色的概括。这些都为元代文人的联句唱酬提供了宝贵的创作经验和方法。

元人联句诗的创作，亦是在继承前人联句创作范式基础上的探索和实践。首先，就参与人员数量而言，元代的联句唱和属于小规模的集体赋作。参与人数主要以两人、三人、四人、五人、六人等为主。两人联句如元好问、姚枢《同姚公茂徐沟道中联句》，王恽和苦斋《过朝歌与苦斋马上联句》，熊禾与詹无咎《乙酉端午联句》等；三人如方回与赵与东、黄惟月《秀山霜晴晚眺与赵宾旸黄惟月联句》，白珽、赵达夫、鲜于枢《玉清宫与赵达夫鲜于枢联句二首》等；四人如萧斛、简飞卿、士光、

---

① （梁）刘勰著，黄叔琳注，李详补注，杨明照校注拾遗：《增订文心雕龙校注》，中华书局2012年版，第66页。

② （晋）陶渊明撰，袁行霈笺注：《陶渊明集笺注》，中华书局2003年版，第427页。

③ （清）赵翼撰：《陔余丛考·联句》，中华书局1963年版，第464页。

文振《雪夜联句》等。其中五人及其以上者，多见于顾瑛玉山草堂的雅集活动中，如至正十四年（1354）冬十二月二十二日，顾瑛、秦约、于立、袁华、张大本五人于可诗斋《夜集联句》；至正八年（1348）二月十九日，杨维桢、姚文奂、张渥、顾瑛、郯韶、于立六人的《游昆山联句诗》，同年六月二十四日，杨维桢、顾瑛、于立、袁华、陆仁、张师贤的《浣花馆联句》等。这些皆是元人联句活动中参与人数较盛者，其活动规模不及唐人颜真卿、吴筠、陆羽、皎然等二十八人之《登岘山观李左相石尊联句》等宏大，较同时代之分题分韵、同题等集体唱酬规模也是无法比拟的。

其次，就联句写作（体式）方式而言。元诗人的联句写作主要有一人一句；一人两句；一人四句以及跨句联句几种。一人一句即是诗人在联句创作中以一句为单位依次联句成篇。如白珽、赵达夫、鲜于枢三人于西湖锦坞玉清宫联句，云：

> 湖光漠漠水禽飞（达夫）。堤柳斜斜带夕晖（枢）。二月江南好天气（珽），初阳台上惬春衣（枢）。①

即是赵达夫首赋一句，鲜于枢与白珽分别续联一句，鲜于枢尾联一句成七言绝句。一人一句的创作体式在元人的联句活动中较为少见。

一人两句，即一联。赵孟𫖯酒醉后同张刚父在清风楼联句：

> 碧树未黄风露秋，晚云萧瑟乱山愁（赵）。千家疏雨催砧杵，两岸残阳入钓舟（张）。画角吹残人罢市，清尊饮散客登楼（赵）。古今回首俱陈迹，唯有溪声日夜流（张）。②

赵孟𫖯首联两句，张刚父继联两句，依次反复而成七言律诗。熊禾与詹无咎《乙酉端午联句》："离骚读罢意沉沉，痛饮狂歌作楚吟（无

---

① （元）白珽撰，金少华点校：《湛渊遗稿》，浙江古籍出版社2019年版，第22页。
② （元）赵孟𫖯撰，钱伟彊点校：《赵孟𫖯集》，浙江古籍出版社2012年版，第108页。

咎）。鱼腹有灵应瞑目，后来犹自有孙心（勿轩）。"① 亦是詹无咎首赋、詹无咎次联，各作两句而成七言绝句。

人赋四句，即两联。如元好问《同姚公茂徐沟道中联句》：

路转川涂阔，天低雨气昏。绵山连汉垒，汾水入并门（姚）。来往频鞍马，登临负酒樽。联诗强一笑，凄绝恐销魂（元）。②

即由姚枢首唱四句，元好问承继姚枢诗意韵脚，联句两联，合成一首完整的五言律诗。又如方回《与孟能静饮联句复和三首》之一："三月一日春如酒，红是桃花绿杨柳。人生不醉欲如何，不如意常十八九（孟）。暂兹袖公补天手，谁能钳我谈天口。挹斗酌海两相逢，天风吹入无何有（方）。"③ 之二："三月三日一觞酒，同上危楼望晴柳。岂可不饮负此春，向来风雨十朝九（方）。何必水边看丽人，何必水晶行素鳞。曲阜桥边同一醉，杭州城里两闲人（孟）。"④ 方回与孟淳的联句，皆以四句为单位联结成七言诗篇。值得注意的是，无论是一人一句、两句还是四句，在联句过程中诗人皆遵循一定的次序赋联，虽难免酬唱诗歌特有的竞技成分，但尚处于平和可控的局面。

跨句联是元人普遍采用的联句方式。跨句联是指弘扬于韩愈、孟郊等的一种联句创作方式，即起句者先赋首句或首联，并作次联起句，续联者需补齐次联对句，再出下一联上句，彼此交互，周而复始直至篇成。如李孝光与朱晞颜的《丹岩联句》：

山径盘诘曲，扪萝度层巅。阴崖日色死（景渊），阳谷天根连。星陨魄未化（孝光），秀结形逾坚。跳空雨飞雹（景渊），转石散紫烟。拳急绣球迸（孝光），囊探赤丸鲜。晶荧怒目瞋（景渊），崛崒高骨观。玄鸟遗坠卵（孝光），蠙珠涌流泉。惊磨悍激射（景渊），

---

① 杨镰主编：《全元诗》第16册，中华书局2013年版，第234页。
② （金）元好问著，狄宝心校注：《元好问诗编年校注》，中华书局2012年版，第1606页。
③ 杨镰主编：《全元诗》第6册，中华书局2013年版，第387页。
④ 杨镰主编：《全元诗》第6册，中华书局2013年版，第387页。

伏鹄思腾骞。月斧屑玉饭（孝光），火鼎盘丹铅。狙公嗔拾橡（景渊），志士乐转圆。羽人委灵迹（孝光），巫俗相欢传。安期邈不返，无从巢神仙（景渊）。①

朱晞颜起赋首联"山径盘诘曲，扪萝度层巅"，并出下一联上句"阴崖日色死"，李孝光续第二联下句"阳谷天根连"，并出第三联上句。二人依次续联，最后由朱晞颜结尾成篇。当然，起句和收尾句即可是同一人写成，也可由不同的人来完成。如李道坦与张翥、张雨联句于吴山清辉亭，留下《吴山清辉亭与伯雨仲举联句》诗。李道坦以"吴山秋色里"起句，张翥继联，张雨以"归路风尘表，酣歌不用腔"句结束全篇。②

跨句联打破了日常联句以一句或一联或两联为单位的创作方式，改起句和对句由不同的诗人完成，避免一人同时作出、对句，不仅难度大大增加，跨句联的游戏性质也呈现无遗。这就需要诗人具有棋逢对手的才力，方能联句为继，完成联句诗的写作。如丁复与李孝光《望钟山联句》诗。李孝光首赋"钟山日在望，鲍系未成往"，并赋第二联上句"我本忘世人"，丁复续赋"谁能久尘鞅。穷猨苟择木"，二人反复联句，直至丁复"披荒增慨慷"句收尾。③ 全诗共八十句，四十韵：李孝光赋四十一句，四十韵；丁复赋三十九句，四十韵。丁复与李孝光是势均力敌的棋手。又如杨维桢、姚文奂、张渥、顾瑛、郯韶、于立六人的《游昆山联句诗》：

  二月廿二日，楼船下娄江。破浪击长橹（维桢），惊飙簸高杠。海峰摇古色（文奂），石树鸣悲腔。蹩躠展齿齿（渥），登堂鼓逢逢。地险立孤柱（韶），天垂开八窗。乌升海光浴（立），鸢搴风力降。番赋夹闽佑（瑛），越谣骠吴咙。仙樵椎结崒（文奂），胡佛凹眉厖。婆律喷狮鼎（维桢），琉璃照龙釭。层轩坐叠浪（韶），落笔飞流淙。

---

① （元）李孝光撰，陈增杰校注：《李孝光集校注（增订本）》，浙江古籍出版社2016年版，第701页。
② 杨镰主编：《全元诗》第24册，中华书局2013年版，第180—181页。
③ （元）李孝光撰，陈增杰校注：《李孝光集校注（增订本）》，浙江古籍出版社2016年版，第600—700页。

爱此韫玉石（立），岂曰取火矸。文脉贯琬琰（瑛），蜜韵含罂缸。驱羊欲成万（维桢），种璧得无双。多今文章伯（渥），萃此礼义邦。龙驹幸识陆（文奂），凤雏亦知庞。翠筅掉文舌（瑛），茜衲折幔幢。敏思抽连茧，雄心斗孤鏦。句神跃冶剑，才捷下水艭。磬声重寡和，鼎力轻群扛。昆渠诗已就，谁笑陇头泷（维桢）。①

杨维桢赋首联，并出次联起句，姚文奂、张渥、郯韶、于立、顾瑛依次分韵续联。不难见出，上述六人才力各有长短，并非势均力敌。首轮联句中六人皆有参与，首轮之后，窘境既现。张渥在第二轮联句中缺席，第三轮联句中亦不见于立、郯韶二人身影。而杨维桢是六人中最为活跃的诗人，在经历三轮联句后，余人诗力已尽，杨氏却未尽兴，借尾韵之际连赋五韵九句。试想若其他五人皆与杨氏才力相当，那联句活动仍会继续，断不会在杨氏未酣之际草草收场。再如李孝光自金陵拜访张雨，二人作《灯花联句》：

星阁迎寒闼，霜钟动夜摐（孝光）。酒深燔尤火，漏下续兰釭。寸草紫芝小（雨），丹葩瑞蒂双。金枝交婉娈（孝光），银粟乱鬖鬟。蜡暖飞蛾笑（雨），膏融吐凤慺。汞珠光透镜（孝光），火齐幻垂幢。的的辉青锁（雨），淫淫飐玉釭。烛龙擎紫盖（孝光），翘燕缀红笼。邻眼书窥隙（雨），仙眉墨晕窗。狂吟心蕊发，喜听足音跫（孝光）。折塱风吹座，钩帘月动江。青藜如见遇，挥手出纷庬（孝光）。②

李孝光以一联起句，张雨续联时一改常态，以跨句联增加难度，如此三四轮后，张雨似乎难以为继，李孝光仍游刃有余，最终连赋两韵结束活动。也正是如此，相较于平句联，跨句联常常呈现出不确定的参与人数和联句韵数。

再次，就联句篇幅而言，元人既有绝句、律诗等篇幅较短的小型联句，也有篇制浩大的长篇古体、排律巨制。如前文援引之白珽、赵达夫、

---

① 杨镰主编：《全元诗》第39册，中华书局2013年版，第308—309页。
② （元）张雨撰，吴迪点校：《张雨集》，第312—313页。

鲜于枢的《玉清宫与赵达夫鲜于枢联句二首》，一为七言绝句；一为七言律诗。熊禾、詹无咎的七绝《乙酉端午联句》；赵孟頫等人的七律《醉后同张刚父清风楼联句》；王圭等人的五律《野亭与敬叔联句》；方回等人的七言古体《与孟能静饮联句复和三首》等联句诗歌，不仅皆篇制短小，诗风平和冲淡，绝少为竞技争雄而炫才逞能。

当然，元人的联句亦难以摆脱前代长篇累牍的联句体式的影响，长篇巨制也不在少数。这是联句的文体特征决定的。联句的产生场域与宴饮相关，其后也多用于宴集场所以助兴，长期被视为一种游戏诗体。游戏性、娱乐性、竞技性是其显著的特点。故而诗人为了彰显才能，力求压过对手，往往旁征博引、铺采摛文，往往形成鸿篇巨制。如韩愈与孟郊才力旗鼓相当，其《城南联句》极尽铺陈之能事，历叙城南景物，巨细兼状，洋洋一百五十三韵，一千五百三十字。其篇幅之宏大，在元前的联句发展史上皆是首屈一指的。故而清人俞瑒评介："联句诗如国手对奕，著著相当，又如知音合曲，声声相应，故知非韩、孟相遇，不能得此奇观也。"① 赵翼亦云："《城南》一首，一千五六百字，自古联句，未有如此之冗者。"② 然而，有元一代的联句巨制比之则有过之而无不及。如许有壬五古《盆菊》五十韵一百句、释大䜣等五古《秋夜同太原张矞仲举永嘉李孝光季和龙翔寺联句》五十韵一百句、袁桷与袁裒的五古《远游》六十韵一百二十句以及五言排律《东湖联句》一百二十韵两百四十句等长篇联句，颇为常见。更有甚者，如元世祖至元十八年（1281），方回、赵与东、黄惟月三人各携稚子登秀山，时值雪后霜晴，送目无极。据方回诗序交代，三人"东望则钱塘、会稽，通扶桑、阳谷之波。西望则歙鄱万山，出踰陇蜀，抵日落之处。南则衢婺接瓯闽，北则江淮而中原，渺渺无际"③。遂神游意远，"乃以回两日前'屋'字古诗为韵，回首倡焉，秉烛继之，各耸肩索笔，书数十联。禁鼓趣归，明日再集。又

---

① （唐）韩愈著，（清）方世举编年笺注，郝润华、丁俊丽整理：《韩昌黎诗集编年笺注》，中华书局2012年版，第305页。

② （清）赵翼著，霍松林、胡主佑校点：《瓯北诗话》，人民文学出版社1963年版，第31页。

③ 杨镰主编：《全元诗》第6册，中华书局2013年版，第575页。

明日复集，而一百八十韵成"①，合为五言古体长篇《秀山霜晴晚眺与赵宾旸黄惟月联句》。据笔者统计，是诗共一百七十八韵，一千七百八十字，未足一百八十韵。其中方回联八十韵，一百六十句，凡八百字；赵与东赋六十韵，一百二十句，六百字；黄惟月作三十八韵，七十六句，三百八十字。其篇制、容量超过韩愈、孟郊的长篇《城南联句》。在限定韵脚且须遵循一定创作规则的前提下，去完成如此鸿篇巨制是极为不易的。方回等人秉烛续联，经"明日再集。又明日复集"方才完成。古体联句诗相对宽松的创作要求尚且如此，若是讲求声律、平仄、对仗等的近体诗，其难度可想而知。这也是元诗人的长篇联句诗体多古体而少排律的原因所在。

　　元人的长篇联句即是诗人游戏性、竞技性心理影响的结果，反之也受之制约。方回等人创作《秀山霜晴晚眺与赵宾旸黄惟月联句》时，便特意用韩愈《晚秋郾城夜会联句》体，更自言"用韵多于'城南竹''金泉玉'之联者三十，庸岂非一时之逸概乎"②。同时对于"长儿存心亦献数十句，惟'村酒仅数行，野蔬不盈掬'一联可取，而以其俭也，不以入篇"③。这也说明，《秀山霜晴晚眺与赵宾旸黄惟月联句》写作初期远超一百八十韵，方回等人为实现诗歌在韵数上超越韩愈、孟郊《城南联句》等诗作，同时也为确保诗歌的艺术价值，进而舍弃其长子创作的数十联句。又如前文援引杨维桢、姚文奂等人的《游昆山联句诗》，如果不是限定"江"字窄韵，张渥、于立、郯韶等人亦不会那么快败下阵来，该联句诗的篇制韵数也会扩大。再如袁裒与袁桷同留姑苏，袁桷将赴都城，二人联句《远游》以别。袁桷起赋两联并赋第三联上句："海鹏跨南云，一去抉浩荡。宛驹踏北雪，绝足追罔象。宵征车载脂"④，袁裒续联"明发灯在幌。行迈念悄悄，离愁怀养养。违吴始接浙"⑤，其后二人逐渐增加韵数以提升难度，最终袁裒不敌。袁桷连赋"铁石乃忠谠。词林纳疵美，书田课荒穰。列仙会儒癯，群仕趋吏驵。陆生强咿嚘，陶

---

① 杨镰主编：《全元诗》第6册，中华书局2013年版，第576页。
② 杨镰主编：《全元诗》第6册，中华书局2013年版，第576页。
③ 杨镰主编：《全元诗》第6册，中华书局2013年版，第576页。
④ 杨镰主编：《全元诗》第21册，中华书局2013年版，第182页。
⑤ 杨镰主编：《全元诗》第21册，中华书局2013年版，第182页。

令终肮脏。贞心百壬辟,正色上帝享。徒为捧心施,莫学画眉敞。功名要无心,之物端有相。行行遂初志,作事记畴曩"①八韵结束全篇。联句唱和限定用同一韵部,诗家唱酬时必然分韵容易写作的韵字,几轮联句后,容易的韵字越来越少,唱和自然越来越难。如若二袁稍稍收敛争难斗巧的竞技心理,《远游》联句诗的篇制当不止留存的六十韵,其篇制将会更加宏大。

三 同题

同题诗是文人集会唱酬的一种常用方式,是指古代文人在宴游、集会、饯别等场合下,使用同一诗题吟咏唱和的诗歌创作。中国文人自古就喜爱集会宴饮,宴饮时或写诗助兴;或赋诗纪事,所作诗歌多为同题之作。从现在的存诗以及相关史料来看,同题唱酬在魏晋时期的文人集会场域亦逐渐风靡。如曹操占据邺城(今邯郸临漳),政治相对稳定,四方文士荟萃于兹,形成以三曹为中心,孔融、陈琳、王粲、徐干、阮瑀、应玚、刘桢等为代表的邺下文人集团,这些文人"每至觞酌流行,丝竹并奏,酒酣耳热,仰而赋诗"②。其中不乏同题之作。又西晋权臣石崇为征西大将军王翊饯行,在金谷园中组织文人宴会,当时名士潘岳、左思、陆机、陆云、刘琨等三十人参与,赋诗述怀,时人录所赋诗为一集,题为《金谷集》。魏晋文人每每宴集,多为同题酬唱之作,最有影响力者,当属王羲之、王凝之、王徽之、孙绰、谢安、孙统等四十一人齐聚会稽山阴之兰亭,修禊集会,得同题诗作三十七首。其后,随着齐、梁、陈、唐、宋各代帝王的加入以及诗人持续对同题诗的实践和开拓,推动着同题诗的日益普及和成熟。有元一代同题唱酬风气尤为盛行。元代文人酷爱同题作诗,同题诗歌尤为繁盛,举凡身边物事,一切可以为诗料者均可以同题。诸如"咏梅,咏百花,题跋法书绘画,送别友人,官员赴任、离任,赠答友人,集会,咏史,咏物诗,宫词,上京纪行诗,西湖《竹枝词》,佛郎贡马,月氏壬头饮器,题咏岳飞墓与岳庙,咏郑氏义门,咏

---

① (清)顾嗣立:《元诗选 初级》,中华书局1987年版,第667页。
② (清)严可均编:《全上古三代秦汉三国六朝文》,中华书局1958年版,第2177页。

余姚海堤，静安八咏，白燕诗，咏地方风物……"①皆是元人同题吟咏的留存。同题具有广泛的吟咏范围，一切主题皆可同题酬唱，这也是元代同题的特色所在。

  元代同题酬唱诗歌的盛行，除却其适用于广泛的唱和主题以及利于文人集体情绪的宣泄外②，还与其广泛的受众群体、自身灵活的体式韵字以及元代科举的不盛等相关。同题诗的灵活体式为其拥有广泛的受众群体以及繁盛普及鉴定了基础。同题唱和的便利在于同题兼具和韵、依韵、用韵、分题分韵、联句等酬唱方式的优点，又不受和韵、分题分韵等诗歌体制弊端的制约。就唱酬规模而言，次韵、依韵、用韵等此唱彼和的小规模文人活动场域，同题诗仍然适用。少则两人同题如白华与好友同赋，留《赵提学示屏上梅诗约同赋》诗；杨弘道与宝鸡主簿李时举于普照方丈席上同咏蜡梅，杨弘道作《橙实蜡梅》诗。又如金华周琦，善丝竹之器，做客玉山草堂，席间为众人吹笙，杨维桢、张雨、于立、张简、顾瑛、郯韶、倪瓒七人同作《玉笙谣》赠送；李孝光、倪瓒、吴克恭、朱泽民、韩友直、张天永、张翥、蒋堂、马文璧九人同题题咏《良常草堂图》等，类似几人的小规模集会场所同题赋诗的例子比比皆是。多则数十人上百人乃至上千人的同题诗作在元人的创作活动中也较为常见。数十人的同题如贡师泰、钱惟善、成廷珪、杨瑀、郑元祐、王逢、释寿宁、韩璧、唐奎、马弓、顾彧、钱岳、释如兰、赵觐、余寅、释守仁、陆侗、孙作、张昱、吴益二十人同题题咏上海静安寺八景诗，作诗一百六十首；赵孟𫖯、虞集、鲜于枢、周密、邓文原、戴表元、张翥、仇远、释雄觉、徐琰、汤炳龙、盛彪、姚式、屠约、李震、张复亨、王英孙、孟淳、戴天锡、张逢源、薛羲古、张谦、王易简、吕同老、陈康祖、牟应龙、林泉生二十七人同题题咏画家高克恭《夜山图》，留存诗歌三十首。上百人的同题，如至正初杨维桢携家人居杭州吴山友人处，与友人遍览西湖各处美景，作颇具生活情趣的《西湖竹枝歌》九首，一时风靡江南，文人学士竞相同题和作。仅杨维桢《西湖竹枝词》收录诗作来看，

---

  ① 杨镰：《元诗史》，人民文学出版社2003年版，第624页。
  ② 高邢生：《元代文人雅集与诗歌唱和研究》，花木兰文化出版社2021年版，第117—118页。

张雨、郏韶、倪瓒、庄蒙、曹妙清、张妙静等一百二十一家皆有同题作品，实际参与人数当不止于此。上千人的同题如吴渭、方凤、谢翱等南宋遗民于浦江结月泉吟社，以《春日田园杂兴》为酬唱诗题向四方征诗，历时三月有余，得诗二千七百三十五卷。此次参与同题创作的诗人有连文凤、冯澄、高宇（梁相）、仙村人、刘应龟、魏新之、杨本然（杨舜举）等两千余人，同题人数之众不仅远超元前唐宋诸朝，也是后来之明清同题活动中少有的盛况。如此规模的同题创作，是元代分题分韵、联句等集体唱酬无法比肩的存在。元代最为盛大的分题分韵活动，亦仅仅是俞德邻《龙与祥符戒坛院分韵诗序》载，至元二十八年（1291），明庆宗师虎岩良公等人以杜甫五言律诗《巳上人茅斋》四十韵三次分韵，所涉人员也不过百人而已。同题却能容纳更多的人参与，其受众群体更为广泛。也正是因此，元代诗社等大规模群体集会多选择同题以赋。

同题酬唱具有如此受众群体，还得益于同题唱酬自身相对自由灵活的体式和韵字。次韵、依韵、用韵等诗歌写作时，和者需要根据原唱的体裁、诗意、韵脚来作诗，断不可脱离原唱而自由写作；分题分韵、联句等集体唱和也会受到韵字、诗体的限制。而同题酬唱诗的写作，参与者不受唱诗诗意、体裁、韵脚等的影响，作者可根据自己的喜好和擅长诗体写作，创作更为灵活自由。一般而言，同题诗除却限定必须使用同一诗题外，对诗歌体裁、韵字等皆无要求。如杨维桢、张雨、于立等人同作《玉笙谣》赠送金华周琦：

> 周郎学仙吹玉笙，玉笙吹得丹山七十二凤之和鸣。曾侍瑶池阿母宴，座中调笑董双成。谪向人间赤松洞，洞口桃花苦迎送。南寻二女湘水头，十三哀弦不成弄。西洞庭，东洞庭，相逢铁笛铜龙精。从此吹春玉台上，丛霄不许谢玄卿。
> ——杨维桢《周郎玉笙谣》[①]
> 我尝蹑轻鸿，浮空度瑶阙。醉看碧桃花，吹笙弄明月。仙人王乔董双成，为作春水流花声。昆仑十三凤，飞舞相和鸣。曲终飘然上鹤去，逸韵散落天风清。自从失脚堕尘世，归梦尚缭芙蓉城。浮

---

① 杨镰主编：《全元诗》第39册，中华书局2013年版，第21页。

丘公,今不见,白玉龟台走雷电。云和妙曲杳无闻,万壑松风洗清怨。

——张简《玉笙引》①

十三学神仙,十五能吹笙。仙人王子晋,同上凤凰翎。丹山凤凰七十二,钧天按节皆和鸣。西游瑶池谒熊盈,董家双成嫁娉婷。桂殿初凉湿秋露,鹅管吹烟隔轻素。缥缈新声泛紫霞,度曲每得周郎顾。铁崖仙人横铁笛,几度周郎蒙赏识。同向缑山弄月明,九点齐州暮烟碧。

——于立《玉笙谣玉山席上赠周生时铁崖同赋》②

三人虽同一诗题,皆作乐府,但诗体句式不尽相同。杨维桢诗含三、七、十三言句式;张简诗由三、五、七言组成;于立五、七言混用。用韵方面,三人诗歌也不尽相同。又如《玉山名胜集》载袁华等对玉山草堂"碧梧翠竹堂"的题咏,马琬、释良奇、于立、吴克恭、陈基、顾达等分别赋七言律诗;袁华、陆仁作五言绝句;郑元祐作四言长篇古体。再如至正十一年(1351)顾瑛等泛舟出游,途中过姑苏台、横塘寺、石湖、观音岩等名胜,皆有同题唱和诗作:同题《过姑苏台》,顾瑛、于立分别作七言绝句,周砥作五言律,陈基作七言律;同题《横塘寺》,顾瑛、周砥皆作五言律,于立作五言排律六韵;同题《观音岩》,顾瑛、于立、周砥皆作七言绝句,陈基作七言律诗。除了题目一致外,体裁、韵脚皆不相同。同题较少的诗体限制无疑降低了写作的难度,因而受到元人的广泛喜爱,是元人唱酬场域常用的诗歌创作方式。

元代同题诗的盛行,离不开元代科举考试制度的设置和发展。科举对同题诗盛行的推动作用,在唐宋时期便已显现。科举自隋设立以来,经唐宋时期的不断调试和改革,业已成为士子入仕、晋升、光耀门楣的最重要途径。天下读书人莫不视之为生活中的头等大事。以唐代科考为例,唐代考试科目众多,考试项目虽然有帖经、试策、问大义、试诗赋等,但自唐玄宗开元天宝时期始,至唐末,士子最倚重的进士科取士以

---

① 杨镰主编:《全元诗》第46册,中华书局2013年版,第292页。
② 杨镰主编:《全元诗》第45册,中华书局2013年版,第388页。

试诗赋为主，其他考试项目多为及第与否的参考，对考试结果的影响远不如诗赋。科举试诗项考试多以命题的形式进行，考生据规定诗题作诗，这种同题课试的考试以及考生为备考而模拟试诗的日常练习更加推动同题创作风气的盛行，同题课试于民间也渐成风气流传下来。尤其是有元一代，在科举考试制度的影响下，同题赋诗日渐成为士人日常生活集会的重要内容，同题唱酬的竞技性和游戏性也逐渐增强。①

此外，同题虽能发挥诗可以群的情感交流功能，且适用于集体唱酬场域，但其相同的主题选择，也容易形成相近的诗歌风格及情感倾向。如顾瑛、陈基、于立、周砥同题《过姑苏台》：

上方秋色与山齐，画舫分诗小字题。一带姑苏台下水，为谁流到越来溪。

——顾瑛②

姑苏台前杨柳黄，百花洲上日苍凉。吴王饮酒不知醉，越女唱歌空断肠。蔓草寒烟走麋鹿，芙蓉秋水浴鸳鸯。画船荡桨石湖去，坐看青山到上方。

——陈基③

清秋载酒暂销闲，莞尔开篷一解颜。云外孤峰如削笔，舟人说是上方山。

——于立④

姑苏台下路，舣棹问遗踪。草色令人爱，山光如酒浓。凉风疎柳叶，秋水潋芙蓉。千古兴亡意，凄凉酒一钟。

——周砥⑤

四人诗歌从不同角度描绘了诗人登上姑苏台的所见所感，呈现了姑苏台秋日下的杨柳、芙蓉、上方山、越来溪等山水景致，寓历史兴亡感慨于其间。四人诗歌无出游的新奇与喜悦，反而隐约透露出淡淡的清愁

---

① 详见第五章"元代唱和诗的文化意蕴——以元代科举视域下的文人唱和诗为例"。
② （元）顾瑛辑，杨镰、叶爱欣编校：《玉山名胜集》，中华书局2008年版，第506页。
③ （元）顾瑛辑，杨镰、叶爱欣编校：《玉山名胜集》，中华书局2008年版，第506页。
④ （元）顾瑛辑，杨镰、叶爱欣编校：《玉山名胜集》，中华书局2008年版，第507页。
⑤ （元）顾瑛辑，杨镰、叶爱欣编校：《玉山名胜集》，中华书局2008年版，第507页。

感伤。再如前文援引杨维桢、张雨、于立三人同作《玉笙谣》赠周琦，皆各尽铺排之能事称赞周琦之技能，吹得丹山七十二凤、昆仑十三凤相和鸣，使听者无不"飘飘然有伊洛间意"[1]。即便是与善于吹笙引鹤鸣的仙人王乔、董双成等相比，周琦之笙亦未见逊色。不仅如此，当时人皆视笙器之类为"下俚哇沸"，"笙师之教几歇"[2]，杨维桢、张雨、于立三人诗以仙善笙，凤鸣和神人为例，还有为周琦鸣不平之意。诗歌风格及情感内容相近，这也是同题诗歌抒情表意的典型所在。

---

[1] 杨镰主编：《全元诗》第39册，中华书局2013年版，第21页。
[2] 杨镰主编：《全元诗》第39册，中华书局2013年版，第21页。

第五章

元代唱和诗的文化意蕴

——以元代科举视域下的文人唱和诗为例

作为文人社会交往与交际留存的酬唱诗，它不仅是语言的艺术，还是文化的艺术，是特定时空背景下文学与文化的载体。通过对唱和诗的解读，可了解其时的制度政策、文化背景、时人的文学文化心理等。本章以元代科举考试制度影响下的文人唱和案例为考察对象，借助今之见存的酬唱诗进行解读。以此管窥元代的科举政策、科举考试进程中的科举礼仪和科举传统，揭示锁院期间考官的生活与活动、举子科举及第与落第的心理以及科场外延伸的科举唱酬文化，等等。希冀有助于对元代唱和文学与文化的进一步探讨。

科举考试制度自隋设立以来，经唐宋两朝的不断调试和完善，业已成为士子入仕、晋升、光耀门楣的重要途径。在唐代帖经、试策、问大义、试诗赋等众多科考项目中，诗歌一度成为取士的关键，进而影响唐诗发展的进程。故而严羽《沧浪诗话·诗评》说："或问：'唐诗何以胜我朝？'唐以诗取士，故多专门之学。我朝之诗所以不及也。"[①] 诗人杨万里也说："诗至唐而盛，至晚唐而工。盖当时以此设科取士，士皆争竭其心思而为之。"[②] 足见科举与唐诗繁盛的发展关系。逮及赵宋，诗赋在科举考试中的影响虽然有所下降，但科考制度影响下的诗歌创作并

---

① （宋）严羽著，郭绍虞校释：《沧浪诗话》，人民文学出版社1983年版，第147页。
② （宋）杨万里撰，辛更儒笺校：《杨万里集笺校·黄御史集序》，中华书局2007年版，第3209页。

未减弱。① 至有元一代，科举考试施行得并不平稳，时断时续，且作为传统考试的试诗项目已被废除。尽管如此，也始终伴随着诗歌唱和活动，促进了元人酬唱诗歌的创作。今之学者在探讨"元代科举与文学"关系时，较少将科举考试与文人诗歌唱和关联起来探讨。② 有鉴于此，本节拟以元代科举制度为媒介，对与元代科举相关的锁院、送人赴举、庆贺及第、慰问落第以及仿科考组织的文人诗会等酬唱诗作简要考述，揭橥科考兴废与元代唱和诗歌创作的关系，增加对元代科举礼仪和科场文化的认识。

第一节　试官的锁院及唱和

一　试官锁院概况

锁院是指考官在考试前即入住贡院，断绝与外界的联系，直至录取名单公布后才出贡院。锁院的目的是防止干谒、请托等徇私舞弊，以保证考试的公平公正。其施行较早可追溯至北宋淳化三年（992），据《文献通考·选举三》载："自端拱元年试士罢，进士击鼓诉不公后，次年苏易简知贡举，固请御试，是年（淳化三年）又知贡举，既受诏，径赴贡院，以避请求，后遂为例。"③ 考官在锁院期间，过着与外界隔绝的封闭、孤寂生活，才华横溢、爱好雅会的他们为排遣寂寞时光，相互赠答酬唱，写下了大量不同于其他科场酬唱环境的锁院唱和诗。最具风尚的是北宋嘉祐二年（1057），权知贡举欧阳修与梅挚、韩绛、梅尧臣等考官主持礼部考试，锁院期间唱酬不歇。欧阳修《礼部唱和诗序》："嘉祐二年春，予幸得从五人者于尚书礼部，考天下所贡士，凡六千五百人。盖绝不通人者五十日，乃于其间，时相与作为古律长短歌诗杂言。庶几所谓群居

---

① 参诸葛忆兵《论宋代科举考场外的诗歌创作活动》，《北京大学学报》（哲学社会科学版）2009 年第 5 期。
② 相关代表性研究主要有余来明：《元代科举与文学》，武汉大学出版社 2013 年版；任红敏：《元代科举与元代文学发展》，《中州学刊》2018 年第 2 期；武君：《科举兴废与元代后期诗学思想的转变》，《青海社会科学》2017 年第 4 期；何长盛：《元代前期科举废止与诗学观念的演变》，《求是学刊》2023 年第 5 期，等。
③ （元）马端临撰，上海师范大学古籍研究所、华东师范大学古籍研究所点校：《文献通考》，中华书局 2011 年版，第 882 页。

燕处言谈之文，亦所以宣其底滞而忘其倦怠也。"①众人长篇险韵，更相酬酢，"自谓一时盛事，前此未之有也"②。欧阳修等人的闱场唱和影响深远。在其后的科举考试中，随着锁院制度被纳入科考体系并常态化施行，锁院唱和也成为严肃而紧张的科考中的风雅韵事，为后世试官文人所延续。

元承宋代科考余绪，沿用了宋科举锁院等制度。翻检《元史·选举志》，尽管较少有对元代锁院制度施行的明确记录，但借助元人的其他史料文献，可以知晓科举锁院的相关情况。元代科举有自下而上的乡试、会试、殿试三级考试，每级课试的考官皆需入院。周伯琦《纪事四首序》记载了至正十一年大都会试：

> 天下贡士及国子生会试京师，凡三百七十三人。中书承诏，校文取合格者百人，充廷对进士。先二日锁院，凡三试，每试间一日，十有二日揭榜。时参政韩公伯高知贡举，尚书赵君伯器同知贡举，予与左司李君孟齏、考试博士杨君士杰、修撰张君仲举同考试，收掌试卷则典籍毛君文在也。③

考官在考试前二日就进入锁院，期间有专人安排食宿。如至正四年（1344）八月十八日，杨翮等人主持江西乡闱，"明日入院，遂各占其所署，则有奔走使令呵警之人。帟幄茵褥几席之具，笔札器用，膏烛之物，粟肉饮馔汤茗酒醴馂馓之供，各循故常，咸极丰备。……九月初吉，列署之事毕者，皆次第出院"④。被褥、器用、肉食、汤茗酒醴等生活物质一应俱全，丰富的物质准备解除了考官在锁院期间的后顾之忧，不仅为他们专心履行选拔任务提供保障，也为工作之余诗酒唱酬提供便利。当然，元代锁院期间对考官的管理是颇为严格的。据《元史·选举一》载，各级锁院，皆"提点搬掠试院，差廉干官一员，度地安置席舍，务令隔

---

① （宋）欧阳修著，李逸安点校：《欧阳修全集》，中华书局2001年版，第597页。
② （宋）欧阳修著，李伟国点校：《归田录》，中华书局1981年版，第33页。
③ 杨镰主编：《全元诗》第40册，中华书局2013年版，第388页。
④ （元）杨翮：《帘外官题名记》，李修生主编：《全元文》第60册，江苏古籍出版社1998年版，第382—383页。

远,仍自试官入院后,常川妨职,监押外门"①。考官进入试院后,有专人监押外门,巡军巡逻,"御史承差锁院门,使臣传语出天阍"②,直至录取结果公布才能出院。

二 锁院唱和诗

锁院期间,考官在完成本职工作之余,自然不会放过难得的雅集机会,他们切磋交流,发而为诗,写下了数量不少的酬唱诗歌。元人的锁院唱和诗作,主要有分题分韵、联句、次韵几种酬酢形式,吟咏内容涉及以下几方面。

(一)描写考试场景

考官锁院期间,因工作性质的特殊性以及活动场所的限制,考试场景成为考官日常视野中的风景。陈旅《贡院中次苏伯修韵》:

> 幞被秋闱怯嫩寒,省郎传檄闭门阑。玄云落纸蚕声老,红密花开扆影残。览卷忽惊千载近,摘辞尤快一时看。才华总为升平出,我得书名补稗官。③

诗歌首联叙写了考试的环境,时天气微寒,院门紧闭;颔联写考生奋笔疾书的答题过程,用"蚕声老"衬托出考生心无旁骛答卷时考场的静谧;颈联写阅卷官对考生文才的惊叹,沉溺于考生的文辞中;尾联抒发作者对人才的慨叹。周伯琦《河东试院即事三首》(其一):"虚堂静院昼垂帘,朱墨分曹宪令严。兵卫重行皆雨立,文场何处覆星占。岂无威凤翔寥廓,定有神蛟起蛰潜。自古河汾多俊乂,会看异业佐轩炎。"④垂帘虚静,宪令严禁,"兵卫重行",试院的静谧及威严环境在锁院酬唱中多次被提及。

值得注意的是,这些读卷官、主考官等多为当时著名文士,其中不

---

① (明)宋濂等撰:《元史·选举一》,中华书局2013年版,第2022页。
② 杨镰主编:《全元诗》第31册,中华书局2013年版,第232页。
③ 杨镰主编:《全元诗》第35册,中华书局2013年版,第44页。
④ 杨镰主编:《全元诗》第40册,中华书局2013年版,第369页。

少经由科举选拔而来,他们对士子参与科举考试以获取功名的仕进之路尤为理解,故而,考生考场上的努力情状是其锁院唱和诗着力描绘的重要方面。如袁桷延祐四年(1317)"秋闱倡和"《次韵席士文御史六首》之三:"文锋鏖战白差差,沉着无声午漏时。掣海碧鲸翻古制,翔云彩凤吐芳辞。"① 之四:"倚笔看天思独难,悬庭秦镜敢藏奸。东方射策三千牍,姑信明时取士宽。"②《次韵假省掾》:"妙笔翻空历杳茫,更驰紫电骋沙场。珠玑已缀三千牍,斧藻能成十二章。"③ 这些诗作,以"文锋鏖战""射策三千""骋沙场""妙笔""倚笔看天"等语词呈现举子紧张而激烈的课试场景,凸显了科举课试的不易。考官们深知个中苦楚,对考生也多饱含同情理解之情。袁桷《次韵王正臣书史试院书事二首》其一:"贡士搜天巧,经营缥缈间。露虫吟喷喷,雨叶战潜潜。董贾传醇正,扬刘陋险艰。铨衡同水镜,辱赠不知还。"④ 其二:"古殿苍云里,疏星出树间。案灯光闪闪,檐溜滴潜潜。便觉登瀛易,谁言与选难。白头心更苦,沧海探珠还。"⑤ 科考过程的艰险荣辱,课试结果的缥缈与不确定性,士子的辛劳及内心的苦楚等,最能感同身受的要数经由科举选拔而来的考官了。

(二)对皇帝重贤能及取士制度的颂扬

科举考试关系到万千读书人的前途和命运,是读书人入仕最重要的途径,唐末五代王定保便言及其重要性,"草泽望之起家,簪绂望之继世;孤寒失之,其族馁矣;世禄失之,其族绝矣"⑥。元前期,科举取士制度的长期废置,断绝了士人的晋升之路,直至仁宗皇庆二年(1313),朝廷恢复科举取士传统,为士子凭借科举选拔而光大门庭的仕进之路提供了可能。作为人才选拔的考官,也多是通晓文儒的读书人,他们深知科举对国家选才以及士子仕进的意义,尤其是在科举施行不顺的元帝国,

---

① (元)袁桷著,杨亮校注:《袁桷集校注》,中华书局2012年版,第762页。
② (元)袁桷著,杨亮校注:《袁桷集校注》,中华书局2012年版,第762页。
③ (元)袁桷著,杨亮校注:《袁桷集校注》,中华书局2012年版,第767页。
④ (元)袁桷著,杨亮校注:《袁桷集校注》,中华书局2012年版,第760页。
⑤ (元)袁桷著,杨亮校注:《袁桷集校注》,中华书局2012年版,第760页。
⑥ (五代)王定保著,阳羡生校点:《唐摭言》卷九《好及第恶登科》,上海古籍出版社2017年版,第64页。

国家开科取士、招纳人才的不易,这一切都离不开君王的英明睿智。因而,对帝王贤德重才以及取士制度的颂扬在其锁院唱和中较为常见。欧阳玄作《试院唱和四首》,其一云:

> 仁皇下诏急求贤,糠秕当时偶在前。两榜复科新大比,三人联事旧同年。关山道路寻常梦,台阁风云尺五天。但使得材今胜昔,吾侪宁复叹华颠。①

欧阳玄是"延祐复科"的第一批亲历者,延祐元年(1314),欧阳玄以《天马赋》为湖广省试第一名,翌年(1315),以左榜一甲第三名进士及第。欧阳玄自幼学习《孝经》《论语》、小学诸书等,十岁能诗,"经史百家,靡不研究"②,"延祐复科"给苦学数十年的欧阳玄提供了展现的平台,并由此开启仕进之路。作为考官的欧阳玄对仁宗皇帝及其恢复的科考制度自然有着不一样的情感。尽管在仁宗前的世祖、武宗、成宗等朝,朝臣"尝垂意取士之科"③,但"义者不一"④ "时时梗其议而止"⑤。因科举的长期废置不行,彼时"仕者悉阶吏进"⑥ 的弊病日益凸显,其解决之计,"莫急于科举"⑦。仁宗皇帝知晓症结,又"深厌吏弊,思致真儒,丕变治化。延祐元年,诏辟贡举,网罗贤才"⑧,这也是欧阳玄对"仁皇下诏急求贤"的颂扬的原因所在。此外,欧氏以"但使得材今胜昔,吾侪宁复叹华颠"等诗语称赞考生的文笔和才华,寄托着作者对科考选拔出新兴人才的期许,欣喜激动之情溢于言表。

---

① (元)欧阳玄著,陈书良、刘娟点校:《欧阳玄集》,岳麓书社2010年版,第11页。
② (明)宋濂等撰:《元史》卷一八二《欧阳玄传》,中华书局2013年版,第4196页。
③ (元)张之翰:《贡举堂记》,李修生主编:《全元文》第11册,江苏古籍出版社1998年版,第332页。
④ (元)蒲道源:《跋秋谷平章试院中所作诗》,李修生主编:《全元文》第21册,江苏古籍出版社1998年版,第226页。
⑤ (元)张之翰:《议科举》,李修生主编:《全元文》第11册,江苏古籍出版社1998年版,第267页。
⑥ (元)苏天爵著,陈高华、孟繁清点校:《滋溪文稿》,中华书局1997年版,第226页。
⑦ (元)张之翰:《贡举堂记》,李修生主编:《全元文》第11册,江苏古籍出版社1998年版,第333页。
⑧ (元)苏天爵著,陈高华、孟繁清点校:《滋溪文稿》,中华书局1997年版,第139页。

欧阳玄外，对帝王的美誉、科举取士制度的歌颂以及人才的渴慕在其他试官的锁院唱和诗中也着墨甚夥。如马祖常《试院杂题》之三："诏鸾封湿武都泥，赐食沙羊杂树鸡。黄道日中依观阙，紫微天近隔楱题。麒麟才出千人贺，鸑鷟初生五色齐。圣主文明天下治，澄澄云汉夹宸奎。"① 之四："须信楚材生六晋，还知汉服出三齐。太平有象文明盛，帝主星垣望画奎。"② 张翥《口院和御史李起岩明举韵》之一："山绕神京海作池，万年天子寿无期。诸生入对陈三策，广殿宾贤设九仪。治道直超金大定，人才不数宋淳熙。老儒叨佐春官选，竟日从容出院迟。"③ 贡师泰《南城监试和同院张进远韵》："清朝隆礼治，仙馆荣贤良。冠冕山河大，文章日月光。九关严虎豹，千仞下鸾凰。此日桥门盛，何论汉与唐。"④ 虞集《玉堂读卷杂赋次韵》之一"待漏宫门听钥开，袖中进卷总贤才。奏名殿里千花合，传敕阶前好雨来"⑤ 等诗歌，其中"麒麟才""圣主""寿无期""文明""天下治""太平有象文明盛"等诗语，在呈现考官激昂情感的同时，不乏对圣主贤能及选拔制度网罗天下英才的溢美之意。他们对科考选拔制度价值的认同和情感态度，恰如时人张之翰所言，"科举之目，曰制策，曰明经，曰赋义，曰宏词，在议择而行之，果人知所学将见贤才辈出，建立太平，可为圣朝万世之光也"⑥。

（三）考官职事工作的艰辛及态度的书写

科举考试牵动着朝廷和士人的命运，朝廷通过科举制度选拔治国人才，举子借助科举进入仕途，光耀门庭并实现人生抱负。作为人才选拔评审者的考官，其考务工作重要性可想而知。锁院期间，考官需要完成监试、弥封、誊录、批阅试卷等工作，工作繁重的同时亦备受压力。如吴澄《贡院中和张仲美》云：

---

① 杨镰主编：《全元诗》第29册，中华书局2013年版，第346页。
② 杨镰主编：《全元诗》第29册，中华书局2013年版，第346页。
③ 杨镰主编：《全元诗》第34册，中华书局2013年版，第105页。
④ 杨镰主编：《全元诗》第40册，中华书局2013年版，第268页。
⑤ 杨镰主编：《全元诗》第26册，中华书局2013年版，第174页。
⑥ （元）张之翰：《议科举》，李修生主编：《全元文》第11册，江苏古籍出版社1998年版，第267页。

墙外浮屠压古城，案头文字浩纵横。不辞霜鬓年华老，又办天朝岁贡英。秋陇故园迷蝶梦，晓窗客枕厌鸡声。何当孺子亭前去，省想高风浣俗情。①

面对案头文字积压，年老体衰、两鬓斑白的考官仍不辞辛劳，审读评阅考生的答卷，只为朝廷选拔出合格的英才。对于诗人来说，不知何时才能"晓窗客枕"，实现"故园迷蝶梦"的"俗情"生活。又胡助《试院和察士安韵》："三日文锋雷动处，五星德耀夜深时。公心明镜持衡重，老眼昏花读卷迟。"②马祖常《试院杂题》（其四）："校文眼涩寻诗句，体国心劳选赋题。"③虞集《玉堂读卷杂赋次韵》之三"文章光焰贯长虹，来者无穷去者空。头白眼昏心力尽，高堂深夜烛摇红"④等酬唱诗作，皆记述了考官在锁院期间工作的艰辛与不易，"老眼昏花""头白眼昏心力尽""夜深时"，将他们为职事殚精竭虑的形象尽皆呈现出来。

选拔工作虽劳心费神，考官并未因此而懈怠，而是以公平公正的态度去完成考试工作，以期选拔出具有真才实学的治国人才。元廷为保证科考制度实施的公正性，对锁院考官制定考场条例：

诸辄于弥封所取问举人试卷封号姓名及漏泄者，治罪。诸试题未出而漏泄者，许人告首。诸对读试卷官不躬亲而辄令人吏对读，其对读讹而差误有碍考校者，有罚。诸誊录人书写不慎及错误有碍考校者，重事责罚。诸官司故纵举人私将试卷出院，及只应人知而为传送者，许人告首。诸监试官掌试院事，不得干预考校。诸试院官在帘内者，不许与帘外官交语。⑤

考场条例颇为严格，考官们也秉承公正无私的职事精神，这在其科

---

① 杨镰主编：《全元诗》第 14 册，中华书局 2013 年版，第 291 页。
② 杨镰主编：《全元诗》第 29 册，中华书局 2013 年版，第 88 页。
③ 杨镰主编：《全元诗》第 29 册，中华书局 2013 年版，第 346 页。
④ 杨镰主编：《全元诗》第 26 册，中华书局 2013 年版，第 174 页。
⑤ （明）宋濂等撰：《元史》卷八一《选举一》，中华书局 2013 年版，第 2023 页。

场酬唱诗中多次明示。柳贯《九日试院诸友小集分韵得口字》："文字入权衡。在县不在手。我岂能重轻，铢两差可否。"① 胡助和察士安诗亦云："科场得失有神司，为国求才孰敢私。"② 宋褧《和苏伯修应奉上都试院夜坐韵》"谁许桂枝平地折，莫将花样近来看。主司不是冬烘者，解送宜胜十政官"③ 等诗，即是考官对职事工作操守的恪守及态度的书写。每每职事完毕，考官从忙碌而繁重的科考事务中解脱出来，"思虑精神之烦劳"④ 才真正放松下来。柳贯《出试院诸友小集湖中分韵得淡字》："棘围坐踰月，滞思入重坎。今晨始超然，放舟事游览。前林卉木清，后岸风日淡。云开两峰出，秀色手可揽。嘉兹十二友，夙昔共铅椠。掺袪将语离，漂萍易增感。举醽屡饮醇，实铏还荐醓。欢意方未阑，夕阴浮晻憯。吾人许予心，初岂异肝胆。所志续鸾胶，毋徒嗜昌歜。向风窃有云，君当一笑颔。"⑤ 久违的放松与闲适，与友朋放舟游览，享受山水之乐，是考官"棘围坐踰月"职事工作后最向往的生活。

第二节 科考进程中的其他唱酬

在科举考试进程中，除却试官相对封闭的锁院唱和外，举子自告别亲友，远赴他乡参与考试，直至试毕归来这一科考过程，伴随着文人士子的多次交往、宴集唱酬活动，留下了数量可观的科举唱和诗。大概而言，送人赴举、贺人及第、劝慰落第、送举子还乡等主题，是元代文人科举唱和诗中关注的重要方面，是探究元代文人在科考进程中课试礼仪和文化心理的重要凭证。

一 送人赴举酬唱

送人赴考是科考礼仪中较为浓重且不可或缺的一环，其习俗早在科

---

① 杨镰主编：《全元诗》第25册，中华书局2013年版，第113页。
② 杨镰主编：《全元诗》第29册，中华书局2013年版，第88页。
③ 杨镰主编：《全元诗》第37册，中华书局2013年版，第256页。
④ （元）杨翮：《帘外官题名记》，李修生主编：《全元文》第21册，江苏古籍出版社1998年版，第383页。
⑤ （元）柳贯著，魏崇武、钟彦飞点校：《柳贯集》，浙江古籍出版社2014年版，第46页。

举产生前的先秦时期就已形成,"诸侯之乡大夫,三年大比,将献贤者、能者于其君,以礼宾之,与之饮酒"①,诸侯在向天子上贡人才时举行乡饮酒礼,在对天子表示尊崇的同时,也表达对贡士的重视和送别。唐宋时期,科举制度在不断完善和施行中吸收了乡饮酒礼送别贡士的礼仪,举子在赴考前,地方长官、友朋等举行公、私宴集相送,以示鼓励和祝福。其间能诗者赋诗唱酬,纪事之余兼具送别之意。元代延续前代科考余绪,考生即将赴举,每每宴饮,留下了不少送考酬唱诗。其内容主要有两方面:一是赞美举子的文笔才华;二是祝愿举子出师大捷,及第高中。陈高《送孔正夫赴会试》:

  冬日江头梅蕊新,鹿鸣歌辍送嘉宾。把文南省已惊俗,封策明堂定绝伦。桐树朝阳鸣彩凤,桃花春浪化金鳞。高堂白发俱强健,早听芝泥出紫宸。②

孔正夫即孔克表,时正夫已通过浙江乡试,将赴省闱会试。诗歌首联叙写赴会试时的景致及鹿鸣宴等送别礼仪的举行;颔联称赞正夫惊世骇俗、超群绝伦的文才;颈联化用《诗经》"凤皇鸣矣,于彼高冈。梧桐生矣,于彼朝阳"③之典故,以凤凰栖梧桐,金鳞跃龙门来祝愿孔正夫定能得到朝廷赏识,金榜题名;结联写诗人期待正夫折桂的消息能早日传回故里,让家中年迈的父母也分享这一喜讯。陈高与孔正夫皆温州平阳人,对孔正夫事迹颇为了解,孔正夫生时,其父母已年五十,正夫参加会试时,父母已愈九十高龄。诗中"高堂白发俱强健,早听芝泥出紫宸"等语,在美誉好友才文并祝福好友的同时,却又呈现出细腻而真实的脉脉温情,令人为之动容。当然,孔正夫也未辜负众人的期望。据宋濂《通鉴纲目附释序》载:"孔君字正夫,克表其名也。宣圣五十五代孙,

---

  ① (汉)郑玄注,(唐)贾公彦疏:《仪礼注疏·乡饮酒礼第四》,(清)阮元校刻十三经注疏本,中华书局1982年影印版,第2115页。
  ② (元)陈高:《陈高集》,浙江古籍出版社2014年版,第14页。
  ③ (汉)毛亨传,(汉)郑玄笺,(唐)陆德明音义,孔祥军点校:《毛诗传笺·大雅·卷阿》,中华书局2018年版,第400页。

至正戊子进士，博通六籍，而文又称之，士林咸推为巨擘云。"① 孔正夫最终通过会试并进士及第，先后任职建德路录事、永嘉县尹、翰林院修撰等。又如李存《次韵送邵文度赴省试》："早岁天香一折秋，直将勋业望伊周。光飞彤管三千字，喜动红云十二旒。上苑锡筵人入画，禁城传诏马如流。相知有问卢仝者，纱帽萧萧正在头。"② 何景福《送方道韹赴春闱》："汉家天马遍流沙，始见神驹出渥洼。凤阙今年新进士，蛟峰此日大方家。鞭摇金水桥边柳，帽压琼林宴上花。辛苦平生读书眼，春风得意看京华。"③ 郑元祐《送李秀才乡举》："秋风又复度宫槐，文采何人似尔佳？月拥素娥迎学子，桂摇金果散天街。剑光出匣惊时日，笔阵翻云写壮怀。从此图南展鹏翼，横飞溟涬渺津涯。"④ 等等。或述举子"神驹出渥洼"，或言"帽压琼林宴"，或赞"剑光出匣""笔阵翻云"，举子身负绝世才能，必然大展鹏翼，蟾宫折桂，"春风得意看京华"。可见，送人赴举酬唱诗并未脱离吟咏考生文才和祝愿及第的程式化书写。

二　祝贺及第唱和

对于十年寒窗苦读的举子来说，金榜题名是最激动人心的喜事，对举子及第的祝贺成为元代科举酬唱的重要内容。唐代孟郊登科后曾言："昔日龌龊不足夸，今朝放荡思无涯。春风得意马蹄疾，一日看尽长安花。"⑤ 昔日的诸多艰辛与不如意已风吹云散，迎接诗人的是即将到来的锦绣前程。元人对举子通过考试十分重视，延续前代宴饮庆贺的传统。如俞希鲁《鹿鸣燕诗序》：

> 至治癸酉，天诏飞云，省闱列棘，予以文学掾与约考事，先赋而至者，其寸钱不持，非实学不可也。江浙内合三十一路，近二千余人。以二千余人之众，而有二十八人之限，亦难也已。况以三十

---

① （明）宋濂著，徐儒宗等点校：《宋学士文集》，浙江古籍出版社2014年版，第1035页。
② 杨镰主编：《全元诗》第31册，中华书局2013年版，第66页。
③ 孙海桥：《〈全元诗〉补遗80首》，《古籍整理研究学刊》2015年第3期，第50页。
④ 杨镰主编：《全元诗》第36册，中华书局2013年版，第341页。
⑤ （唐）孟郊著，韩泉欣校注：《孟郊集校注·登科后》，浙江古籍出版社2012年版，第130页。

一路之广，而郡不荐一人则愧焉，是尤难者也。以斯二难而明一举，凡三人，曰薛观，曰程端礼，曰史驹孙，非老成则英伟也。上下官府，与乡士大夫，莫不为四明有人喜，为某得人贺。……朋友间相与作歌诗颂其实，用锓诸梓，为来者劝。①

于两千余人中录得二十八人参与殿试，其难度之大不言而喻，与会友朋之间难免相与作诗唱酬以祝贺、劝勉。

元人的庆贺及第唱酬诗：或抒写及第的激动与喜悦；或赞誉举子的才能，祝贺考生高中，展望举子的锦绣前程；或称颂皇帝的英明圣哲，恭贺朝廷得才。如泰定元年（1324）宋褧擢进士第，马祖常有诗庆贺，宋褧作《杏蜡辞》以和：

霞绡簇春笑红雨，曲江芳情恼游子。郎君焰光高二丈，烧杀杏花三十里。觞酣小驻庞姨家，莺歌溜玉铿红牙。华裾飘麝鬓毫绿，上马行陪择婿车。②

诗歌描述了进士及第后的生活场景，曲江宴集，美酒莺歌，锦衣华服，麝兰飘香，高车宝马择婿场，尤其是"郎君焰光高二丈，烧杀杏花三十里"之语，刻画了举子春风得意，光芒四射的形象。马祖常于延祐二年（1315）进士及第，宋褧诗虽为和写马氏诗，但高中的激动与喜悦之情以及诗人踌躇满志的形象又何尝不是自己的真实写照。胡助《送胡允文杨廉夫赵彦直登第归赵》更为典型：

秋鹗横江来，越上得三士。吾宗及杨赵，联翩鸿雁似。矗志俱妙年，英华振颓靡。渊源春秋学，同究尊王旨。明年试南宫，势若鼎足峙。桃花春浪高，禹门同上矣。文惊大宗伯，荣对圣天子。乃知穿杨手，贾勇更奇伟。天门黄金榜，观者实填委。四方已传说，他郡固无是。而我客京师，目击此盛美。敝庐邻越山，殊重乡邦喜。

---

① 李修生主编：《全元文》第33册，江苏古籍出版社1998年版，第53页。
② 杨镰主编：《全元诗》第45册，中华书局2013年版，第225页。

三子时见过，连璧照书几。琼林燕酣罢，官拜君恩侈。朝绅多赠言，南归戒行李。袍笏光参差，娱亲耀闾里。一绾会稽章，参军录城市。一宰天台县，弦歌好山水。一佐海上州，宝陀揽瑰诡。国家重设科，罗才资治理。图报在忠贞，岂曰荣一己。矧膺民社寄，责效从此始。行行慎勿迟，郊迎喧老稚。郡侯宴高阁，蓬莱翠如洗。①

杨维桢、胡一中、赵彦直于泰定四年（1327）登进士第，诗歌既言送别，也为祝贺登第之作。诗歌既称赞三人妙年勖志，"英华振颓靡"，皆身负春秋学，"势若鼎足峙"，"文惊大宗伯"，如此才学已是四方盛传，最终荣登黄金榜。也指出三子的及第离不开皇帝"重设科"、"罗才资治理"的英明睿智，故而举子当铭记皇帝恩德，忠诚坚贞，以报答朝廷的擢第提拔之恩。此外，诗歌还展望三子的未来，三人或绾会稽章，或主天台县，或佐海上州，皆山水瑰诡且雅好弦歌之地，为官若"矧膺民社寄，责效从此始"，定会在仕宦上有一番作为。又如傅若金《送余观嘉宾及第归岳阳却赴常宁州判》：

主上征多士，郎君最少年。丝纶三殿出，名姓九宾传。月桂浮丹籍，官槐拂彩筵。炉烟携去重，袍色赐来鲜。雁塔青云绕，龙门紫雾缠。圣谟恭己治，文德待人宣。日月南垂楚，山河北凑燕。洞庭飞鸟外，衡岳乱帆前。禄喜娱亲足，官听举最迁。京华未归客，临别意茫然。②

诗人在祝贺举子及第的同时，陈述举子"郎君最少年""名姓九宾传"，举子虽身负才学，然终能折桂攀蟾，"禄喜娱亲足"并被授予官职，开启仕途之路，这一切皆得益于"主上征多士""圣谟恭己治，文德待人宣"。另，释梵琦《贺人及第》："甲子龙飞榜，江南有几人。一毛生鸑鷟，千里见麒麟。述作机中锦，光明席上珍。曲江高宴会，花柳又添

---

① 杨镰主编：《全元诗》第29册，中华书局2013年版，第19—20页。
② 杨镰主编：《全元诗》第45册，中华书局2013年版，第135页。

春。"① 华幼武《寄惟中省元》:"阊阖城外送君时,杨柳花飞及第归。……少年姓字登金榜,长日阶庭戏彩衣。满地干戈瞻具庆,堂前醉客莫教稀。"② 在向及第举子道贺的同时,不吝笔墨称誉举子的才能。类此祝贺高中,赞誉举子才能,称颂圣主英明重贤的诗作在贺人及第唱和诗中尤为普遍。

三 落第唱和诗

傅璇琮在探讨唐代科举与文学关系时曾言:"传为美谈的唐代科举盛世,对大多数应试者来说是落第的悲叹和奔波于道路的辛酸。"③ 科举及第固然值得关注和庆贺,但举子的落第最能引起文人的同情,并由此引发以"落第"为主题的诗歌唱酬活动。在元人的落第唱和诗中,对举子落第的辛酸经历、悲伤情绪的表达尤为关注。潘伯修《下第京师别诸乡友》:

风纷客怀乡思起,吹作长云行万里。蛟龙春归恋窟泽,虹霓昼动含阴雨。忆昨路绕彭城来,酒酣独上歌风台。青天无云野草白,高帝事业安在哉!丈夫挟策干一命,忍耻随人作奔竞。道上能无屠狗人,戏作悲歌君莫听。④

诗人虽极力以游客归乡、蛟龙恋窟泽的思乡情绪来自我调试,并以"高帝事业安在哉"来自我安慰,却也无法驱散落第的悲伤情绪。尤其是诗人回想起自己出身卑微,于无数孤独的昼夜更替中"挟策"苦读,后不辞辛劳,"忍耻随人作奔竞",希冀以此改变命运,光耀门庭。诗人"尝三中省试"⑤,但下第的残酷现实将一切愿望都予击碎,念此不禁悲歌欲泣。这也使得其诗歌缠绵悱恻,读之感人肺腑。又如江东四儒之一的李存,有《下第南归别俞伯贞》诗:"驱车出都门,别酒忽在手。去国古所悲,况复

---

① 杨镰主编:《全元诗》第 38 册,中华书局 2013 年版,第 306 页。
② 杨镰主编:《全元诗》第 46 册,中华书局 2013 年版,第 110 页。
③ 傅璇琮:《唐代科举与文学》,陕西人民出版社 2003 年版,第 327 页。
④ 杨镰主编:《全元诗》第 54 册,中华书局 2013 年版,第 59 页。
⑤ (清)顾嗣立编:《元诗选二集·潘省元伯修》,中华书局 1987 年版,第 888 页。

失良友。芃芃丘中麦，郁郁道傍柳。挥手从此辞，烟云黯回首。"① 尽管诗人对仕尽之路兴趣不浓，"一试不第，即决计隐居"②，但"去国古所悲""挥手从此辞，烟云黯回首"等诗语，也透露出下第的失落情感。

与之相对应的是，文人对落第举子的安慰、劝解、勉励等成为科举唱和诗关注的另一方面。这类诗歌往往被视为是"种种写科举题材诗歌中最为出色的，所谓'愁苦之言易好'。诗人同情落第者的遭遇，理解落第者的心情，诗歌渲染上一层悲苦气氛，富有艺术感染力"③。如宋褧《送钱思复下第还杭州分得秋字》：

> 陌上王孙壮气遒，交锋劖垒在朝头。拟来披腹排阊阖，空使乘槎犯斗牛。蟾府丹香应少待，凤梭花样肯旁搜。冬烘却是居停主，江上芙蓉莫怨秋。④

钱惟善颇具才学，乡试时，有司以《罗刹江赋》命题，时"锁院三千人，不知罗刹江之为曲江也。思复引枚乘《七发》为据，其首句云：'惟罗刹之巨江兮，实发源于太末。'大为主司所称，由是知名。"⑤ 钱惟善参加会试，时礼部侍郎泰不华考文，未予及第。诗歌在铺叙钱氏经历，美誉其文才气概的同时，以"冬烘却是居停主，江上芙蓉莫怨秋"来劝解、勉励钱惟善，失意只是一时的，千里马终会得到伯乐赏识。吴师道《送钱思复下第归杭分韵得屈字》也为才华横溢的钱氏鸣不平，直言"朝臣邈知己，良友惟称屈。清才岂终滞？篇制宜黼黻"⑥，"京都览壮丽，客思忘堙郁"⑦，诗人希望京都的壮丽景致及怀乡思绪能够缓解钱氏的失落

---

① 杨镰主编：《全元诗》第31册，中华书局2013年版，第39页。《元风雅》卷十八作祝蕃诗。
② （清）顾嗣立编：《元诗选初集·李征士存》，中华书局1987年版，第1666页。
③ 诸葛忆兵：《论宋代科举考场外的诗歌创作活动》，《北京大学学报》（哲学社会科学版）2009年第5期，第80页。
④ 杨镰主编：《全元诗》第37册，中华书局2013年版，第276页。
⑤ （清）顾嗣立编：《元诗选初集·曲江老人钱惟善》，中华书局1987年版，第2268页。
⑥ （元）吴师道著，邱居里、邢新欣点校：《吴师道集》，浙江古籍出版社2012年版，第64页。
⑦ （元）吴师道著，邱居里、邢新欣点校：《吴师道集》，浙江古籍出版社2012年版，第64页。

情绪。又仁宗延祐七年（1320），吴莱以《春秋》举进士，下第还乡，柳贯《乡友立夫以治春秋举礼部进士不中第赋二诗别余南还次韵答赠》以"兵法孤军尝小挫，圣经一字有公非"① 安慰吴莱，并以"文章锐发如朝气，慎向尼山觅要归"② 肯定并劝勉乡友。又，"好为诗文，乐接世务"③ 的玄教真人陈日新科举下第，许有壬《送陈日新下第作吏》慰藉陈氏"昔惭有遗才，今惭负登明"④，并以"筐篚古虽鄙，万一志可行。但期敦素志，道义非功名"⑤ 寄语好友，仕宦功名固然美好，但世事无常，期望陈氏遵循内心意志，实现人生抱负。类此酬唱诗作不胜枚举，落第举子的悲伤、失落等情绪，以及好友士人的劝慰、勉励赋予落第唱和诗不一样的文学色彩。

第三节　延伸的科举活动：同年唱和与文人的科举模拟唱酬

科举制度的施行和废置始终伴随着元代文人的诗歌创作，除却上述锁院等科考场域中的唱酬外，科举唱酬活动还延伸到科场外。科举同年的重聚唱和以及文人的科举模拟唱酬是场外科举活动的代表，他们频繁的诗歌活动构建并推动着元代科举文化的发展，是探讨元代科举兴废与元人诗歌唱酬活动不可忽略的现象。

一　科举同年唱和

所谓同年唱和，是指科举同时及第士人之间的唱和。早在隋唐时期，考生通过一系列考试放榜后，会参加由朝廷或私人组织以登第进士为主的宴集活动，如唐代的"曲江会""雁塔题名"等即是著名的同年宴集。

---

① （元）柳贯著，魏崇武、钟彦飞点校：《柳贯集》，浙江古籍出版社2014年版，第120页。
② （元）柳贯著，魏崇武、钟彦飞点校：《柳贯集》，浙江古籍出版社2014年版，第120页。
③ （元）柳贯著，魏崇武、钟彦飞点校：《柳贯集》，浙江古籍出版社2014年版，第120页。
④ 杨镰主编：《全元诗》第34册，中华书局2013年版，第180页。
⑤ 杨镰主编：《全元诗》第34册，中华书局2013年版，第180页。

由此而始，科举同年因有着相同而难忘的考试经历以及在政治文化上联盟的需求，在及第后长时间保持着情感和友谊的联系，其中诗歌唱酬是他们集会和文学交往最普遍且重要的交流方式。元代考生也延续这一科考传统，在考试放榜后的漫长岁月中，同年以科举经历为情感纽带，将科举唱和延伸到科场之外，创作了不容忽视的同年唱和诗。

在元人的同年唱和诗中，对圣主的美誉及同年重聚欢悦的记载是诗歌常见的表达内容。举子在及第以后，既为联络情谊，也为寻求联盟，会不定期举行科举同年集会。如元文宗天历三年（1330）二月八日宋褧等人的同年集会即是代表。宋褧《同年小集诗序》载：

> 天历三年二月八日，同年诸生谒座主蔡公于崇基万寿宫寓所。既退，小集前太常博士、艺林使王守诚之秋水轩，坐席尚齿，酒肴简洁，谈咏孔洽，探策赋诗。右榜则前许州判官粤鲁不华、前沂州同知曲出、前大司农照磨谙笃乐、奎章阁学士院参书雅琥，左榜则前翰林编修王瓒、前翰林修撰张益、前富州判官章谷、翰林应奉张彝、编修程谦。疾不赴者：前陈州同知纳臣、深州同知王理、太常太祝成鼎。时粤鲁调官监濠之怀远县，曲出监庆元之定海县，谷广东元帅府都事，皆将赴上。琥即雅古，盖御更今名云。执笔识岁月者，前翰林编修、詹事院照磨宋褧也。[①]

此次同年集会的人员，均有官阶在身，且皆泰定元年（1324）进士，包含左右两榜多民族的科举同年。活动之始即先拜谢座主蔡文渊，后"酒肴简洁，谈咏孔洽"，共叙同年情谊，诗歌唱酬仍沿用科举取士传统之"探策赋诗"方式，以确定吟咏的题韵，足见科举考试制度对士人影响之大。

以宋褧《同年小集探策赋诗得天字》为例，诗歌开篇便极尽铺陈之能事，用"仁庙尊儒术，嘉猷匹古先。丕承由列圣，大比涉三年。拣拔归陶冶，招徕际幅员"[②] 等诗语来颂扬元廷圣主对人才的尊崇和重视，足以媲美古代先贤。因"仁庙尊儒术"，世运熙洽，故而"文星明似月，公

[①] 李修生主编：《全元文》第39册，江苏古籍出版社1998年版，第322页。
[②] 杨镰主编：《全元诗》第37册，中华书局2013年版，第230页。

道直如弦"①,选拔出大量的治国人才。"恩重冠裳赐,衔清馆阁联。绿章趋画阙,华服曳春筵。载酒芳坰外,闻歌小海边。"②承蒙皇恩赏赐,经由科举考试而来的士子不仅被擢为天子门生,绿章华服,佳肴美馔,御赐不断。当然,对于科举同年而言,"重来情愈愈,复会语绵绵。问梦观青鬓,遨嬉驻彩鞭。但思倾玉斝,那复计金钱"③,最欢愉的莫过于阔别六年的重聚。最后,诗人以"勤劳有王事,□□□诸贤"④与诸同年共勉,辛劳效力王家事,以报答朝廷的擢第提拔之恩。

同年唱和诗歌还着力于对科考峥嵘岁月的回忆及同年友谊的书写。举子寒窗苦读,历经乡试、会试层层选拔,直至殿试后朝廷放榜,在成千上万的考生中脱颖而出,及第者可谓凤毛麟角。这段科考过程不仅是考生难以忘怀的人生记忆,也是同年共同的人生经历,是同年友谊书写的开始,在同年唱和诗中被反复提及。张以宁《次韵送同年朱子仪调光化尹还睢阳》诗堪为代表:

故人昔遇淮南楼,金钗红烛宵藏钩。持螯烂醉对黄菊,海月正出东山头。故人今调襄南尹,五云飞佩摇霞影。都门马首谈旧游,酒热貂裘雪花冷。忆昔射策中书堂,阊阖黄道垂天光。鹍鹏远击同千里,鸿雁相望动十霜。荒鸡野店君行早,到家定访睢阳老。阶前新雨秀兰芽,堂背光风泛萱草。冰销汉渚波龙鳞,飞舞雏凤离风尘。忆君明年重回首,大堤花发襄阳春。⑤

张以宁、朱显文等系泰定四年(1327)进士。朱显文调任光化县尹,将还睢阳,张氏作诗送别。诗歌追述与朱显文相识的场景,回忆昔日一起射策中书堂,"阊阖黄道垂天光"的高光时刻,多年的同年友谊恰如"鸿雁相望动十霜",深情款款,令人动容。离别总是有诸多的不舍,诗人将思念情绪寄托于"忆君明年重回首,大堤花发襄阳春"之时。又,

---

① 杨镰主编:《全元诗》第37册,中华书局2013年版,第230页。
② 杨镰主编:《全元诗》第37册,中华书局2013年版,第230页。
③ 杨镰主编:《全元诗》第37册,中华书局2013年版,第231页。
④ 杨镰主编:《全元诗》第37册,中华书局2013年版,第231页。
⑤ (明)张以宁著,游友基整理:《翠屏集》,广陵书社2016年版,第12页。

至元三年（1337）三月七日，泰定四年（1327）科进士黄清老、赵期颐、罗允登、笃列图、善著、观音奴、李灏、文远、子通、仲礼十人同年集会于城南，人皆赋诗二首。黄清老有诗云：

  曾记南城尺五天，重来携手宴同年。春风远塞葡萄酒，明月佳人玳瑁筵。苔上药阑红染露，莺啼柳迳碧生烟。琼林十载多离别，欲拂金徽思渺然。①

自登科以来，"琼林十载多离别"，致使诗人"欲拂金徽思渺然"，同年间的情谊愈发弥足珍贵。

对时光流逝及人生际遇的慨叹也是同年唱和经常吟咏的主题。对于多数科举同年而言，相聚的时间总是短暂的，举子在及第后便被授予官职，被派往各地任职。待科举同年再次相见，更心潮澎湃。葛元喆《次同年辜德中知州》：

  虎榜同升若弟兄，看花忆在赏心亭。葡萄晓出宫壶紫，杨柳春分御苑青。愧我无谋能报国，多君有子已传经。近来更有忧时念，销尽干戈岁始宁。②

葛元喆、辜德中同为至正八年（1348）登进士第，诗歌在追忆科考岁月、述说同年兄弟友谊的同时，也向辜德中同年倾诉了诗人有感时光易逝、岁月蹉跎的忧郁情感。而今"多君有子已传经"，诗人则"愧我无谋能报国"，人生抱负无法施展的苦闷情绪油然而生。张以宁《次韵同年李孟幽编修见贻》：

  五年相别复相见，桂树萧飒飞秋霜。君今青云致身早，笑语从容陪阁老。③

---

① 杨镰主编：《全元诗》第36册，中华书局2013年版，第177页。
② 杨镰主编：《全元诗》第58册，中华书局2013年版，第463页。
③ （明）张以宁著，游友基整理：《翠屏集》，广陵书社2016年版，第12页。

张以宁与同年李稷的相见已是五年之后，此时李稷担任翰林编修之职，可谓是青云直上，笑语从容，仕途前景一片光明。同年及第之张以宁则"由黄岩判官进六合尹，坐事免官，滞留江、淮者十年"①，人生遭遇令人唏嘘。又葛元喆《同年阿鲁温沙仲德将赴江西都事因友人问讯赋此以寄》：

> 崇天门下凤群飞，五色文章炫羽仪。大乐九成临魏阙，精金百炼出滇池。身依蓬岛风云会，天近薇垣雨露垂。昔我同升今十载，独无经济佐明时。②

葛元喆、阿鲁温沙皆为至正八年（1348）进士。诗歌追述了昔日登第时群贤汇聚大都宫城正门、意气风发的辉煌场景，及第者无不文才熠熠且历经"精金百炼"方才脱颖而出。然而岁月蹉跎，同是"五色文章炫羽仪"的科举同年在十年后却有着不同的境况，同年阿鲁温沙仕途顺达，前途不可估量，作者葛元喆虽博学工文，在科考中连战连捷，却仕途塞塞，"登科十年，未沾寸禄""独无经济佐明时"，如此人生境遇不禁引人同情。作者将人生郁郁不得志的遭遇和苦闷情绪展现得淋漓尽致。再如许有壬《和同年李芳斋县尹韵》：

> 牛刀何足展君长，妙割虽多不用铏。彭泽秋随杨柳种，河阳花带桂枝香。当时文会人千里，几度月明天一方。回首茫茫又南北，暮云深处望琴堂。③

许有壬与李政茂（号芳斋）是延祐二年（1315）进士，李政茂为是年乙卯科状元。在许有壬看来，以同年李政茂的才能，任职县尹实是牛刀小试、大材小用，"妙割虽多不用铏"，不足以展现好友之所长。作者在为好友怀才不遇鸣不平的同时，也劝诫好友像陶渊明、潘岳等隐者学

---

① 杨镰主编：《全元诗》第 58 册，中华书局 2013 年版，第 463 页。
② 杨镰主编：《全元诗》第 58 册，中华书局 2013 年版，第 463 页。
③ 杨镰主编：《全元诗》第 34 册，中华书局 2013 年版，第 317 页。

习，寄情山水清音以消解仕宦不顺的愤懑。对于仕宦的浮沉，宋褧的态度则较为平静豁达，直言"缅思州县职，恒畏简书愆。苦乐宁非分，升沉各有缘。云随风力断，萍逐浪花牵"①，仕宦升沉自有其缘，不同的人生态度有着不一样的仕宦选择，顺其自然方能踏浪而行，这样的天地才会更广阔，颇具人生哲理。

二 文人的科举模拟唱酬

元代文人场外科举模拟唱酬的盛行，离不开元代科举考试制度的设置和发展。相较唐宋而言，有元一代的科举考试施行得并不平顺。自13世纪初蒙古汗国建立始，至元太宗九年（1237）八月，几十年间，仅仅举行了一次对元朝统辖区域内的儒学人才进行考评的"戊戌选试"。据《元史·选举志》载：

> 九年秋八月，（太宗）下诏令断事官术忽觯与山西东路课税所长官刘中，历诸路考试，以论及经义、辞赋，分为三科，作三日程，专治一科，能兼者听，但以不失文义为中选。其中选者复其赋役，令与各处长官同署公事。得东平杨奂等凡若干人，皆一时名士。②

此次课选范围相对较小，得才有限，多数士人未能擢第入选。这次"戊戌"人才选拔后，科举考试因各种原因长期废置，直至仁宗皇庆二年（1313），方颁布法令实行科考，其间相去七十余年。元仁宗虽诏令每三年举行一次科举考试，但至元二年（1336）、五年（1339）也曾停滞，且考试规模较唐宋小得多。据统计，唐代共开科273次，总取士8455人，其中进士6692人，诸科1569人，另有秀才29人，其他165人；③ 宋代取士空前繁荣，各种登科人数约11万人，有资料留存者约4万人；④ 元代举行了十六次科举考试，取进士1139人。此外，元代还依据蒙古人、色

---

① 杨镰主编：《全元诗》第37册，中华书局2013年版，第231页。
② （明）宋濂等撰：《元史·选举一》，中华书局2013年版，第2017页。
③ 陈秀宏：《唐宋科举制度研究》，北京师范大学出版社2012年版，第72页。
④ 龚延明、祖慧编著：《宋登科总录·总序》，广西师范大学出版社2014年版，第5页。

目人、汉人、南人四类考生，实行左右榜取士。蒙古人、色目人为右榜，只需两场考试，及第较为容易；汉人、南人为左榜，不仅考生数量众多，考生需课三场试，难度较大。加上录取名额有限，这便导致很多考生无缘及第之路，故而"当时由进士入官者仅百之一，由吏致位显要者常十之九"①。

正是上述因素的影响，导致多数元代士子科举仕途之路蹇塞异常，但科举同题的课试方式早已深入人心，且逐渐进入并成为文人日常集会唱酬活动的重要组成部分。如元初吴渭、方凤、谢翱等月泉吟社的一次集会赋诗活动，吴渭《征诗檄》载：

> 本社预于小春月望命题，至正月望日收卷，月终结局。请诸吟社，用好纸楷书，以便誊副，而免于差舛。明书州里姓号，以便供赏，而不至浮沉。切望如期差人来问，浦江县西地名前吴吴知县渭，对面交卷，守回标照应，俟评校毕，三月三日揭晓。赏随诗册分送，此固非足浼我同志，亦姑以讲前好，求新益云。②

从命题、收卷、誊副、品评、排名、揭晓一系列过程来看，此次集会创作完全模范科举考试的程序举行，其中不排除元代文人借诗歌集会来弥补科举考试废置的遗憾。元初刘辰翁《程楚翁诗序》云：

> 科举废，士无一人不为诗。于是废科举十二年矣，而诗愈昌。前之亡，后之昌也，士无不为诗矣。③

欧阳光也说："元蒙统治者入主中原后，曾相当长一段时间里取消了科举考试，这对于早已把参加科举作为重要的人生目标的汉族知识分子来说，犹如人生道路的大塌方，造成他们群体性的巨大的幻灭感和失落感。在这种情况下，借用科举考试的形式进行诗社活动，实际上就有了

---

① （明）宋濂等撰：《元史》卷一八五，中华书局2013年版，第4255页。
② 李修生主编：《全元文》第19册，江苏古籍出版社1998年版，第561页。
③ 李修生主编：《全元文》第8册，江苏古籍出版社1998年版，第552页。

模拟科举考试的性质，知识分子可以通过参加这一活动，复唤起青衫之梦，得到些许精神补偿。这也正是月泉吟社的征诗活动得到知识分子热烈响应的重要原因之一。"① 此次月泉吟社模拟科考举行的《春日田园杂兴》同题唱酬，参与者达两千多人，最终收得五、七言律诗二千七百三十五卷，足见科举考试制度影响之巨。

　　科场外模拟科举的同题唱酬，在元代文人集会活动中尤为普遍。颇具代表性的如杨维桢《聚桂文会序》载，元末江南濮允"为聚桂文会于家塾，东南之士以文卷赴其会者凡五百余人。所取三十人，自魁名吴毅而下，其文皆足以寿诸梓而传于世也"②。此文会邀请杨维桢、李祁为评卷官，葛葳之、鲍恂相与讨论。又如吕良佐仰慕乡举里选之盛，聘四方能诗之士，在家乡华亭（今属上海）创立"应奎文会"举行同题诗文较艺，"邑大夫唐公世英、张公彦英明劝于上，移以公牒，聘海内知名士主文评者会稽杨公廉夫，公又与同评者云间陆公宅之。东南之士以文投者七百余卷，中程者四十卷"③，等等。类似文会模仿科考同题赋诗者不计其数。对此，黄庚《月屋漫稿序》有云："自科目不行，始得脱屣场屋，放浪湖海，凡平生豪放之气，尽发而为诗文。"④ 这也是元代同题酬唱诗繁盛的原因所在。

　　当然，与科考进程中的其他唱和诗不同的是，受科举不盛影响而组织的集会活动增加了同题酬唱的竞技性、游戏性。这种集会同题自活动之始便具有很强的竞技性质，参加活动者不仅能凭借诗作取得荣誉，还能得到相应的奖赏以及促进诗作的流传。如濮允等"聚桂文会"、吕良佐等"聚桂文会"举行的原因之一，或"慕乡举里选之盛"，辄于大比之隙举行文会；或"大比开，而作者或有遗珠之憾，则主司之负诸生也；义试开，而作者或无擅场之手，则诸生之负主司也"⑤。吴渭等月泉吟社

---

① 欧阳光：《宋元诗社研究丛稿》，广东高等教育出版社1998年重印版，第80页。
② （明）杨维桢著，孙小力校笺：《杨维桢全集校笺》，上海古籍出版社2019年版，第1989页。
③ （元）吕良佐：《应奎文会自序》，李修生主编：《全元文》第39册，江苏古籍出版社1998年版，第269页。
④ 丁放撰：《元代诗论校释》，中华书局2020年版，第315页。
⑤ （明）杨维桢著，孙小力校笺：《杨维桢全集校笺》，上海古籍出版社2019年版，第1989页。

《征诗檄》还指明"州里、姓号以便供赏""赏随诗册分送",强调写明籍贯、姓号以便奖励及作品的寄赠。《明史·文苑一》评曰:

> 当元季,浙东、西士大夫以文墨相尚,每岁必联诗社,聘一二文章巨公主之,四方名士毕至,讌赏穷日夜,诗胜者辄有厚赠。临川饶介为元淮南行省参政,豪于诗,自号醉樵,尝大集诸名士赋醉樵歌。简诗第一,赠黄金一饼;高启次之,得白金三斤;杨基又次之,犹赠一镒。①

酬唱活动繁盛如斯。科举同题觞咏竞技性和游戏性的增强,不仅给参与者带来集会的娱乐和愉悦,在提高士人声誉、传播士人诗文作品的同时,也促进了科举酬唱风气的盛行,丰富了酬唱诗文的创作。

总之,有元一代科举取士制度的施行虽然不平顺,且科举取士不如唐宋等朝繁盛,但科举入仕的文化已深入元代士人的心理。科举制度影响下的元代文人酬唱诗歌的创作,不仅为解读元朝特殊一代的科举文化、文人科举心理及仕进之路提供了视角,还丰富了元代唱和诗的类型和内容,促进了元代酬唱风气的盛行和唱和文学的繁荣。从这个意义上来说,元代科举唱和诗的文学与文化价值不应该被忽略。

---

① (清)张廷玉等撰,《明史》,中华书局2005年版,第7321页。

结　　语

　　先哲孔子言及"《诗》可以兴，可以观，可以群，可以怨"，认为诗歌具有认识、教育、审美等功用。后世诗人延续孔子的诗教之路，在诗歌交往酬唱中充分发挥诗歌的兴、观、群、怨的诗教功能，将诗歌的娱乐性、文学性、游戏性、社会交往性等熔为一炉。一时酬唱风气大炽、唱酬活动频繁，参与者不分身份地位、民族地域、尊卑贵贱、人人竞相赋诗唱酬，举凡目之所及之物事，皆可吟咏唱酬。这在有元一代的诗歌酬唱中尤为显著。

　　元代唱和风气的盛行与唱和诗的繁盛，是元前诗家对唱和诗体的持续探索和实践总结推动的结果。唱和诗的兴起、成熟、定型与普及历经漫长的发展过程。它萌芽于上古先民日常生活和劳作场所音乐上的应和，其生成之初并无实义，更多是为配合音乐咏唱而存在。随着诗歌逐渐脱离对音乐的依附而独立成体，唱和诗历经先秦"声相应"到"辞相应"的转变。魏晋六朝时期，在陶渊明、沈约、谢朓、王融、萧衍、萧统、萧纲、萧绎等诗人频繁的酬唱实践的推动下，唱和诗体得到发展并逐渐被人们熟识。隋唐时期唐宫廷诗人上官仪、沈佺期、宋之问及锐意唱酬的元稹、白居易等文士对唱和诗的持续探索和创作实践，促进了唱和诗辞藻和格律的精妙化，次韵、依韵、用韵等主流唱和诗体成熟、定型并确立自己的写作规则。宋代苏轼、黄庭坚等诗家频繁的唱和以及对唱和诗体的不断开拓和革新，进一步推动次韵唱酬的盛行，丰富了唱和诗歌的美学内涵。这些都为迎来元代唱和风气的盛行与唱和诗的繁荣奠定了基础。

　　元代文人不仅继承和发展了前代诗家的诗歌唱酬，更是将之视为日常生活中交往应酬、沟通人际关系、交流思想普遍采用的方式。诗歌唱和不仅是士人生活的重要组成部分，还推动着元代文学的发展和演进，助力于元代文坛格局的形成。在元前期，国家处于混乱征伐的政治环境之中，且蒙古汉文学积淀薄弱，元朝本土作家的文学活动并不活跃，文坛相对凋敝。直至耶律楚材与丘处机等人的天生之行以及相互间的诗歌唱酬，方才拉开了元代唱和文学发展的序幕。其后大量宋金文人的入元，为元注入新的酬唱力量。其中北方入元金人华夷观念较为淡薄，他们之中的多数选择入汉人世侯幕府，后出仕新朝。即便是李俊民、段克己、段成己、元好问、曹之谦、麻革、杜英、杨弘道、张澄等少数或隐或退、不仕元廷的遗民诗人，他们的唱和诗对亡国的事实和经历表现得颇为冷静，虽不乏对故国的思念以及壮志难伸的苦闷的书写，却少有哀恸怨怼的激烈情感，诗风较为平易。而南方文坛主要以入元宋人为主，多隐逸不仕，"彷徨、徙倚于残山剩水间，孤愤激烈，悲鸣长号"，他们的唱和诗或述铜驼荆棘之悲、神州沉沦之痛，或追思故国，或言说隐逸、哀叹生命，唱酬主题虽有类型化倾向，但诗歌慷慨沉郁、悲壮低徊，颇具特色。入元宋金诗人的唱和虽未能完全摆脱宋金诗坛的流弊，但对金末偏好奇崛、宋末崇尚纤碎浅弱及清空淡雅诗风的改造具有重要的意义。

　　元中期遗民诗人群体渐次退出诗坛，诗坛上笼罩着的家国倾覆的悲伤情绪亦淡出学林，随着儒学的抬头以及科举取士制度的恢复等，大量来自不同地域、不同民族的新一代文人先后进入翰林国史院、集贤院、奎章阁学士院等馆阁，他们认为，元朝盛极一时，力图建立与盛世强国相适应的文学表达，对元初文坛或发孤愤激烈情绪，或述亡国哀思等遗民诗人的酬唱文学进行革新。在以姚燧、赵孟頫、袁桷、虞集等馆阁士人为代表的文人群体的努力下，他们主导元中期诗坛，融合元初诗坛南北多源的唱和诗风，一改元初遗民唱和宣泄禾黍之悲、故国之痛等亡国情绪。他们的唱和多以粉饰太平、歌功颂圣、鸣国家之盛为主要内容，追求雅正诗风，强调风雅复兴，建立了书写盛世记忆的唱和风尚。

　　元后期政治环境腐败，民族矛盾激化并爆发大规模的农民武装起义，地方武装割据势力不断削弱元廷的中央集权。与政权相对应，元中期馆阁文人主导的唱和文柄逐渐旁落，他们倡导鸣盛世太平，追求"雅正"的唱和主张被多元化的地方唱酬集团打破。顾瑛、杨维桢、于立等为代表的昆山"玉山雅集"、吴县徐达左组织的"耕鱼轩"唱酬群体、余姚刘仁本的"续兰亭"雅会、嘉兴缪思恭之南湖集会等地方唱和不断崛起，他们或仕或隐，其唱和或发山水清音，闲适自娱，或关注时局，心忧黎民百姓，在追求个性化、诗意化人生的同时，也促进了唱和诗歌的生活化、世俗化。他们在元末战祸频繁的动荡时局中交往唱酬，抒情言志，留下了一场场享誉文学史册的酬唱佳话，形成了不同于前中期的酬唱风貌的诗歌创作，创造了元后期百花齐放、多元竞胜唱和文学的辉煌局面。

元代士人的酬唱活动频繁，留下了丰富多彩的酬唱诗歌。以现今可见或部分见存的元代唱和诗集为例，尚有《月泉吟社诗》《西斋倡和》《师友集》《圭塘欸乃集》《圭塘补和》《草堂雅集》《玉山名胜集》《澹游集》等唱和诗集58种，数量超过唐宋诸朝。借助这些唱和诗集，可以见出元代唱和不同于前代的特点。如唱和诗人身份的多民族性、信仰的多宗教性以及文化习俗的多元性，唱和活动持续时间长、规模大、参与人数多，创作的唱和作品也繁多，这在顾瑛组织的"玉山唱酬"中尤为明显。"玉山唱酬"活动持续近十年，历经兵祸损毁后，可得参与人数二百七十余人，并辑录《草堂雅集》《玉山名胜集》《玉山名胜外集》《玉山倡和》《玉山遗什》等唱和诗集，载唱和诗五千一百多首。此外，相较于元前诸代帝王而言，元朝历代帝王长于弓马骑射而弱于主导并参与臣僚开展的诗文酬唱活动，故而造成帝王创作的唱和诗作以及应制类酬唱诗歌相对缺乏，这在唐、宋、明、清诸朝帝王中都较为罕见。

元代唱和诗歌繁盛，唱和诗的创作形态丰富多样，举凡前代诗人常用的和韵（依韵、用韵、次韵）、分题分韵、追和、同题、联句、和诗、赠答等唱酬创作方式，在元人的酬唱活动中都可以见到。其中和韵诗在体裁、用韵等方面尤为严格，虽受原唱体制、韵字的节制，但酬唱语境相对自由，不受时空、场域的限制，是元诗人双向互动唱酬中最为普遍的创作方式。元人还酷爱联句和同题。元代的联句形式一般以有一人一句、一人两句、一人四句以及跨句联为主，其中跨句联是元人普遍采用的联句方式。元代联句酬唱规模较小，参与人数主要以二人到六人最为常见。在联句体制上，元人既有绝句、律诗等篇幅较短的小型联句，也有篇制浩大的长篇古体、排律巨制等。尤其是长篇巨制，其游戏性、娱乐性、竞技性较为明显。元代同题盛行且规模浩大，如月泉吟社举行的

《春日田园杂兴》等，参与人员超两千人之众。元代同题之所以如此盛行，与同题酬唱广大的受容能力、自身相对灵活的体式韵字、较强的竞技性和游戏性质，及元代科举的不盛等因素相关，凡一切吟咏主题皆可以同题酬唱。与分题分韵、联句等相比，同题诗对诗体、韵字的限制较少，既适合大规模的集体酬唱活动，也能满足元人的文学竞技、娱乐需求。当然，相同的吟咏主题使得同题酬唱容易形成相近的诗歌风格及情感倾向。

追和、分题分韵是元人取法前人，建构本朝诗学体系的重要途径。元人追和诗的创作，除元诗人仰慕、取法先贤而致外，其创作也受时人高度的文学文化自信下逞才使气、竞技争雄心理的影响，同时还与先贤情感共鸣下追和自释的需求相关。元诗人在追和崇尚中，以唐及唐前诗家诗作为主，宋金及本朝诗人次之，陶渊明、苏轼、杜甫等诗人作品频繁受到追和，是元人追和学习中的热点诗人代表。元诗人的追和创作，不仅提升了元人的诗学素养，助力元代诗学体系的多元建构，还对前人文学经典化的形成以及文坛大家地位的树立起到重要的作用。元人分题分韵酬唱时，一般依据集会规模确立题韵数量，同时集会主题、场景、氛围、地域及诗人身份、心境和所处时境等要素影响题韵的选择，后或分筹或探丸或分阄，或以座次分韵、"韵由齿分"选定诗题韵字，并对诗歌体裁、体式作了规定。为了增加趣味性，对于未能按规定完成诗作的参与者，可以作画、弹琴、吹箫等替代，也可饮酒以示惩罚。当然，元人在题韵选择上，倾向于以古人诗句分赋，呈现尚古轻今、重名家名篇名句的情感倾向和诗学崇尚。

唱和诗是时人社会交往的语言艺术，其创作根植于一定的酬唱背景之中，具有反映特定时期文学与文化的功用。如元代科举考试相对唐宋、明清而言，施行得很不平稳，且长期处于废置状态。但科举考试早已深入人心，元代大量科举唱和诗的留存，正是探究元代科举文化、科举礼仪以及举子、考官生活和心理的重要材料，科场外科举同年的唱和以及民间文人模拟科举考试举行的诗歌唱酬，都是科举制度对元代文学与文化的渗透。

诗歌唱和是审视元代文人社会交往以及文学文化风貌的一面镜子，对元代唱和诗的探讨是一个长期积累并持续深入的过程。如元代佛、道两教受到帝王的青睐并蓬勃发展,其中佛子、道士不乏有能诗者,常常参与多民族的诗歌酬唱活动,对僧、道的诗歌唱和及其多元化交友圈的考察,有助于窥探佛子、道士的日常生活以及其世俗化倾向。元代又是一个由少数民族主导的政权,多民族参与的诗歌唱和活动比比皆是,本书虽有提及,但探讨不够深入。若以唱和诗为视角,探讨诗歌唱和对多民族融合与民族共同体建构的意义等,是可以深入开拓的课题。再如元代文人交流唱酬与地域文学的形成、群体交游酬唱语境下元代诗歌流派研究等。这些皆是本书尚未提及或亟待深入的问题,有待日后进一步的探讨。

附 录

元代诗人唱和活动年表

元太宗窝阔台汗七年　宋理宗端平二年　乙未（1235）

三月，耶律楚材以诗百韵约高善长赋诗唱酬。耶律楚材《约善长和诗战书》："惟善长先生冀北无双，斗南第一，……遇险韵而愈奇，见大敌而倍勇。君唱之而来挑战，我和之以为应兵。"（耶律楚材著，谢方点校《湛然居士文集》，第292页）

三月，李天翼赴济南任官，元好问等赋诗酬唱以送别。

元好问、纪子正等于山东冠县纪氏杏园燕集赋诗。元好问有《纪子正杏园燕集》《杏花落后分韵得归字》等诗。七月，与杜仲梁、李辅之、权国器等游济南大明湖、历下亭、趵突泉、杜康泉、金线泉、珍珠泉等景点，历时二十余天，"前后得诗凡十五首，并诸公唱酬附于左"。元好问有《泛舟大明湖》《华不注山》《题解飞卿山水卷》《药山道中二首》等诗。（元好问著，狄宝心校注《元好问诗编年校注》，第731—737页）

八月，刘祁偕友人河阳乔茂松、云中刘偕、暨弟郁等同游西山，览永安山、李谷、玉泉寺、龙山寺等景致，其间有"手泉研石各题诗""玉泉壁题诗各赋诗""北台相与赋诗赏叹""共作龙山诗"等诗歌唱酬活动。（刘祁撰，崔文印点校《归潜志》，第156—161页）

元太宗窝阔台汗十年　宋理宗嘉熙二年　戊戌（1238）

是年八月，元好问至河南济源，与北归杨奂、使德秀等赋诗唱酬。元好问有《同德秀求田燕川分得同字》《济南庙中古桧同叔能赋》《寄叔能兄》等诗。（《元好问诗编年校注》第二册，第880—887页）

元太宗窝阔台汗十一年　宋理宗嘉熙三年　己亥（1239）

三月十八日，李俊民同刘巨川等分韵赋诗。李俊民《游青莲分韵得春字序》："刘巨川济之、瀛溪臣、王特升用亨、郭南仲山、姚升子昂、史顺忠遂良同进福最得院，与巨川、彦广二山主道旧。兵革之余，不膳感叹。仍以（唐人于良史《春山夜月》）'春山多胜事'为韵赋诗，以纪其来。"（李俊民著，魏崇武等校点《李俊民集》，第112页）

七月十日，麻革、刘祁等偕诸宾友游龙山，览大云寺、玉泉寺等景致，期间置酒张筵、赋诗识于石。（麻革《游龙山记》，《全元文》第2册，第243—245页）

元太宗窝阔台十三年　宋理宗淳祐元年　辛丑（1241）

清明，段成己、段克己同诗社诸君于封仲坚别墅宴集赋诗。段成己有诗《红梅》（二首），段克己有《和家弟诚之诗社燕之作》（三首）《红梅用诚之弟韵》等。（见前文）

按：唐朝晖"元代文人群体活动简表"将之系于蒙古定宗己酉四年（1249），误。（唐朝晖《元代文人群体与诗歌流派》，第312页）

乃马真后称制元年　宋理宗淳祐二年　壬寅（1242）

十一月，李俊民等亲友聚于候之别墅锦堂宴饮，有画史取陶渊明《四时》之景"春水""夏云""秋月""冬松"绘于壁，众人逐题唱酬。（《李俊民集》卷八《锦堂赋诗序》，第112页）

是年，元好问寓居燕京，与燕京文士多赠答酬唱之作。元好问有《梁都运乱后得故家所藏无尽藏诗卷见约题诗同诸公赋》《赠答赵仁甫》《赠答赵仁甫》等诗。

乃马真后称制三年　宋理宗淳祐四年　甲辰（1244）

八月，刘祁、魏邦彦等偕张佩玉、姚公茂等众宾友自黄华始，由北向南游林虑西山。其间有"邑中士大夫宴集""石席共坐赋诗""泉间相与赋诗道事"等文人雅事。（刘祁撰，崔文印点校《归潜志》，第164—167页）

元定宗贵由汗元年　宋理宗淳祐六年　丙午（1246）

是年前后，段克己与张汉臣、封仲坚游龙门，赋诗唱和。段克己有《仲坚见和复用韵以答四首》《野步仍用韵示封张二子二首》《枕上再赓前韵》等诗。（王庆生《金代文学家年谱》，第1296页）

元定宗贵由汗二年　宋理宗淳祐七年　丁未（1247）

春，段成己、段克己、杨彦衡、周景纯等与诗社诸公园亭宴集，赋诗唱和。段成己有《翌日再用前韵简二三子》《独坐有怀往昔复次前韵二首》《再用杯字韵》等诗。

三月二十八、二十九日，薛宝臣来访，与段克己等宴饮于芹溪精舍，段克己赋诗。翌日，李湛然见和，段克己依韵答之。段克己作《明日李生湛然见和仍韵答之二首》等诗。

元定宗贵由汗三年　宋理宗淳祐八年　戊申（1248）

春，李湛然将赴燕地，段克己偕常往来者于芹溪之上宴饮，赋诗送别，段氏作《送李山人之燕》诗并序，冠以其首。（《全元诗》第2册，第278—279页）

元宪宗蒙哥汗二年　宋理宗淳祐十二年　壬子（1252）

三月二十六日，杨奂、张铎、张宇、刘诩、韩文献、郭敏、王明远、王元庆等东游曲阜、谒文宣王孔子庙，杨奂作《谒庙》诗，刘诩等有和诗，刻于《重修文宣王庙碑》。（《全元文》第1册，第162页）

王义山、李元明、应桂、应与、陈桂、胡希寅等十一人于杭州西湖唱和。（《元代文人群体与诗歌流派》，第312页）

元宪宗蒙哥汗三年　宋理宗宝祐元年　癸丑（1253）

春，元好问、孙德谦、韩德华、李文伯、张梦符、李周卿、龙英孺、靖德昭等续兰亭故事，于东平灵泉寺宴集，以《寒食灵泉宴集》为名，赋五言古诗九首唱和。（《元好问文编年校注》，第1321—1322页）

元世祖中统元年　宋理宗景定元年　庚申（1260）

是年，郝经使宋，被羁留不还，至元世祖至元八年（1271），十二年间作《游斜川》《示周㯥祖谢》《诸人共游周家墓柏下》等诗一百一十七首追和陶渊明。（郝经《陵川集》，第193—246页）

元世祖至元八年　辛未（1271）

八月二十八日，王恽与冯君用、聂文超、刘敬臣、金灯长老义方等聚会于燕京名刹开泰寺，饮酒赋诗。

元世祖至元十三年　丙子（1276）

王恽游览涌金门外西行三里处之苏氏别墅，据其绘《月台图》，丙子冬，与尹汤侯宴集，出其所绘《月台图》，求诸公题咏，众文士应允赋诗。（《王恽全集汇校》》卷四一《总尹汤侯月台图诗序》，第1975—1977页）

是年始，梅林刘庄孙经丙子乱离崎岖，凡遇事触物有感，或愤或悲或忧或好或乐，皆作诗追和陶渊明以自遣，"不二年，和篇已竟至有一再和者"。（舒岳祥《刘正仲和陶集序》，《全元文》第3册，第233—234页）

元世祖至元十四年　丁丑（1277）

十月初，舒岳祥有"野人馈菊两丛对"之叹，赋诗追和陶渊明、苏轼。冬，方回与赵宾旸赋诗联句，唱和青字四十韵。

元世祖至元十七年　庚辰（1280）

二月二十八日，王蒙与吴郡陆友仁、陆仑、张雯等人共登姑胥台、游虎丘，饮酒赋诗。陆友仁以杜甫《玉华宫》"溪回松风长"为韵，王蒙述其事，余各作分韵诗系于后。

三月三日，史枢明春溪打猎，王恽、史樟等同题赋诗。王恽有《春溪小猎行诗》。

六月，黎廷瑞等游西禅超师院，以柳宗元《晨诣超师院读禅（莲）经》"道人庭宇静"分韵赋诗。

九月九日，王义山偕同志登钟陵紫极宫，面瞰长江，集会赋诗。王义山有《九日紫极登高会诗序》。

按：唐朝晖将之系于宪宗二年（1252），误。（《元代文人群体与诗歌流派》，第312页）

元世祖至元十八年　辛巳（1281）

四月，舒岳祥、戴表元、刘庄孙等赋诗唱酬。舒岳祥有《庚辰冬帅初与正仲约过阆风既而予坐病二友亦不果至辛巳四月帅初特来访予时尚在病中为予留山庵一宿而去似不欲劳予应酬耳归至中涂有诗见寄予次韵因贻正仲也》《正仲次帅初前韵见示数日相访再次韵酬之》等诗。

秋，戴表元有感少遇乐岁，虽"山田可拟"，然"上熟吾贫"，遂追和陶渊明《咏贫士》七首，与人歌而乐。

十一月二十七日，方回、黄惟月、赵宾旸各偕幼子游于严陵秀山，以方回"屋"字古诗为韵赋诗联句，秉烛继之，禁鼓而止，集三日之功，得诗一百八十韵。今存方回《秀山霜晴晚眺与赵宾旸黄惟月联句》诗。

元世祖至元二十一年　甲申（1284）

九月九日，方回于秀山屡饮之后，有感历代和陶者苏轼"典大藩"，苏辙"居政府"，晁补之为扬州通判，"皆非贫闲之言"；张文潜所和，闲居宛丘之时，惟己闲且贫，遂追和陶渊明《饮酒二十首》以言志。（《全元诗》第6册，第96页）

十二月八日，杭州大雪之明日，魏初偕张梦符、杨子裕等人涌金门乘舟出发，谒林和靖祠、太一宫，览晴霁奇观。张梦符赋长语数韵，魏初奉和。（魏初有《杭州大雪》诗。

元世祖至元二十二年　乙酉（1285）

甘县尹三年秩满，将解组北归，桐邑诸儒赋诗饯行。

约是年十一月十二日，仇远偕张横等会饮于方回之寓楼，赵与东之子赵伯玉侍，各以"西湖客""北海樽"赋五言诗一首。（《全元诗》第6册，第173页）

十二月二十五日，舒岳祥偶忆孟浩然《岁暮归南山诗》"白发催年老，青阳逼岁除"之句有感，追和赋诗寄达善。

元世祖至元二十三年　丙戌（1286）

三月三日，周密、仇远、戴表元、王沂孙等人于杭州杨氏池塘共宴曲水，戴表元作序。（见前文）

十月，浦江吴渭与方凤、谢翱等举月泉吟社，以《春日田园杂兴》为题征诗，四方文士响应，同题赋五、七言律体。（见前文）

是年，熊升与陈焕于江西丰城龙泽山共倡诗社，诗歌唱酬不断。

元世祖至元二十四年　丁亥（1287）

三月三日上巳日，王恽、王忱等十二人在林氏花圃会饮唱和。王恽"以柳圈新唱"，四日王忱首赋佳篇，众人应和。王忱有《上巳日禊饮林氏花圃舍弟仲略首唱》，王恽《和韵三首》等诗。

秋，王恽为弟王忱赋《宜男》《寒菊》《秋蝶》《蔷薇》四咏诗，文士竞相作诗附和。王恽有《秋栏四咏为仲略弟皆有和章时丁亥秋季也》诗等。

十一月二十日，方逢振得宣命诣朝、卢珏赋《贺山房先生得宣命》诗，方逢振作《至元廿四年十一月二十日得宣命诣朝可庵有诗不敢当次韵以谢》诗唱和。

十二月二十日，仇远、张瑛、鲜于枢、俞行之、邓善之、释有在、白珽等赏会分韵赋诗，分别得"林""飞""总""是""人""园""春"。

元世祖至元二十五年　戊子（1288）

是年，汪元量南归，杨镇、吴坚、留梦炎等旧宋皇室、官员及燕赵诸公子以王维诗《送元二使安西》"劝君更尽一杯酒，西出阳关无故人"为韵赋诗送别。

元世祖至元二十五年，谢枋得师留梦炎举荐枋得，坚辞不赴，枋得遁至建宁，赋《魏参政执拘投北行有期死有日诗别二子及良友》诗，从游者纷纷赋诗唱和。建安梅野魏天应《叠翁老师将有行赋诗言别纲常九鼎生死一毛慷慨激烈高风凛然真可以廉顽立懦天应足患痼疾莫能往饯回视后山之送被翁为有愧矣斐然拜和未知能彻师听否临风凄断二首》、蒙斋蔡正孙《叠翁老师因行赋诗读其辞而见其心天地鬼神昭布森列不可诬也为之感慨激烈正孙忝在师门弟子之職敢不拜一语以激扬先生之义气用韵斐然》、王奕《谢叠山先生己丑（当作戊子）九月被执北行闽士以诗送之倚歌以饯》、王济渊《送谢叠山先生北行》、张子惠《送叠山先生北行》、陈达翁《送叠山先生》等。

是年前后，姚燧、李庭宾、王继明、张毅等十三人于无锡丞前南阳府教、梅豁杨彦亨之别业遐观台赋诗唱和。姚燧为《遐观台唱和诗》序。

元世祖至元二十六年　己丑（1289）

正月十一日至二十五日，方回及其子方樗、陈公举、谢翱等同游金华洞天，历时十五日，其间频繁赋诗唱和。（方凤撰，顾宏义、李文整理《金华洞天行纪》）

元世祖至元二十七年　庚寅（1290）

正月十六日，徐瑞、叔祖东绿翁等以韦应物《示全真元常》"宁知风雪夜，复此对床眠"分韵赋诗。徐瑞有《庚寅正月十六携家入山大雪弥旬止既月叔祖东绿翁以那知风雨夜复此对床眠分韵瑞得那眠字》诗。

元世祖至元二十八年　辛卯（1291）

三月十七日，王恽自闵北归后，偶游溪曲，倦意释然，有感风物闲暇会心者少，遂和陶渊明《归园田居》（其一）诗以寓其意。

五月初五端午，王恽、周贞赋诗唱和。王恽有《和干臣食粽有感诗韵》诗。

六月，有客自曹君菊存所来，传诵方回《上南行》诗，陈栎仰慕之余，僭赓元韵赋一十二首和之，希冀转闻于方、曹二位先生。十二首诗分别为《古航渡》《分流岭》《过南山》《过双桥》《过杏村》《过牛矢岭》《过叶有岭》《和方虚谷二首》《岑山渡》《寄曹弘斋》《寄王教授》（《全元诗》第16册，第125—127页）

元世祖至元二十九年　壬辰（1292）

五月六日，陆文圭等会饮潜斋，以唐人杜甫《陪诸贵公子丈八沟携妓纳凉晚际遇雨二首》（其一）"竹深留客处，荷净纳凉时"分韵赋诗，陆文圭分得"净"字。

元世祖至元三十年　癸巳（1293）

二月六日，王恽、赵复、李乐斋等赋诗唱酬。

六月，天不降雨，设坛求雨，不到五日而雨，诸文士赋诗称颂。胡祗遹《彰德路得雨诗序》："至元癸巳，夏五月、六月不雨，民有旱之忧，物价增贵……于是同寅协恭斋，戒沐浴，设坛于郭西道宫。……朝夕叩首，百拜昼夜，不离坛下，不五日而雨，明日又雨，越一日又雨。……一雨可以活五十万口，何惠之能此欤？合郡士夫，掇舆人之颂，为之歌诗。"（《全元文》第5册，第271—272页）

元世祖至元三十一年　甲午（1294）

三月三日，戴表元等游兰亭旧址，取右军诗分韵赋诗，戴表元有《兰亭分韵得怀字》诗。

三月十日，戴表元、陈用宾等十四人游陶山，分韵咏诗。戴表元《游云门若耶溪诗序》："酒酣，倚顾况所题松树，酌葛翁丹井泉，分韵咏诗，游者自永嘉陈用宾而下，通十四人皆赋之，诗成，剡源戴表元序之。"戴表元有《云门分韵得是字》诗。（《剡源集》，第225—226页）

按：唐朝辉将之系于元成宗元贞丙申二年（1296），误。（《元代文人群体与诗歌流派》，第318页）

约是年七月一日，康公不忽木将扑陕西，集贤、翰林两院文士赋诗留别。

八月，王恽与王明之等翰林士子于都城西郊之丁氏故池玉渊潭宴饮赋诗。王恽《玉渊潭宴集诗序》："甲午秋孟，置酒潭上，邀翰林诸公为一日之娱。……信口吐词，不计工拙，诸公走笔赓和，咸有所得"。（《王恽全集汇校》，第2018—2019页）

九月，黎廷瑞与郑瑞卿、吴可翁、方万里、方玉父等于浮梁古树下宴饮，分韵赋诗，黎廷瑞分得"黄"字。

是年，马臻、鲜于枢等于紫霞小隐联句。（马臻《题联句诗卷后有序》，《全元诗》第17册，第103—104页）

元成宗元贞元年　乙未（1295）

是年春，王旭等观览泰山盛景，有感泰山岩岩乃英灵之所萃，遂赋诗唱酬。

元成宗元贞二年　丙申（1296）

三月三日，陈用宾与邓牧、胡汲古、刘邦瑞四人齐聚镜湖，续晋人兰亭雅趣，举修禊故事会，并于舟中分"流觞曲水韵"赋诗。（邓牧《鉴湖修禊序》，《全元文》第13册，第186页）

元成宗元贞三年（大德元年）　丁酉（1297）

六月，暴雨来袭，徐瑞、吴存赋诗唱和以纪事。徐瑞有《大德元年丁酉岁六月大雨前所未见父老云百八十年无此水矣仲退赋长句纪事次韵》诗。

元成宗大德二年　戊戌（1298）

三月三日，戴表元等集聚杭州城东远游，屠存博首赋古诗二韵六言五章，顾伯玉、白廷玉、张梜、陈无逸等诸贤皆作诗以和，和诗遂不可胜纪。（《剡源集》，第229—230页）

按：唐朝晖将之系于成宗大德三年（1299），并认为此次活动发生于大德三年"北山唱和"后，误。"城东唱和"活动举行于大德二年（1298），戴表元作序于"明年仲春"即大德三年。（《元代文人群体与诗歌流派》，第319页）

三月九日，戴表元、国器甫、陈用宾等于张功父"玉照堂"设牡丹宴饮，皆感"自多事以来，所未易有是乐也，不可以无述"，遂各探韵赋诗。（《剡源集》，第223—224页）

约是年秋，戴表元、白埏、陈无逸、戴禹祖、屠存博、顾伯玉、王德玉、丘良卿、凌德甫等十六人于张梜学古斋赏花宴饮、赋诗唱和。（见前文）

八月十五日，戴表元、张梜、陈康祖、屠存博、王润之、祖禹、顾文琛等合宴于张梜之"君子轩"，"酒半，有歌退之《赠张功曹》长句者，遂取其末章，分韵赋诗以为乐"。戴表元分得"一"字。

十月二十二日，戴表元、方风、顾伯玉集会于陈无逸之邸，宴饮分韵赋诗。戴表元分得"镫"字。

元成宗大德三年　己亥（1299）

春，戴表元、顾伯玉、陈无逸、林以道父子等游杭州北山，将散之际，分韵赋诗记欢。（《剡源集》卷一〇《北山小序》，第225页）

元成宗大德四年　庚子（1300）

三月八日，戴表元与方回、林敬、方万里、盛元仁等于西湖别墅小集，赋诗唱酬。

九月初，方天麟、东平张楷、方天瑞、俞演则、建安倪高等游览玲珑山，追和坡仙诗韵。（方天麟《游玲珑山九折岩题崖诗序》，《全元文》第28册，第269页）

九月十四日，徐瑞与芳洲观山中泉石，赋诗唱和。徐瑞有《庚子九月十四日陪芳洲观山中泉石次韵》等诗。

是年，仇远、邓文原、屠存博、白珽、张模钱塘五人有外任，戴表元赋诗送别。戴表元《送白廷玉赴常州教授序》："大德庚子春，钱塘白廷玉以公府高选得之，江南之搢绅韦布识与不识，不谋而同声。……因相率作为诗文以饯其往，而寻复征赠于余，余不得辞，抑余私有欲赞于廷玉者。"戴表元有《钱塘数友皆不免以学正之禄糊口邓善之得杭屠存博得婺白湛困得太山仇山村得镇江张仲宾得江阴一时皆有远别因善之有诗次韵藉之此二首属善之》《再次韵与月汀》《三次韵与廷玉》《四次韵与仁近》《五次韵与仲宾》等诗。

按：孙莼侯将之系于大德五年辛丑（1301），误。（戴表元《剡源集》，第268—269页；孙莼侯《宋元戴剡源先生表元年谱》，第75页）

元成宗大德五年　辛丑（1301）

六月六日，邓牧、杜南谷等游洞霄赋诗唱和。邓牧有《大德辛丑六月六日游洞霄和杜南谷》诗。

七月二十三日，大都暑雨大作，五旬不停，泥涂坎塪，车马不通，农夫告病。崇真万寿宫都监石泉冯君祷告苍穹,七日而天日晴明,羽客儒流,皆赋诗赞誉。(《王恽全集汇校》卷四三《崇真万寿宫都监冯君祈晴诗序》,第2061—2062页)

元成宗大德六年　壬寅（1302）

九月十五日,袁裒与袁桷、王继学联句赋诗。袁裒存《秋雪联句》等诗。

九月二十八日,戴表元、王叔太、虞舜臣、曾道华等同游信州南岩,分韵赋诗。戴表元分得"落"字。(《剡源集》卷一〇《游南岩诗序》,第227页)

冬,袁裒、袁桷兄弟同留姑苏,时袁桷将赴京都,赋诗联句。袁裒有《远游》等诗。

元成宗大德七年　癸卯（1303）

二月,陆文圭、张㭿等诸人游野外会饮,分韵赋诗。陆文圭分得"家"字。

元成宗大德八年　甲辰（1304）

春,虞集等游大都长春宫,以唐人卢仝《走笔谢孟谏议寄新茶》"蓬莱山在何处"为韵赋诗。虞集分韵得"在"字,贡奎分韵得"山"字,袁桷分韵得"莱"字。

元成宗大德九年　乙巳（1305）

三月,仇远为溧阳校官,上府经乌刹桥有感,追和陶渊明《乙巳岁三月为建威参军使都经钱溪》诗韵。仇远存《乙巳岁三月为溧阳校官上府经乌刹桥和陶渊明韵》诗。

元成宗大德十年　丙午（1306）

清明,王敬甫思亲心切,谒告归杞,学士承旨阁复偕同僚赋诗以饯。(程巨夫《送王敬甫都事归省诗序》,《全元文》第16册,第131页)

元武宗至大元年　戊申（1308）

是年，马臻过云溪回杭，黄瀑翁示吊龚开画马诗索和。马臻存《和黄瀑翁寄吊龚岩翁画马诗》等。

元武宗至大三年　庚戌（1310）

此年始，黄溍、胡翰、吴师道、邓善之、黄石翁等交游酬唱。（见前文）

按："至正庚戌以来"之"正"原阙，《四库全书》本作"正"，唐朝晖以为"元顺帝至正年号无庚戌年"，"至正庚戌"当为"至大庚戌"之误。实则黄溍生于一二七七年，卒于一三五八年，其间年号为"庚戌"者唯有元武宗"至大庚戌"而已。另吴师道《礼部集》卷八有《至大庚戌黄君晋卿客杭与邓善之翰林黄松瀑尊师儒鲁山上人会集赋诗今至正辛巳晋卿提举儒学与张伯雨尊师高丽式上人会再和前诗上人至京以卷示因写往年所和重赋一章》、黄溍《金华黄先生文集》卷六《庚戌正月二十一日予与儒公禅师谒松瀑真人于龙翔上方翰林邓先生适至予为赋诗四韵诸老皆属和焉后三十一年岁辛巳正月二十三日过伯雨尊师之贞居无外式公刘君衍卿不期而集辄追用前韵以纪一时之高会云》等诗，也可补证。今从其说。（《元代文人群体与诗歌流派》，第320页）

是年，邓文原授江浙儒学提举，吴澄等以（杜甫《梦李白二首》之一）'落月满屋梁，犹疑照颜色'分韵赋诗，以饯其行。卢亘有《送邓善之提举江浙》（十首）诗，分别得"落""月""满""屋""犹""疑""照""颜""色"字，吴澄用"十一真"韵。

元武宗至大四年　辛亥（1311）

十二月，朱思本与欧阳玄同舍守岁，和苏轼《除夜病中赠段屯田》"龙钟卅九，劳生已强半"诗韵。

元仁宗皇庆二年　癸丑（1313）

春，李仲章于李太白读书之处白兆山桃花岩，割应城田四百亩建长庚书院，贯云石、李孟、赵孟頫、程钜夫、张养浩、元明善、陈北山等同赋记之，存蒲道源《长庚书院》、程巨夫《代白云山人送李耀州归白兆山建长庚书院序》诗等。

元仁宗延祐元年　甲寅（1314）

三月，马祖常扈从仁宗皇帝赴上都，袁桷、柳贯等送行，赋诗唱和。袁桷《送王继学修撰马伯庸应奉分院上都二首》《次韵继学伯庸上都见寄二首》、胡助《和袁伯长韵送继学伯庸赴上都四首》、贡奎《送马伯庸学士赴上都》等诗。

五月，袁桷等扈从赴上京途中，多赋诗唱和。袁桷有《次韵玉堂画壁》《再次韵》《次韵虞伯生题祝丹阳道士摹九歌图》、虞集《李伯时九歌图》等诗。

九月九日，邓文原等于江浙省试院组织考试，高唐□公廉监斜，时试院北东梅发枯卉，二干而七花。酒酣，高唐□公廉命工画者貌之，属客赋诗记之。（《邓文原集》，第67页）

元仁宗延祐二年　乙卯（1315）

袁桷、李仲囧、郭岩卿等于上京进士课试期间，赋诗唱酬。袁桷有《次韵礼部李公二首》《次韵监试李仲囧御史四首》《次韵郭岩卿》等诗。（杨亮校注《袁桷集校注》，第753—756页）

元仁宗延祐三年　丙辰（1316）

正月，虞集奉诏西祀名山大川，降香成都，马祖常、袁桷、柳贯、王士熙、李源道、文矩、吴全节、薛汉等次韵赋诗送别。

元仁宗延祐四年　丁巳（1317）

三月，贯云石与诗僧鲁山观石同赋。

八月，袁桷、虞集、王正臣、席士文等于大都，借秋闱韵事赋诗唱和。袁桷有《次韵席士文御史》《次韵席士文御史六首》等诗。（杨亮校注《袁桷集校注》，第756—763页）

九月九日，吴澄等科举考试典校文七人，于江西府组织科举，为记会聚之欢，寄离别之思，遂以陶渊明《九日闲居并序》"日月依辰至，举

俗爱其名"为韵分赋古诗一首。(吴澄《江西秋闱分韵》,《全元诗》第14册,第306页)

是年,黄溍等游海宁石台,于南园道院"相与饮酒赋诗,抵暮而去"。(《黄溍集》,第393—394页)

元仁宗延祐六年　己未(1319)

李从道等结丽泽诗社赋诗唱和,以《冬景》为题赋诗。"李从道丽泽诗社出题,至治己未至己亥,四十年矣"。(叶颙《樵云独唱》卷四《冬景十绝》)

按:"至治当系延祐之误。"(陈文新主编,余来明卷主编《中国文学编年史·元代卷》,第211页)

是年,袁桷、李之绍、李端等馆阁文士随驾往返大都与上京,其间赋诗唱酬。袁桷《开平二集》存《次韵伯宗同行至上都》《尚尊赐张上卿薛玄卿赋诗次韵》《再次韵》《复成二篇》等诗。(杨亮校注《袁桷集校注》,第817—834页)

元仁宗延祐七年　庚申(1320)

夏秋之际,柳贯以国子助教赴上都,途中有诗唱和。柳贯有《和袁集贤上都杂诗十首》等诗。

元英宗至治元年　辛酉(1321)

十月,进士周东扬赴零陵,虞集等赋诗送别。虞集有《送周东扬赴零陵分韵得鸟字》等诗。

是年,袁桷与王士熙、李之绍、陈景仁、虞集等文士组织礼闱考试、扈英宗皇帝赴上京,八月还大都,其间多赋诗唱酬。袁桷有《次韵继学途中竹枝词十首》《次韵虞伯生墨竹画壁》《陈景仁都事以诗惠酒次韵》、王士熙《竹枝词十首》、虞集《天师菴壁间墨竹》、许有壬《竹枝十首和继学韵》等诗。

是年,张养浩五十二岁,退居农圃,闲暇之余作诗和陶渊明。(见前文)

元英宗至治二年　壬戌（1322）

二月二十九日，程端礼、王良夫梨花下饮酒，各以黄庭坚《次韵答秦少章乞酒》诗韵赋诗。

三月，吴师道、张子长等游金华赋诗，一分韵止。（《吴师道集》卷十二《金华北山游记》，第374—376页）

四月，柳贯等文士扈从英宗皇帝往返上京、大都，其间诗歌唱酬。相关唱和诗作存于《开平第四集》。

九月九日，许有壬与监察御史刘传之、罗君宝、李正德、八扎子文、阿鲁灰梦吉、廉公瑞、照磨万国卿等同登金陵石头城，皆感不可不记，乃各诵所作九日诗。（许有壬《九日登石头城诗并序》，《全元诗》第34册，第323—324页）

是年，张雨与赵孟頫等于玄洲唱和，题咏玄洲菌山、罗姑洞等景致。张雨《句曲外史贞居先生诗集》卷四有《玄洲十咏》、赵孟頫《松雪斋集》卷五存《玄洲十咏寄张贞居》，后倪瓒《清閟阁遗稿》卷四有《和赵魏公张外史咏玄洲十景》诗。

是年，虞集、虞槃、谭元之等有感黄氏妹之葬，遣兴唱酬。

元英宗至治三年　癸亥（1323）

八月四日，虞集、马祖常、袁桷等同赴上都，至榆林，闻英宗遇弑，中途折回。八月十五日过枪竿岭，联句赋诗唱酬。马祖常《石田文集》卷五题为《至治癸亥八月望同袁伯长虞伯生过枪竿岭马上联句》（袁桷《清容居士集》卷八题为《枪竿岭　伯生　伯长　伯庸》），另有柳贯《袁伯长侍讲虞伯生马伯庸二待制同赴北都却还夜宿联句归以示予次韵效体发三贤一咲》、虞集《至治壬戌八月十五日榆林对月》（"壬戌"为"癸亥"之误）、朱德润《和虞先生榆林中秋对月》（二首）、袁桷《次韵伯生榆林中秋》等诗。

元泰定帝泰定元年　甲子（1324）

是年春，虞集、孛术鲁翀、曹元用、袁桷等同为礼部考试官，取宋褧、王守诚等，其间赋诗唱和。袁桷有《早朝兴圣宫次韵》《用早朝韵酬伯生试院见怀》、虞集《用退朝韵奉怀伯长试院久别》《兴圣宫朝退次韵袁伯长见贻是日上加尊号礼成告谢集即东出奉祠斋宫》、杨载《次韵伯长待制》等诗。

元泰定帝泰定二年　乙丑（1325）

正月七日，许有壬、马祖常等捧御祝香祠天宝宫，以柳宗元《晨诣超师院读禅经》"苔色连修竹"为韵赋诗。许有壬分得"苔"字。

十月，袁裒与袁桷游历东湖，感慨繁华，岁悉纪于诗，联句一百二十韵。

元泰定帝泰定三年　丙寅（1326）

正月十五日，高邮太守郭侯，除两浙盐漕，申屠伯骐、许士权、崔裕、张文纲、李概、张砺、张焕、刘克敬等赋诗以饯，《全元诗》题为《饯郭侯诗》。八月一日，赵良复、范良佐、顾瞻、王君济、朱益之、范澄志、周冕、胡霖、高相孙、梅亨、梅鼎来、常圻、符子真、张子寿、刘震、陈应举、叶知木、陈普、金汝砺、张庸、杨枢等闻郭侯转两浙盐漕，咸喜之，遂赋诗颂美以为饯，《全元诗》题为《饯郭侯浙漕之任》。（方桂《饯郭侯诗序》，《全元文》第47册，第348—349页；陶璞《饯郭侯浙漕之任序》，《全元文》第46册，第122—123页）

秋，袁桷与郑原善、周仔肩、倪渊、汪叔济、周本道等同校文江浙试院，其间相互唱酬。袁桷作《中秋柬周仪之推官伯明都事兄》《次韵段省掾》《再次韵》等诗。

秋，翰林直学士马祖常与左司都事宋本、太常博士谢端于大都乡试贡院赋诗唱和，有《南城校文联句》诗。

元泰定帝泰定四年　丁卯（1327）

三月，虞集主持礼部考试，礼部贡举官欧阳玄、殿试读卷官马常祖、掌卷官苏天爵、监视官王士熙等，于课试、阅卷之余赋诗唱和。曹元用作《丁卯校艺贡院作》、虞集作《丁卯礼部考试次韵二首》、贡师泰作《和石田马学士殿试后韵》、马祖常有《贡院次曹子真尚书韵四首》《贡仲章待制宠和次韵》《贡院忆继学治书》《治书再和复次韵》《治书宠和误用光字仍再次韵》《治书宠和误用光字仍再次韵》《试院杂题十首》《贡院再用鸡字韵》《殿试和李参政韵》、胡助作《和马伯庸同知贡举试院记事》等诗。

九月三十日，刘诜等游吉阳兴善寺，赋诗唱和。刘诜《游兴善寺诗序》："泰定丁卯，余客淦南，溪景翁张氏九月晦日访寺，作三诗。景翁弟自翁亦有诗，而老友曾先生诸君子皆赐和，僧宗应作卷，请书以重山门。因叙以唱和之意，而牵联并述长者出处云。"（《全元文》第22册，第71—72页）

元文宗天历元年　戊辰（1328）

三月三日，杨翮等于湖滨莫氏新堂宴饮，分韵赋诗。杨翮序首，并存《上巳日燕饮》诗。

三月七日，张子经来访，与郑玉、项子闻、鲍元康、鲍安、鲍葆等于鲍氏耕读堂宴饮，分韵赋诗，郑玉以序代诗。

元文宗天历三年（元　明宗至顺元年）　庚午（1330）

二月八日，宋褧、王守诚、伊噜布哈、曲出、照磨温都尔、王瓒、雅勒呼、张益等科举同年集会赋诗。

五月至八月，胡助、吕仲实、孟道源、张秦山等翰林学士扈从文宗皇帝赴上京，途中赋诗唱酬。

八月十五日、九月九日，欧阳玄、宋本、谢端等九人于京师如舟亭燕饮，分韵赋诗。

九月，龙虎山薛玄卿复游京师，玄卿乡人何素，"率其友之能诗者若干人，咸赋以饯之"，番易李存为之序。（李存《送薛玄卿入朝序》，《全元文》第32册，第318页）

元明宗至顺二年　辛未（1331）

夏，苏天爵、黄溍等扈从明宗赴上京，途中赋诗唱酬，得诗若干首。

是年，陈旅、王用亨、周伯琦、揭傒斯、欧阳玄、虞集等于董宇定杏花园宴集赋诗。（孙承泽《春明梦余录》卷六十五）

是年，儒学教授九江方积调任进贤县邬子柴巡检，李孝光、陈旅等以乐府古题分韵赋诗以饯。《元诗选 二集》卷十二有李孝光《送方叔高赋得长安道》(《元诗选 二集》卷十七、《皇元风雅》卷十七、《元音》卷九作甘立诗)、陈旅《安雅堂集》卷三有《分题送方叔高江南得车遥遥》、柯九思《丹邱生集》卷三有《将进酒送九江方叔高南还》(一作之邬子洲巡检)、《元诗选 二集》卷十一有雅勒呼《赋得月漉漉送方叔高作尉江南》、偶桓《乾坤清气集》卷八有赵颐《折杨柳送方叔高》、傅若金《傅与砺诗集》卷三有《赋得秋夜畏送方叔高》等诗。(李孝光撰,陈增杰校注《李孝光集校注》第2册,第272页)

元明宗至顺三年 壬申 (1332)

三月,程端学等于宣圣宫祭祀孔老先圣,考礼正俗,饮酒赋诗。"至顺壬申春,丁当太守正议公治明之三月,率僚佐及郡之秀士蒇事于宣圣之宫,虔恭俨恪,翼翼若临。既卒事。……于是致大府之宾客,百司庶职,暨耆彦之士,合燕于学。……可无咏歌之辞乎?什既成,乃来请序。"(程端学《丁燕诗序》,《全元文》第32册,第167页)

十月,《春秋》修撰安员之奉使南行,李谷等同僚会饯,酒半,以"行与处分"字为韵赋诗。

元明宗至顺四年(元惠帝元统元年) 癸酉 (1333)

春,俞镇、王诚、刘性、王诚、聂守道、刘性、刘罗等于临江郡城南之金凤洲分韵赋诗,俞镇为之序。

约是年八月,皇帝重经筵,苏天爵与陈旅等奎章阁文士赋诗唱和。欧阳玄《圭斋文集》卷之二《赐经筵官酒次苏伯修韵》诗等。

元惠帝元统二年 甲戌 (1334)

二月五日,倪天泽退隐,修缮甲鄞城竹屿高公园之废池,治其亭楼轩槛,沼岛圃迳毕,宴乡士二十八人各作诗纪事。(程端礼《宴倪氏园池诗序》,《全元文》第25册,第508页)

二月二十五清明日,傅若金与四明俞绍芳、金华王叔善甫、同乡范诚之携酒肴,出京师城西,过大承天护圣寺,览行望寿安、香山,登高丘,分韵赋古诗五言六韵五章。

夏，玄教吴宗师扈从顺帝赴上都，有感帝业弘大，遂赋诗二章，手书以寄其乡人李存，与共歌咏太平，一时相继传阅，竞相应和。（李存《和吴宗师滦京寄诗序》，《全元文》第32册，第364页）

元统元年，高丽李穀于大都举进士，所对策为读卷官所赏，授翰林国史院检阅官。明年，得捧制书东还，陈旅、欧阳玄、揭傒斯、谢端、宋本、岳至、叶恒、郭嘉、周暾、张起岩、王沂、焦鼎、王士点、潘迪、程益等同题赋《送李中父使征东行省》诗送行。

元顺帝至元二年　丙子（1336）

七月十七日，黄溍与汪元明、许存仁等登紫微岩，同题赋诗。

八月，刘诜与梁景行、萧安国、刘高仲等宴饮于山月亭，赋诗唱和。

十月，余宣与董心传、徐子贞、徐子学、方率性、徐心善、西域宓清父七人游兰溪，登山览景，取唐人杜牧《江南春绝句》"多少楼台烟雨中"诗为韵，抛筹分赋。（见前文）

十一月，邵亨贞、曹贞素、曹安雅等于曹氏遂生亭宴饮联句。邵亨贞有《编校遂生亭联句》诗。

元顺帝至元三年　丁丑（1337）

正月四日，程端礼、叶敬常、黄仲翬、谢彦实等于陈子渊处宴饮，有诗唱和。

三月七日，黄清老、赵颐、志能照磨、偰善着等同年于城南集会赋诗。黄清老有《夜宴友人席上有怀志能照磨暮春会同年所作因寄二首》诗等。

五月二日，许有壬等扈从顺帝赴上京，沿途凡有感触，即与友朋同僚歌咏赓和，汇为《文过集》。（《全元文》第38册，第122—123页）

秋，黄季伦、程一中、唐桂芳于梅口舟中唱和。

元顺帝至元四年　戊寅（1338）

十月，马仲良、谢景阳等于淮山书院赋诗唱和。纳璘不花有《题第一山答余阙》诗等。

元顺帝至元五年　己卯（1339）

二月，马熙来琅瓛山访许有壬，"同游南岳，更唱迭和，遂同归江夏"。许有壬有《送马明初教授南归二十韵》等诗。（《元诗选 初集》，第798—799页）

元顺帝至元六年　庚辰（1340）

正月初一，李文远来访许有壬，有诗唱和。

四月二十七日，周伯琦等扈从赴上京，有诗唱和。周伯琦有《次韵王师鲁待制史院题壁二首》等诗。

十月，苏伯修拜西行台治书侍御史，陈旅等饮饯苏伯修，分题赋诗。吴师道分得《鸡舌香》、许有任分得《燕山雪》等诗。

元顺帝至正元年　辛巳（1341）

三月十七日，吴师道、赵琏、吴当、张翥、王雍同游西山玉泉护圣寺，皆作诗纪实。（《吴师道集》卷一五《游西山诗序》，第535页）

四月十二日，许有壬等扈从皇帝顺帝出游，许氏擢升左丞，有感恩遇之隆，遂偕同僚赋诗唱和。

五月二十三日，四明郡守王侯政集集二州四县学士试于泮，学子礼意优渥，宴会之际，取宋人夏竦《廷试》）"纵横礼乐三千字，独对丹墀日未斜"为韵分赋，以美侯政集之勤政。（《全元文》第25册，第508页）

十月，邵亨贞与钱南金赋诗联句。

元顺帝至正二年　壬午（1342）

夏，苏伯修拜湖广行省参知政事大夫，诸公分题赋诗饯别。周伯琦分得《滦河》、吴师道分得《汉阳树》、宋褧分得《洞庭波》等。

七月十八日，拂郎国献天马，群臣临观称叹，朝野文士同题咏唱。周伯琦有《天马行应制作》、欧阳玄《天马颂》、吴师道《天马赞》、许有壬《应制天马歌》等作品。

至正元年（1341）冬十月，山长方晋明、铜陵县尹道辖等修缮石峡书院，二年秋八月落成，诸公更迭唱和以庆其成。"落成之日，夏君浦为识其颠末于石。吴君暾为登堂，举知行之说，以发挥公名堂之义。两人今为其乡先达，耆俊之士咸乐与之更唱迭和，以庆其成。前后为诗近百篇，会粹为一帙，属潜序其首。"（《黄潜集》卷一一《石峡书院诗序》，第396—397页）

秋，蓟丘卫侯为东瓯乐清县尹，将赴，陈旅及所尝往来者皆送诗以饯。"饮饯之日，凡得诗若干首，余与客歌之。"（陈旅《乐清县尹卫侯之官诗序》，《全元文》第37册，第270页）

九月十六日，徽国文公朱熹之生辰，唐元、史仲衡、朱克用、张仲亨等祭祀之余，唱酬以纪盛集。（《全元文》第24册，第440—441页）

十月，龙虎山陈又新真人以其师之领祠官于京师，遂赴京辅佐之，山中日与相唱和者赋诗饯行。

是年，丹阳柳茹人贡谊到宣城与同宗会谱，与宣城贡氏贡师仁、贡师中、贡师元、贡自强等同宗俊才及当地友朋作诗酬唱。（见前文）

元顺帝至正三年　癸未（1343）

春，程端礼、王敬中、王叔载等于七里滩舟中以黄庭坚诗"一江明月趁渔船"分韵赋诗。程端礼分得"一"字。

九月八日，刘诜过饮杨文川别墅、杨吾桂花树下及罗宗伯、罗宗仲居所，赋诗唱酬。九月九日，刘诜、杨文川、杨吾可、罗宗伯、罗宗仲等二十六人登吉水南岭之鹿角山，以苏轼《送杨杰》分韵赋诗。（见前文）

元顺帝至正四年　甲申（1344）

二月五日，汪克宽、胡公石等应制唱和。汪克宽《赐致仕官恩币诗有序》："至正四年，皇上肃宗禋祀，霈泽遐迩，赐致政官恩帛各二，二月五日，休宁令奉天子命致表里于判府复心汪公、令尹中正洪公，以耀嘉赐婺源胡公石，赋古诗一章，以颂休美。祁门汪仲裕和而歌之。"（《全元诗》第44册，第165—166页）

二月，苏天爵与尹忠、潘惟梓、照磨王颐、观音宝、卓思诚、宋秉亮等人于樊川游览唱酬，抵暮始还。（《滋溪文稿》，第29—30页）

秋，西域阿里公受朝廷命，来弋阳县监信，苏伯修、顾安仁等赋诗称美，桂君才甫集而次之。（李存《弋阳县阿里公宣差诗卷序》，《全元文》第32册，第368页）

十二月十七日，郭翼、李孝光等七人于元真馆宴集，以杜甫《小至》"山意冲寒欲放梅"诗分赋，释德庄得"欲"字，卢昭得"意"字，吕诚得"山"字，郭翼得"寒"字，陆仁得"放"字，瞿智得"梅"字。（《李孝光集校注》，第699页）

元顺帝至正五年 乙酉（1345）

正月，朱克用、唐元等用真率遗规，会诗于紫阳书堂，各示所长，诗酒此唱和。（《全元文》第24册，第473—478页）

四月二日，杨维桢与蒋桂轩等泛舟洞庭湖，饮酒吹笛，赋诗唱酬。

是年，薛玄卿痛饮而逝，郡人张率、孟循复等若干人同赋哀悼。（李存《薛玄卿诗序》，《全元文》第32册，第368—369页）

元顺帝轸念黎元，遣拔实等巡游天下，归而授集贤侍读学士，不受。拔实居有"红药之于风""松之于月""石之云""筠之雪"四咏轩，"掇为四题，俾同志咏歌之，以写其胸中之乐，而寓观物之意焉"。诸公诗成，许有壬为序。（许有壬《拔实彦卿四咏轩诗序》，《全元文》第38册，第126—127页）

元顺帝至正六年 丙戌（1346）

夏，东阳凌云周先生官主邵武，效仿北宋司马光与王安之等故老之"真率会"宴集，饮酒赋诗，遂与城中结交庶老游集，修真率之约。

是年，皇帝遣前右丞北庭阿散、左丞王公巡游天下，至闽越，与虞集等人赋诗唱酬，虞集作《江闽奉使倡酬诗序》。

元顺帝至正七年 丁亥（1347）

三月三日，杨维桢、张雨、顾瑛、张简、倪瓒、郯韶等游石湖，过百花洲，登姑苏台，听周琦吹笙，众人同题赋诗，相互酬和。《元诗选》收录杨维桢《周郎玉笙谣》、张雨《玉笙谣为铁门笙伶周奇赋》、张简《周郎玉笙引》等诗作。

四月，汪克宽、汪泽民等游览翠微、祥符等古寺，其间分韵赋诗。汪克宽分别分得"微""暖"字。

四月，陈君谊偕子陈雄、陈彦、陈威至玉峰，拜填墓，致祭饮福，或"访老释之居，穷林壑之胜，或吊旧迹而感怀，或览景物而遣典，父唱子和，诗章迭出，学者争传诵之"。（王毅《送陈府判序》，《全元文》第49册，第192—193页）

五月初一，横溪孙善之园池出瑞莲，"一茄而双花，远近闻者争睹，曰莲之层曰瑞，菡萏双而茄独者亦曰瑞。既而善之会宾友，燕池上皆举酒为善之贺。觞余，各赋诗，凡干首，衰而成卷"。（《杨维桢全集校笺》卷六一《孙氏瑞莲诗卷序》，第2039—2040页）

八月，顾瑛、吴克恭、于立、张天英、释良琦等集会，观赵仲穆《紫花马图》并题诗。于立有《题赵仲穆画马》诗等。

元顺帝至正八年　戊子（1348）

二月十二日，杨维桢与张渥等游虎丘未果，有诗唱和。杨维桢首唱，张渥、于立、顾瑛皆有和作。

二月十九日，杨维桢应玉山主人顾瑛之邀，与顾瑛、于立、姚文奂、郯韶等宴饮玉山草堂，以杜甫《崔氏东山草堂》"爱汝玉山草堂静"分题赋诗。于立、姚文奂、郯韶、顾晋、顾瑛分别得"爱""汝""玉""草""静"字。诗不成者二人，各罚酒一觞。明日，顾瑛等六人自界溪出发至慧聚寺。其间杨维桢"书《玉峰诗》……诸客各和诗。又复联句，用'江'字窄韵，推余首唱。诸客以次分韵，余又叠尾韵。成若干句毕。"（《玉山名胜集》，第465—466页）

三月十日，杨维桢、张伯雨、顾瑛等游石湖，杨维桢为妓者璚英作《花游曲》，顾瑛、于立等亦和铁崖诗韵。顾瑛有《花游曲同张贞居游石湖和杨廉夫韵》、于立《花游曲和铁厓先生》、马麐《花游曲和铁厓先生》等诗。（《全元诗》第39册，第29页）

春，江浙行省检校官李允谦秩满将上京师，令尹唐子华率能诗之党士，"赓和成什，合为一卷"。（杨翮《送李检校入京诗序》，《全元文》第60册，第406页）

六月二十四日，杨维桢与于立、高智、袁华等于浣花馆联句。（《玉

山名胜集》，第218页）

是年秋，张雨访杨维桢新居月波亭，相与赋诗，一时唱酬。《草堂雅集》收有郑元祐《杨铁崖新居书画船亭》、张雨《铁笛道人新居曰书画船亭作诗以寄》、卞思义《和杨廉夫新居韵》、有郯韶《用杨铁厓新居书画船亭韵与玉山同赋二首》、顾瑛《寄杨铁崖》、马麐《和杨廉夫新居韵》、张仲深《杨廉夫月波楼》、李廷臣《和张句曲题杨铁崖新居诗韵》、瞿智《次张句曲题杨铁崖新屋诗韵》、释妙声《杨铁崖书画船亭》等诗。

许有壬、许有孚、许子桢携宾客子弟于相城西之康氏废园宴集唱和。

元顺帝至正九年　己丑（1349）

春，陈天秩于家千里招延，以教子弟、兄弟之子，其间"交游执友，相答以诗"，嘱王毅为序。（王毅《送叶世杰赴陈氏家塾序》，《全元文》第49册，第194页）

六月二十八日，王祎、廼贤、贡师泰等文人于上京宴饮唱和。

六月二十八日，吴克恭溯流玉山之下，与顾瑛、于立、释良琦、张云、从序、郯韶、顾元臣等共十人宴于碧梧翠竹堂，"以杜甫氏（《夜宴左氏庄》）'暗水流花径，春星带草堂'之韵分阄，各咏言纪实"。（《玉山名胜集》卷三吴克恭《分题诗序》，第179—180页）

八月十五日，申屠駉、僧家奴、赫德尔、奥鲁赤于福建道山亭作《道山亭联句》诗。

十二月十五日，昂吉、顾瑛、旃嘉闾、于立、陆逊等以听雪斋中春题"夜色飞花合，春深度竹深"为韵赋诗。诗成者十人，昂吉、顾瑛、陈惟义、旃嘉闾、于立、陆逊、顾元臣、虞祥、章桂、王元理分别得"度""声""色""夜""飞""花""合""春""竹""深"字。（《元诗选 初级》，第2357页）

是年，许有壬还京，马熙补和许氏"圭塘唱和"诗，得诗七十八，词八录。

元顺帝至正十年　庚寅（1350）

正月十一日，陈基与顾瑛、于立、陆仁等人饮酒雅歌，以杜甫《秋兴八首》之八"碧梧栖老凤凰枝"为韵即席赋诗。诗成者六人，顾瑛、顾晋、陆仁、顾元臣、于立分别得"梧""碧""凤""凰""枝"字。(《玉山名胜集》卷下陈基《分韵诗序》,第184—185页)

五月十八日,于立、释良琦、顾瑛、吴世显饮散步月,以苏轼《月夜与客饮酒杏花下》"炯如流水涵青苹"为韵赋诗。于立、释良琦、顾瑛、吴世显分别得"如""幽""流""青"字。

七月五日,顾瑛、于立、释良琦于楼外阁桥以李白《夜宿山寺》"危楼高百尺"分韵赋诗。诗成者三人,顾瑛、于立、释良琦分别得"危""楼""高"字。

七月六日,于立、顾瑛、释良琦等于芝云堂以杜甫《夜宴左氏庄》"风林纤月落"分韵拈题。同一日,玉山主人顾瑛置酒小东山秋华亭上,与释良琦、于立以杜甫《月》"天上秋期近"句分韵赋诗。诗成者三人,释良琦、顾瑛、于立分别得"天""秋""期"字。

七月十日,顾瑛与于立、释良琦于金粟池以杜甫《陪诸贵公子丈八沟携妓纳凉晚际遇雨二首》(其一)"荷净纳凉时"平声字为韵赋诗。于立、顾瑛、释良琦分别得"荷""凉""时"字。

七月十一日,顾瑛、释良琦、于立等宴饮渔庄上,以唐人许浑《寄桐江隐者》"解钓鲈鱼有几人"分平声韵赋诗。顾瑛、于立、释良琦分别得"人""鲈""鱼"字。

七月十二日,顾瑛、于立、昂吉于等于钓月轩以陈师道《秦少章见过》"旧雨不来今雨来"分韵赋诗。诗成者五人,顾瑛、于立、释良琦、昂吉、顾元臣分别得"旧""雨""不""来""今"字。

七月十三日,顾瑛与于立、昂吉等会饮于芝云堂,酒半,以李商隐《锦瑟》"蓝田日暖玉生烟"分韵赋诗。顾瑛、于立、昂吉、释良琦、顾元臣、顾晋、徐彝分别得"蓝""田""日""暖""玉""生""烟"字。

七月十六日,顾瑛、郑元祐、昂吉等人晚酌于草堂中,以杜甫《崔氏东山草堂》"高秋爽气相鲜新"分韵赋诗。顾瑛、昂吉、郑元祐、陈基、释良琦、于立分别得"鲜""高""秋""新""爽""气"字,诗不成者三人,各罚酒二觥。

七月二十一日,顾瑛、郑元祐、释广宣等于芝云堂觞咏,以杜甫《寄裴施州诗》"冰壶玉衡悬清秋"分韵赋诗,以纪一时邂逅之乐。顾瑛、郑元祐、于立、释广宣分别得"壶""玉""悬""秋"字。诗不成者二人，赵元作画代诗，坐客不能成诗者，罚酒一觥。

七月二十五日至二十六日，金华王祎过昆山，与顾瑛、释良琦、于立等饮于芝云堂，以冯道《赠窦十》"丹桂五枝芳"为韵。王祎、顾瑛、于立、袁华、释良琦分别得"桂""五""丹""枝""芳"字。

七月二十九日，顾瑛与释良琦、于立等于芝云堂分题赋诗。"至正庚寅秋七月二十九日，子与龙门山人良琦、会稽外史于立、金华王祎、东平赵元，宴于顾瑛氏芝云堂。酒半，以古乐府分题，以纪一时之雅集。"袁华得《门有车马客行》、顾瑛得《山人劝酒》、于立得《短歌行》。释良琦、王祎、赵元三人诗不成，各罚酒二觥。（《玉山名胜集》卷上，第110—111页）

八月二十有二日，顾瑛、于立、郯韶等应邀游天平山，"至正庚寅八月二十有二日，吴僧琦元璞邀玉山顾仲瑛游天平。其同游者番易萧元泰，吴兴郯九成、匡庐于彦成、遂昌郑元祐。所至各赋诗。"顾瑛、释良琦、郑元祐、郯韶各赋《天池》诗，顾瑛、郑元祐有《龙门》诗，于立、顾瑛、郯韶皆赋《寒泉盘松》诗。（《玉山名胜集·玉山纪游》之《游天平山》，第467页）

十二月一日，杨维桢、曹睿来玉山草堂，与顾瑛、于立宴饮于芝云堂，以曹操《短歌行》"对酒当歌"分韵赋诗。诗成者四人，顾瑛、杨维桢、曹睿、于立分别得"歌""对""酒""当"字。

十二月十五日，顾瑛与张师贤、郯韶、吴善等以苏轼《雪后书北台壁二首》（其一）"冻合玉楼寒起粟"分韵赋诗。诗成四人，顾瑛、于立、郯韶、顾元臣分别得"冻""楼""寒""起"字。"国良以吹箫，陈惟允以弹琴，赵善长以画序首，各免诗"，张师贤诗不成，罚酒二觥。

十二月十九日，吴善、郯韶访玉山，于听雪斋中宴饮，以杜甫《和裴迪登蜀州东亭送客逢早梅相忆见寄》"东阁官梅动诗兴"分赋。诗成者四人，顾瑛、陈让、郯韶、于立分别得"官""东""兴""阁"字，诗不成者三人。（《玉山名胜集》卷下郯韶《序》，第284页）

元顺帝至正十一年　辛卯（1351）

正月一日，匡庐于彦成将归，僧良琦、郑元祐、陈基联句以送。

正月初四，郯九成过玉山，与顾瑛、陈敬初、瞿惠夫等宴饮，有诗唱

酬。(《玉山名胜集》之顾瑛《过吴江纪行小序并诗》，第486页)

二月一日，参政韩伯高知贡举，与赵伯器、杨士杰、张翥、周伯琦等于京师组织会试，锁院期间赋诗唱酬。(《全元诗》第40册，第388页)

三月至五月一日，王寔自京都出通州，张性斋、杨庸、王师道同行，其间商略古今，"或谈诗，或论文，或命题分韵，或簿灯联包，或彼假斯和，或斯倡彼和，大篇短章，各适其性情之正而已。……哀集所谓倡和诗得若干篇，命师道备录以识"。(王寔《录舟中倡和诗小序》，《全元文》第49册，第83页)

四月，浚仪陈山实来黄山游，将还，赵汸及缙绅儒士惜其别去，"杂取山中景物有名图志者"，相与赋五言十句一章诗以饯。(赵汸《送陈大博游黄山还诗序》，《全元文》第10册，第310—311页)

五月三日，顾瑛、卢昭、秦文仲、张灯以杜甫《巳上人茅斋》"巳公茅屋下，可以赋新诗"平声韵赋诗可诗斋。诗成者三人，顾瑛、卢昭、秦文仲分别得"公""茅""诗"字。

五月二十八日，顾瑛、释良琦、杨维桢等于杭州西湖以苏轼《饮湖上初晴后雨二首》(其二)"山色空蒙雨亦奇"分韵赋诗。诗成者五人，顾瑛、释良琦、张渥、顾元佐、袁华、冯郁分别得"山""雨""蒙""色""奇""空"字，冯郁诗不成，罚酒。是日，顾瑛口占《值雨》《湖山堂观荷花》《题叔厚描素云小像》《戏赠杜姬》，袁华、张渥、释良琦分别次韵。

夏，吴清容等于江村建诗会。"至正辛卯夏，建诗会。……诗成，果一笾，酒三行。命苍头击缶歌之，且相忘次第甲乙间。庶以美周睦之义，息争竞之风。其诗不成，罚酒以佐欢。"(唐桂芳《江村诗会跋》，《全元文》第51册，第707—708页)

八月五日，顾瑛、陈基、郑同夫、刘西邨、释良琦等人宴饮赋诗，时郑同夫欲归，众人以吴中山水分题以赠。张田《分题沧浪池》、刘西邨《分题枫桥》、释良琦《分题震泽》、郯韶《分题虎丘》、顾瑛《分题太湖》、张简《分题姑苏台》、沈明远《分题龙门》、陈基《分题太湖》、袁华《分题泰伯庙》、俞明德《分题馆娃宫》、周砥《分题百花洲》。(《全元文》第50册，第227—228页)

八月十五日，沈明远受邀访玉山，与玉山主人顾瑛、王濡之、释良琦等宴于绿波池，以苏轼《阳关曲 中秋月》"银汉无声转玉盘"分韵赋诗。顾瑛、释良琦、沈明远、王濡之分别得"声""银""无""银"字。（《玉山名胜集》卷下沈明远《序》，第298—299页）

八月十六日，迺贤、梁九思等七人游燕城赋诗。迺贤有《寿安殿》《黄金台》《大悲阁》诗等。

八月二十四日，顾瑛游锡山赋诗贻诗友，诸文士赓和。顾瑛《发齐门》诗，周砥作《发齐门次玉山韵》；顾瑛《泊阊门》诗，于立有《泊阊门次玉山韵》；顾瑛《发阊门》诗，陈基作《和玉山发阊门韵》；顾瑛《许墅道中》诗，周砥、陈基、郯韶、于立、释良琦、沈明远分别作《和玉山许墅道中韵》；顾瑛《晚泊新安有怀九成》诗，郯韶、于立、沈明远各有《晚泊新安有怀九成次玉山韵》，顾瑛《登惠山》诗，于立、陈基、陆仁、释良琦、沈明远各作《次韵玉山登惠山韵》；顾瑛《送惠山泉》诗，周砥、陈基、陆仁、于立、沈明远分别作《次韵玉山送惠山泉韵》；顾瑛《舟中作》，周砥、于立、释良琦各作《次玉山舟中作韵》。（玉山名胜集），第491页）

九月五日前，顾瑛、于立、周砥由惠山返吴城，途中赋诗唱酬。顾瑛、于立、周砥等同题作《姑苏台》《横塘寺》《行春桥》《观音岩》《石湖》《新郭》《上方》《陆德源墓》等诗，顾瑛有和陈基《月下有怀郯九成》《石湖》，次韵周砥《新郭》、于立《行春桥》等诗作。（玉山名胜集），第505—506页）

九月五日，释良琦于娄东兰若闻顾瑛等有维扬之行，赋长律三首奉寄，于立、顾瑛、王濡之分别次韵。

九月八日，顾瑛、于立、陆仁等自阊阖门出游，赋诗唱酬。顾瑛作《题昂上人房壁》，于立、陆仁次韵；于立、陆仁、顾瑛同题赋《蟠松》《寒泉》《放鹤亭》《洗马池》《飞龙关》《楞伽古桂》诗；陆仁赋《观音山》，顾瑛、于立次韵。（玉山名胜集），第519页）

九月十四日，顾瑛、陆仁、袁嘉、周砥等于渔庄宴饮，顾瑛口占二绝，诸文士赓和，十人诗成，题为《渔庄欸歌》。（《玉山名胜集》，第465—466页）

十月，赵奕、沈明远至顾瑛所，与顾瑛等于草堂同饮，酒酣，以曹操《短歌行》"何以解忧，唯有杜康"分韵赋诗。诗成者八人，赵奕、沈明远、顾瑛、释良琦、袁华、杨祖成、于立、王濡之分别得"解""康""何""以""忧""惟""杜""有"字。

十月，王祎与宜春刘志伊会于钱塘，志伊将别，王祎及钱唐士大夫分韵赋诗以饯。（《王祎集》卷之六《送刘志伊序》，第166—167页）

十月二十三日，顾瑛与郯韶、王濡之、陆仁、释宝月、李瓒、袁华等以杜甫《羌村》（其一）"夜阑更秉烛，相对如梦寐"分赋。诗成者八人，顾瑛、于立、郯韶、陆仁、释宝月、袁华、李瓒、王濡之分别得"梦""更""寐""夜""阑""相""对""如"字。（《玉山名胜集》卷上，第76页）

元顺帝至正十二年　壬辰（1352）

正月下旬，顾瑛等宴饮，因咏王安石《南浦》"鸭绿鹅黄"，遂口占赋诗，顾瑛、于立、袁华诗成。（《玉山名胜集》卷下，第244页）

四月八日，陈高、曾伯大等文士于张思诚之近山轩宴饮赋诗。（见前文）

七月二十六日，熊梦祥、顾瑛、袁华、张守中等纵酒尽欢，取杜甫《八月十五夜月二首》之一"攀桂仰天高"分韵，赋诗观画。诗成者五人，顾瑛、熊梦祥、张守中、袁华、于立分别得"高""仰""攀""桂""天"字。（《元诗选 初级》，第2353页）

九月八日，顾瑛等宴于碧梧翠竹堂，取谢逸《亡友潘邠老有满城风雨近重阳之句今去重阳四日而风雨大作遂用邠老之句广为三绝句》"满城风雨近重阳"分韵赋诗。顾瑛、袁华、卢震则、陆仁、于立、岳榆、赵珍分别得"满""城""风""雨""近""重""阳"字。（《玉山名胜集》卷下"碧梧翠竹堂"，第187—188页）

九月十三日，顾瑛等于可诗斋列席赋诗，酒半，取《小雅·鹿鸣》"我有嘉宾，鼓瑟吹笙"为韵分赋。顾瑛、秦约、于立、岳榆、袁嵒、周砥、袁华、陆仁分别得"宾""我""有""嘉""鼓""瑟""吹""笙"字。（顾瑛《玉山名胜集》卷上，第132页）

九月二十二日，顾元佐以武功平贼、由昆山节判归，顾良用亦由京师漕运千户至，与顾瑛、陆仁等燕饮于芝云堂，赋诗纪事，诗成者六人。（顾瑛《玉山名胜集》卷上，第115—116页）

秋，因友石禅师补临海龙华寺主席之阙，诸士友置酒为别，又摭杜甫《题已上人诗》，"分韵相率为诗，以道其离思"，诗成，嘱朱右为序。（朱右《送因禅师序》，《全元文》第50册，第513—514页）

十二月二十一日，时徐寿辉、方国珍等起事，元守臣石抹宜孙抚处州，与胡仲渊、王毅等赋诗唱和。

十二月三日，郑元祐、李元珪先后而至，顾瑛等设宴书画舫，酒酣，取析杜甫《小寒食舟中作》"春水船如天上坐，老年花似雾中看"平声字分赋。顾瑛、郑元祐、李元珪、袁华、范棐、释自恢、钱敏分别得"如""春""船""天""年""花""中"字，诗不成者一人。（顾瑛《玉山名胜集》卷下，第264—265页）

按：谷春侠考证是宴集时间为元顺帝至正十二年（1352）十二月三日，今从之。（谷春侠《玉山雅集研究》，第195页）

元顺帝至正十三年　癸巳（1353）

八月二日，叶懋偶宿杨氏书楼，夜分匡坐，有感时华易逝、兵革未辑，遂续高明亮诗韵答张士行。（叶懋《燕杨氏书楼答张士行诗序》，《全元文》第58册，第705—706页）

是年，永新人何妇贺守节不屈，自刎而死，王逢与徐骞、赵镇先等赋古风唱酬。王逢有《和吉州何节妇诗韵》《梧溪集》卷二）

是年前后，陈妇守节而忍饥寒，有《闻雁有感》诗，题于华亭戍壁，王逢、张洙、谢嘉等有感而和。王逢有《和戍妇陈闻雁有感四首》、张洙《和戍妇陈闻雁有感》、谢嘉《拟答戍妇陈闻雁有感二首》等诗。

元顺帝至正十四年　甲午（1354）

二月二十五日，郯韶与倪瓒夜宿高斋，郯韶《春林远岫图》赋《绝句四首》，倪瓒次韵唱酬。（陈衍《元诗纪事》卷十）

三月，刘基避难会稽，适逢祝茂卿之牡丹大开，遂与祝茂卿等宴饮，取唐人罗邺诗二句十四字分韵赋诗。（《刘伯温集》，第103页）

春，临海詹君游钱塘，将归，其从子詹居文率诸公赋诗以饯，王祎书其言以序。（颜庆余整理《王祎集·送詹君序》，第181页）

四月，刘基与吴溥、王伦、王俨、唐虞民在黄本精舍等宴集唱和。

(朱存理纂辑；王允亮点校《珊瑚木难·竹林宴集诗序》，第375页）

四月二十二日，刘基与诸友人游览别峰上宝林寺，别峰上人之友道士张玄中将归桐柏观，刘基与别峰上人等友人分韵赋诗送别道士，刘基分韵得"会"字。(《刘伯温集》第二卷《送道士张玄中归桐柏观诗序》，第104—106页）

十二月二十三日，秦文仲、顾瑛、于立、张大本等于玉山草堂可诗斋联句。(《玉山名胜集》卷四秦文仲《夜集联句诗序》，第141页）

约是年，孙蕡、赵介、赵澄、黄哲、李德、黄楚金等于广州南园结社唱和。(《全元诗》第64册，第309—310页）

是年前后，周砥避兵难于荆南周氏之家，其间与马治等从游，赋诗唱酬。

元顺帝至正十五年　乙未（1355）

七月二十三日，许有壬与吕思诚、杜秉彝、王本中、尚彦文在王公俨别墅水木清华亭观景宴饮，取"水木清华亭"分韵赋诗，许有壬得"华"字。

八月十五日，顾瑛与诸葛用中、秦约、邾经、袁华于寓盘关赏月，分韵赋诗，顾瑛得"篷"字。

九月九日，郑渊、潜溪先生宋濂等同志七人登康侯山，举觞共饮，歌陶潜诗，会日晚，以杜牧《九日齐安登高》第四句"牛山何必泪沾衣"诗分韵，各赋一首。

十月二十六日，顾瑛、袁华、释自恢等四人宴饮联句于读书舍。(《玉山璞稿》卷下《至正乙未十月二十六日读书舍会合联句》，第59—60页）

是年，杨维桢游富春，与冯正卿及韩魏二三子相等品题八景唱和。(杨维桢《富春八景诗序》，《全元文》第41册，第256—257页）

元顺帝至正十六年　丙申（1356）

三月上巳，宋濂、郑彦真等修禊于浦江县麓山桃花涧，人皆赋诗二首。"至正丙申三月上巳，郑君彦真将修禊事于涧滨，且穷泉石之胜。……酒三行，年最高者命列觚翰，人皆赋诗二首，即有不成，罚酒

三巨觥"。((《潜溪前集》卷之五《桃花涧修禊诗序》，第182页)

七月二十八日，顾瑛与袁华、陆仁、王楷等赏花剧饮，赋诗纪事。(《玉山名胜集》卷下，第287—288页)

十月二十九日，顾瑛、缪侃等聚首可诗斋，饮酒赋诗唱和。顾瑛首先赋诗，缪侃、范基、袁华各次韵；后缪侃倡韵，顾瑛、袁华各和韵；顾瑛、缪侃联句一首并和韵；顾瑛呈诗一首，缪侃和之。(《玉山名胜集》卷上，第143—144页)

是年，江浙行省理问官李文甫因王事来闽，将归，乃集诗以饯，摘建之名山古先贤哲栖遁者，分题而赋。

约是年至至正十七年，石抹宜孙与刘基、章溢同镇处州，揽事触物，皆为诗歌，更唱迭和，两年间得三百余篇，题为《少微倡和集》。

元顺帝至正十七年　丁酉（1357）

二月二十二日至二十八日，顾瑛与释良琦、袁华、葛天民等取唐人严维《酬刘员外见寄》"柳塘春水漫"之句分赋。诗成者四人，顾瑛、释良琦、葛天民分别得"柳""塘""漫"字。(《玉山名胜集》卷下，第227—228页)

闰九月，玉山嘉子归，袁华与顾瑛等饮酒可诗斋，取无名氏《饮马长城窟行》"客从远方来，遗我双鲤鱼"以平声循次分韵赋诗。诗成者五人，袁华得从字，顾瑛、缪侃、陆仁、释自恢分别得"方""来""双""鱼"字，各赋一首。(《全元诗》第57册，第406—407页)

冬，陆仁自海上来，与顾瑛、袁华、谢应芳等同赋。(《玉山名胜集》卷上《附录》，第667页)

元顺帝至正十八年　戊戌（1358）

四月，岳榆与顾瑛、袁华等于玉山草堂会饮赋诗。(《玉山名胜集》卷下岳榆《序》，第274页)

四月八日，王礼与梁材、严玄、龚昂、陈礜、生徒刘长安、椨师刘元海等游雩都邑南罗田山，山上有濂溪书院，镌刻濂溪先生周敦颐《行县至雩都邀余杭钱建侯拓四明沈几圣希颜同游罗岩》诗，以首句"闻有山岩即去寻"诗分韵，"赋者六人，余一字则联句成之"。(王礼《游罗

田岩序》,《全元文》第60册,第539—540页)

九月,顾瑛、陆麒等于玉山书画舫置酒,以杜甫《春日忆李白》"江东日暮云"句分韵赋诗送别谢应芳。诗成者五人,陆麒、释自恢、袁华分别得"日""暮""云"字。

约是年,江浙参政石抹宜孙分省处州,时处州妙成道观建掀篷,观主何宗姚作《妙成观掀篷》吟咏,石抹宜孙、吴立、费世大、谢天与、廉公直、赵时夬、城东甫、张清、孙原贞、宁良、郭子奇十一人和之,各作《妙成观掀篷和何宗姚韵》诗。

元顺帝至正十九年　己亥(1359)

正月十六日,王礼、李国明、陈思诚、梅南、刘中孚、高如心、胡坦等人于岭南真仙观宴集。时"坛前杏桃盛开,嘉客咸集,因觞咏以为乐",以北宋程颢《偶成》"傍花随柳过前川"句为韵赋诗。(王礼《仙馆春集序》,《全元文》第60册,第542—543页)

秋,刘楚、旷伯逵、刘季道等十二人宴饮中和堂,分韵赋诗。(见前文)

冬,贡师泰过四明,郑蒙泉、王好问、毛彝仲、徐季章等于白沙寺联句饯别贡师泰尚书。(《全元文》第45册,第211页)

十月四日,杨维桢、桃庭美、高玉窗、夏长祐、张学、张吉、吴毅、徐子贞、高瑛、谢思盛同游淞之顾庄,拜橘隐老仙墓,过郁聚学聚斋,见桂隐主人,"席上联七字句,成一十韵十有八句,书于斋之壁"。(杨维桢《联句书桂隐主人斋璧》,《全元诗》第39册,第149页)

十一月十一日,顾瑛、释元鼎、谢应芳等集聚西湖赏梅赋诗。(元鼎《西湖梅约诗序》,《全元文》第58册,第358页)

十二月二十日,谢节邀顾瑛西湖赏梅,"适逢火卒至,有败清兴,因而玉山告归,遂饯浙江亭,赋此为别""雪坡太守饯别浙江亭,同集者蔡君行简、钟侯声远、孙君用和"。谢节与蔡行简、唐志大、钟声远、夏思忠、张昱等于浙江亭赋诗饯行。(《玉山名胜集》卷下,第702页)

元顺帝至正二十年　庚子(1360)

正月前后,顾瑛至云间,与杨维桢、贰府谢伯理、县丞俞仲桓等分

题联句，再赋梅花之约。(《玉山名胜集》卷下袁华《西湖梅约序》，第705页)

三月，刘仁本于余姚召集谢理、王霖、朱絅、徐昭文、郑彝等名士四十一人续兰亭雅会，各有诗作，汇为《续兰亭诗集》。

三月七日，陆景龙与魏延寿等九人于夏盖湖憩福原精舍集会赋诗。(《全元诗》第41册，第406页)

四月十一日，黄鹤山人岳榆与相台翟份自吴城至海虞，复过昆山并访玉山草堂，与顾瑛、袁华、于立等五人宴于春晖楼。时顾瑛有感"人事惟艰，天时自适，友朋盍簪，宁无一语以纪其行乐乎！"遂以南朝齐谢朓《直中书省》"红药当阶翻"句为韵赋诗。诗成者四人，顾瑛、翟份、岳榆、袁华分别得"翻""红""药""当"字。赵元、于立、朱珪三人诗不成。(《元诗选 初级》，第2353—2354页)

八月十五日，至正己亥兵后，缪思恭等人于南湖集会，以杜甫《返照》"不可久留豺虎地，南方犹有未招魂"为韵分赋，以纪一时之变。

秋，顾瑛、谢应芳、释祺过、愚隐禅师等八人于书画舫宴饮，取曹操《短歌行二首》(其一)"对酒当歌，人生几何"分韵赋诗。(《全元文》第43册，第165—166页)

秋，王礼偕翁子元、黄锺、胡文焕、臧梦良等游青原洞岩，以唐人孟浩然《与诸子登岘山》"江山留胜迹，我辈复登临"诗分韵，以纪一时盛会，续异日佳话。(王礼《游洞岩记》，《全元文》第60册，第662—664页)

十月二日，王逢受董竹林居士之邀出吴城西游，度凤凰岘，观紫牛洞，览灵云洞，与吴产等赋诗唱和。"因居士首倡四韵，恳恳求和，并纪泉洞得名自予始。"(《全元诗》第59册，第116—117页)

冬，黄德芳由行省照磨擢为提刑按察司佥事，将行，诸公父老置酒设宴，赋诗唱酬。"予退老槐塘，适睹兹事，从而叙之，诸君歌咏，又从而和之"。(唐桂芳《黄宪佥槐塘倡酬诗序》，《全元文》第51册，第643页)

是年冬，张经擢授嘉定同知，吴中人士郑元祐等二十九人分题赋吴中旧迹以送行。

元顺帝至正二十一年　辛丑（1361）

正月二十六日，贡师泰与廉惠山海牙等游福建玄沙寺，分韵赋诗。（见前文）

二月，京口镏治中，出儒入墨，曾辅助永嘉陈师古、谢侯等治理杭州，今将去，与其善者，咸分题赋诗以饯之，陈基为之序。（陈基《送镏治中诗序》，《全元文》第50册，第276—277页）

五月六日，汪母许氏七十九寿旦，诸公赋诗唱酬以颂赞。"婺源俞志道为诗，予口占一首，付仁杰持觞，寓所以善颂之意。……仲诚有姪曰积庆，季浩有子曰绵庆，各联和，浸以成轴"。（唐桂芳《汪母许寿旦诗序》，《全元文》第51册，第666—667页）

七月，秦邮盛元辅由都事擢断事官，桐川钱用壬、临海陈基、淮南汤仲举等同幕之士用韩诗分韵。

七月十三日，曹睿等于景德寺雅集，取唐人李涉《题鹤林寺僧舍》"因过竹院逢僧话，又得浮生半日闲"分赋。

八月九日，贡师泰与郑桓、程伯来、吴维清、夏鼎、诸生刘中等祭拜先圣庙，事毕，于沧浪亭宴饮赋诗，以韦应物《善福精舍示诸生》诗分韵以纪其事。

十月，倪瓒与吴镇交游，相互题画唱酬。吴镇有《平林野水图》诗，倪瓒走笔次韵作《题吴仲圭诗画次韵》。

冬，潘茂才、惟寅等赋诗唱和。潘茂才有《至正辛丑冬惟寅先生以怀古十二诗示仆读之有古烈士慷慨悲歌之风当时大夫士和者甚众仆亦忝居契家之好故敢次韵成章鄙俚可笑非敢以言诗也谨承教》《怀古六诗谨次韵录上》诗等。

元顺帝至正二十二年　壬寅（1362）

正月，行枢密都事汤仲举将赴越，"任肘腋心膂之寄于幙府"，枢省同僚钦常往来者，分韵赋诗以饯，陈基为之序。（陈基《送汤都事序》，《全元文》第50册，第280—281页）

八月十六日，刘楚从龙塘归珠琳，与伯兄刘子中、仲第子彦等偕家人避兵祸，奔走转徙于外七十六日，其间睹物触事，发而为诗。

九月，贡师泰过虞江，刘仁本等于永乐僧房宴饮，分韵唱和以别。刘仁本《羽庭集》卷四、卷五分别存《代虞江宴别诗阴字韵》《虞江宴别诗序》等。

十一月，时山东未定，河南省员外郎梁子晋使者自海上来，与司徒公会于分署，道军旅之情，未几将还，司徒以江南事机、阃庭谋略托于子晋以复太尉，在饯席者皆赋诗歌以壮其行。（刘仁本《送河南省员外郎梁子晋使还序》，《全元文》第60册，第288—289页）

元顺帝至正二十三年　癸卯（1363）

四月三日，杨维桢、李贝阙、黄份、成廷珪、刘俨、孔章、王维一、郑本初等庠序之士六十余人集于伦堂，敦礼让，习威仪，诸君赋诗纪事。（杨维桢《淞泮燕集序》，《全元文》第41册，第521—522页）

是年前后，行枢密院架阁胡师德督戍上虞之三年，将还，诸将帅士卒、友朋能文者，分韵赋诗以饯。（朱右《送上虞总督胡君诗序》，《全元文》第50册，第516—517页）

元顺帝至正二十四年　甲辰（1364）

二月十五日，福建行省左丞兼建宁路总管阮邵农于东郊鹤山修常典，事毕，偕父老宴饮，索笔赋诗以示，宾众即席赓和。明日，"郡之士大夫属而和者，声相继而韵相续也"，编为《邵农之什》，蒋易为之序。（蒋易《劭农之什序》，《全元文》第48册，第111—113页）

六月十六，闽省都事刘子明挟其子中由钱塘入闽，过四明，与乌斯道、严君父子等宴饮，翌日，各赋诗一首纪事，后因情不能已，又依韵而和，得诗若干。（乌斯道著，徐永明点校《乌斯道集》卷八《月夜小酌诗序》，第107页）

九月九日，周棐、牛谅、陈世昌、徐一夔、高巽志、释良琦、释守良等游广福寺、登东塔，取杜甫《九日蓝田崔氏庄》"玉山高并两峰寒"之句分韵赋诗。

元顺帝至正二十五年　乙巳（1365）

九月，吴师鲁、孙观明、吴伯贞、陈谟四人于吕仲善茅亭，取"共君一夕话"分韵赋诗。"次夕,又以'胜读十年书'分焉。诗成,各韵度可爱。"分韵。(陈谟《五君分韵诗序》,《全元文》第 47 册,第184—185 页)

十月,吴师鲁、孙观明等于吕仲善馆中,"极道离合悲欢之故、运数安危之机、人情物态之变",遂取"共君一夜话"为韵,人各成诗。(陈谟《茅亭分韵诗序》,《全元文》第 47 册,第 184 页)

元顺帝至正二十六年　丙午（1366）

二月之望,悦堂禅师结客若干,于昆山城南成立真率会,饮酒抚琴、诗文唱酬。(殷奎《城南小隐真率会序》,《全元文》第 57 册,第 670—671 页)

元顺帝至正二十八年　戊申（1368）

冬,戴良、刘庸道、王彦贞、龙子高、桂彦良、沈师程等于东山赏梅,取杜甫《和裴迪登蜀州东亭送客逢早梅相忆见寄》"东阁官梅动诗兴"为韵,分赋古律诗。(《全元文》第 53 册,第 281 页)

年份不确者:

元初期,吴此民留京师待选,与张野等主宾吟咏,多至累百,及此民得官南还,得主宾唱和五十余篇。(见前文)

元世祖至元年间,商挺、胡祗遹、王恽、赵孟頫、徐世隆、张九思、燕公楠、王构、王磐、李谦、周砥、宋渤、张孔孙、夹谷之奇、马绍、徐琰、阎复、雷膺、杨镇、董文用、崔瑄、王博文、刘好礼、刘宣、张之翰、宋衜、李槃二十七人于大都释统仁天庆寺雅集,赋诗唱酬。

元成宗大德初,高克恭归休江南,与袁桷、吴成季等十余人赋诗唱酬,以致怀贤之思。(《袁桷集校注》卷二十四《仰高倡酬诗卷序》,第1224—1225 页)

元成宗大德中,"故翰林学士王公、宣慰使周公皆休致里居,日偕修斋马君、西泉郭君"徜徉于甄退翁园亭,"饮酒赋诗,悠然娱乐,此其当时唱和诗也"。(《滋溪文稿》卷二十八《题访山亭会饮唱和诗》,第468—469 页)

约元中期，松瀑真人黄可玉将还龙虎山，七月复来，邓文原偕文士分韵赋诗送别。"于是吾党暨方外之士凡十有六人，酾酒而与之别。雍容谈谑，羽觞屡集，仿佛莲社故事。乃用祥月师咏远公诗，分韵以纪胜集。"（《邓文原集》卷上《送黄可玉炼师还龙虎山燕集序》，第14—15页）

元中期，邑东坦头汪氏，每岁暮春同其乡人子弟，携樽载酒，会饮于荆山惠果之精舍，酒毕分韵赋诗，题为《乡饮》。（郑玉《荆山乡饮酒序》，《全元文》第46册，第331—323页）

大禅师瑚公受命，即将前往主持定慧社，高丽人李齐贤及诸学士分韵赋诗，以饯其行。"诸学士以东坡《龟山》'身行万里半天下，僧卧一庵初白头'二句韵其字，联诗十四篇，为其行之赠。"（李齐贤《送大禅师瑚公之定慧社诗序》，《全元文》第36册，第414页）

揭傒斯与郑真卿等于大都城南宴集，饮酒赋诗。揭傒斯有《城南宴集分韵得与字》诗等。

吴澄与朱士坦、赵用信、胡琏、蔡黻、胡敏、胡然等宾主九人宴饮，分韵杜甫"竹深留客处，荷净纳凉时"赋诗。（见前文）

张秋水、李复礼等赋诗唱和。张秋水令尹征于樵，摄邑政，居于紫云溪，种植时蔬十数畦，"日出坐曹厘务""入则撷芳芼薤"，吟咏其间，得绝句十首，李复礼偕士友咸属和之，黄镇成为之序。（黄镇成《张秋水蔬圃十诗序》，《全元文》第36册，第509页）

水精长老不涉名利，往还山水之间，将行岭南，李谷等席于东郊，分韵赋诗以饯。

元后期，鲍同仁为淮右巢县之官，将行，乡俊好友以杜甫《奉赠严八阁老》"蛟龙得云雨，雕鹗在秋天"分韵赋诗，以重其别，郑玉为之序。（见前文）

元后期，淇上野逸李公参大政江浙行垣，"以八位之贵，不以下交寒素为厌"，与"一介之微，不以上交公相为抗"之天台蒋常翁赋诗唱酬，常翁装潢成卷，流布人间。（杨维桢《李参政倡和诗序》，《全元文》第41册，第149页）

元后期，钱用壬辞江浙行省参政，将行，中吴大夫文士马玉麟等以唐人韩愈《送李尚书（逊）赴襄阳八韵得长字》诗分韵赋古律以饯，戴良为文序。（戴良《送钱参政诗序》，《全元文》第53册，第261—262页）

参考文献

（古籍文献首以朝代、次以著者音序为序；研究专著、论文均以作者音序为序）

一 古籍

（一）经部

（汉）孔安国传，（唐）孔颖达疏：《尚书正义》，（清）阮元校刻十三经注疏本，中华书局1982年影印版。

（汉）毛亨传，（汉）郑玄笺，（唐）陆德明音义，孔祥军点校：《毛诗传笺》，中华书局2018年版。

（汉）许慎撰：《说文解字》，中华书局影印1978年版。

（汉）郑玄注，（唐）贾公彦疏：《仪礼注疏》，（清）阮元校刻十三经注疏本，中华书局2009年版。

（汉）郑玄注，（唐）孔颖达疏：《礼记正义》，（清）阮元校刻十三经注疏本，中华书局1982年影印版。

（魏）何晏等集解，（宋）邢昺疏：《论语注疏》，（清）阮元校刻十三经注疏本，中华书局1982年影印版。

（清）皮锡瑞撰，吴仰湘编：《尚书大传疏证》，中华书局2015年版。

（二）史部

（北魏）杨炫之：《洛阳伽蓝记》，上海古籍出版社1978年版。

（南朝梁）沈约撰，中华书局编辑部点校：《宋书》，中华书局1974年版。

（唐）李延寿撰：《北史》，中华书局1974年版。

（唐）姚思廉撰：《梁书》，中华书局1974年版。

（唐）魏征等撰：《隋书》，中华书局1982年版。

（后晋）刘昫等：《旧唐书》，中华书局1975年版。

（五代）王定保著，阳羡生校点：《唐摭言》，上海古籍出版社2017年版。

（宋）龚颐正：《芥隐笔记》，大象出版社2019年版。

（宋）洪迈：《容斋随笔》，中华书局2005年版。

（宋）欧阳修著，李伟国点校：《归田录》，中华书局1981年版。

（宋）王溥撰：《唐会要》，上海古籍出版社1991年版。

（宋）吴自牧著，符均、张社国校注：《梦粱录》，三秦出版社2004年版。

（宋）赵珙撰，李国强整理：《蒙鞑备录》，大象出版社2019年版。

（金）刘祁撰，崔文印点校：《归潜志》，中华书局1983年版。

（元）方凤撰，顾宏义、李文整理：《金华洞天行纪》，上海书店出版社2013年版。

（元）李志常撰，顾宏义、李文整理标校：《长春真人西游记》，上海书店出版社2013年版。

（元）马端临撰，上海师范大学古籍研究所、华东师范大学古籍研究所点校：《文献通考》，中华书局2011年版。

（元）苏天爵辑撰，姚景安点校：《元朝名臣事略》，中华书局1996年版。

（元）脱脱等撰：《金史》，中华书局1975年版。

（元）脱脱等撰：《宋史》，中华书局1986年版。

（元）辛文房撰，周勋初笺证：《唐才子传笺证》，中华书局2010年版。

（元）耶律楚材著，向达校注：《西游录》，中华书局2000年版。

（元）佚名：《元朝秘史》，《四部丛刊》本，上海书店出版社1989年版。

（元）赵世延等撰，周少川等辑校：《经世大典辑校》，中华书局2020年版。

（明）程敏政：《宋遗民录》，明嘉靖二年至四年程威等刻本。

（明）顾元庆：《云林遗事》，张小庄、陈期凡编著：《明代笔记日记绘画史料汇编》，上海书画出版社2019年版。

（明）黄宗羲著，夏瑰琦、洪波点校：《宋元学案》，浙江古籍出版社2012年版。

（明）柳瑛：《（成化）中都志》，明弘治刻本。

（明）宋濂等撰：《元史》，中华书局1976年版。

（明）田汝成撰，陈志明校：《西湖游览志余》，东方出版社2012年版。

（明）王鏊：《姑苏志》，《景印文渊阁四库全书》，台北：商务印书馆1989年版。

（明）徐祯卿：《翦胜野闻》，《丛书集成新编》，新文丰出版社2008年版。

（明）杨循吉等著，陈其弟点校：《吴中小志丛刊》，广陵书社2004年版。

（明）叶盛撰，魏中平点校：《水东日记》，中华书局1980年版。

（明）叶子奇撰：《草木子》，中华书局1959年版。

（清）黄丕烈著，潘祖荫辑，周少川点校：《士礼居藏书题跋记》，书目文献出版社1989年版。

（清）魏源撰，魏源全集编辑委员会编校：《元史新编》，岳麓书社2004年版。

（清）永瑢等：《四库全书总目》，中华书局1965年版。

（清）张廷玉：《明史》，中华书局2005年版。

（清）赵翼著，王树民校正：《廿二史札记校正》，中华书局2013年版。

（清）郑钟祥、（清）张瀛修、（清）庞鸿文等纂：《光绪常昭合志稿》，江苏古籍出版社1991年版。

贡铨：《丹阳柳茹〈贡氏宗谱〉》，民国二十九年（1940）刻本。

孙蒨侯：《宋元戴剡源先生表元年谱》，《新编中国名人年谱集成》第六辑，台湾商务印书馆1978年版。

　　（三）子部

（周）列子著，杨伯峻释：《列子集释》，中华书局1979年版。

佚名撰，（晋）郭璞注，（清）洪颐煊校：《穆天子传》，商务印书馆1937年版。

（汉）刘安著，刘文典集解，冯逸、乔华点校：《淮南鸿烈集解》，中华书局1989年版。

（宋）杨亿口述，黄鉴笔录，宋庠整理，李裕民辑校：《杨文公谈苑》，上海古籍出版社2012年版。

（宋）王应麟撰，（清）翁元圻等注，栾保群、田松青、吕宗力校点：《困学纪闻》，上海古籍出版社2008年版。

（元）李翀撰：《日闻录》，《景印文渊阁四库全书》子部第866册，台北：商务印书馆1989年版。

（元）刘壎：《隐居通议》，《景印文渊阁四库全书》子部第866册，商务印书馆 1989 年版。

（元）朱存理纂辑，王允亮点校：《珊瑚木难》，浙江人民美术出版社 2019 年版。

（清）王士禛撰，靳斯仁点校：《池北偶谈》，中华书局 1982 年版。

（清）赵翼撰：《陔余丛考》，中华书局 1963 年版。

　　（四）集部

（战国）宋玉著，吴广平编辑：《宋玉集》，岳麓书社 2001 年版。

（晋）陶渊明著，逯钦立校注：《陶渊明集》，中华书局 1979 年版。

（晋）陶渊明撰，袁行霈笺注：《陶渊明集笺注》，中华书局 2003 年版。

（南朝梁）刘勰著，黄叔琳注，李详补注，杨明照校注拾遗：《增订文心雕龙校注》，中华书局 2012 年版。

（唐）白居易著，谢思炜校注：《白居易诗集校注》，中华书局 2006 年版。

（唐）白居易著，谢思炜校注：《白居易文集校注》，中华书局 2011 年版。

（唐）杜甫著，（清）仇兆鳌注：《杜诗详注》，中华书局 1979 年版。

（唐）韩愈著，（清）方世举编年笺注，郝润华、丁俊丽整理：《韩昌黎诗集编年笺注》，中华书局 2012 年版。

（唐）寒山著，项楚注：《寒山诗注》，中华书局 2000 年版。

（唐）孟郊著，韩泉欣校注：《孟郊集校注》，浙江古籍出版社 2012 年版。

（唐）元稹撰，冀勤点校：《元稹集（修订本）》，中华书局 2015 年版。

（宋）陈岩肖：《庚溪诗话》，见丁福保《历代诗话续编》，中华书局 2006 年版。

（宋）程大昌：《考古编》，上海古籍出版社 1992 年版。

（宋）郭茂倩编：《乐府诗集》，中华书局 1979 年版。

（宋）计有功撰，王仲镛校笺：《唐诗纪事》，中华书局 2007 年版。

（宋）欧阳修撰，刘德清、顾宝林、欧阳明亮笺注：《欧阳修诗编年笺注》，中华书局 2012 年版。

（宋）欧阳修著，李逸安点校：《欧阳修全集》，中华书局 2001 年版。

（宋）苏轼著，李之亮笺注：《苏轼文集编年笺注》，巴蜀书社 2011 年版。

（宋）苏轼撰，（清）王文诰辑注，孔凡礼点校：《苏轼诗集》，中华书局 1982 年版。

（宋）谢枋得：《叠山集》，《景印文渊阁四库全书》，台湾商务印书馆

1989 年版。

（宋）严羽著，郭绍虞校释：《沧浪诗话校释》，人民文学出版社 1983 年版。

（宋）杨万里撰，辛更儒笺校：《杨万里集笺校》，中华书局 2007 年版。

（宋）张表臣：《珊瑚钩诗话》，（清）何文焕辑《历代诗话》，中华书局 1981 年版。

（宋）张载著，章锡琛点校：《张载集》，中华书局 1978 年版。

（金）李俊民著，吴广隆编审，马甫平点校：《庄靖集》，三晋出版社 2006 年版。

（金）王若虚著，胡传志、李定干校注：《滹南遗老集校注》，辽海出版社 2005 年版。

（金）元好问撰，周烈孙、王斌校注：《元遗山文集校补》，巴蜀书社 2013 年版。

（元）白珽撰，金少华点校：《湛渊遗稿》，浙江古籍出版社 2019 年版。

（元）陈高：《陈高集》，浙江古籍出版社 2014 年版。

（元）戴表元著，陆晓东、黄天美点校：《剡源集》，浙江古籍出版社 2014 年版。

（元）邓文原撰，罗琴整理：《邓文原集》，浙江人民美术出版社 2019 年版。

（元）贡奎、（元）贡师泰、（元）贡性之著，邱居里、赵文友点校：《贡氏三家集》，吉林文史出版社 2010 年版。

（元）顾瑛辑，杨镰等整理：《草堂雅集》，中华书局 2008 年版。

（元）顾瑛辑，杨镰、叶爱欣整理：《玉山名胜集》，中华书局 2008 年版。

（元）顾瑛著，杨镰整理：《玉山璞稿》，中华书局 2008 年版。

（元）郝经著，田同旭校注：《郝经集校勘笺注》，三晋出版社 2018 年版。

（元）郝经撰，吴广隆编审，马甫平点校：《陵川集》，山西古籍出版社 2006 年版。

（元）黄溍著，王颋点校：《黄溍集》，浙江古籍出版社 2013 年版。

（元）李孝光撰，陈增杰校注：《李孝光集校注》（增订本），浙江古籍出版社 2016 年版。

（元）柳贯著，魏崇武、钟彦飞点校：《柳贯集》，浙江古籍出版社 2014

年版。

（元）倪瓒著，江兴佑点校：《清閟阁集》，西泠印社2012年版。

（元）欧阳玄著，陈书良、刘娟点校：《欧阳玄集》，岳麓书社2010年版。

（元）释寿宁纂：《静安八咏集》，商务印书馆1936年版。

（元）苏天爵著，陈高华、孟繁清点校：《滋溪文稿》，中华书局1997年版。

（元）汪元量著，胡才甫校注：《汪元量集校注》，浙江古籍出版社2012年版。

（元）王恽著，杨亮、钟彦飞点校：《王恽全集汇校》，中华书局2013年版。

（元）吴师道著，邱居里、邢新欣点校：《吴师道集》，浙江古籍出版社2012年版。

（元）许衡撰，许红霞点校：《许衡集》，中华书局2019年版。

（元）许谦著，蒋金德点校：《许白云先生文集》，浙江古籍出版社2015年版。

（元）姚燧著，查洪德编辑点校：《姚燧集》，人民文学出版社2011年版。

（元）耶律楚材著，谢方点校：《湛然居士文集》，中华书局1986年版。

（元）虞集著，王颋点校：《虞集全集》，天津古籍出版社2007年版。

（元）元好问著，狄宝心校注：《元好问文编年校注》，中华书局2012年版。

（元）元好问著，狄宝心校注：《元好问诗编年校注》，中华书局2012年版。

（元）袁桷著，杨亮校注：《袁桷集校注》，中华书局2012年版。

（元）张雨著，彭万隆点校：《张雨集》，浙江古籍出版社2015年版。

（元）张雨撰，吴迪点校：《张雨集》，浙江人民美术出版社2019年版。

（元）赵孟頫撰，钱伟彊点校：《赵孟頫集》，浙江古籍出版社2012年版。

（明）程敏政：《新安文献志》，《景印文渊阁四库全书》集部第1375册，商务印书馆1989年版。

（明）胡应麟著：《诗薮》，上海古籍出版社1979年版。

（明）胡震亨：《唐音癸签》，上海古籍出版社1981年版。

（明）刘基著，林家骊点校：《刘伯温集》，浙江古籍出版社2016年版。

（明）宋濂著，吴蓓点校：《宋濂全集》，浙江古籍出版社2014年版。

（明）宋濂著，徐儒宗等点校：《宋学士文集》，浙江古籍出版社2014年版。

（明）宋濂著，张文德点校：《潜溪前集》，浙江古籍出版社2014年版。

（明）王世贞著，罗仲鼎校注：《艺苑卮言校注》，齐鲁书社1992年版。

（明）王祎著，颜庆余点校：《王祎集》，浙江古籍出版社2016年版。

（明）文徵明著，陆晓冬点校：《甫田集》，西泠印社2012年版。

（明）乌斯道著，徐永明点校：《乌斯道集》，浙江古籍出版社2012年版。

（明）徐达左辑录，杨镰、张颐青整理：《金兰集》，中华书局2013年版。

（明）徐师曾著，于北山、罗根泽校点：《文体明辨序说》，人民文学出版社1962年版。

（明）杨维桢著，孙小力校笺：《杨维桢全集校笺》，上海古籍出版社2019年版。

（明）张以宁著，游友基整理：《翠屏集》，广陵书社2016年版。

（明）章琥：《和梅花百咏诗稿》，明刻本。

（明）钟惺、（明）谭元春撰：《唐诗归》，吴文治主编：《明诗话全编》，江苏古籍出版社1997年版。

（明）朱存理集录，韩进、朱春峰校证：《铁网珊瑚校证》，广陵书社2012年版。

（明）朱有燉：《诚斋梅花百咏》，《明别集丛刊》，影印明宣德刻本，黄山书局2013年版。

（清）董诰等：《全唐文》，中华书局1983年版。

（清）顾嗣立编：《元诗选初集》，中华书局1987年版。

（清）顾嗣立编：《元诗选二集》，中华书局1987年版。

（清）顾嗣立：《寒厅诗话》，丁福保编、郭绍虞点校：《清诗话》，上海古籍出版社1978年版。

（清）顾嗣立、（清）席世臣编，吴申扬点校：《元诗选癸集》，中华书局2001年版。

（清）彭定求等：《全唐诗》，中华书局1979年版。

（清）钱谦益著，（清）钱曾兼注，钱仲联标校：《钱牧斋全集》，上海古籍出版社2003年版。

（清）沈德潜著，霍松林、杜维沫校注：《说诗晬语》，人民文学出版社1979年版。

（清）沈季友：《檇李诗系》，《景印文渊阁四库全书》，台北：商务印书馆1989年版。

（清）沈雄撰：《古今词话》，凤凰出版社2019年版。

（清）王夫之：《清诗话》，上海古籍出版社1963年版。

（清）吴之振等选，（清）管庭芬、（清）蒋光煦补：《宋诗钞》，中华书局1986年版。

（清）严可均编：《全上古三代秦汉三国六朝文》，中华书局1958年版。

（清）赵翼著，霍松林、胡主佑校点：《瓯北诗话》，人民文学出版社1963年版。

（清）朱彝尊选编：《明诗综》，中华书局2007年版。

（清）朱彝尊：《曝书亭集》，《清代诗文集汇编》，上海古籍出版社2010年版。

陈尚君辑校：《全唐诗补编》，中华书局1992年版。

陈田辑撰：《明诗纪事》，上海古籍出版社1993年版。

陈衍辑撰，李梦生校点：《元诗纪事》，上海古籍出版社1987年版，第130页。

陈贻焮主编，陈铁民、彭庆生册主编：《增订注释全唐诗》，文化艺术出版社2001年版。

丁放：《元代诗论校释》，中华书局2020年版。

李修生主编：《全元文》，江苏古籍出版社1998年版。

逯钦立辑校：《先秦汉魏晋南北朝诗》，中华书局1983年版。

薛瑞兆编撰：《新编全金诗》，中华书局2021年版。

杨镰主编：《全元诗》，中华书局2013年版。

杨镰主编：《全元词》，中华书局2019年版。

曾枣庄、刘琳主编：《全宋文》，上海辞书出版社、安徽教育出版社2006年版。

二　近今人论著

陈高华：《元代文化史》，广东教育出版社2009年版。

陈声聪：《兼于阁诗话》，上海古籍出版社1985年版。
陈文新主编，余来明卷主编：《中国文学编年史 元代卷》，湖南人民出版社2006年版。
陈秀宏：《唐宋科举制度研究》，北京师范大学出版社2012年版。
陈垣撰，陈智超导读：《元西域人华化考》，上海古籍出版社2000年版。
陈钟琇：《唐代和诗研究》，秀威资讯科技股份有限公司2008年版。
戴丽珠：《赵孟頫文学与艺术研究》，学海出版社1986年版。
戴伟华：《地域文化与唐代诗歌》，中华书局2006年版。
邓绍基、杨镰主编：《中国文学家大辞典·辽金元卷》，中华书局2006年版。
邓绍基主编：《元代文学史》，人民文学出版社1991年版。
方勇：《南宋遗民诗人群体研究》，人民出版社2000年版。
傅璇琮、蒋寅总主编，张晶主编：《中国古代文学通论·辽金元卷》第2版，辽宁人民出版社2016年版。
傅璇琮：《唐代科举与文学》，陕西人民出版社2003年版。
龚延明、祖慧编著：《宋登科总录》，广西师范大学出版社2014年版。
巩本栋：《唱和诗词研究——以唐宋为中心》，中华书局2013年版。
高邢生：《元代文人雅集与诗歌唱和研究》，花木兰出版社2021年版。
贾晋华：《唐代集会总集与诗人群研究》，北京大学出版社2001年版。
贾艳艳：《明代阁臣诗歌唱和研究》，花木兰出版社2020年版。
［波斯］拉施特主编：《史集》，余大钧、周建奇译，商务印书馆1983年版。
刘东海：《顺康词坛群体步韵唱和研究》，上海古籍出版社2013年版。
刘嘉伟：《元代多族士人圈的文学活动与元诗风貌》，人民文学出版社2016年版。
刘梦溪主编：《中国现代学术经典》，河北教育出版社1996年版。
吕肖奂：《宋代酬唱诗歌论稿》，复旦大学出版社2021年版。
缪钺：《论宋诗》，《缪钺全集》，河北教育出版社2004年版页。
［日］内山精也：《传媒与真相——苏轼及其周围士大夫的文学》，朱刚，益西拉姆等译，上海古籍出版社2005年版。
欧阳光：《宋元诗社研究丛稿》，广东高等教育出版社1998年重印版。

钱基博：《中国文学史》，中华书局1993年版。
钱锺书：《谈艺录》，中华书局1984年版。
唐朝辉：《元代文人群体与诗歌流派》，西安交通大学出版社2017年版。
陶然等：《宋金遗民文学研究》，浙江大学出版社2014年版。
王次澄：《宋元逸民诗论丛》，大安出版社2001年版。
王国维著，叶长海导读：《宋元戏曲史》，上海古籍出版社1998年版。
王明荪：《元代的士人与政治》，台北：学生书局1992年版。
王庆生：《金代文学家年谱》，凤凰出版社2005年版。
王媛：《元人总集叙录》，天津古籍出版社2018年版。
乌云高娃：《元朝与高丽关系研究》，兰州大学出版社2012年版。
吴大顺：《欧梅唱和与欧梅诗派研究》，陕西人民出版社2008年版。
萧启庆：《九州四海风雅同：元代多族士人圈的形成与发展》，联经出版事业股份有限公司2012年版。
萧启庆：《内北国而外中国：蒙元史研究》，中华书局2007年版。
辛梦霞：《元大都文坛前期诗文活动考论》，花木兰出版社2012年版。
徐邦达：《徐邦达集》，紫禁城出版社2006年版。
杨家安、杨桦：《艺术概论》，吉林美术出版社1994年版。
杨镰：《元代文学编年史》，山西出版社2005年版。
杨镰：《元诗史》，人民文学出版社2003年版。
杨镰：《元西域诗人群体研究》，新疆人民出版社1998年版。
杨镰：《在书山与瀚海之间》，东方出版中心2012年版。
杨亮：《混一风雅：元代翰林国史院与元诗风尚》，社会科学文献出版社2022年版。
么书仪：《元代文人心态》，文化艺术出版社1993年版。
阴法鲁：《阴法鲁学术论文集》，中华书局2008年版。
余来明：《元代科举与文学》，武汉大学出版社2013年版。
袁行霈主编：《中国文学史》，高等教育出版社2014年版。
岳娟娟：《唐代唱和诗研究》，复旦大学出版社2014年版。
云峰：《民族文化交融与元代诗歌研究》，内蒙古大学出版社2013年版。
曾莹：《文人雅集与诗歌风尚研究初探——从玉山雅集看元末诗风的衍变》，广东高等教育出版社2011年版。

查洪德：《元代文学通论》，东方出版中心2019年版。
张明华：《唐代分韵诗研究》，社会科学文献出版社2013年版。
张明华：《宋代分韵诗研究》，社会科学文献出版社2021年版。
赵以武：《唱和诗研究》，甘肃文化出版社1997年版。

三 硕博论文

邓莹莹：《贡奎馆阁唱和诗歌研究》，硕士学位论文，华中师范大学，2017年。
谷春侠：《玉山雅集研究》，博士学位论文，中国社会科学院研究生院，2008年。
高邢生：《黄庭坚次韵诗研究》，硕士学位论文，河北师范大学，2010年。
李茜茜：《元末明初吴中文人群体研究》，博士学位论文，复旦大学，2014年。
刘季：《玉山雅集与元末诗坛》，博士学位论文，南开大学，2012年。
王芳：《论刘因的〈和陶诗〉》，硕士学位论文，山西大学，2005年。
王进：《元代后期文人雅集的书画活动研究》，博士学位论文，中国艺术研究院，2010年。
王丽娜：《论郝经的慕陶情结——兼论元代和陶诗》，硕士学位论文，山西大学，2007年。
王倩：《元初南方士人陶渊明接受研究——以和陶文人为中心》，硕士学位论文，西南大学，2019年。
杨倩倩：《宋元之际徽州遗民诗人研究》，硕士学位论文，云南民族大学，2018年。
周林：《元初南宋遗民诗社"汐社"研究》，硕士学位论文，暨南大学，2011年。
朱明玥：《南宋遗民诗人诗作研究》，硕士学位论文，上海师范大学，2007年。

四 期刊论文

毕兆明：《元代蒙古族汉文酬唱诗创作流变——以蒙汉民族文化融合为视角》，《文艺评论》2015年第8期。

卞孝萱:《唐代次韵诗为元稹首创考》,《晋阳学刊》1986年第4期。

陈谙哲、李静:《〈全元诗〉补遗33首——从〈鹤亭倡和〉的发现谈起》,《山西大同大学学报》(社会科学版)2021年第4期。

陈小辉:《宋代遗民诗词社团辑论》,《温州大学学报》(社会科学版)2016年第1期。

戴伟华:《强、弱势文化形态与唐代文学研究》,《中山大学学报》(社会科学版)2013年第6期。

邓富华:《宋、元时代"和陶集"考略——历代"和陶集"研究之一》,《九江学院学报》(社会科学版)2014年第1期。

高建新:《元代诗人笔下的"诈马宴"略说》,《内蒙古大学学报》(哲学社会科学版)2016年第2期。

巩本栋:《关于唱和诗词研究的几个问题》,《江海学刊》2006年第3期。

何长盛:《元代前期科举废止与诗学观念的演变》,《求是学刊》2023年第5期。

黄仁生:《论顾瑛在元末文坛的作为与贡献》,《湖南文理学院学报》(社会科学版)2005年第1期。

贾秀云:《元代儒学倡导者的悲歌——郝经〈和陶诗〉研究》,《晋阳学刊》2005年第2期。

李文胜:《元初诗歌与同题集咏》,《暨南学报》(哲学社会科学版)2014年第10期。

李文胜:《元末隐士群体的同题集咏与诗风变迁》,《励耘学刊》2020第1期(总第31辑)。

李文胜:《元代咏事诗同题集咏析论》,《新疆大学学报》(哲学·人文社会科学版)2020年第2期。

刘季:《玉山雅集诗歌创作中的崇杜倾向》,《内蒙古大学学报》(哲学社会科学版)2012年第3期。

刘嘉伟:《元大都多族士人圈的互动与元代清和诗风》,《文学评论》2011年第4期。

刘嘉伟:《元代多族士人圈中师生关系的新变》,《民族教育研究》2013年第6期。

刘嘉伟:《从刘仁本的交游窥探元代多族士人圈》,《民族文学研究》2013

年第 1 期。

刘嘉伟：《诗僧来复在元末多族士人圈中的活动考论》，《五台山研究》2014 年第 3 期。

刘嘉伟：《元人"芦花被"同题集咏探析》，《中央民族大学学报》（哲学社会科学版）2015 年第 4 期。

刘嘉伟：《元人"拂郎献天马"同题集咏刍议》，《晋阳学刊》2016 年第 2 期。

刘嘉伟：《元代"三节堂"同题诗文集咏探析》，《西域研究》2021 年第 2 期。

刘荣平：《〈名儒草堂诗余〉析论》，《集美大学学报》2003 年第 1 期。

吕肖奂：《宋代诗歌分题分韵创作的活动形态考察》，《徐州工程学院学报》（社会科学版）2013 年第 4 期。

吕肖奂、张剑：《酬唱诗学的三重维度建构》，《北京大学学报》（哲学社会科学版）2012 年第 2 期。

聂辽亮、邱江宁：《宣文阁文人群与元末文坛格局》，《古代文学理论研究》2022 年第 2 期（总第 55 辑）。

牛贵琥、顾文若：《论玉山雅集与元后期文士群体的追求》，《江西社会科学》2018 年第 8 期。

欧阳光：《元初遗民诗社汐社考略》，《中山大学学报》（社会科学版）1997 年第 1 期。

彭健：《元代唱和诗集考》，《中国诗学》2023 年第 1 期（第 35 辑）。

彭健：《诗歌追和与元人诗学崇尚》，《古代文学理论研究》2024 年第 1 期（第 58 辑）。

乔光辉：《玉山草堂与元末文学演进》，《盐城师范学院学报》（哲学社会科学版）1999 年第 4 期。

求芝蓉：《元至元间文坛盛事"雪堂雅集"考》，《中国典籍与文化论丛》2020 年第 1 期。

任红敏：《元代科举与元代文学发展》，《中州学刊》2018 年第 2 期。

孙海桥：《〈全元诗〉补遗 80 首》，《古籍整理研究学刊》2015 年第 3 期。

唐朝晖：《〈庚辛唱和诗〉与诗人群考论》，《重庆科技学院学报》（社会科学版）2019 年第 2 期。

唐朝晖：《元代唱和诗集与诗人群简论》，《求索》2009年第6期。

田同旭：《论金元帝王诗与民族文化融合》，《民族文学研究》2008年第2期。

王次澄：《元初遗民诗人的桃花源——月泉吟社及其诗》，《河北学刊》1995年第6期。

王辉斌：《杨维桢与元末西湖竹枝酬唱》，《重庆教育学院学报》2011年第1期。

王舜华、冯荣珍：《郝经"和陶诗"的研究》，《名作欣赏》2009年第20期。

王硕：《从玉山雅集看元代文人休闲活动的精神取向》，《宁夏大学学报》（人文社会科学版）2021年第1期。

王素敏：《从西游同韵诗看耶律楚材、丘处机的文化情怀与审美追求》，《阴山学刊》2019年第5期。

王兆鹏、齐晓玉：《宋代诗文词作者的层级与时空分布》，《中南民族大学学报》（人文社会科学版）2021年第12期。

吴承学、何志军：《诗可以群——从魏晋南北朝诗歌创作形态考察其文学观念》，《中国社会科学》2001年第5期。

武君：《元代后期诗文总集叙录》，《国学》2017年第2期。

武君：《科举兴废与元代后期诗学思想的转变》，《青海社会科学》2017年第4期。

萧启庆：《元朝多族士人的雅集》，《中央文化研究所学报》1997年第6期。

萧启庆：《元代多族士人网络中的师生关系》，《历史研究》2005年第1期。

徐儒宗：《元初的遗民诗社——月泉吟社》，《文学遗产》1986年第6期。

徐永明：《高则诚生平行实新证》，《文学遗产》2006年第2期。

姚蓉：《论交往场域中的诗词唱和》，《国学学刊》2014年第1期。

叶爱欣：《元初诗坛风尚及赵孟頫诗歌的补阙之功》，《中州学刊》2005年第5期。

叶爱欣：《"雪堂雅集"与元初馆阁诗人文学活动考》，《平顶山学院学报》2006年第6期。

杨镰：《顾瑛与玉山雅集》，《西南民族大学学报》（人文社科版）2008年第9期。

袁行霈：《论和陶诗及其文化意蕴》，《中国社会科学》2003年第6期。

左丹丹、余来明：《丘处机、耶律楚材西行唱和的文化内蕴》，《贵州社会科学》2021年第5期。

左东岭：《玉山雅集与元明之际文人生命方式及其诗学意义》，《文学遗产》2009年第3期。

左东岭：《元末明初和陶诗的体貌体征与诗学观念——浙东派易代之际文学思想演变的一个侧面》，《文学评论》2022年第1期。

查洪德：《元代诗学"主唐""宗宋"论》，《晋阳学刊》2013年第5期。

查洪德：《元代诗坛的雅集之风》，《安徽师范大学学报》（人文社会科学版）2013年第6期。

翟朋：《元代丹阳贡氏〈汇兰集〉本事考》，《上饶师范学院学报》2021年第5期。

张建伟、毛均：《元末魏仲远交游考论》，《广播电视大学学报》（哲学社会科学版）2016年第2期。

张玉华：《玉山草堂与元明之际东南的文士雅集》，《广西社会科学》2004年第10期。

赵润金：《东莞遗民诗社考辨》，《船山学刊》2009年第3期。

赵以武：《唐代和诗的演变论略》，《社科纵横》1994年第4期。

诸葛忆兵：《论宋代科举考场外的诗歌创作活动》，《北京大学学报》（哲学社会科学版）2009年第5期。

祝注先：《异彩纷呈的元代少数民族诗歌》，《中南民族学院学报》（哲学社会科学版）1989年第6期。

后 记

本书是在我的博士学位论文基础上修改而成。于我而言，本书的出版意义非凡，它不仅是对我博士四年学习生活的总结和反思，也是我学术生涯迈入新阶段的起点。

我踏上学术这条路纯属偶然。2015 年本科毕业后，迫于经济压力，我进入工作岗位，成为一名中学老师，但内心仍想着继续求学深造。彼时对硕博的认知也仅仅是学历能够获得更多、更好的就业机会。2017 年秋，我通过硕士研究生考试，进入贵州师范大学中国古典文献学专业，跟随吴夏平师学习。吴师治学严谨，惠我良多，在吴师的教导和熏陶下，我对硕博学习有了不一样的认识，也逐渐萌生了继续攻读博士学位的想法。

2020 年秋，我负笈沪上，拜入姚蓉师门下，跟随老师攻读博士学位。姚师学识渊博，要求严格，不以学生资质愚钝为意，尚未入学，便为我制定阅读书目。姚师还为我开设"文学交往与文学演进：以明清诗词唱和为中心"课，大大提高我的学术能力。在姚师的训练下，我逐渐对诗词唱和产生浓厚兴趣，老师也根据我的学习情况，与我商定论文选题，最终以"元代唱和诗研究"为题，并在论文撰写过程中给予建设性指导。姚师不仅在学习上悉心指导和鼓励，让我少走弯路，提高了学习效率，生活上也给予无限关怀和帮助，使我终身受益。对于姚师的照拂，感激之情难以言表。

博士期间，我还有幸与学科内专家学者近距离接触，聆听邵炳军、饶龙隼、杨绪容、曹辛华、王卓华、尹楚兵、李翰、梁奇等老师的教诲，他们敏锐的学术洞察力，渊博的学术知识以及求真务实、严谨的学术态度，令人折服。诸位老师在论文开题、中期考核、预答辩等环节中对我的关照与指导，使我受益颇多。黄仁生、陈广宏二位教授还为我的论文撰写《同行评议书》。在正式答辩中，由曹旭教授担任答辩主席，黄仁生、陈广宏、曹辛华、尹楚兵等教授组成的答辩委员会对论文提出宝贵的修改意见，提高了论文的质量。长期以来，硕导吴夏平教授一直牵挂着我的学业和成长，他不仅是我步入学术殿堂的领路人，还给我多方照拂和鼓励。正是诸位老师的无私奉献和辛勤付出，才有学生今日的微弱进步。在此一一致敬并表示真诚的谢意。

感谢爱人赵怡女士的理解、支持和付出。

感谢人文学院各位领导和同事的多方关照。

本书有幸获"毕节市、贵州工程应用技术学院联合基金项目"资助，得到了贵州工程应用技术学院各级领导的关心和支持，特致谢忱！

感谢姚蓉师百忙之中为本书作序，感谢首都师范大学冷卫国教授、中国社会科学出版社编辑安芳女士的热忱帮助和辛勤付出。

本书部分章节曾在《中国诗学》《古代文学理论研究》《人文论丛》《中国诗歌研究》《贵州工程应用技术学院学报》等刊物发表，谨此对刊物及编辑老师表示感谢！

感谢所有关心、支持、指导、提携我的老师和朋友。

往者可忆，来者可期，人生旅途，道漫且长。唯愿今后不负亲人期盼，不违诸师教诲，不忘好友情谊。祝愿诸君奋勇前行，乘风破浪，直济沧海。

2024 年 10 月 12 日记于黔西北